À PROPOS DE L'AUTRICE

Julia London a grandi au Texas, où elle nourrit très tôt sa passion de la littérature. Après avoir travaillé à Washington dans la fonction publique et voyagé pendant des années, elle décide de revenir au Texas pour devenir écrivain. Elle est aujourd'hui plébiscitée pour ses romances historiques et contemporaines.

Destin de lady

Collection : VICTORIA

Titre original :
THE VISCOUNT WHO VEXED ME

HARPERCOLLINS FRANCE
83-85, boulevard Vincent-Auriol, 75646 PARIS CEDEX 13
Service Clients — www.harlequin.fr
ISBN 978-2-2805-0343-3 — ISSN 2493-013X

Édité par HarperCollins France.
Composition et mise en pages Nord Compo.
Imprimé en septembre 2024 par CPI Black Print (Barcelone)
en utilisant 100% d'électricité renouvelable.
Dépôt légal : octobre 2024.

FSC
www.fsc.org
MIXTE
Papier issu de sources responsables
FSC® C159065

Pour limiter l'empreinte environnementale de ses livres, HarperCollins France s'engage à n'utiliser que du papier fabriqué à partir de bois provenant de forêts gérées durablement et de manière responsable.

JULIA LONDON

Destin de lady

Traduit de l'anglais (États-Unis) par
MARIE PASCAL

Victoria

HARLEQUIN

« La vie n'est pas juste, elle est simplement plus juste que la mort. Et c'est tout. »

PRINCESS BRIDE, WILLIAM GOLDMAN

1

Londres, Angleterre 1870

Il devint nécessaire, au cours de ce printemps où le duc de Santiava séjourna à Londres, que toutes les femmes, quels que soient leur âge ou leur rang, aient une amie de confiance à qui raconter ce qu'elles n'auraient révélé à personne d'autre.

Pour Miss Harriet Woodchurch, cette personne était Miss Flora Raney, la fille du vénérable vicomte Raney. Celle-ci n'était pas seulement la meilleure amie de Hattie, elle était aussi, d'une certaine façon, son employeuse, puisque, contre une modeste contrepartie financière allouée par le vicomte, Hattie était censée accompagner Flora dans tous ses déplacements en ville.

Flora avait coutume d'expliquer à Hattie ce qu'elle était incapable de voir par elle-même, ce qu'elle devait absolument retenir, ce qu'elle ne devait en aucun cas pardonner... en tout cas pas dans l'immédiat.

Les semaines s'écoulant, Hattie s'empressait néanmoins d'effacer de sa mémoire ce que Flora lui avait appris. Jusqu'à ce jour particulier, où oublier sembla impossible, car la révélation, en plus d'être déchirante, survint dans des conditions très particulières, alors que le célibataire dont tout Londres parlait venait d'apparaître devant ses yeux éblouis.

Hattie et Flora, accompagnées de Queenie, l'amie d'enfance

de cette dernière, étaient en train de faire les boutiques. Les trois jeunes femmes avaient fréquenté ensemble l'École Iddesleigh pour Jeunes Filles d'Exception. Flora et Queenie y avaient été admises en tant que filles de riches aristocrates, ce qui les avait automatiquement placées à part des autres. Hattie y était entrée comme boursière, ce qui changeait et disait tout. Néanmoins, elle et Flora avaient partagé la même chambre durant un trimestre et elles étaient devenues amies.

Elles se trouvaient présentement chez une modiste et examinaient les gants exposés en vitrine. Enfin, surtout Flora et Queenie. Hattie, elle, n'avait pas l'argent pour s'acheter gants, jupons ou chapeaux.

— Mais pourquoi n'as-tu pas d'argent ? avait demandé Queenie un peu plus tôt. Ton père est propriétaire de la plus grande entreprise de transports publics de la ville.

C'était la vérité. Mr Hugh Woodchurch mettait fièrement à disposition des foules londoniennes ses fiacres et autres omnibus à chevaux, disponibles à toute heure du jour et de la nuit. C'était une entreprise très lucrative. Cependant, partager ne serait-ce qu'un peu de sa fortune avec sa fille ne lui serait jamais venu à l'idée. Elle avait déjà tout ce dont elle avait besoin à la maison, disait-il. Il n'était pas nécessaire que Hattie dépense de l'argent pour acheter des gants, des chapeaux ou des vêtements alors qu'elle possédait déjà quatre robes : deux pour la journée, une pour la matinée et une pour le soir. Peu importait si la robe de soirée avait appartenu à sa mère et qu'elle était aussi défraîchie que démodée. Le père de Hattie disait que si elle voulait d'autres vêtements, elle n'avait qu'à commencer par se marier.

Rien n'aurait davantage fait plaisir à Hattie que d'être mariée, et elle attendait avec impatience le jour où elle et son fiancé, Mr Rupert Masterson, s'installeraient dans le petit appartement situé au-dessus de la boutique qu'il tenait. Mais puisque leurs fiançailles n'étaient pas encore officielles – même s'il avait promis d'aller parler à son père très bientôt –, elle avait cherché du travail pour pouvoir s'offrir les quelques affaires dont elle avait envie. Elle possédait désormais quatre robes de travail, une robe du soir, et deux robes pour la matinée. Qu'aurait-elle pu rêver de plus ?

Flora et Queenie avaient décrété qu'il leur fallait des gants en soie et lin à huit boutons au cas où elles seraient invitées à un séjour à la campagne au cours de l'été à venir. En tout et pour tout, Hattie possédait deux paires de gants, hérités eux aussi de sa mère, avec seulement trois boutons. Son maigre budget ne lui permettait pas d'en acheter de nouveaux. Elle se contenta donc de suivre le mouvement et replia consciencieusement les gants que Flora et Queenie lui tendirent l'air de rien dès que le sujet cessa de les intéresser et qu'elles passèrent au suivant.

Tout à coup, une femme pénétra dans la boutique avec une telle précipitation que toutes les clochettes suspendues à la porte se mirent à tinter avec fracas.

— Mrs Perkins !

La propriétaire surgit de derrière les rideaux qui marquaient la séparation entre la boutique et l'arrière-boutique, avec autant d'urgence que si un incendie s'était déclaré.

— Qu'y a-t-il ? Que s'est-il passé ?

La femme courut vers la vitrine devant laquelle se trouvaient Flora et Queenie, les forçant à s'écarter à son passage.

— Dieu du ciel, que se passe-t-il ? s'exclama Queenie.

— Il est ici !

— Qui est ici ? demanda Queenie qui n'avait jamais eu peur de poser des questions.

— *Ici ?*

Mrs Perkins étouffa un petit cri et bondit vers la vitrine telle une gazelle.

— Où donc ?

La femme désigna l'autre côté de la rue, et Queenie saisit Flora par le bras.

— *Regarde !*

— Tu me fais mal, protesta Flora.

— Pour une fois, vas-tu m'écouter ? insista Queenie. Regarde !

Hattie observa, perplexe, les quatre femmes devant la vitrine, penchées en avant et tentant d'apercevoir quelque chose entre les présentoirs garnis de gants.

— Oh mon Dieu. Oh mon Dieu, s'exclama Flora, avant de faire de grands gestes en direction de Hattie. Viens ici, viens *ici*, il faut que tu voies ça !

Il n'y avait pas suffisamment de place pour toutes les cinq, si bien que Hattie dut se hisser sur la pointe des pieds pour voir par-dessus les épaules de Flora.

— À vrai dire, je ne vois pas grand-chose, déclara-t-elle.

Les autres femmes l'ignorèrent.

— Où est-il ? demanda Mrs Perkins, d'une voix qui semblait affolée.

L'amie de Mrs Perkins tendit le doigt.

Hattie tenta de se grandir. La seule chose qu'elle voyait, c'était la mercerie de l'autre côté de la rue. Trois hommes discutaient devant la boutique.

— C'est cela qu'il faut voir ? demanda Hattie, en reprenant sa position normale.

— Pas *eux*, répondit la femme. Le vicomte !

Comme tous les jours, il devait se trouver une bonne dizaine de vicomtes dans Regent Street.

— Lequel ?

— Lequel ? répéta Flora, tout en tournant la tête pour adresser un regard réprobateur à Hattie. Le vicomte Abbott, évidemment.

— Évidemment, murmura Hattie.

Elle n'avait jamais entendu parler du vicomte Abbott, et elle ignorait totalement pourquoi ces femmes s'intéressaient à lui.

— Qui se trouve également être le duc de Santiava, précisa Queenie.

Hattie cligna des yeux. Queenie leva les siens au ciel.

— Pourquoi n'es-tu jamais au courant de ce genre de choses, Hattie ? Parfois, on dirait que tu vis dans une grotte.

Elle n'était jamais au courant de ce genre de choses parce qu'elle n'était jamais au courant de rien. Comment aurait-il pu en être autrement ? Elle n'appartenait pas au même milieu que Flora et Queenie et n'évoluait pas dans les mêmes cercles. Elle savait uniquement ce que ses amies voulaient bien lui dire, et elles ne lui avaient jamais parlé de ce vicomte.

Ce fut alors que Flora agrippa la main de Hattie et la serra si fort que Hattie en tressaillit. Queenie écarta un présentoir de gants et les quatre femmes se précipitèrent en avant, Flora entraînant Hattie à sa suite.

Un homme sortit de la mercerie, son chapeau à la main. Il était grand et son teint était hâlé. Il portait des vêtements très ajustés qui soulignaient le caractère athlétique de sa silhouette. Ses cheveux foncés effleuraient son col et lorsqu'il leva la tête vers l'un des hommes qui venait de lui adresser la parole, il sourit. Ce n'était qu'un petit sourire, mais il suffit à éblouir Hattie. Elle n'avait sans doute jamais vu plus bel homme de toute sa vie. Élégant, solidement bâti, et très agréable à regarder.

Pendant un long moment, personne ne dit rien.

Une voiture arriva et s'arrêta entre les deux boutiques, masquant la mercerie à leurs regards. Quand elle repartit, les hommes avaient disparu.

Les femmes se redressèrent. Queenie soupira et s'écarta de la vitrine, sans remettre le présentoir à sa place. La femme qui avait surgi pour annoncer la présence du vicomte se replia dans l'arrière-boutique avec Mrs Perkins. Hattie se chargea de remettre le présentoir dans la vitrine.

— Tu figureras tout en haut de la liste, Flora, déclara Queenie avec assurance.

Queenie était petite et ronde, avec de soyeuses boucles blondes qui retombaient de part et d'autre de ses épaules. Elle avait un maintien de reine, et se comportait parfois comme telle. Flora était grande et fine, avec des cheveux auburn. Elle était ce que l'on avait coutume d'appeler une beauté. Quand Hattie se trouvait en leur compagnie, elle avait bien souvent l'impression d'être une parente pauvre de la campagne venue rendre visite à ses cousines de la ville. Ses cheveux étaient d'un brun fade, et tout chez elle passait inaperçu.

Flora réagit à la remarque de Queenie par un petit rire haut perché que Hattie lui entendait pour la première fois.

— Ne dis pas de bêtises !

— Ne fais pas la modeste, rétorqua Queenie. Tu sais très bien que je dis la vérité.

— La liste sera longue, j'en suis sûre. Et Hattie, alors ? Elle aussi, elle pourrait y figurer en bonne place.

— Quelle liste ? demanda Hattie.

— Vraiment, Hattie ! répliqua Queenie d'un air agacé. Comment peux-tu ignorer à ce point ce qui se passe en ville ? La liste des potentielles futures épouses du vicomte, bien entendu.

Hattie rit. Fort.

— Je suis d'accord, cela ne risque pas de se produire, dit Queenie. Ne le prends pas mal, mais il est tout de même duc de Santiava, et aussi vicomte Abbott, désormais, puisqu'il est le seul héritier mâle de son grand-père anglais. Il épousera une jeune femme avec une très belle dot, une jeune femme issue de la haute aristocratie. Il a besoin de se lier à une famille très haut placée.

Santiava ? Hattie se souvenait vaguement en avoir entendu parler. Un duché, au bord de la Méditerranée. Une ancienne colonie de la Wesloria, si elle ne se trompait pas.

— C'est le duc régnant de Santiava, et, comme tu peux le deviner, il est *plutôt* riche, poursuivit Queenie. Mais on dit qu'il vit en reclus. Et il faut toujours se méfier des ermites.

Vraiment ? Hattie ne connaissait pas cette règle.

— Et il est célibataire, de toute évidence, ajouta Flora alors qu'elles quittaient toutes trois la boutique.

— Ne préfère-t-il pas choisir une épouse parmi ses compatriotes, les habitantes de Santiava ? demanda Hattie alors qu'elles se dirigeaient vers Hyde Park.

— Mais non, voyons ! s'exclama Queenie, laissant Hattie aussi penaude que honteuse devant sa naïveté et son ignorance. Il est ici pour prendre possession de son titre et de sa fortune, et, comme tout le monde le sait, pour trouver une épouse anglaise. C'est l'idéal pour un petit duché d'avoir une duchesse anglaise ou weslorienne, vois-tu. De cette façon, en cas de conflit ou de problèmes économiques, il est assuré de pouvoir bénéficier de l'appui d'un plus grand pays.

Queenie parlait avec une telle autorité qu'on aurait pu se demander si elle tenait ces informations du duc en personne. Pour sa part, Hattie n'était pas certaine qu'un mariage avec Flora permette quoi que ce soit de la sorte. Mais elle se garda bien de le dire.

— Imagine, Hattie, dit Flora, que tu puisses faire le lien avec la Royal Navy, au cas où le duché aurait besoin de faire appel à sa puissance.

Tout ce que Hattie parvenait à imaginer, c'était elle, à bord d'un frêle esquif tanguant sur les flots.

— Je ne ferai le lien avec rien du tout, parce que je suis déjà fiancée, répondit-elle en souriant.

Flora et Queenie échangèrent un regard entendu.

— Tu ne lui as rien dit ? demanda Queenie à Flora.

— Qu'aurait-elle dû me dire ? demanda Hattie, troublée.

— Dis-lui *maintenant*. Il faut bien qu'elle sache, poursuivit Queenie.

Le cœur de Hattie s'arrêta de battre.

— Que je sache quoi ? De quoi parlez-vous ?

— Oh ! Hattie... Mr Masterson est venu me rendre visite, lâcha Flora. J'allais te le dire. J'attendais le bon moment.

— Eh bien, ce n'est pas tout à fait le bon moment, protesta Queenie, qui ne semblait pas se souvenir qu'elle venait elle-même d'inciter Flora à parler.

Mais parler pour lui dire quoi, exactement ? Que Rupert était venu lui rendre visite ? C'était étrange : ils se connaissaient à peine.

— Mr Rupert Masterson est venu te rendre visite, répéta Hattie pour s'assurer qu'elles étaient bien en train de parler de son Mr Masterson, le propriétaire et gérant de *Masterson, produits secs en tout genre*.

— Il… il est venu se confier à moi, dit Flora en accompagnant sa remarque d'un regard compatissant.

L'estomac de Hattie se contracta de façon déplaisante.

— Pourquoi ?

— Il a dit… qu'il pensait qu'il valait mieux que lui et toi, vous…

Elle marqua une pause, comme si elle cherchait ses mots.

Qu'ils prennent la fuite ensemble ? C'était cela, bien sûr. Pour quelle raison, sinon, aurait-il ressenti le besoin de se confier à Flora ? Il espérait sans doute pouvoir bénéficier de son aide.

— Que nous prenions la fuite ensemble ? demanda-t-elle, au moment précis où Flora dit :

— Que vous en restiez là.

Personne ne prononça le moindre mot pendant un moment. Même Queenie se tut.

— *Comment ?* demanda Hattie en s'immobilisant sur le trottoir.

C'était absolument incompréhensible. Elle pressa un poing sur son ventre pour contenir la nausée qui lui retournait tout à coup l'estomac.

— Que… qu'a-t-il… et qu'as-tu… dit ?

— Oh ! Hattie, très chère.

Elles étaient arrivées à l'entrée du parc, et Flora la conduisit jusqu'à un banc pour l'y faire asseoir. Elle prit les deux mains de Hattie dans les siennes.

— Je suis atrocement désolée, mais il n'y a pas d'autre moyen de dire les choses. Il voudrait que tu suspendes la promesse que tu lui as faite. Enfin, que tu la retires, je veux dire. Il en est venu à la désolante conclusion que c'est la seule solution. Mais parce qu'il te tient en haute estime, il souhaite préserver ta réputation.

C'est pour cela qu'il veut que ce soit toi qui lui adresses une lettre de rupture. C'est très délicat de sa part, tu en conviendras.

Elle ne trouvait pas cela délicat du tout. Elle trouvait même cela d'une violence inouïe. Elle n'avait même plus suffisamment d'air dans sa poitrine pour demander pourquoi. Il devait s'agir d'une erreur ! Rupert et elle se dirigeaient tout droit vers l'autel et le bonheur conjugal. Il venait d'être présenté à sa famille et, juste après cela, il avait promis de faire sa demande à son père dans la semaine. Et il était allé voir *Flora* au lieu d'aller la trouver elle ? Non, ce n'était pas possible.

Hattie se redressa.

— Je pense que tu as mal compris, Flora.

— Oh ! mon pauvre trésor, dit cette dernière d'une voix triste.

— Mais tu dois vraiment avoir mal compris ! Cela n'a aucun sens, sinon !

— Un petit peu tout de même, dit Queenie en haussant légèrement les épaules.

— Non, cela n'a aucun sens, s'empressa de dire Flora en adressant un regard noir à Queenie. Enfin, presque aucun…

— Il a dîné chez nous dimanche soir ! s'exclama Hattie. Et aujourd'hui, nous sommes mercredi ! Qu'a-t-il pu se passer entre-temps ?

— Humm, fit Queenie, avant de s'éloigner en faisant semblant d'admirer les roses.

— Je pense, dit Flora, que si tu réfléchis attentivement au dîner de dimanche, tu vas trouver au moins une raison. Et même plus d'une. Et même beaucoup.

Le cœur de Hattie se mit à s'emballer, comme s'il avait envie de s'échapper de sa poitrine. Elle sentit son visage s'empourprer alors qu'elle se remémorait le dernier dîner dominical, dans la maison familiale de Blandford Street, à proximité de Portman Square, cette si jolie place… ou, comme Flora l'avait fait un jour remarquer, dans la partie la moins jolie de la place, celle où personne ne voulait se risquer.

Mais Rupert avait dit que la maison était belle. Il avait apporté une boîte de chocolats pour sa mère, et Hattie avait trouvé l'attention charmante.

— Mais je pensais que le dîner s'était très bien passé.

Flora tapota son bras.

— Eh bien... pour commencer, il a eu quelques craintes à propos d'une certaine odeur qui régnerait chez toi, et qui serait liée aux chats.

Hattie regarda Flora d'un air surpris. Certes, sa mère nourrissait une passion dévorante pour les chats, mais elle le lui avait expliqué.

— Il a dit qu'il aimait les chats ! Il a même dit qu'il ne savait pas ce qu'il deviendrait sans Bobo dans sa boutique.

Flora lui adressa un nouveau sourire compatissant.

— Oui, mais je crois que ce n'est pas tout à fait la même chose d'avoir un chat et d'en avoir... combien, déjà ?

Hattie déglutit.

— Huit.

Ou peut-être... dix ? En toute honnêteté, cela faisait longtemps qu'elle ne les comptait plus. Et Rupert avait semblé un peu pris de court quand il était entré et que tous les chats s'étaient précipités vers lui, espérant une friandise.

— Et il n'y a pas que cela, poursuivit Flora.

Il s'avérait que Rupert n'appréciait pas non plus la collection de services à thé de sa mère. Ni celle des horloges de parquet. Ni celle des mannequins de couture. Certes, la maison comptait sans doute plus de cent services à thé, ce qui serait peut-être passé inaperçu sans les horloges et les mannequins. D'accord, c'était vrai... Theodora Woodchurch était une collectionneuse un peu trop enthousiaste, et une maison aussi grande que celle des Woodchurch pouvait sembler petite envahie par tout ce bric-à-brac.

Les habitudes de sa mère étaient une source constante de

querelle entre ses parents, car si sa mère était un vrai panier percé, son père était d'une avarice proverbiale.

Et apparemment, même si Hattie avait été soulagée que son père n'ait pas demandé à Mr Masterson de quelle dot minimale il pourrait se contenter, la question terriblement déplacée de son père, quand il avait demandé à Mr Masterson son chiffre d'affaires mensuel, lui avait échappé. D'après Flora, Mr Masterson en avait été consterné. Il avait peut-être pensé que ce genre de conversation devait se tenir entre hommes, dans l'intimité d'un bureau. Et non pas lors d'un dîner de famille.

Chez Hattie, aucun sujet n'était considéré comme déplacé au cours d'un dîner. Aucun.

Sa peine commença à se muer en colère. Ils n'avaient pas reparlé de ce dîner. La virulence de ses réactions était une surprise complète pour elle. Elle savait que sa famille était peu conventionnelle, mais elle l'avait prévenu, et il lui avait assuré que l'excentricité était ce qui rendait la vie plus intéressante.

Par ailleurs, elle trouvait humiliant qu'il ait choisi de faire part de ses opinions à *Flora*. Flora était son amie ! Pire encore, Flora avait de toute évidence fait part des opinions de Rupert à Queenie.

Hattie redressa les épaules, dans une tentative pour retrouver un peu de dignité.

— Est-ce tout ? Y a-t-il autre chose qui le gêne, en plus des chats et des théières de ma mère ?

— En réalité, il a aussi parlé de tes frères, dit Flora.

Oh non.

— Lesquels ?

Flora cligna des yeux.

— Eh bien, tous, répondit-elle, comme si c'était l'évidence même.

Le cœur de Hattie se serra. L'affaire était très mal engagée, dans ce cas.

— Il a dit que les benjamins s'étaient vivement querellés à table au sujet d'un morceau de viande.

Flora haussa les sourcils, comme si elle doutait que cela soit possible.

Non seulement c'était possible, mais c'était aussi quelque chose qui arrivait fréquemment. Les jumeaux, Peter et Perry, qui avaient dix ans de moins que Flora, étaient des sauvageons. Cela ne les dérangeait pas de se battre à mains nues au beau milieu du salon ou de se poursuivre de pièce en pièce, leur batte de cricket à la main.

« Laisse tes frères tranquilles, disait sa mère quand Hattie se plaignait de leur turbulence. Ce ne sont encore que des enfants. »

Mais ils avaient presque quatorze ans, ce qui était amplement suffisant pour se comporter de façon civilisée. Et amplement suffisant pour ne pas se disputer autour d'une cuisse de dinde comme deux soudards médiévaux.

Elle sentit son visage s'embraser de plus belle.

— Quant à Mr Daniel Woodchurch, ton frère aîné...

Flora adressa un regard gêné à Queenie, qui se tenait en retrait et attendait patiemment sous un arbre. Elle murmura avec empressement :

— Je ne dirais pas cela si tu n'étais pas ma meilleure amie, tu le sais bien, mais sa réputation de débauché le précède ! D'après Mr Masterson, il est arrivé tard au dîner, sans que l'on sache d'où il pouvait venir, mais il sentait le parfum et le whisky. Et puis ton frère a fini par dire qu'il ne comprenait pas que l'on puisse consacrer tout son temps à s'occuper de produits desséchés et qu'il ne comprenait pas ceux que cela amusait.

Hattie se sentait de plus en plus nauséeuse. Ses frères étaient particuliers, elle ne pouvait pas le nier. Mais elle commençait à se demander si Rupert ne l'était pas encore davantage. Il n'avait même pas le courage de lui dire toutes ces choses en face.

Elle savait mieux que quiconque que sa famille était difficile à comprendre. Mais elle s'était montrée très honnête vis-à-vis de Rupert à ce sujet. Elle lui avait dit que les jumeaux étaient incontrôlables, et que Daniel l'était tout autant. Elle lui avait dit que sa mère avait la manie des collections et que son père était très près de son argent. Et, vraiment, l'important n'était-il pas qu'elle, elle ne soit rien de tout cela ?

— Est-ce que ça va ? demanda Flora. Tu es toute pâle, on dirait que tu vas te trouver mal.

— Ce ne serait pas impossible, acquiesça faiblement Hattie.

Elle ne parvenait toujours pas à y croire. Elle qui avait déjà pensé à son trousseau.

— Je suis tellement désolée. Je ne voulais pas avoir, moi, à te dire tout cela, et j'ai insisté auprès de Mr Masterson pour qu'il trouve un moyen de te parler directement. Mais il ne voulait surtout pas que le moindre scandale puisse t'éclabousser, car il te tient vraiment en haute estime.

Hattie étouffa un sanglot.

— Nous devrions rentrer à présent, lança Queenie, depuis son arbre.

Flora sourit tristement à Hattie.

— Une fois la déception passée, tu te rendras compte que ce n'est pas une si grosse perte. Je sais que Mr Masterson s'est montré très respectueux vis-à-vis de toi. Mais ce n'est qu'un commerçant, très chère.

Hattie étouffa un nouveau sanglot. Peu importait ce qu'il était. Elle l'estimait, et sa position ne lui permettait pas ce genre d'exigences. Elle n'était pas jolie comme Flora, ni riche comme Queenie, elle n'était pas spécialement intelligente et n'avait aucune relation haut placée. Elle s'estimait heureuse d'avoir attiré l'attention de Rupert le jour où elle avait poussé la porte de sa boutique.

— Ce que je dis, c'est que tu es trop bien pour un commerçant. Tu devrais épouser un duc !

— Flora...

— Allons, allons, dit Flora, qui semblait s'impatienter

légèrement. Tu vas écrire cette lettre de rupture, et ensuite tu iras t'acheter une ou deux nouvelles robes pour la Saison qui va débuter.

Une nouvelle robe ? Flora avait sans doute remarqué qu'elle portait toujours les mêmes tenues.

— Ne devrions-nous pas y aller maintenant ? demanda Queenie avec impatience.

— Haut les cœurs, ma chérie ! dit Flora, en souriant à Hattie. Nous ne manquerons aucune des soirées de cette nouvelle Saison et nous en profiterons pour épier le duc de Santiava. Cela devrait te consoler, non ?

— *Non*, dit Hattie, soufflée par la facilité avec laquelle Flora avait déjà tourné la page.

Et qu'avait-elle à faire du duc de Santiava, de toute façon ?

2

Il y avait trop de monde à Londres.

Il y avait trop de monde *chez lui*.

Était-ce chez lui, d'ailleurs ? En toute honnêteté, Mateo Vincente n'en était pas tout à fait certain. Il ne voulait pas passer pour un idiot en montrant qu'il ne le savait pas, mais il ne connaissait pas encore la liste de toutes les propriétés de feu le vicomte Abbott. Il avait beaucoup à apprendre concernant le patrimoine foncier de son grand-père anglais, et de nombreux documents à compulser. Parmi ceux-ci, il avait trouvé trace de cette curieuse affaire qui le laissait perplexe : une histoire d'achat de moutons qu'il allait devoir tirer au clair, même si pour l'instant, il n'y comprenait rien.

Cela faisait un peu plus de deux semaines que Mateo séjournait en Angleterre, et il n'était certain que de deux choses. Un, cette très grande demeure se trouvait en plein cœur de Londres, à proximité de Hyde Park, un fort beau parc, et possédait un jardin, joli malgré ses dimensions modestes. C'était là qu'il se trouvait en ce moment précis, d'ailleurs, pour essayer d'échapper au vacarme qui régnait dans la maison.

Et deux, tous les jours, il regrettait de ne pas être chez lui, dans le duché de Santiava, au *Castillo Estrella*, le château haut perché où il résidait depuis qu'il était devenu duc, six ans plus tôt.

Les journaux disaient de lui qu'il était un *ermitaño*. Un ermite. Certains disaient même de lui qu'il était fou. Un homme en particulier, un prolifique contributeur de la presse de Santiava, prétendait qu'il était demeuré, et que sa mère l'enfermait afin de pouvoir régner à sa place.

Rien de tout cela n'était vrai. Mais il était vrai qu'il préférait sa propre compagnie à celle du reste du monde.

L'Angleterre était comme une terre étrangère pour lui. Sa mère était anglaise, mais l'Angleterre elle-même lui avait toujours semblé très éloignée de la vie paisible qu'il menait à Santiava. Son grand-père était mort sans héritier mâle direct et Mateo, par l'intermédiaire de sa mère, avait hérité de ses possessions et de son titre. Ce qui signifiait que cette maison, probablement, ainsi que les autres propriétés, probablement, comme tout le reste, probablement, bref comme tout ce qui figurait sur le registre fourni par le très obligeant et très replet Mr Callum lui appartenait désormais.

Le vicomte Abbott. Un nom et un titre très anglais pour quelqu'un qui n'était que très vaguement anglais.

Sa mère, Elizabeth Abbott Vincente, *la duquesa viuda de Santiava*, avait épousé son père à l'âge de dix-sept ans, l'avait eu à dix-huit, avant de donner naissance peu de temps après à son frère Roberto et à sa sœur Sofia, et avait passé la plus grande partie de sa vie d'épouse à Santiava. Si elle était régulièrement retournée en Angleterre pour s'occuper de ses parents, elle n'avait que très rarement emmené ses enfants avec elle. Mateo se souvenait que quand il avait une douzaine d'années, son grand-père avait été fait chevalier de l'ordre de la Jarretière par la reine Victoria. Ce qu'il avait retenu de cette visite n'était pas la cérémonie grandiose, mais la dispute terrible que sa mère avait eue avec son propre père, en anglais, et avec un débit si rapide que Mateo avait eu beaucoup de mal à suivre. La duchesse et ses enfants avaient quitté l'Angleterre peu de temps après.

Par la suite, il n'avait revu son grand-père qu'une seule fois.

Sa mère, d'après ce qu'il en savait, ne s'était jamais réconciliée avec son père. Telle mère, tel fils. Les rapports de Mateo avec son propre père avaient été entachés de nombreuses rancœurs et incompréhensions mutuelles. Cela l'aidait à comprendre ce que sa mère devait ressentir à présent qu'elle avait perdu son père. Ce n'était pourtant pas un sujet qu'elle aimait aborder.

« Le passé est mort et enterré, Teo », répétait-elle.

Il aurait aimé pouvoir se dire la même chose. Son père était mort six ans plus tôt, mais malheureusement, le passé était toujours bien vivant en lui.

Sa mère n'était pas d'une grande aide. Elle avait quarante-six ans et ses souvenirs concernant le patrimoine de la famille Abbott étaient pour le moins vagues. Mais même si elle s'était tout rappelé dans les moindres détails, elle avait été tellement accaparée par sa vie mondaine depuis leur arrivée en Angleterre qu'elle n'aurait pas pu l'aider. Oh ! elle faisait bien irruption dans le bureau de temps en temps pour lui reprocher de ne pas se nourrir correctement (ce qui était faux) ou d'avoir refusé certaines invitations (ce qui était vrai). Le plus souvent, elle passait son temps à recevoir des flopées de femmes vêtues de robes colorées et de chapeaux luxueux, pendant qu'elle le laissait seul gérer les possessions de feu son grand-père.

En ce moment même, il entendait des voix s'échapper des fenêtres de son petit salon, et parvenir jusqu'à lui. Des voix gaies et gazouillantes. *Dios ayúdame.*

Le petit jardin était un véritable bijou. L'allée qui partait de la maison était bordée de dizaines de buissons de roses. Les arbustes qui isolaient ce petit bout de paradis du reste de Londres avaient été méticuleusement taillés. Et si l'on franchissait une arche aménagée dans cette végétation, l'on se retrouvait dans un autre jardin, plus petit et plus tranquille, avec une fontaine et un banc où l'on pouvait lire ou fermer les yeux pendant un moment.

Ou bien déguster quelques pâtisseries. Mateo en avait emporté toute une assiette dans le jardin.

Il les avait préparées lui-même. Une autre part de son passé qui survivait toujours en lui. Son père avait suffisamment répété qu'aucun duc qui se respectait ni aucun vicomte anglais ne s'adonnerait jamais à un tel passe-temps. Il était assez ironique que l'intérêt de Mateo pour la cuisine soit dû à son père : il fallait qu'il lui reconnaisse le mérite de ne s'être jamais préoccupé de lui, ni de son frère ou de sa sœur, durant leur jeunesse.

De façon plus concrète, c'était auprès de Rosa – connue plus formellement sous le nom de la *señora* de Leon – que Mateo avait appris la pâtisserie. Rosa vivait dans la famille de Mateo depuis la naissance de ce dernier. Quand ses parents s'en allaient pour Madrid, Séville ou Paris, elle veillait sur Mateo, Roberto et Sofia comme une maman poule sur ses poussins. Elle leur lisait des histoires de chevaliers et de nobles dames de Santiava, de pirates et d'héroïques capitaines au long cours. Elle les encourageait à imaginer une vie au-delà du palais ou des murs du château.

À cette époque, Mateo avait une imagination débridée. Il pêchait dans les torrents de montagne et chassait en forêt. Avec son frère, ils avaient construit une forteresse dans les bois, en s'inspirant du célèbre *Fuerte del Monte Parson*, une forteresse bâtie sur une falaise surplombant l'océan, depuis laquelle la petite armée de Santiava avait tenu en échec la marine de la Wesloria durant la guerre d'indépendance.

Mateo adorait l'histoire militaire, et avait accumulé bon nombre d'ouvrages sur le sujet au fil des années. D'après son père, cette passion était également une perte de temps.

« Il y a quelque temps, étudier l'histoire militaire aurait peut-être eu son utilité, mais maintenant cela n'a plus aucun intérêt, répétait-il. Cela fait plus de cinquante ans que nous sommes libres. Étudie le commerce, étudie la politique. Tout sauf ces vieilles histoires de guerres révolues. »

Mateo pensait au contraire qu'étudier l'histoire militaire était plus utile que jamais. Il y avait toujours quelque chose à retenir et à apprendre des récits des batailles gagnées, ou même perdues. Pour un petit duché comme Santiava, il y avait certaines ruses à connaître pour se protéger de la menace que pouvaient représenter les pays beaucoup plus grands, comme l'Espagne, la France ou la Wesloria. Il fallait toujours se préparer au pire.

De la même façon, l'intérêt de Mateo pour l'astronomie agaçait profondément son père. Quand il avait reçu un télescope de la part de son oncle pour ses neuf ans, Mateo, enthousiaste, s'était empressé de dessiner sa propre carte du ciel et de l'afficher au mur. « La tête dans les nuages », disait son père avec mépris.

Les journaux de Santiava avaient bien senti la déception du duc vis-à-vis de son héritier, et cela n'avait fait qu'ajouter à la pression pesant sur ses épaules. Il aurait fallu que Mateo soit parfait, en tout point. Les journaux ne se privaient pas de commenter son apparence. Enfant, il était très mince. Ils le disaient faible. Les rares fois où il était obligé de prendre publiquement la parole, la crainte de déplaire à son père le faisait bredouiller, et les journaux se demandaient s'il n'était pas demeuré. Par conséquent, Mateo avait appris à s'exprimer le moins possible en public.

Il avait passé son enfance à essayer de contenter son père sans jamais y parvenir. Rosa était la seule personne adulte à l'avoir toujours accepté tel qu'il était.

En ce moment, ils étaient tous les deux en train de s'entraîner à confectionner des *miguelitos*, ces délicieux petits coussins faits de superpositions de couches de très fine pâte non levée et fourrés de chocolat. *Deliciosos.* Naturellement, Mateo avait insisté pour que Rosa l'accompagne lors de ce séjour en Angleterre. Il n'avait pas l'intention d'abandonner son passe-temps parce qu'il était devenu un vicomte anglais.

Il prit un petit gâteau sur l'assiette et le goûta. Il ferma les yeux pour mieux en savourer le goût. Les couches de pâte délicatement beurrée croustillèrent agréablement dans sa bouche, puis le chocolat fondit sur sa langue. C'était sa meilleure fournée. Mateo ouvrit les yeux pour choisir celui qu'il allait goûter ensuite lorsque la voix de sa mère le fit sursauter. La surprise lui fit faire un faux mouvement et l'assiette se retrouva par terre, dans l'herbe, où elle atterrit à l'envers. Il contempla le désastre, mortifié, puis leva les yeux vers sa mère, qui, sans prévenir, était venue le débusquer jusque dans son petit coin de paradis.

Elle regarda l'assiette, puis son fils.

— Oh non, ne me dis pas que cela ne t'est toujours pas passé...

— Avez-vous besoin de quelque chose ? demanda-t-il.

— J'ai besoin de *toi*, mon chéri. Je t'ai cherché partout. Même le *señor* Pacheco n'avait aucune idée de l'endroit où tu avais disparu !

Sa mère semblait surprise, mais Pacheco, le valet de Mateo, ne manquait pas de sagesse et souvent, devant la comtesse, il feignait l'ignorance.

— J'étais juste à la recherche d'un peu de calme et de silence, *mami*, dit Mateo, avant de se pencher pour ramasser les pâtisseries. Il est parfois difficile de réfléchir avec tous ces rires et ces éclats de voix en provenance de votre salon.

Il posa l'assiette sur le banc et se tourna vers sa mère.

— Est-ce que tout va bien ?

— Tout va bien, Teo, mais nous n'avons pas beaucoup de temps.

— Pour quoi faire ?

— Tu sais que la *señora* Martinez et moi-même partons pour Paris prochainement.

— *Sí.*

Non seulement il le savait, mais il comptait aussi les jours.

— Et tu n'avances toujours pas dans ces histoires de terres et de propriétés !

Mateo regarda sa mère, soufflé. Il était curieux qu'elle lui fasse ces reproches, alors que le travail qu'il était en train de faire était fastidieux au possible. Mateo parlait espagnol, français et anglais couramment. Mais ses compétences pour lire et écrire ces trois langues n'étaient pas similaires, et c'était en anglais qu'il était le plus faible. Il était parfois perdu entre tous ces mots qui se prononçaient de la même façon mais ne s'écrivaient pas pareil et qui, surtout, n'avaient pas du tout la même signification. Ceci, couplé à l'écriture de son grand-père, qui était si minuscule qu'il devait la déchiffrer à la loupe, ralentissait grandement sa progression. Le matin même, il avait passé plus d'une heure à essayer de déchiffrer quelques lignes, dont le sens, au final, lui était resté totalement sibyllin.

— Mais j'avance ! protesta-t-il. Au cas où vous ne le sauriez pas, le patrimoine des Abbott est immense, et je n'ai pas fini de faire le tour de la question.

— Oui, oui… mais si tu ne termines pas ce survol au plus vite, et si tu ne prends pas les décisions nécessaires, nous allons nous faire voler, si cela n'a pas déjà été fait.

— *Qué ?*

De quoi parlait-elle ?

— Qui va nous voler ? Mr Callum ? demanda-t-il, atterré à l'idée que sa mère puisse faire allusion à l'homme qui avait servi fidèlement son grand-père pendant des années.

— J'ai presque oublié l'essentiel, ce pour quoi j'étais venu te trouver, dit-elle, en glissant sur ces insinuations nébuleuses et sans fondement. J'organise un dîner.

Ce n'était pas une nouvelle fracassante. Elle semblait organiser des dîners à peu près tous les deux jours. À quelques rares occasions, elle le forçait à y assister, mais il préférait généralement prendre ses repas dans ses appartements sans avoir à jouer le rôle de la bête curieuse.

— Et qu'ai-je à voir…

— Je voudrais te présenter quelqu'un.

Mateo gémit. D'un air suspicieux, il regarda sa mère, avec ses cheveux noirs, ses yeux bleu profond et sa silhouette svelte. C'était tout à fait elle, ce genre de manœuvre. Le bombarder d'informations ou de nouvelles disparates. Ainsi, entre deux ou trois choses anodines, elle pouvait glisser, mine de rien, quelque chose de particulièrement déplaisant.

— Pas la peine de faire cette tête, Teo. Il ne s'agit que de Lady Lila Aleksander du Danemark.

— *Perdóname*, résonna une voix masculine.

Mateo et sa mère se tournèrent tous les deux vers l'arche de verdure, où le majordome de la famille, Borerro, avait fait son apparition. Il s'inclina.

— Vos invités sont arrivés, *señora.*

— Comment, *déjà* ? demanda Mateo en adressant un regard noir à sa mère.

— Oh ! Mateo, dit-elle en poussant un soupir déçu.

Il avait presque vingt-neuf ans, il était à la tête du duché, et il était surpris que sa mère trouve encore des motifs d'être déçue par lui.

— Il faut être davantage confiant.

Mais de quoi parlait-elle, au juste ? Son problème, ce n'était pas le manque de confiance. Son problème, c'était…

— Elizabeth ? Mais où vous cachez-vous ?

Une femme d'âge moyen et un homme passèrent à leur tour sous l'arche de verdure et s'arrêtèrent à côté de Borerro.

— Merci, Borerro, dit sa mère, avant de s'adresser à ses invités : Approchez, approchez ! Le jardin est petit mais agréable.

— C'est une merveille, acquiesça la femme.

Elle semblait être quinquagénaire ou sexagénaire. Elle avait une silhouette rebondie et ses cheveux sombres comptaient quelques fils gris. Elle affichait un sourire chaleureux, comme si elle retrouvait une cousine qu'elle n'avait pas vue depuis longtemps. L'homme était lui aussi d'âge moyen et arborait la moustache fournie qui était à la mode. Mateo se souvenait de lui : il se trouvait à la réception que Mr Gladstone, le Premier Ministre anglais, avait donnée en son honneur.

Pourquoi sa mère voulait-elle lui faire rencontrer ces deux personnes ? Sans doute pour qu'il finance leurs œuvres de charité…

— Votre Grâce ! dit la femme en se tournant vers lui. C'est un immense plaisir de faire votre connaissance. Mais peut-être dois-je vous appeler Don Santiava ? J'ignore ce qu'il faut dire.

— Teo, dit sa mère en posant la main sur son bras. Puis-je te présenter Lady Lila Aleksander du Danemark ?

Mateo se raidit. Cela commençait à ressembler à un guet-apens.

— Ainsi que le comte d'Iddesleigh, continua sa mère.

— Beck, dit l'homme en s'avançant, la main tendue. Tout le monde m'appelle Beck. Je suppose qu'Iddesleigh est trop difficile à prononcer, ajouta-t-il en souriant. C'est un plaisir de vous revoir, milord.

Mateo s'avança avec réticence pour serrer la main de l'homme.

— Je pense, milord, si je puis exprimer mon opinion, poursuivit Beck en lui serrant la main, que comme vous êtes venu en Angleterre pour recevoir le titre de vicomte, vous devriez peut-être être appelé *milord*. Qu'en pensez-vous ?

Ce qu'il en pensait, c'était qu'il se moquait bien de la façon dont on s'adressait à lui. Et concernant les deux invités de sa mère, il les trouvait bien naïfs de penser qu'ils le reverraient après cette brève rencontre.

— Pardon, mais voulez-vous bien nous excuser un moment ?

Il prit sa mère par le coude et l'attira à l'écart, à une distance suffisante pour que leurs deux visiteurs ne puissent pas les entendre.

— *Mami*...

— Lady Aleksander est venue pour nous apporter son aide, murmura sa mère avant que Mateo ne puisse parler.

— Je me moque bien qu'elle soit venue me passer de la pommade...

— Teo, *mi amor*, dit sa mère en posant une paume sur sa joue. Tu es le duc régnant de Santiava, et désormais tu es aussi vicomte.

— Quel est le rapport...

— Et puisque tu vas séjourner à Londres durant quelques semaines, et même plus longtemps, étant donné la lenteur avec laquelle tu travailles, cela me paraît être le bon moment.

— *Para qué ?* demanda-t-il, en passant à l'espagnol sans s'en rendre compte.

— Pour trouver une épouse ! C'est le début de la Saison, autant dire que c'est la période idéale.

Mateo était stupéfait. Il était inconcevable que sa mère aborde le sujet de son célibat dans son jardin. Il tourna la tête vers leurs « invités » qui, apparemment, avaient découvert les *miguelitos* qu'il avait renversés par terre et s'étaient servis. Il regarda de nouveau sa mère. Il sentait le tonnerre gronder dans sa poitrine, la rage de se retrouver piégé par elle.

— Vous n'avez pas le droit…

— Au contraire, concernant ce sujet particulier, j'ai tous les droits. Je suis ta mère. Teo, il te faut une épouse, répondit-elle, en parlant vite, alors que ses yeux se tournaient vers leurs invités. Même à toi, il ne doit pas avoir échappé que tu n'as pas d'héritier.

Il ne put plus contenir sa rage.

— J'ai tout à fait conscience de mes responsabilités, lâcha-t-il furieusement.

— Vraiment ? Parce que ce n'est pas en restant enfermé dans ton bureau que tu vas rencontrer ta future épouse. Mais Lady Aleksander est là pour t'aider à présent. C'est une vieille amie à moi, et elle est très douée pour ce genre de choses.

Il sentait tout son corps remonté comme une horloge. Sans avoir besoin de la moindre provocation, il était possible qu'il explose, là, au beau milieu du jardin. Sa mère s'était toujours mêlée de tout, mais là, elle dépassait outrageusement les bornes.

— Je ne…

Sans prévenir, sa mère s'éloigna.

— Lady Aleksander ! Auriez-vous l'obligeance d'expliquer à mon fils le type de services que vous proposez ?

— Mais certainement !

En avançant, Lady Aleksander frotta ses mains pour les débarrasser des quelques miettes de gâteau qui s'y trouvaient.

— Mes services consistent à rapprocher les gens. Les hommes et les femmes, plus précisément. J'aide une clientèle très spécifique à trouver un futur conjoint, et je dois dire que je fais cela avec un certain succès, en particulier s'agissant des familles royales et aristocratiques européennes. N'est-ce pas, Beck ?

— Absolument, dit-il, la bouche pleine de gâteau.

Il avala, avant de poursuivre :

— La reine de la Wesloria, sa sœur, la duchesse de Marley... Ma propre sœur est mariée au prince d'Alucia. Dois-je continuer ?

Sa mère lui avait tendu un guet-apens. Si Mateo n'avait pas été aussi furieux, il aurait peut-être même pu admirer cette capacité qu'elle avait eue à le prendre de vitesse et de court sur ce sujet brûlant. Bien entendu, ce n'était pas la première fois qu'elle abordait la question. Elle en parlait même à tout bout de champ. Mais il pensait pouvoir poursuivre ce qu'il avait à faire en Angleterre avant qu'elle ne reparte à l'assaut.

Elle l'avait totalement pris au dépourvu. Et que recommandaient les grands stratèges militaires lorsque l'on était pris en embuscade ? De se replier.

Alors il se replia dans le silence. Il avait appris cela quand il était enfant : mieux valait garder le silence qu'ouvrir la bouche et le regretter ensuite. Il avait appris que le pire de tout, c'était d'être ridiculisé, surtout en public.

— Tu seras forcément d'accord avec moi : le moment est venu, continua sa mère qui ne paraissait pas éprouver la moindre once de honte. Et donc, Teo, je...

Il tendit la main pour empêcher sa mère de prononcer le moindre mot supplémentaire.

À chaque fois qu'ils avaient eu cette conversation, il lui avait dit qu'elle n'avait pas besoin d'insister au sujet de la procréation. Il savait très bien que c'était son devoir, et, honnêtement, il n'avait rien contre. Parfois il se sentait seul, à la fois pour porter son titre et dans son grand palais. Mais entre sa timidité maladive et son incapacité à se montrer aimable, il n'avait pas eu beaucoup de chance jusque-là. Il savait qu'il était bizarre en compagnie d'autres personnes. Il ne se sentait pas à sa place dans les soirées quand tout le monde n'attendait que d'être présenté à lui. Il était fort peu doué pour faire la conversation, préférait les soirées tranquilles aux rassemblements tapageurs, et aurait souhaité rencontrer sa future épouse dans des circonstances moins artificielles.

Malheureusement, les jeunes femmes qu'il avait jusque-là rencontrées – toutes considérées comme des épouses potentielles – n'avaient jamais eu l'air de beaucoup l'apprécier. Et celles qu'il avait rencontrées pour satisfaire des besoins plus primaires se moquaient bien qu'il sache parler ou non.

En bref, il n'avait jamais rencontré une femme semblant savoir quoi faire de lui, et cela valait aussi pour sa propre mère.

Il réfléchissait à un moyen de mettre fin à cette regrettable conversation, mais sa mère se posta devant lui et mit froidement son plan à exécution.

— Et si nous rentrions prendre le thé ? proposa-t-elle en prenant son bras. Nous pourrions discuter de tout cela calmement.

— J'espère qu'il vous reste encore de ces délicieux gâteaux, dit Lady Aleksander.

Mateo leur aurait peut-être dit qu'il venait de les ramasser dans l'herbe, s'il n'avait pas été si occupé à se concentrer pour prendre sur lui et refouler sa colère, et à redouter une conversation dont il savait déjà qu'elle serait très gênante.

3

Depuis longtemps, Hattie suspectait son père de vouloir la rendre folle, et ce jour, il se pouvait très bien qu'il y parvienne. En ce moment précis, il était en train d'arpenter la maison à pas lourds, effrayant les chats et renversant les mannequins de couture au passage, à la recherche de sa canne préférée.

— Celle avec la tête de faucon gravée dans un os de baleine, cria-t-il à sa femme, qui fouillait frénétiquement parmi les piles d'objets hétéroclites disséminés dans toute la maison.

Hattie consulta la montre épinglée à sa robe.

— Nous allons être en retard, le prévint-elle.

C'était, pour elle, un péché impardonnable. Ce n'était pas tous les jours que l'on était invité par le comte d'Iddesleigh à prendre le thé ; et si l'occasion se présentait, arriver en retard serait la pire des impolitesses.

— Il se moque bien de votre canne ! lança-t-elle à son père.

Un chat vint se frotter contre ses jambes et elle le repoussa.

— Ah, la voici.

Son père réapparut, la canne à la main, et la tendit à Hattie afin qu'elle l'admire.

— Le comte va beaucoup apprécier. Je te garantis qu'il n'en a jamais vu de plus belle.

Hattie refusa de regarder.

— Pouvons-nous y aller, à présent ?

Elle était en colère contre son père, qui avait insisté pour l'accompagner. Cette rencontre imprévue avec Lord Iddesleigh était la meilleure chose qui lui soit arrivée en deux semaines, depuis qu'elle avait rompu avec Rupert Masterson, et elle ne voulait pas que son père gâche ce moment.

Elle savait pertinemment qu'il le gâcherait.

Quand elle avait envoyé à Rupert la lettre qu'il avait réclamée par l'intermédiaire de Flora, il avait répondu aussitôt, en lui assurant que c'était la meilleure chose à faire et en lui souhaitant beaucoup de bonheur. Et rien d'autre. Rien au sujet des mois durant lesquels ils s'étaient fréquentés, ni au sujet de toutes les fois où Hattie l'avait aidé à son magasin. Pas un seul mot au sujet des projets qu'ils avaient faits. Comment pouvait-il balayer si facilement l'engagement mutuel qui avait été le leur ? Pourquoi était-ce si simple pour lui, et si compliqué pour elle ?

Elle avait surmonté le choc initial, néanmoins. Il y avait encore des jours où la fin de leur histoire semblait irréelle, mais la plupart du temps, elle était furieuse que Rupert se soit montré si lâche, et que sa famille ait pu devenir un si gros problème pour elle.

À plusieurs reprises, elle s'était retrouvée devant la vitrine de *Masterson, produits secs en tout genre*, avec l'envie d'aller lui demander des comptes, mais aussi de lui envoyer son poing en pleine figure, comme les boxeurs que son frère Daniel l'avait emmenée voir un jour. Mais la plupart du temps, elle ressassait, et elle bouillait.

Et elle bouillait.

Et elle bouillait.

Ce qui la rendait folle de rage, c'était qu'elle avait fait tout ce qu'elle était censée faire pour obtenir une bonne demande en mariage. Elle avait toujours fait montre d'un comportement irréprochable. Elle avait su se rendre utile sans jamais discuter. Elle avait gardé le silence les rares fois où Rupert avait dit des choses si stupides que les larmes lui étaient montées aux yeux. Elle l'avait aidé à son magasin ! Qu'il se débarrasse d'elle comme une vieille chaussette usagée l'avait dégoûtée de lui, et des hommes en général. À l'avenir, elle aurait du mal à leur faire confiance.

En revanche, Hattie était certaine d'une chose : plus jamais elle ne se conformerait à l'idéal social selon lequel elle était censée se comporter. Ni à l'idéal social selon lequel elle était censée penser. Ou s'exprimer. Plus jamais on ne lui dicterait ce qu'elle devait être. Si Rupert Masterson avait pu la laisser tomber si facilement, ses perspectives de mariage étaient plutôt faibles, et elle ne voyait dans ce cas pas l'intérêt d'être ce qu'elle n'était pas.

Elle se trouvait dans la rue, en face de la boutique de Rupert, taraudée par le désir de le frapper, quand le comte d'Iddesleigh l'avait empêchée de commettre cette terrible erreur. Hattie avait déjà fait un pas en direction de l'échoppe de l'infâme lorsqu'elle entendit son nom. Elle se tourna et vit Lord Iddesleigh et sa fille aînée, Lady Mathilda, se diriger vers elle. Et à ce moment précis, le comte changea le cours de sa vie.

Pour la *seconde* fois.

Pour quelqu'un croyant aux anges gardiens, le comte d'Iddesleigh aurait pu passer pour l'un d'eux ; pour celui de Hattie en tout cas. La première fois qu'il l'avait sauvée, elle avait quatorze ans. Elle était si en colère contre son père et son avarice maladive qu'elle s'était mis en tête de chercher du travail. Elle s'était figuré qu'elle pourrait être bibliothécaire ou secrétaire privée. Quelque chose de respectable, mais sans lien avec les enfants. Elle avait frappé à la porte du duc de Marley, parce qu'elle avait entendu dire qu'il était riche, ce dont elle n'avait pas douté en découvrant sa superbe propriété de Mayfair.

Comme elle s'était montrée naïve ! Pour une jeune fille de quatorze ans, il n'existait aucun travail sans lien avec les pots de chambre, le récurage des planchers ou les enfants. Mais Lady Marley et son ami Lord Iddesleigh se trouvaient avec le duc ce jour-là, et tous les deux s'étaient pris d'un vif intérêt pour Hattie. Lord Iddesleigh connaissait son père et, d'une façon ou d'une autre, il avait réussi à convaincre le tristement célèbre Hugh

Woodchurch d'envoyer sa fille à l'école qu'il avait lui-même fondée, dans le Devonshire.

Grâce à une bourse, avait-elle appris plus tard. Financée par Lady Marley.

Cette école avait changé la vie de Hattie. Elle avait appris à connaître le monde qui existait au-delà de sa maison encombrée. Elle avait appris les mathématiques, les sciences et les arts. Et elle avait acquis des compétences utiles, susceptibles de lui servir pour trouver du travail. Elle avait appris à se faire confiance et à se battre pour elle-même : dans une école remplie à craquer de filles, il fallait souvent lutter pour sa survie. Hattie avait été déterminée à ne pas perdre sa place et à ne rentrer chez elle que si cela s'avérait absolument nécessaire.

Cela s'était avéré nécessaire quand elle avait obtenu son diplôme et qu'elle n'avait pas eu d'autre endroit où aller.

Cela faisait quelques années que Hattie n'avait pas vu le comte, mais il semblait sincèrement ravi de la voir et lui avait posé des questions sur sa vie et sa famille. Puis il l'avait regardée d'un air curieux et lui avait demandé :

— Votre écriture est-elle toujours aussi impeccable que quand vous étiez à l'école ?

Hattie avait ri.

— Comme c'est étrange que vous vous en souveniez. Mais oui, je crois.

Il avait ensuite eu ces mots énigmatiques :

— Je connais une personne à la recherche d'une excellente graphie.

— Comment une personne peut-elle être à la recherche d'une *graphie* ? avait demandé Lady Mathilda, l'air interloqué.

— Quand la maîtrise de ladite graphie fait cruellement défaut à cette personne, ce que, ma chérie, tu dois pouvoir aisément concevoir, me semble-t-il.

Lady Mathilda avait gémi et détourné le regard.

Hattie n'avait jamais rien entendu de tel non plus, mais

quelques jours plus tard, le comte envoya un billet pour l'inviter à prendre le thé. Il disait avoir une opportunité susceptible de l'intéresser. Le billet était adressé à elle seule, mais toute à sa joie, Hattie avait commis l'erreur d'en parler à ses parents. Quand cesserait-elle d'être étourdie ?

Son père – un petit homme nerveux à l'œil perçant – s'était levé de son fauteuil si brusquement qu'il avait effrayé deux chats qui dormaient non loin de là. En s'enfuyant, les animaux avaient renversé une chaise et fait tomber une boîte d'aiguilles à coudre sur le sol.

— Le thé chez un comte ! s'était écriée sa mère. Dis-moi tout de suite par quelle sorcellerie tu as pu recevoir une telle invitation ?

— *Sorcellerie ?* avait répété Hattie. Ce n'est qu'un thé, maman. Rien d'extraordinaire.

Sa mère était replète et souvent léthargique, en particulier les après-midi, après son sherry. Elle était allongée sur une méridienne, trois chats blottis contre elle. Mais la nouvelle l'électrisait, et elle avait fait fuir les chats avec ses grands gestes.

— Tu n'iras pas à ce thé sans quelqu'un pour t'accompagner, Harriet. Je ne le permettrai pas.

— J'irai, dit aussitôt son père. J'aimerais beaucoup voir la maison d'Iddesleigh. On le dit riche, mais j'aimerais vérifier si c'est vrai.

— On dit *toujours* des comtes qu'ils sont riches, dit sa mère avec un autre geste de la main. En ce qui me concerne, j'ai plutôt entendu dire qu'ils étaient gueux comme des rats d'église.

— Ce n'est pas… Ce n'est vraiment pas…

Hattie abandonna. Par expérience, elle savait qu'il était impossible de faire changer d'avis son père quand il avait décrété quelque chose. Et maintenant que la canne avait été retrouvée, ils marchaient en direction d'Upper Brook Street, bien que son père soit propriétaire de la plupart des transports publics de Londres.

« Pourquoi dépenser un shilling quand cela n'est pas

nécessaire ? » disait-il à chaque fois qu'elle ou Daniel demandait à prendre un transport en commun.

Mais le fiacre semblait nécessaire à Hattie, étant donné qu'il tombait une pluie fine. Ils arrivèrent avec un quart d'heure de retard, et trempés.

Le majordome leur indiqua aimablement un petit salon où patientait le comte, tout sourire… jusqu'à ce qu'il voie le père de Hattie.

— Ah, Mr Woodchurch… je ne vous attendais pas.

— Je me doute bien, mon bon monsieur, rétorqua son père. Je suis venu tout de même, afin de protéger ma fille.

— Protéger votre fille… mais de quoi ? demanda le comte, l'air sincèrement perplexe.

Mais alors il secoua la tête et leur fit signe d'entrer.

— Ce n'est pas grave. Vous êtes le bienvenu, sir, dit-il avec magnanimité. Miss Woodchurch, c'est toujours un plaisir.

— Je vous remercie.

Hattie fit la révérence. Elle se sentait nerveuse, car elle avait bien conscience que son père regardait partout dans la pièce, les yeux plissés, comme s'il évaluait le prix de chaque meuble et de chaque objet.

— Puis-je vous offrir du thé ?

En guise de réponse, le père de Hattie dit :

— Que voulez-vous à ma fille ?

— Oh ! papa…, tenta Hattie, mortifiée par les manières de son père.

— J'apprécie les personnes qui vont droit au but. Je vis avec six femmes spécialistes en circonvolutions diverses et variées, à un point que cela m'épuise. Je vous ai invitée, Miss Woodchurch, car, comme je vous l'ai dit, je pense avoir une opportunité parfaite pour vous. Je vous en prie, asseyez-vous.

— Une *opportunité*, vous dites ? demanda son père d'une voix sournoise alors que Hattie prenait place sur le canapé comme l'avait indiqué le comte.

Lord Iddesleigh l'ignora et continua de sourire à Hattie.

— Je crois vous avoir mentionné que j'ai une connaissance en ville qui a besoin qu'on l'assiste dans sa correspondance. Il faut que ce soit quelqu'un à la graphie et à l'orthographe irréprochables. Le travail consisterait en trois ou quatre après-midi par semaine, et il s'agirait de prendre des notes et de les mettre en forme pour en faire des lettres, de répondre aux invitations, et ce genre de choses...

Le père de Hattie fit la grimace.

— Ce ne doit pas être un gentleman très important s'il n'a pas déjà un secrétaire particulier, non ?

Le sourire chaleureux de Lord Iddesleigh fraîchit.

— Le gentleman en question est un étranger qui séjourne en ce moment à Londres. En tant que tel, il n'a pas de secrétaire à sa disposition.

— Un étranger..., commença Hattie, avant que son père ne l'interrompe :

— C'est payé, n'est-ce pas ? Combien ?

— Oh non, murmura Hattie, mortifiée comme jamais. Papa, *s'il vous plaît...*

La question eut l'air d'accabler Lord Iddesleigh.

— Il s'agit d'un travail rémunéré, en effet, mais j'aimerais m'assurer que la proposition intéresse Miss Woodchurch avant de...

— Elle l'intéresse, répondit son père sur un ton péremptoire.

— Père ! répondit vivement Hattie. S'il vous plaît, laissez-moi répondre moi-même aux questions de monsieur le comte.

Son père contracta la mâchoire et fit un grand geste de la main à contrecœur pour inciter Hattie à continuer.

Elle se tourna vers le comte.

— Puis-je savoir si... si ce gentleman est marié ?

En entendant cette question, le comte parut perplexe.

— Non, il est... Pourquoi demandez-vous cela ?

— Je pense qu'il serait très inconvenant si moi, une femme non mariée, j'étais employée par un célibataire...

— Ne sois pas ridicule, ma fille, dit son père d'une voix sèche. Combien ? demanda-t-il encore.

Tout à coup, Lord Iddesleigh se dirigea vers la porte du bureau et l'ouvrit.

— Puisque je propose cette place à Miss Woodchurch seule, et non pas à vous, sir, peut-être pourriez-vous avoir la gentillesse de nous laisser en discuter librement en privé ?

Son père ne semblait pas de cet avis, mais avant qu'il puisse protester, Hattie ajouta :

— Ce ne sera pas long. Merci.

Son père adressa un regard sombre au comte en poussant un soupir irrité.

— Très bien, dit-il sèchement. Dépêchez-vous.

Et sur ce, il quitta la pièce à contrecœur, non sans avoir examiné les meubles une dernière fois.

Dès qu'il fut parti, Lord Iddesleigh se tourna vers Hattie.

— Je suis affreusement désolée...

— Je crois que nous n'avons pas beaucoup de temps, s'empressa-t-il de dire. Permettez-moi d'aller droit au but. C'est une très belle opportunité pour vous, Miss Woodchurch. Le gentleman en question est le duc de Santiava, et aussi, désormais, vicomte Abbott. Vous avez dû avoir vent que le titre des vicomtes Abbott était passé à un étranger ?

Hattie était plongée dans un silence sidéré. Elle ne pouvait former une pensée cohérente, ce qui était aussi bien, car sa langue semblait comme paralysée.

Le comte continuait de parler, mais elle n'entendait pas tout ce qu'il disait. Il fronça les sourcils.

— Miss Woodchurch ? Savez-vous de qui je parle ?

C'était juste le célibataire le plus en vue de tout Londres. Juste l'homme le plus beau qu'elle ait jamais croisé.

— Oui, milord.

— Son anglais parlé est impeccable, poursuivit le comte. Quand on l'entend, il est impossible de deviner ses origines étrangères.

Malheureusement, il rencontre parfois quelques difficultés pour lire ou écrire notre langue, et pour cela il a besoin d'aide.

Il a besoin d'aide. De son aide à *elle* ? Hattie n'arrivait pas à comprendre comment Lord Iddesleigh avait pu penser à elle. Voulait-il vraiment qu'elle lise et écrive pour cet homme magnifique ?

Le comte se pencha en avant et la regarda droit dans les yeux.

— Je n'ai pas l'impression que vous me compreniez vraiment. Cette place pourrait vous ouvrir des portes. Des portes qui, autrement, ne s'ouvriraient pas, si vous voyez ce que je veux dire.

Elle ne voyait pas ce qu'il voulait dire. Elle ne parvenait même pas à penser.

Il soupira.

— Miss Woodchurch. Que voulez-vous dans la vie ?

— Pardon ?

Elle ne savait pas ce qu'elle voulait dans la vie depuis que Rupert l'avait rejetée. Ses projets d'avenir s'étaient dissipés dans les airs.

— Je... Un petit cottage à moi. Peut-être un ou deux chiens. Éventuellement une vache, aussi.

Iddesleigh fronça les sourcils.

— Je pense que vous devriez savoir que posséder une vache représente plus de tracas que vous ne le pensez. Néanmoins, si c'est ce que vous voulez, alors vous êtes encore plus faite pour ce travail que je ne le pensais.

Elle avait envie de demander quel était le rapport avec les vaches. Et puis vraiment, elle n'avait pas l'intention de se précipiter tout de suite pour en acheter une. Mais elle se tut, et resta assise, à essayer de saisir la signification de ce discours.

Puis le comte lui révéla combien le vicomte la payerait en échange de ses services, et tout ce qu'il lui avait dit jusqu'ici prit aussitôt sens. Il s'agissait d'une somme dont Hattie ne pourrait jamais disposer sinon. Une somme qui pourrait marquer le début de possibilités infinies. Elle était toujours mal à l'aise à l'idée de se retrouver seule avec un beau célibataire, mais elle voulait cet argent. C'était vraiment un excellent moyen pour partir de chez son père.

— J'accepte, dit-elle d'une voix claire.

Sur le chemin du retour, le père de Harriet lui demanda combien elle allait toucher. Quand elle le lui dit, il souleva les sourcils si haut qu'ils atteignirent ses cheveux qui se raréfiaient pourtant.

— Autant que cela ? Eh bien, Harriet, je te propose un marché. Je ne te prendrai que quinze pour cent.

Elle le regarda d'un air atterré.

— Comment ?

— C'est très équitable. Tu es une adulte, et cela fait longtemps que tu devrais être mariée et que tu aurais dû quitter la maison. Quinze pour cent, ce n'est rien comparé à ce que tu pourrais payer pour la chambre et le couvert.

Elle n'en croyait pas ses oreilles.

— J'aurais quitté cette maison depuis longtemps sans vous, papa, dit-elle. Sans vous, sans notre maison et sans mes frères !

— Je m'en moque, dit-il en haussant les épaules.

Oui, Hattie ferait n'importe quoi pour pouvoir partir de chez son père.

N'importe quoi.

4

Mateo trouvait que la résidence des vicomtes Abbott, sur Grosvenor Square, paraissait ordinaire vue depuis la rue. Une façade en brique claire, une porte vert foncé, avec des heurtoirs en cuivre. Un cure-bottes pour ôter la boue de ses semelles, un poteau d'attelage pour les chevaux. C'était une confortable et respectable demeure, mais sans rien de remarquable. Néanmoins, Mateo appréciait beaucoup de pouvoir se tenir à la fenêtre de son petit salon en voyant ce qui se passait dehors et qui se trouvait devant la porte.

Aujourd'hui, c'était le comte d'Iddesleigh, ou Beck, comme celui-ci l'avait rappelé à Mateo à plusieurs reprises. Il était avec une femme qui portait un chapeau masquant partiellement son visage, mais elle semblait de taille et d'allure moyennes. Aussi peu remarquable que cette maison. Ce n'était pas que son apparence importait à Mateo : il s'agissait d'une employée de bureau, venue rédiger sa correspondance en anglais. Et il y avait beaucoup à rédiger.

L'après-midi où sa mère avait fait entrer une marieuse dans son existence, elle avait également réussi, pendant le thé, à se plaindre de la lenteur avec laquelle Mateo travaillait. Il en avait été mortifié, mais avant qu'il n'ait le temps de se justifier, avant qu'il n'ait le temps d'évoquer l'écriture illisible de son grand-père, Beck s'était exclamé qu'il s'agissait d'un problème susceptible d'être réglé par lui. Il connaissait une femme, une ancienne élève de son école, qui avait besoin d'une place comme celle-ci.

Lady Aleksander avait fait remarquer ce à quoi Mateo avait tout de suite pensé : cela ferait jaser si une femme non mariée et sans chaperon travaillait seule avec le vicomte, qui était célibataire.

— Aucune raison de s'inquiéter, avait dit Beck sur le ton de la confidence. Elle ne sera pas un objet de tentation pour le vicomte.

— Je vous demande pardon, sir ? avait rétorqué la mère de Mateo d'une voix mécontente.

— Je vous prie de m'excuser si j'ai parlé mal ou trop vite. Je ne voulais pas paraître déplacé, s'empressa d'ajouter Beck d'un air contrit. Ce que je veux dire, c'est que cette jeune femme est habituée à travailler, et que sa famille est habituée à ce qu'elle travaille. Au lieu de penser à elle comme à une jeune femme non mariée, pressée de convoler...

— Seigneur Dieu, gémit plaintivement Lady Aleksander.

— Il faut penser à elle comme à une parente éloignée qui viendrait prendre le thé. Cette idée ne dérangerait personne, n'est-ce pas ? Qui plus est, si elle emprunte l'entrée de service, personne ne se posera de questions sur le travail qu'elle vient faire dans cette maison.

Mateo n'avait pas trop apprécié le tour pris par la conversation. Qui que soit cette femme, elle était avant tout une personne.

— Peu importe la porte qu'elle utilise, elle n'en reste pas moins une femme dont la réputation mérite d'être préservée.

— Oui, bien sûr, bien sûr, s'empressa de dire Beck. Mais elle mérite aussi d'avoir la possibilité de gagner un peu d'argent. Elle est d'une bonté et d'une moralité irréprochables, et possède toutes les qualités requises pour vous aider. Par ailleurs... elle a besoin de cette place.

— Qu'entendez-vous par là ? demanda sa mère avant que Mateo ne puisse ouvrir la bouche.

— Elle a besoin de cet argent, dit Beck sur un ton catégorique.

J'imagine que vous allez me trouver grossier de dire une chose pareille, mais sa famille est… Elle est…

Il marqua une pause et se mordilla les lèvres, comme s'il était en train d'essayer de résoudre une énigme.

— Assez peu conventionnelle, finit-il par dire.

— C'est-à-dire ? demanda Lady Aleksander.

— Rien de criminel.

La mère de Mateo rit.

— Ce n'est pas très rassurant.

— J'essaie juste de dire que sa situation dans ce bas monde serait grandement facilitée si elle pouvait gagner un peu d'argent par elle-même. Je n'en dirai pas plus, je ne veux pas être indélicat, mais je la connais depuis qu'elle a fréquenté mon école. Elle est sérieuse et digne de confiance, et se comporte en toutes circonstances avec intégrité. Si vous ne me croyez pas, au moins pourriez-vous la rencontrer, afin de juger par vous-même.

Avec du recul, Mateo pensait qu'il aurait très certainement dit non ce jour-là, mais sa mère avait choisi ce moment pour répondre sarcastiquement à Beck, ce qui, par réaction, avait précipité sa propre décision.

— Peu importe qu'elle soit c'est un ange, cela ne se fait pas.

— Amenez-la donc, Beck, dit Mateo.

La tasse à thé de sa mère avait heurté un peu trop fort la soucoupe.

— Teo !

— Je vous remercie, madame, mais ma décision est prise, dit-il avec calme.

Et pour la première fois de sa vie, sa mère ne discuta pas.

Il avait vraiment besoin d'aide. Et quelque chose que Beck avait dit l'avait frappé. L'existence de cette jeune femme serait grandement facilitée si elle pouvait gagner un peu d'argent. Alors il avait accepté : il la rencontrerait et jugerait par lui-même.

Le moment était arrivé. Mateo se sentait légèrement mal à l'aise, comme toujours avec les gens qu'il ne connaissait pas. Les personnes qui étaient à son service depuis longtemps – Rosa, Pacheco et Borerro – étaient comme des membres de la famille. Mais les autres ? Cela ne lui venait pas naturellement. Il était un adulte désormais, et non plus l'enfant qu'il avait été, celui qui craignait le jugement des inconnus. Mais il n'était pas quelqu'un de charmant. Il le regrettait amèrement. Son existence aurait été ô combien plus facile s'il avait possédé le charme naturel de son frère Roberto, ou un sens inné de l'hospitalité, comme sa sœur Sofia. Son frère et sa sœur pouvaient entrer dans n'importe quelle pièce, remplie de n'importe quelles personnes, et en ressortir avec de nouveaux amis et pléthore d'invitations à dîner. Mateo n'était pas comme eux. Se faire des amis n'était pas quelque chose de naturel chez lui. Il ne savait comment s'y prendre pour que les gens se sentent à l'aise en sa présence. Généralement, après avoir rencontré des inconnus, il se sentait épuisé, vidé et doutait de lui comme jamais.

Malgré cela, il avait en ce moment trop de questions urgentes à régler pour s'inquiéter de la façon dont il était perçu. Il avait une pile d'invitations auxquelles il fallait répondre, des lettres à écrire à des partenaires commerciaux, et des documents qu'il ne parvenait ni à déchiffrer ni à interpréter.

Et, à ne pas oublier non plus – ce qui ne risquait pas de se produire étant donné l'ampleur qu'avait prise ce problème –, il y avait ce curieux problème de livraison de chèvres en lieu et place des moutons qu'il avait achetés. Il était persuadé que l'erreur résultait d'une mauvaise compréhension de son anglais écrit.

Il avait besoin d'une secrétaire, et vite.

Il entendit frapper à la porte, puis Borerro faire entrer les visiteurs. Il remit ses poignets de chemise en place, encore et encore, jusqu'à ce que Borerro vienne le prévenir. Puis il les replaça une dernière fois, et descendit au bureau pour accueillir ses visiteurs.

Le bureau lambrissé de panneaux de bois sombre se trouvait sur le côté droit de la maison et donnait à la fois sur le jardin et sur la rue. L'un des murs était garni d'étagères du sol au plafond.

Y étaient rangés des ouvrages traitant d'agriculture, d'histoire et de philosophie. Les fenêtres, ouvertes afin de laisser entrer la lumière, laissaient aussi filtrer de lointains bruits de carrioles, de chevaux, de conversations...

Le bureau en acajou de son grand-père, avec son fauteuil en cuir capitonné, occupait une extrémité de la pièce et était encombré de papiers et de dossiers. La pièce était très masculine et Mateo tenta aussitôt d'imaginer une jeune femme en train d'évoluer dans ce décor, de toucher les rideaux, de s'asseoir, de remplir l'espace de sa présence. À l'autre extrémité de la pièce se trouvait un petit secrétaire qu'il avait fait descendre de l'une des chambres.

— Milord, dit Beck en inclinant la tête, ce qui attira l'attention de Mateo.

— Beck, bienvenue.

Il replia un bras derrière son dos et serra le poing, puis tourna le regard vers la femme. C'était une curieuse habitude qu'il avait adoptée enfant, quand ses parents le poussaient sur le devant de la scène. *Vois ton héritier, Santiava.* La foule voyait, et un peu plus tard, son père le rabaissait, dénigrait son attitude et, s'il avait dit quelque chose, tournait ses propos en dérision.

Il ne vit que quelques mèches sous le chapeau qu'elle portait toujours sur la tête, mais elle avait l'air d'avoir les cheveux bruns. Elle avait de grands yeux bleu clair, et semblait un peu surprise. Ses yeux étaient lumineux, et cette petite étincelle qu'il y décelait l'intrigua. Était-elle contente d'être là ? Et pourquoi serrait-elle son réticule si fort contre elle ?

— Lord Abbott, puis-je vous présenter Miss Harriet Woodchurch ? dit Beck.

Et, aussitôt, Miss Woodchurch s'avança et exécuta une parfaite révérence.

— Elle se présente à vous avec d'excellentes références, étant donné qu'elle est diplômée de l'École Iddesleigh pour Jeunes Filles d'Exception. Présentement, elle tient les livres de comptes de Mrs

O'Malley, qui possède une confiserie, et est dame de compagnie auprès de la fille d'un vicomte. En plus de ses multiples talents, elle possède une graphie parfaite.

Beck sourit à Miss Woodchurch.

— Bonjour, milord, dit-elle. C'est un immense plaisir de faire votre connaissance. Je vous sais gré de l'intérêt que vous portez à ma modeste personne.

Elle le regardait avec une intensité telle que Mateo se sentit légèrement déstabilisé. Elle lui rappelait ces personnes qui pensaient avoir reconnu quelqu'un, mais ne savaient plus ni où ni quand elles avaient fait sa connaissance.

— Je vous ai apporté un exemple de mon écriture, si vous voulez voir.

Il n'avait pas besoin de voir. Il faisait confiance à Beck sur ce point. Il ne lui aurait pas amené quelqu'un dont la graphie était illisible. Ce qu'il lui importait de savoir, c'était si son orthographe était irréprochable et si elle savait rédiger convenablement. Il avait la très mauvaise habitude de traduire ce qu'il voulait dire de l'espagnol à l'anglais dans sa tête, et le résultat final était inévitablement incorrect.

Apparemment Miss Woodchurch prit son silence pour un acquiescement et se mit à fouiller dans son réticule. Il remarqua que sa robe était de la couleur des prunes qui poussaient dans les arbres ornant la terrasse du palais de Valdonia. Le tissu avait une brillance particulière qui suggérait que la robe était à la fois neuve et bon marché.

Elle sortit un papier de son réticule et s'avança, le bras tendu. Sa main, remarqua-t-il, tremblait légèrement.

— C'est une lettre. Elle n'est pas adressée à une vraie personne. Je l'ai écrite afin que vous puissiez vous rendre compte de ma graphie et de mon orthographe. Je maîtrise parfaitement les deux.

Elle fit un pas supplémentaire dans sa direction et il la sentit prête à fourrer la lettre dans la poche de sa veste s'il ne la prenait pas. Alors il la prit. Il l'ouvrit, la regarda, la replia, et la lui rendit.

— Comme vous pouvez le voir, Miss Woodchurch est venue bien préparée. Une bonne preuve de ses capacités, comme vous en conviendrez sans doute.

Mateo acquiesça stupidement. Il se sentait peu sûr de lui et de ce qu'il devait faire. Féliciter cette femme pour son écriture ? Souligner sa lisibilité ?

— Vous avez sans doute des questions à lui poser, dit Beck.

Il était clairement la personne la plus à l'aise dans cette pièce et il lui fit penser à son frère, Roberto. Comme lui, Beck n'avait sans doute jamais rencontré d'inconnus. Au contraire, tous les gens que rencontrait Mateo étaient des inconnus.

Il observa de nouveau Miss Woodchurch et d'un regard rapide, la balaya des pieds à la tête. Elle était jeune. Trop jeune ?

— M. le comte vous a-t-il expliqué en quoi consistait ce travail ?

— Oui, milord. Vous avez besoin de quelqu'un qui rédige à votre place.

— Et vous sentez-vous capable d'écrire sous ma dictée et ensuite de tout retranscrire convenablement ?

— Tout à fait capable, milord. À mon ancienne école, on me disait souvent que c'était moi qui écrivais le mieux.

Comment s'était-elle retrouvée là ? Elle semblait si... *ordinaire*. Pourtant, contrairement à ce qu'il avait pensé d'elle au départ, elle n'était pas si peu remarquable que cela : elle avait un visage agréable, des yeux d'un bleu magnifique, et ses mains étaient très élégantes. C'était cela, comprit-il : elle ne possédait ni titre ronflant, ni richesses extraordinaires, ni beauté époustouflante susceptibles de le séduire. Elle semblait avoir les pieds sur terre et être déterminée à obtenir cette place. C'était un vrai soulagement pour lui de sentir que rien d'autre ne l'intéressait que de travailler.

Étonnamment, il songea que ce côté ordinaire lui plaisait chez elle. Lui-même était ordinaire, si l'on ne tenait pas compte des conditions de sa naissance.

— Vous pensez peut-être qu'il est étrange de se distinguer par la qualité de sa graphie et non par quelque chose d'un peu plus important, comme son aptitude au calcul mental. Mais chacun a ses propres forces.

— Pardon ?

— Je vous faisais remarquer que si les mathématiques peuvent être le point fort de quelqu'un, le mien serait plutôt l'écriture.

Il soutint son regard presque intimidant.

— Vous-même devez avoir un point fort, milord, n'est-ce pas ?

Essayait-elle de lui faire la conversation ? Il ne savait pas bien ce que ses points forts avaient à voir avec le travail qu'il lui proposait.

— Oh ! je pense que M. le vicomte doit en avoir beaucoup, intervint Beck. D'autres questions, milord ?

Autant de questions, autant de minutes où elle se tiendrait devant lui.

— Pourquoi cherchez-vous du travail ?

Quelque chose changea dans son expression. La lumière qui éclairait son regard faiblit quelque peu, et son sourire tout prêt disparut.

— Comme toutes les personnes qui cherchent du travail, milord, j'aimerais pouvoir gagner ma vie.

Il ne voyait qu'une ou deux raisons susceptibles de pousser une femme à vouloir gagner sa vie par elle-même.

— Êtes-vous veuve ?

Elle cligna des yeux.

— Je n'ai jamais été mariée.

— Ce n'est peut-être pas la même chose en Angleterre, mais dans mon pays, les femmes issues des milieux les plus aisés ne cherchent pas du travail. Ce serait considéré comme... un déclassement.

Miss Woodchurch fronça les sourcils.

— C'est fort dommage pour les femmes de votre pays. Je trouve au contraire que les femmes cherchant à travailler, quelle que soit leur classe sociale, sont admirables.

— Vous avez sans doute raison, Miss Woodchurch, s'empressa

d'intervenir Beck, et en ce qui me concerne, j'admire votre détermination. Mais reconnaissez-le : en Angleterre, tout le monde ne partage pas votre avis.

— Non, en effet, répondit-elle sur un ton pincé.

Cette femme était déjà une énigme pour Mateo.

— Milord, avez-vous d'autres questions ? s'empressa encore de demander Beck.

Il aurait eu mille questions. Pour commencer, il était intrigué qu'elle s'adresse à lui comme s'ils étaient sur un pied d'égalité. Mais concrètement, l'emploi qu'il lui proposait ne consistait pas juste à prendre des notes et écrire. Mateo fit un pas vers elle.

— *Señorita...* comprenez-vous que ce travail est confidentiel ? Je n'aimerais pas que l'on se retrouve à discuter de mes affaires privées dans les salons et les cafés londoniens.

Ses joues rosirent légèrement.

— Je vous prie de m'excuser, mais je ne fréquente pas les cafés, dit-elle d'une voix qui paraissait offusquée. Vous pouvez compter sur ma discrétion en tout point.

— En *tout point* ?

Ses joues se colorèrent davantage.

— Vous m'avez bien entendue, confirma-t-elle, avec un air de défi assez intéressant.

Si sa mère avait été présente, elle en aurait été très offensée, mais pour sa part, il appréciait qu'elle s'exprime avec conviction. Il aimait sa confiance en elle. Il l'observa encore un moment.

— Vous êtes très jeune.

Cette fois, elle éclata de rire.

— J'ai vingt-quatre ans.

Vingt-quatre ans ? Seulement quatre ans de moins que lui ? Elle aurait dû être mariée et mère de famille à cet âge-là. Pourquoi n'était-ce pas le cas ? Avait-elle des problèmes ? Une grossesse non désirée, peut-être ?

— À présent que nous avons établi que Miss Woodchurch a d'excellentes références, qu'elle a fait serment de confidentialité, et qu'elle croit au droit qu'ont les femmes de chercher du travail, quand voulez-vous qu'elle commence ? demanda Beck d'un ton jovial. On dirait qu'une masse de travail vous attend, ajouta-t-il en désignant le bureau surchargé de dossiers.

Mateo n'eut pas besoin de regarder pour savoir tout ce qu'il restait à faire. Il observa Miss Woodchurch et ses yeux si clairs. Il ne savait pas pourquoi il hésitait, pourquoi il était si pointilleux. La situation de Miss Woodchurch ne le concernait pas. Plus vite il aurait terminé son travail ici, plus vite il rentrerait chez lui, à Santiava.

— Demain, dit-il. 14 heures, si cela convient à Miss Woodchurch.

Miss Woodchurch sourit tout à coup, et l'effet fut très agréable. Elle n'avait pas un sourire ordinaire.

— Cela me va parfaitement. Merci.

Elle rangea son papier dans son réticule, exécuta une révérence et dit :

— Je ne vais pas vous prendre davantage de votre temps.

Comme si c'était elle qui avait décidé de mettre fin à l'entretien...

Mais, en réalité, c'était exactement ce qu'elle venait de faire. Mateo regarda Beck, qui sourit.

— À l'École Iddesleigh nous faisons tout pour que nos élèves acquièrent assurance et confiance en elles.

— Je dirais qu'avec Miss Woodchurch, vous avez parfaitement réussi.

— Merci ! dit Miss Woodchurch.

5

Hattie avait à peine conscience d'être en train de marcher aux côtés de Lord Iddesleigh. Ses bras et jambes semblaient fonctionner comme ils étaient censés le faire, mais elle avait l'impression qu'ils étaient devenus exsangues. Elle n'avait aucun souffle et son cœur battait si vite qu'elle n'excluait pas de s'évanouir dans les secondes à venir.

Sans savoir comment, elle était parvenue à sortir de cette maison et à marcher dans la rue avec le comte tout en venant d'être engagée par l'homme le plus beau de la terre.

Grand Dieu, il était encore plus magnifique de près. Il était d'une perfection telle qu'elle ne réussissait pas à s'en remettre. Tout était absolument parfait chez lui. Depuis ses doigts élégants, jusqu'au galbe de ses bras musclés mis en valeur par sa veste sur mesure. Depuis sa taille marquée et la fine chaîne en or de sa poche jusqu'à son visage rasé de près. Et ses yeux ! Ils l'avaient subjuguée. Ces cils si noirs qu'ils semblaient soulignés de khôl, ces iris d'une belle couleur noisette où se mêlaient doré étincelant, vert et brun. Et puis sa voix, grave et calme. Et son accent mélodieux, avec cette façon irrésistible de rouler les « r ».

Mais il n'y avait pas que cela. Dans son bureau, Hattie avait commencé à comprendre l'aubaine que représentait cette place. Si elle travaillait dur et lui donnait satisfaction, le salaire qu'il lui verserait lui permettrait de faire un grand pas vers l'indépendance. Une vraie indépendance, à laquelle, jusqu'ici, elle n'avait pu faire que rêver.

Au coin de rue où le comte et elle devaient se séparer, Hattie réussit à remercier Lord Iddesleigh de façon cohérente et nourrie. Il dit qu'il était heureux de se rendre utile, et qu'il espérait qu'elle viendrait bientôt en famille prendre le thé chez lui.

— J'aimerais que vous me racontiez comment se passe votre travail.

Oui, oui, c'était d'accord pour le thé et pour le reste. Hattie avait du mal à penser à autre chose qu'au vicomte et à la chance qui lui était offerte. Elle était impatiente de commencer.

— Miss Woodchurch, dit le comte.

Elle leva les yeux vers lui et il posa les mains sur ses épaules.

— Restez qui vous êtes. Je pensais vraiment ce que j'ai dit : c'est une très belle opportunité pour vous, mais vous devez la saisir avec confiance, et enthousiasme, et avec l'envie de parler… exactement comme vous l'avez fait aujourd'hui.

— J'ai dit des choses qu'il ne fallait pas ?

— Non. Vous avez été parfaite, assura-t-il. Mais d'après mon expérience, les hommes ont parfois besoin qu'on leur rappelle que nous sommes tous les enfants de Dieu et qu'ils ne sont pas seulement les représentants du sexe dit fort.

Elle ne le comprit pas, mais elle promit de suivre ses conseils avant que leurs chemins ne se séparent.

Il y avait une nouvelle horloge dans l'entrée quand Hattie arriva chez elle, coincée entre deux autres. Il devenait vraiment compliqué de se frayer un passage, et Hattie secoua la tête en la frôlant pour se diriger vers le salon.

Ses parents s'y trouvaient. Ils s'y trouvaient toujours.

— Alors ? demanda sa mère, qui chassa plusieurs chats de ses genoux quand Hattie entra.

— Il m'a engagée ! s'exclama joyeusement Hattie.

— Combien ? demanda son père.

— Je vous l'ai déjà dit, papa.

— Non, tu m'as dit ce qu'Iddesleigh avait proposé. Tu n'as pas abordé le sujet directement avec le vicomte ? Pour l'amour de Dieu, Harriet, il faut toujours demander combien un travail est payé ! Tu aurais pu négocier un meilleur salaire.

Elle n'avait pas besoin d'un meilleur salaire. Elle aurait fait ce travail gratuitement. Juste pour avoir la chance de le revoir, d'être en compagnie d'un gentleman, d'évoluer dans une belle maison.

— Un meilleur salaire pour quoi ?

Le frère aîné de Hattie, Daniel, entra. Ses cheveux étaient en désordre, comme s'il avait été au grand vent. Son col était ouvert au niveau de la gorge et, même de loin, il sentait l'alcool.

— J'ai un nouveau travail, dit Hattie en souriant. Comme secrétaire particulière.

Daniel fronça les sourcils tout en se dirigeant vers le buffet.

— Comme quoi ?

— Un ou une secrétaire est quelqu'un dont la tâche, entre autres, consiste à rédiger la correspondance de son employeur.

— Merci, Hat, je sais très bien ce qu'est un secrétaire. Ma question est plutôt : pourquoi penses-tu pouvoir t'octroyer ce titre ?

Il attrapa une carafe en cristal qu'il déboucha.

— Parce que j'ai été engagée en tant que telle par le nouveau vicomte.

En entendant cette nouvelle, Daniel s'immobilisa un instant, avant de verser du brandy dans un verre.

— Le nouveau vicomte… Tu veux parler d'Abbott ? L'Espagnol ?

— Il ne vient pas d'Espagne mais de Santiava. Et oui, c'est lui.

Elle souriait béatement, se rendit-elle compte. Il fallait vraiment qu'elle apprenne à se contrôler. Ce ne serait pas une bonne idée de passer son temps à sourire comme une idiote parce qu'elle allait avoir la chance de pouvoir contempler un très bel homme plusieurs fois par semaine.

Daniel reposa le verre sans avoir bu une seule gorgée. Il adressa un regard noir à son père.

— Et voilà, maintenant tout le monde va penser que ma sœur doit chercher du travail comme une mendiante.

— Une mendiante ! s'exclama Hattie.

Daniel désigna leur père.

— Tout cela, c'est à cause de vous, dit-il sur un ton accusateur. Je vous l'ai pourtant dit : achetez donc une robe ou deux à cette pauvre fille de temps en temps.

— À cause de *moi* ! lança son père. C'est à cause d'*elle*, oui ! Ce n'est pas ma faute si elle ne trouve personne qui veuille l'épouser ! Je ne suis pas censé subvenir à ses besoins toute ma vie.

— C'est pourtant exactement ce que l'on est censé faire quand on a des enfants, rétorqua Daniel.

— Allons, allons, dit Hattie en s'interposant entre eux avant que son père et Daniel ne se querellent pour de bon. S'il vous plaît, je...

Elle fut interrompue par Peter et Perry faisant irruption dans la pièce, bruyamment et précipitamment, comme à leur habitude. Ils étaient en pantalon et chemise, sans veste. Peter avait un carquois dans le dos, et un arc et une flèche en mains. Perry semblait essayer de lui échapper : il sauta par-dessus le dossier du divan et atterrit de l'autre côté avec un grand bruit.

— Que faites-vous ici avec ça ? s'écria la mère de Hattie. Vous avez fait peur à Mr White, et... Perry ! Fais attention ! s'exclama-t-elle quand le chat blanc bondit depuis le dossier du canapé et faillit entrer en collision avec le service à thé miniature que Perry venait de renverser.

Le bruit de porcelaine brisée mêlé aux miaulements du chat fit sursauter tout le monde. Perry contempla les dégâts, sans faire le moindre geste pour ramasser les morceaux. Tous les chats s'enfuirent par la porte restée ouverte.

— Regarde ce que tu as fait ! se lamenta leur mère, tout en se dirigeant vers le lieu du crime pour évaluer le carnage.

Ce qui fit rire Peter. Et ce qui précipita Perry vers lui. Daniel essaya de s'interposer entre les jumeaux pour tenter de mettre fin à leur bagarre, mais il finit par recevoir le coup de poing que Peter destinait à Perry. Ce qui poussa Daniel à jeter Peter à terre, tandis que Perry criait pour l'encourager.

— Très bien, soupira Hattie, avant de s'extirper de la mêlée.

Elle enjamba plusieurs services à thé, esquiva boîtes, et chats, et mannequins, et horloges jusqu'à l'escalier et à sa chambre.

Une fois en sécurité à l'intérieur, elle referma sans bruit la porte et mit le verrou. Puis elle rouvrit la porte, mit un chat dehors, et referma à clé.

Elle vivait dans un asile d'aliénés. Sa chambre était son refuge, mais il était de plus en plus impossible d'exister dans un environnement pareil. Elle avait hâte de commencer son travail, de mettre de l'argent de côté et d'échapper à cette maison des horreurs.

Elle ôta la robe qu'elle avait mise exprès pour l'entretien. Elle l'avait achetée dans un magasin de Battersea, où les robes étaient plus abordables que dans les quartiers où Flora aimait faire les boutiques. Au grand désarroi de Hattie, le tissu bon marché semblait dégager une odeur particulière et peu agréable. Elle passa une simple robe blanche et grise qui avait appartenu à sa mère et qui avait été retouchée pour être à ses mesures et paraître moins démodée. Oh ! comme elle avait envie de robes neuves. De robes dignes de ce nom, comme en portaient Flora et Queenie.

Elle se dirigea vers le cabinet de toilette pour se laver. Elle était attendue chez Flora très bientôt : elle était censée l'accompagner chez son cousin. Moses Raney était significativement plus âgé que Flora. Il n'était pas marié ou bien il était veuf – Hattie n'avait jamais vraiment compris – et il adorait donner des soirées et des concerts. Son salon était toujours rempli, et Flora aimait s'y rendre au moins deux fois par semaine. Comme il habitait à l'autre bout de la ville, Hattie était payée pour l'y accompagner.

Elle avait hâte de parler à Flora de son nouveau travail. Elle partagerait son excitation, c'était certain !

En effet, en entendant la nouvelle, Flora hurla si fort que deux domestiques se précipitèrent dans sa chambre. Elle les congédia et força Hattie à prendre place sur sa méridienne.

— C'est parfait, te rends-tu compte ? Tout simplement *parfait*. Hattie... c'est toi qui vas attirer son attention !

— Mais non ! protesta la jeune femme en riant.

— Non, bien sûr, mais, Hattie... tu pourras tout nous dire sur lui !

Hattie ne savait pas ce que Flora entendait par ce « nous », mais elle avait juré que tout resterait confidentiel.

— J'ai promis...

— Ce ne sera pas difficile de deviner qui lui plaît, n'est-ce pas ? demanda Flora en se levant brusquement. Cela ne me surprendrait pas qu'il se confie à toi. Tu es vraiment la personne idéale à qui confier des secrets, sais-tu. Toujours présente, mais discrètement, un peu comme une mouche sur un mur, tu ne trouves pas ? Tu sauras avant tout le monde qui lui plaît !

Hattie comprit l'erreur qu'elle avait commise en parlant à Flora et tenta désespérément de faire machine arrière.

— Non, c'est... Jamais il ne ferait une chose pareille. Et pourquoi, d'ailleurs, se confierait-il à moi ?

— Je me demande si tu peux savoir qui figure sur la liste de ses potentielles épouses. J'ai entendu dire qu'elle n'était pas très longue.

Elle frappa dans ses mains avec enthousiasme.

— J'ai hâte de raconter tout cela à Moses !

La panique s'empara de Hattie. Elle avait seulement voulu que Flora se réjouisse pour elle, mais elle n'avait pas du tout anticipé ce qui était en train de se produire.

— Tu ne peux pas le lui dire, supplia-t-elle.

— Et pourquoi ?

— Parce que j'ai juré de rester discrète, et vraiment...

Elle prit une grande inspiration, et poursuivit :

— Les gens ne se montreraient guère charitables s'ils apprenaient ce que je vais faire chez le vicomte, tu ne penses pas ? Peux-tu te représenter ce qu'ils diraient de moi s'ils savaient ?

— Oh.

Flora marqua un temps d'arrêt. Elle fronça les sourcils d'un air pensif. Puis elle soupira avec lassitude.

— Tu as raison, bien entendu. À quoi pensais-je ? Les gens vont dire de toi que tu es une femme perdue.

— Vraiment ? demanda Hattie, atterrée. Moi je pensais qu'ils diraient plutôt que cela ne se faisait pas de travailler, pas que je...

— Oui mais ils vont aussi s'imaginer je ne sais quelles choses salaces, au sujet de ce que toi et le vicomte allez faire ensemble, ajouta Flora d'une voix sinistre, le regard fiévreux.

— Mon Dieu, Flora...

— Hattie, nous ne pouvons parler de ceci à *personne*, déclara Flora, comme si Hattie en avait manifesté l'intention. Sauf à Queenie. Nous devons *absolument* en parler à Queenie. S'il te plaît, ne me regarde pas ainsi... Queenie ne répétera rien à personne.

— Vraiment ? Parce que Queenie n'a pas sa pareille pour propager toutes sortes de rumeurs, au cas où tu ne t'en serais pas rendu compte.

— Mais là, elle ne dira rien, répondit Flora avec assurance. Tu es notre amie. Elle ne ferait jamais cela.

Elle n'était pas vraiment l'amie de Queenie, mais avant que Hattie ne trouve les mots pour formuler son objection, Flora s'était précipitée vers son dressing, à la recherche de la tenue qu'elle allait porter chez son cousin, tout en discutant des jeunes femmes à marier qui, d'après elle, devaient s'imaginer parmi les meilleures candidates pour devenir l'épouse du vicomte.

— Pas moi, en tout cas ! lança-t-elle depuis son dressing. Je suis sûre que je ne figure même pas sur la liste.

Elle pointa sa tête à l'extérieur.

— Je ne pense pas que je supporterais d'y figurer, Hattie, vraiment. Cela voudrait dire être constamment scrutée et épiée.

Mais t'ai-je dit ? J'ai été conviée à dîner chez les Forsythe bientôt, et le vicomte sera l'invité d'honneur de la soirée.

Hattie resta bouche bée un moment.

— Cela doit vouloir dire que tu figures bel et bien sur cette liste !

Flora revint dans la chambre, l'air tout à coup sombre. Elle se laissa choir sur la méridienne à côté de Hattie.

— Entre nous, c'est ce que je crains. Si c'était le cas, je ne saurais pas quoi dire, Hattie. Tu me connais... je serais capable de rester muette comme une carpe, et de me ridiculiser. Et il est si beau et si important que je serais capable d'être pire encore que d'habitude.

Hattie n'avait jamais vu Flora muette comme une carpe. Ce manque de confiance en elle était surprenant chez son amie, qui d'ordinaire ne manquait jamais d'assurance.

— Et quand je pense à toutes les femmes à qui il va être présenté ! Jamais je ne pourrai rivaliser avec elles.

— Flora ! dit Hattie en prenant ses deux mains dans les siennes. Tu es si belle. Et gentille. Et intelligente. Ce sont elles qui ne pourront rivaliser avec toi.

Flora sourit faiblement.

— Je te remercie d'essayer de me rassurer, ma chère, mais ce n'est pas grave. L'important, c'est que toi tu saches qui attire son attention et que tu puisses nous le dire ! Ce sera incomparablement précieux de savoir avant tout le monde qui sera l'heureuse élue dont il aura l'intention de demander la main.

Alors que Flora continuait ses bavardages, Hattie se maudit intérieurement. Elle s'était montrée bien imprudente. À partir de maintenant, elle allait devoir faire très attention à ce qu'elle allait dire : il n'était pas question qu'elle perde son travail avant de l'avoir commencé.

Elle avait besoin de cette place pour échapper à sa triste existence.

6

L'après-midi suivant, à 13 h 55, Hattie se trouvait devant l'entrée de service de la maison du vicomte, à Grosvenor Square. Elle portait un petit cartable en cuir, un cadeau surprise de son frère Daniel, lorsque, plusieurs années plus tôt, elle était sortie diplômée de l'école. Il n'était pourtant pas du genre à faire des cadeaux.

À l'intérieur du cartable se trouvaient deux crayons, un bloc-notes, une pomme et un petit morceau de pain emballé dans un fin torchon de mousseline. D'après Lord Iddesleigh, elle n'aurait pas à passer plus de deux heures chez le vicomte par après-midi, mais il fallait se préparer à tous les imprévus. C'était Mrs O'Malley, la propriétaire de la confiserie, qui lui avait appris cela. « Ayez toujours quelque chose dans votre sac, en cas de petit creux, avait-elle dit, avant de mettre quelques bonbons dans un sachet pour Hattie. Juste un petit quelque chose, pour tenir. »

Hattie frappa à la porte de service, mais personne ne vint ouvrir. Elle vérifia l'heure à la montre épinglée à sa poitrine. Bien sûr, elle aurait pu attendre bien sagement chez elle pour arriver à l'heure exacte, mais juste avant de partir, ses parents étaient en train de se disputer à propos d'un achat fait par sa mère, et elle s'était empressée de fuir la tempête, même en sachant qu'elle allait sans doute devoir patienter de longues minutes dehors.

La porte s'ouvrit tout à coup, et quelqu'un jeta dans la rue le contenu d'un seau. Hattie hurla et recula d'un bond, mais l'eau sale éclaboussa le bas de sa robe.

Une femme d'un certain âge, avec une épaisse masse de cheveux gris rassemblée au sommet de son crâne, sortit sur le seuil et regarda Hattie de haut en bas.

— *Puedo ayudarla, señorita ?*

— Je suis affreusement désolée, mais je ne parle pas espagnol.

La femme leva un doigt.

— *Un momento.*

Puis elle disparut à l'intérieur.

Quelques minutes plus tard, un homme rond se présenta sur le seuil et la regarda avec une certaine méfiance.

— Oh ! dit-il, avec une pointe de mépris dans la voix. Vous devez être la personne que le vicomte a engagée pour l'aider.

— Je suis Miss Woodchurch, la nouvelle secrétaire, dit-elle en secouant le bas de sa robe, ce qui n'eut aucun effet.

— La *secrétaire*, répéta-t-il sur un ton méprisant. Cela ne m'étonne pas. Suivez-moi.

Il tourna les talons et disparut à l'intérieur. Il ne prit pas la peine de se présenter ni de tenir la porte à Hattie, qui fut obligée de la maintenir elle-même avant qu'elle ne se referme sur elle.

— Je vous connais déjà par cœur, dit l'homme par-dessus son épaule alors qu'elle trottait derrière lui pour ne pas se laisser distancer. Je suis Mr Callum, l'intendant du domaine du vicomte. Je ne m'attends pas à ce que vous sachiez ce que cela signifie.

Il regarda dans son dos, sans doute pour voir comment elle réagissait à ses remarques condescendantes, mais il sembla perturbé par le fait qu'elle se trouvait assez loin derrière lui.

— Ne traînez pas.

— Je fais de mon mieux, dit-elle, alors qu'il s'engageait dans un long couloir pavé.

Ils traversèrent la cuisine au pas de course, puis la salle à manger des domestiques, où elle aperçut deux laquais en train de fumer et de lire le journal. Puis ils empruntèrent un étroit escalier de service. Ils y croisèrent un autre laquais, visiblement pressé, ce qui les obligea à se plaquer contre le mur pour le laisser passer. Il jeta un coup d'œil à Hattie et sourit. Elle lui rendit son sourire et faillit trébucher dans l'escalier.

— Ne traînez pas ! ordonna de nouveau Callum.

Ils se retrouvèrent dans un autre long couloir, avec un tapis au sol cette fois. Ils marchaient si vite et prirent tant d'embranchements que Hattie se sentit complètement perdue. Durant sa première visite, elle n'avait pas remarqué toutes les œuvres d'art et toutes les antiquités qui, partout, ornaient la maison. Elle n'avait rien remarqué, à part le vicomte.

Mr Callum tourna tout à coup dans le bureau où elle avait été reçue la veille. Cette fois, elle remarqua que la pièce était recouverte de panneaux de bois sombre. Les meubles étaient garnis de chintz, et les rideaux étaient coupés dans un lourd tissu de velours. Il fallut un moment à Hattie pour se rendre compte que le vicomte était là, assis sur un canapé. Il était en bras de chemise, et sa veste et son veston étaient posés sur l'un des accoudoirs du canapé. Il croisait les jambes, et tenait sur ses genoux un énorme porte-documents en cuir empli de papiers. Il leva les yeux.

— Miss Woodchurch.

Il prit un moment pour regarder la montre qu'il sortit de la poche de son pantalon.

— Vous êtes ponctuelle.

Son accent était toujours aussi divin.

— Milord, dit-elle en faisant la révérence.

Il s'était déjà replongé dans ses papiers.

— Où dois-je la conduire, milord ? demanda Mr Callum.

— Elle va rester ici, avec moi, dit le vicomte d'une voix posée. Je vous remercie, Mr Callum.

Mr Callum adressa un regard mauvais à Hattie avant de sortir, comme si elle l'avait offensé. Il était bien possible qu'elle l'ait offensé, en effet, un : en étant une femme, et deux : en étant une employée. Il pouvait très bien être ce genre d'homme à penser que le rôle d'une femme se cantonnait à être épouse, mère de famille et femme au foyer, ce qu'elle n'avait de toute évidence pas réussi à devenir.

— Miss Woodchurch ?

Hattie sursauta et se tourna vers le vicomte. Il désigna une chaise à côté du canapé, puis se plongea de nouveau dans ses papiers.

Elle regarda la chaise.

— Dois-je m'asseoir ?

Il leva les yeux, et la regarda avec attention. Elle eut désespérément envie de baisser le regard et de vérifier si quelque chose clochait dans sa tenue.

— Bien entendu. Prenez place.

Bien entendu, c'était vite dit : il n'avait fait que vaguement désigner le siège et ne l'avait pas clairement invitée à y prendre place. Mais cela ne l'intéressait certainement pas de le savoir, et elle préféra se taire. Elle s'assit alors, avec précaution, tout au bord de la chaise, pour être plus prompte à se relever si, par hasard, il lui demandait quelque chose.

Elle attendit. Il poursuivit sa lecture. Elle l'observa, admirant sa mâchoire carrée et la façon dont ses muscles saillaient sous sa chemise. Elle songea à lancer la conversation, mais il fronçait les sourcils, comme s'il était concentré.

Il tourna une page ; elle plongea la main dans son sac et sortit un crayon et du papier. Ses mouvements attirèrent son attention ; il regarda le papier sur ses genoux, puis leva ses très beaux yeux noisette vers les siens, et alors un très léger frisson parcourut son échine.

— Qu'est-ce donc ?

Elle eut l'impression que l'air se raréfiait dans ses poumons.

— Du papier, dit-elle d'une voix étranglée.

Elle s'éclaircit la gorge.

— Pour prendre des notes. Je trouve qu'il est toujours bon de noter les choses importantes pour mieux s'en souvenir.

Il leva un sourcil, mais ne fit aucun commentaire, et replongea dans sa lecture.

Ses cils étaient si longs et noirs qu'elle en était presque jalouse. Et ses cheveux, d'une intense couleur café, étaient très épais et formaient des boucles lâches autour de ses oreilles. Elle aurait adoré avoir ce type de cheveux. Elle eut soudain la vision d'elle en train de passer la main dans cette superbe chevelure.

Oh ! Hattie...

— J'ai crayons et papier à vous fournir, dit-il.

— Pardon ?

Elle mit un moment avant de comprendre qu'il réagissait à ce qu'elle lui avait dit quelques minutes plus tôt.

— Oh ! Je, ah... je me doutais que ce serait le cas. Mais je voulais être certaine que rien ne m'échappe.

Il fronça légèrement les sourcils.

— Qu'est-ce qui aurait pu vous échapper ?

— Eh bien, rien, j'espère. Mais mieux vaut être préparée que le contraire.

Elle ressentait le besoin irrépressible de se justifier, ainsi que de combler le silence qui s'installait entre eux.

— C'est une habitude que j'ai prise à l'école. J'avais un professeur dont les remarques étaient toujours très détaillées. C'était impossible pour moi de toutes les retenir par cœur, alors j'ai commencé à les prendre en notes. Et cela a très bien fonctionné.

— Je vois.

Parlait-elle trop ? Flora lui avait dit un jour qu'elle parlait trop. « Tu donnes toujours trop d'explications », s'était-elle plainte. C'était il y a longtemps, mais elle n'avait pas besoin de raconter au vicomte ses années d'école, ni de parler pour ne rien dire. Dorénavant, elle allait se taire. Elle allait rester assise bien sagement, au bord de son siège, bouche cousue, et attendre les instructions de son employeur. Comme une parfaite secrétaire particulière.

Elle promena son regard dans la pièce, et remarqua les livres empilés sur une table près d'un fauteuil. De l'endroit où elle se trouvait, elle ne pouvait pas lire les titres. Une fenêtre était ouverte. Depuis son point d'observation, elle distingua par la baie ce qui semblait être un joli jardin entouré de hauts murs de pierre. Les deux autres fenêtres donnaient de l'autre côté, sur la rue, supposait-elle. Elles n'étaient pas ouvertes, ce qui expliquait pourquoi il régnait un tel silence dans la pièce. Elle entendait presque sa propre respiration. Elle entendait presque la respiration du vicomte.

Et plus elle se disait qu'elle s'entendait respirer, plus elle avait l'impression de faire de bruit. Elle essaya de retenir son souffle, mais ce n'était pas une bonne idée. Elle se demanda si cela paraîtrait mal élevé qu'elle se lève et aille respirer un peu d'air frais à la fenêtre. Discrètement.

Elle allait presque le faire quand Lord Abbott se leva tout à coup, la prenant par surprise. Elle se laissa retomber sur son siège en poussant un léger grognement. Il la regarda bizarrement, puis fit deux pas vers elle et lui tendit une feuille de papier.

— J'aimerais répondre que je ne peux pas accepter cette proposition, dit-il.

— Ah...

Hattie tendit le bras pour prendre la feuille, mais pendant ce temps, le vicomte lui tendait un autre papier.

— Et cette invitation à dîner tombe en même temps qu'un engagement que j'ai précédemment pris.

Elle saisit cet autre papier, mais alors qu'elle essayait de tenir en même temps son crayon, son papier et les lettres, elle lâcha son bloc de feuilles qui s'éparpillèrent toutes à ses pieds. Elle s'empressa de se pencher pour les ramasser, et, dans la manœuvre, elle froissa malencontreusement les lettres qu'elle avait posées sur ses genoux.

Elle sentait le regard de Lord Abbott posé sur elle, et elle sentait ses joues devenir brûlantes.

— D'habitude, je ne suis pas aussi maladroite.

Elle avait parlé d'une voix forte et véhémente. Comme sa mère, songea-t-elle avec angoisse.

Elle parvint à tout ramasser et disposer sur ses genoux. Il l'observait attentivement. Il était sans doute en train de se demander pourquoi il avait engagé une maladroite doublée d'une idiote. Elle espérait que ce n'était pas le cas, mais à vrai dire, en ce moment précis, elle avait l'impression d'avoir deux mains gauches.

— Normalement, je suis quelqu'un qui a du plomb dans la cervelle, si vous vous posez la question.

— Non.

Non ? Non, elle n'avait pas de plomb dans la cervelle ? Ou, non, il ne se posait pas la question.

— Je suis plutôt organisée.

Il ne répondit rien.

— Et je suis prête, si vous l'êtes aussi.

Il attendit un instant, et demanda :

— Y a-t-il autre chose ?

— Autre chose ?

— Autre chose que vous voudriez déclarer.

Elle était en train de se ridiculiser. Elle sentait ses joues en feu et une grande gêne s'emparer d'elle.

— Je pense que ce sera tout.

Il n'avait pas l'air de la croire, mais il lui adressa un bref hochement de tête et se dirigea vers le petit bureau installé devant la fenêtre ouverte sur le jardin. Il tira la chaise, se tourna vers elle, et dit :

— Vous pouvez vous asseoir ici. Je vais vous dire quoi écrire. *Sí ?*

Évidemment ! Pas étonnant qu'il l'ait regardée avec cet air perplexe. Comment pouvait-elle s'imaginer écrire une lettre sur ses genoux ? Elle s'en voulait de ne pas avoir remarqué le bureau et de ne pas s'y être dirigée de sa propre initiative. Elle se leva, avec toutes ses affaires.

— Merci, milord. Je suis sûre que mon écriture aurait eu du mal à convaincre quiconque de sa perfection si j'avais dû rédiger une seule lettre sur mes genoux.

Elle rit doucement.

Pas lui.

Il attendit qu'elle s'installe, ce qui prit naturellement un certain temps, car le bureau était assez petit. Mais une fois qu'elle eut tout disposé devant elle, elle prit le crayon, regarda dans son dos et sourit.

— Voilà. Si vous êtes prêt, je le suis aussi.

— Je suis prêt depuis longtemps, dit-il. À l'attention du *señor* Carmichael.

Hattie marqua un léger temps d'hésitation.

— Qu'y a-t-il ? Pourquoi cet air contrarié ? demanda-t-il en désignant son visage.

— Voulez-vous adresser votre courrier à *Mr* Carmichael ? Je ne le connais pas, mais il est possible qu'il ne comprenne pas ce *señor.*

— Oh… À l'attention de *Mr* Carmichael, corrigea-t-il alors.

Voilà qui était mieux. Elle écrivit.

Le vicomte glissa les mains dans ses poches et se dirigea vers la fenêtre.

— Dites que j'ai étudié l'offre d'achat qu'il a faite à mon grand-père et que ce dernier a acceptée, mais que je la trouve si basse qu'elle en est insultante.

La curiosité de Hattie fut piquée. De quel achat s'agissait-il ? Et ne devrait-elle pas mentionner en toutes lettres l'objet de la transaction en question dans le courrier ?

— En ce qui concerne l'invitation, déclinez, s'il vous plaît. Dites toutes les choses que l'on dit en anglais pour décliner une invitation.

— Oh ! euh…

Elle marqua un temps d'arrêt, ennuyée. Devait-elle parler, ou se contenter de retranscrire fidèlement ce qu'il lui avait dicté ?

Il était déjà sur le point de se rasseoir à sa place, sur le canapé, lorsqu'il s'immobilisa et tourna la tête pour la regarder. Tant qu'elle vivrait, jamais elle n'oublierait ces yeux noisette.

— *Sí ?* demanda-t-il alors qu'elle gardait le silence.

D'ordinaire, Hattie ne manquait pas de confiance en elle et, dans la plupart des cas, elle ne craignait pas de faire entendre sa voix. Mais le vicomte la regardait comme s'il était agacé, et elle ne voulait pas perdre sa place. Il profita de son hésitation pour se détourner d'elle, comme s'il l'ignorait, en quelque sorte. Tout à coup, elle se souvint de la promesse qu'elle s'était faite. Ne plus jamais commettre la bêtise de faire ce que les autres voulaient qu'elle fasse. Dans ces circonstances, un homme n'hésiterait pas : il poserait la question qui lui brûlait les lèvres. Alors elle se lança.

— Si vous me permettez...

Il s'immobilisa et se tourna lentement. Il lui fit signe de continuer.

— Quand vous dites : « Dites toutes les choses que l'on dit en anglais pour décliner une invitation », pensez-vous à des termes comme « sincèrement » ou « malheureusement » ?

— Pardon ?

— J'imagine que cela dépend des sentiments que vous inspire cette invitation.

— De mes *sentiments* ?

— Regrettez-vous de ne pas pouvoir être présent ? Ou bien répondez-vous juste par politesse ?

À son crédit, il détourna les yeux un instant, comme s'il réfléchissait à la question.

— Je ne regrette pas, mais je suis vraiment sincère.

Il fit un signe vague de la main en direction de la feuille de papier.

— Écrivez ce que vous jugez être le mieux.

Intérieurement, Hattie n'était pas peu fière d'elle. Elle avait osé. Elle s'était exprimée, comme un homme. Elle était persuadée qu'à partir de ce moment, leurs rapports allaient grandement s'améliorer et que le vicomte allait rapidement se rendre compte à quel point elle lui était indispensable. Elle n'hésiterait jamais à lui poser des questions afin qu'il clarifie ses pensées, et lui prendrait conscience de sa valeur inestimable.

Oui, elle pouvait toujours rêver…

— Et à propos de la première lettre, milord ? Ne devrais-je pas mentionner ce que ce monsieur a proposé d'acquérir ?

Le vicomte répondit aussitôt :

— Il s'agit d'une calèche.

Il retourna s'asseoir, rouvrit le porte-documents en cuir et se replongea dans sa lecture.

Hattie se concentra sur son travail. À son bureau, elle trouva du papier à lettres filigrané, aux armes du vicomte Abbott. Elle se mit à écrire.

À l'attention de Mr Carmichael,

Sir,

Ayant depuis peu accédé au titre de vicomte, j'ai eu l'occasion de prendre connaissance de l'offre d'achat concernant une calèche, adressée récemment par vous-même à feu mon grand-père, et pour laquelle vous aviez reçu une réponse favorable de sa part. J'ai cependant le regret de vous informer que je trouve votre offre trop basse et que je ne puis donc l'honorer.

Cordialement,

Vicomte Abbott.

Elle mit la lettre de côté et s'attaqua à la suivante.

Chère Mrs Whitsun…

Qui était Mrs Whitsun ? Hattie n'en avait jamais entendu parler. Cela ne voulait rien dire du tout, mais cela ne l'empêcha pas de se demander si cette personne avait une fille qu'elle tenait à présenter au vicomte. D'après Queenie, quand des hommes tels que le vicomte se mettaient en quête d'une épouse, des femmes sortaient et pointaient leurs museaux de partout, comme des rats. Hattie se représenta aussitôt Mrs Whitsun avec une face de rat.

Mais elle s'égarait.

Je vous prie d'agréer mes hommages, ainsi que mes remerciements pour votre invitation à dîner ce jeudi soir prochain. Je ne suis malheureusement pas libre à cette date, ayant déjà pris des engagements ailleurs.

Sincèrement,

V.A.

Avait-elle raison de signer cette lettre avec les seules initiales du vicomte ? Après quelques moments de réflexion, qui n'aboutirent pas à une réponse convaincante, elle se tourna sur sa chaise. Il ne leva pas les yeux. Elle s'éclaircit la gorge.

— *Sí ?* finit-il par dire, sans lever les yeux.

— Souhaitez-vous lire ce que j'ai écrit ?

Il tendit la main.

Hattie traversa la pièce pour lui donner les deux lettres. Il les ajouta à la pile de courrier déjà existante. Que faisait-il donc ? N'allait-il pas les lire ? Était-elle censée rester debout devant lui ? Était-elle censée retourner à son bureau ?

Elle resta debout.

Encore et encore.

Mais pourquoi ne les lisait-il pas ? Et combien de temps devait-elle rester immobile devant lui ? Elle ne pouvait s'empêcher de le dévisager, mais cela ne semblait pas le déranger. À vrai dire, il n'avait même pas l'air d'avoir conscience de sa présence. Un homme de son rang devait être habitué à avoir des domestiques plantés à côté de lui à longueur de temps. Qu'une personne de plus ou de moins le fasse devait l'indifférer. Pour sa part, cela ne la gênait pas de rester là. Elle aimait beaucoup le regarder. Vraiment, la seule critique qu'elle aurait pu formuler à l'égard de cet illustre personnage, c'était qu'il avait un mode de communication assez pénible. Il maîtrisait l'art de la retenue à la perfection, c'était le moins qu'on puisse dire.

Il leva les yeux et sembla tout à coup surpris de la voir là. Sous son regard, elle sentit de nouveau cette délicieuse étincelle crépiter en elle. Elle sourit.

— Miss Woodchurch ?

Oh. Il n'avait pas compris ce qu'elle voulait.

— Je, ah... Je pensais que vous voudriez jeter un œil aux lettres que j'ai écrites pour vous. Peut-être y a-t-il quelque chose que vous voudriez que je modifie ? D'après mon expérience, parfois je suis tout à fait satisfaite de la première lettre que j'écris, mais il m'arrive de devoir m'y reprendre à deux ou même trois fois pour obtenir un résultat qui me convienne.

Sa remarque sembla le plonger dans des abîmes de perplexité. Il jeta un œil aux lettres posées au sommet de sa pile.

— J'en prendrai connaissance en temps voulu.

— Très bien.

Elle resta à sa place, car elle ne savait pas très bien ce qu'elle devait faire désormais.

Il fronça les sourcils.

— Vous pouvez prendre un thé à présent.

Oui ! Une solution idéale, et quelque chose à faire de ses dix doigts, qui s'agrippaient à sa robe comme si leur vie en dépendait. Elle regarda autour d'elle, à la recherche d'un service à thé.

— Où...

— À la cuisine.

À la *cuisine* ? Mais bien entendu ! La collaboration à laquelle elle aspirait n'était que le fruit de son imagination. En réalité, elle était à son service. Ils n'allaient pas partager le thé, et il n'allait pas lui demander comment s'était passée sa journée.

Il attendait d'elle qu'elle fasse ce qu'il lui demandait et qu'elle se rende invisible, comme toute bonne domestique. Elle hésita à lui demander s'il souhaitait qu'elle lui fasse monter du thé, mais il avait repris sa lecture avec un air très concentré et elle ne voulut pas le déranger.

— Vous pouvez y aller, Miss Woodchurch, murmura-t-il.

Très bien. Elle avait été congédiée. Et si elle avait encore eu des doutes sur la question, il désigna la porte d'un geste tout à fait parlant. « Déguerpissez », semblait-il vouloir lui dire.

Elle obéit alors, et déguerpit, les joues embrasées.

Ce fut un miracle qu'elle trouve la cuisine, car cette maison était un vrai labyrinthe. Mais elle reconnut un portrait de femme qui avait attiré son attention la première fois. La femme portait une robe rose à panier et sa coiffure élaborée s'élevait jusqu'à des hauteurs vertigineuses. Elle affichait un léger sourire, comme si elle voyait que Hattie n'était pas dans son élément en ces lieux.

— Pas la peine de se moquer, murmura Hattie en passant devant le portrait.

La salle à manger du personnel de service était vide. Il n'y avait personne aux alentours, mis à part deux jeunes femmes en cuisine, qui préparaient le repas du soir. Elles parurent toutes deux surprises quand Hattie pénétra dans la pièce.

— Euh... M. le vicomte a dit que je devais prendre le thé.

Les deux femmes se regardèrent. L'une s'adressa à l'autre en espagnol. Celle-ci s'essuya les mains sur son tablier. Elle quitta la cuisine par une autre porte, et la première se remit à la tâche, qui consistait à peler des pommes de terre.

Quelques minutes plus tard, la jeune femme revint avec un homme que Hattie reconnut comme étant le majordome. Il avait une serviette de table coincée entre son col et son cou. Clairement, Hattie avait interrompu son repas. Était-elle destinée à tout faire de travers aujourd'hui ?

Il semblait terriblement surpris de la trouver là.

— Miss Woodchurch ?

— Veuillez m'excuser, Mr…

— Borerro.

— Mr Borerro. Le vicomte m'a engagée afin que je m'occupe de sa correspondance. En anglais. Je ne parle pas espagnol. C'est peut-être évident, mais au cas où vous vous poseriez la question, je vous le dis.

Mr Borerro échangea un regard avec les deux femmes.

— Il m'a dit d'aller à la cuisine pour prendre le thé. Je m'excuse de vous avoir dérangé.

— Ah, c'est donc cela ? Je n'avais pas compris… Venez.

Il lui fit signe de le suivre, et la conduisit jusqu'à la salle à manger du personnel.

— Je vous en prie, asseyez-vous.

— Je ne veux surtout pas vous déranger, dit-elle alors qu'elle se dirigeait vers la table. Je n'ai pas vraiment besoin d'un thé, mais le…

Elle se tourna vers la porte et se rendit compte que Mr Borerro avait disparu.

— Mais le vicomte semble y tenir, murmura-t-elle, tout en s'asseyant.

Depuis la cuisine, elle entendit la voix grave de Mr Borerro qui parlait en espagnol. Quelques minutes plus tard, une des jeunes femmes se présenta avec du thé et trois petits gâteaux. Elle posa le plateau devant Hattie.

— Merci.

La jeune femme répondit avec une profusion de mots espagnols, sourit et quitta la pièce.

Hattie versa du thé dans la tasse, et examina les gâteaux. Ils semblaient délicats et moelleux et quand elle mordit dans l'un d'eux, elle faillit pousser un gémissement de plaisir. Le gâteau était fourré d'une crème aérienne. Elle les mangea tous les trois, avant de se lécher les doigts.

Elle but son thé et attendit jusqu'à ce que se soit écoulé un laps de temps qu'elle jugea convenable. Cela faisait un quart d'heure qu'elle était assise ici. Combien de temps était censé durer un thé ? Chez elle, elle prenait rarement le thé avec ses parents, parce que c'était leur moment préféré pour se chamailler. Un quart d'heure lui paraissait court, trop court sans doute.

Mais elle ne pouvait pas rester assise ici. Elle ramena tasse et théière à la cuisine. Les deux femmes interrompirent leur travail pour la regarder. Elle posa le plateau au centre de la table. Elle sourit.

— C'est horrible de prendre le thé seule. Je préférerais mille fois être avec une amie.

Elles continuèrent de la regarder, ne comprenant pas sa langue. Mais comme c'était la seule langue que connaissait Hattie, mis à part quelques mots d'un français très scolaire, elle poursuivit, certaine que les gens pouvaient toujours trouver un moyen de communiquer s'ils le souhaitaient vraiment.

— Comment trouvez-vous Londres ? Vous attendiez-vous à cela ?

De fil en aiguille, une demi-heure passa. Hattie décida qu'il s'était écoulé suffisamment de temps, souhaita un bon après-midi aux deux femmes - *buenas tardes* - et retourna vers le bureau. Elle le trouva plus facilement cette fois, comme si son amie rieuse aux hauts cheveux blancs lui montrait le chemin.

Mais le vicomte était parti quand elle pénétra dans la pièce. Parti avec son énorme dossier.

Elle se dirigea vers « son » bureau et y trouva les deux lettres qu'elle avait écrites. Elles avaient été signées, d'une belle signature noire et ornée de volutes. À côté des lettres se trouvait une autre feuille de papier. Il y avait épinglé une note qui disait : « Pouvez-vous me dire ce qui est écrit ? »

Hattie regarda le papier en question. L'écriture était si petite qu'elle était presque illisible. Pourquoi écrire si mal ? Elle s'assit et essaya de déchiffrer, ce qu'elle parvint à faire contre toute attente. Au dos de la note qu'il lui avait laissée, elle écrivit, dans un script très lisible : *« Le montant dû à Mr Ed Moore pour la fabrication d'un cercueil pour Mrs Crump, décédée...* » – Hattie espérait bien que

Mrs Crump était décédée au moment où avait été fabriqué son cercueil – *« s'élève à six livres et quarante pence, et le paiement devra être effectué avant le 15 du mois suivant l'inhumation. »*

Il n'y avait rien d'autre sur le bureau pour elle. Elle se leva et se promena dans la pièce. Elle regarda les livres posés sur la table près du fauteuil. Tous étaient en français.

Sur le bureau du vicomte se trouvaient une pile de registres et plusieurs lettres non décachetées.

Hattie alla ensuite s'asseoir sur le canapé, à la place exacte qu'il avait occupée. Elle posa les mains à plat sur le tissu en chintz et le trouva frais. Elle s'imagina en train d'épouser les contours laissés par le corps du vicomte. Puis elle se leva et se dirigea vers la fenêtre pour observer le jardin. Elle regarda et recula précipitamment. Le vicomte était là ! Dans le jardin !

Elle posa la main sur son cœur que la surprise avait fait s'emballer. L'idée qu'il ait pu la voir et en déduire qu'elle l'espionnait la rendait nerveuse. Mais son cœur finit par retrouver un rythme normal, et elle se pencha précautionneusement en avant pour jeter un œil dehors.

Le vicomte était assis sur un banc, à côté d'une petite fontaine. La vieille dame qui avait failli arroser Hattie d'eau sale était assise auprès de lui. Entre eux, sur le banc, était posée… une assiette ? Hattie ne distinguait pas ce que l'assiette contenait, mais le vicomte et la vieille dame ne cessaient de s'y pencher, pour y prendre quelque chose et le porter à leur bouche. Ils goûtaient quelque chose.

Puis, ô surprise, le vicomte rit. Il *rit* ! Il avait un rire charmant, doux et profond. Hattie s'approcha davantage de la fenêtre, pour observer la scène, et resta à son poste d'observation jusqu'à ce que la vieille femme se lève.

Lord Abbott tendit la main pour l'aider à garder l'équilibre. Puis il se leva à son tour, prit l'assiette et lui offrit le bras. Ensemble, ils traversèrent le jardin sans se presser, en direction de la maison, tout en discutant en espagnol.

Mais il ne remonta pas vers le bureau.

À 17 h 30, Hattie rassembla ses affaires, prit son sac et s'en alla par le chemin où elle était arrivée. Dans le grand couloir, elle leva la main pour saluer la femme au sourire. Elle emprunta l'escalier de service et, en traversant la cuisine, elle souhaita une bonne soirée aux deux femmes qui lui répondirent sans doute la même chose, mais en espagnol. Elle poursuivit son chemin, jusqu'à la porte de service, et emprunta l'allée qui faisait le tour de la maison pour se retrouver dans la rue.

Quel étrange travail que le sien. Et quel homme mystérieux que son employeur.

Elle avait déjà hâte d'être au lendemain.

7

Que Miss Woodchurch ait réussi à déchiffrer ce qui, pour Mateo, ressemblait à d'horribles pattes de mouche, le stupéfiait. Même s'il lisait l'anglais couramment, il n'avait pas réussi à comprendre un traître mot de l'écriture de son grand-père.

Il découvrit ainsi que le mot qui lui avait donné le plus de fil à retordre était « cercueil ». Cercueil !

La première semaine de Miss Woodchurch s'était poursuivie de cette façon. Elle avait déchiffré avec succès des mots et des lettres qu'il avait failli jeter au feu. Elle était ponctuelle, ce que Mateo appréciait énormément. Elle écrivait des lettres parfaites, dans lesquelles elle exprimait poliment ce qu'il disait d'une façon plus brute et directe. Sa graphie, comme elle le lui avait promis, était remarquable. Et quand il lisait ce qu'elle avait écrit, il enviait la fluidité de son style.

En revanche, il n'avait pas forcément besoin de ses services quotidiennement, et la présence constante d'une jeune femme auprès de lui le mettait parfois mal à l'aise. Néanmoins, il repensait souvent à ce qu'avait dit Beck. Elle avait besoin de cette place. Il ignorait pour quelle raison, mais il l'appréciait et il ne voulait surtout pas lui causer du tort. Alors, quand il ne savait plus quoi faire d'elle, il l'envoyait prendre le thé. Tous les jours, quand elle avait fini son travail.

Chez Miss Woodchurch, il y avait autre chose qui l'avait

frappé dès cette première semaine : elle semblait très à l'aise en sa présence, et le paraissait de plus en plus chaque jour. Elle parlait librement et elle parlait *beaucoup. Muy habladora.* Très, très bavarde.

D'ailleurs, d'après ce qu'il lui semblait, elle parlait beaucoup pendant le thé, également.

À deux reprises au cours de la semaine, en empruntant le couloir qui longeait les pièces de service, il avait entendu des rires. Puis la voix de Miss Woodchurch, se superposant à celle, bien plus grave, de Borerro, et suivie par celles, haut perchées, des deux filles de cuisine.

Durant un après-midi, il se mit à pleuvoir. Quand il voulut aller fermer la fenêtre, il vit le bas de son corps sous le portique de la terrasse. Avec elle, il y avait un homme qui fumait un petit cigare, appuyé contre une colonne. Il le reconnut aussitôt : il s'agissait de Pacheco, son valet. Miss Woodchurch était en pleine conversation avec Pacheco, et ce vieux et stoïque Santiavien riait.

Le plus surprenant était que Pacheco n'avait jamais mentionné avoir fait sa connaissance.

Il se demanda ce qu'ils pouvaient trouver à se dire, et la curiosité se mit à le ronger.

Un matin, Borerro lui apporta le courrier. Mateo remarqua qu'il avait une petite broche épinglée au revers de sa veste. Il se pencha pour l'observer.

— *Qué es eso ?*

Borerro regarda le petit ornement.

— Une rose Tudor[1], *mi señor.* C'est Miss Woodchurch qui me l'a offerte.

— Elle vous l'a *offerte* ? demanda-t-il en espagnol. Mais pourquoi ?

— J'ai dit que j'admirais les roses que je voyais partout en

1. La rose Tudor est l'emblème floral traditionnel héraldique de l'Angleterre. Elle tire son nom de la dynastie des Tudor (NdlT).

ville. C'est vrai qu'il y en a vraiment beaucoup, et que je trouve cela très agréable.

C'était la première fois que Mateo entendait parler de quelque chose qui plaisait à Borerro.

— Vous avez parlé roses avec Miss Woodchurch ?

Les joues du majordome se colorèrent légèrement.

— Rapidement.

Cela faisait une semaine que Miss Woodchurch travaillait pour lui, et elle parlait roses avec Borerro et faisait rire Pacheco ? Alors comme cela, sans crier gare, elle avait mis son monde sens dessus dessous ?

Il y avait autre chose chez Miss Woodchurch qui le rendait un peu nerveux : parfois, quand il levait les yeux, il se rendait compte qu'elle était en train de le regarder. Elle détournait vite le regard en rougissant, et elle faisait en sorte de paraître tout à coup très occupée, mais il n'était pas dupe, car il savait très bien la quantité de travail qu'il lui donnait.

La première fois, il s'était naturellement demandé s'il y avait quelque chose qui n'allait pas chez lui. Gêné, il avait passé la main dans ses cheveux et avait frotté son menton, en se disant qu'il n'était peut-être pas rasé d'assez près. Mais alors que le phénomène se reproduisait encore et encore, il commençait à se demander si elle ne s'était pas un peu entichée de lui. Cela n'aurait pas été la première fois qu'une jeune femme le regardait ainsi : la richesse et les titres semblaient avoir des attraits auprès de certaines personnes.

Néanmoins, qu'elle puisse être attirée par sa fortune et ses titres ne correspondait pas à l'idée qu'il commençait à se faire de celle qui prenait place quotidiennement au petit bureau. Il disait cela, mais en réalité, il ne la connaissait pas, malgré la curiosité grandissante qu'il éprouvait à son égard. En ce qui le concernait, il ne l'entretenait de rien d'autre que de correspondance. D'une part, il souffrait d'une méfiance presque maladive envers le reste du monde. D'autre part, qu'aurait-il eu à lui dire ? Aurait-il dû lui demander ce qui avait fait rire Pacheco ?

Cela lui fit repenser à une anecdote. Un jour, lui et son frère Roberto chevauchaient le long de la côte, après avoir passé la soirée de la veille en compagnie d'une bonne dizaine d'amis de Roberto. Roberto fit remarquer que Mateo n'avait quasiment pas ouvert la bouche de toute la soirée.

— Tu sembles toujours à l'écart, avait-il dit.

— Je me sens toujours à l'écart, répondit Mateo. Ce n'est pas par choix. Ce n'est que l'effet des circonstances.

Son intention n'avait jamais été de se montrer hautain, mais sa réticence était la conséquence des brimades et reproches incessants adressés par son père. Et il ne savait comment remédier à cela.

— Qu'aurais-tu voulu que je dise ? avait demandé Mateo. Je n'ai rien en commun avec aucune de ces personnes.

Roberto l'avait regardé avec exaspération.

— Ce sont des gens, Teo, tout comme toi. En cela, tu as forcément quelque chose en commun avec eux.

Roberto avait tout à fait raison. Ils étaient tous des êtres humains, animés par les mêmes instincts, les mêmes désirs, et les mêmes aspirations. Mais même s'il le savait pertinemment, cela ne coulait pas de source pour lui. Le charme de Roberto opérait si naturellement. Mateo enviait son aisance avec les gens, quels qu'ils soient. Dès la première minute, Roberto aurait noué une conversation avec Miss Woodchurch sans le moindre problème, alors que Mateo ne voyait rien d'intéressant à lui dire et trouvait toutes les questions qui lui venaient à l'esprit trop indiscrètes pour oser les lui poser.

Alors il gardait le silence.

Mateo passa la journée comme il le faisait toujours : sans rien dire, ou presque. Parfois il s'asseyait à son bureau, regardait par la fenêtre, puis ses yeux glissaient inévitablement vers Miss Woodchurch, penchée sur son travail, les sourcils froncés, une boucle brune caressant sa nuque. Il observait son cou de cygne et sa peau si lumineuse dans le soleil de l'après-midi. Pourquoi n'était-elle pas mariée ? Comment sa famille pouvait-elle accepter qu'elle soit obligée de travailler ? Quel était le mot anglais pour décrire la couleur de ses yeux ? En espagnol, c'était *azul*.

Au début de sa deuxième semaine de travail, Miss Woodchurch arriva avec un petit bouquet de roses. Rouges et blanches, assez semblables à la petite broche que portait Borerro.

— Bonjour, milord, dit-elle avec bonne humeur, avant d'exécuter une parfaite révérence.

— *Buenos dias*, Miss Woodchurch.

Elle lui tendit les fleurs afin qu'il les voie.

— Jolies, n'est-ce pas ? Elles viennent du jardin de Mary.

Mary. Qui était Mary ?

— C'est la nouvelle fille de cuisine, dit-elle comme si elle avait lu dans ses pensées. J'espère que vous n'en prendrez pas ombrage, mais Mr Borerro m'a demandé si je connaissais quelqu'un qui pourrait remplir cette fonction et il s'avérait que oui. Mary a travaillé pour mes parents, jadis, et je l'aimais vraiment beaucoup. Je ne sais pas comment elles se débrouillent en cuisine, étant donné qu'elles ne parlent pas toutes la même langue. C'est incroyable, n'est-ce pas ? Quand les gens veulent vraiment communiquer entre eux, ils trouvent un moyen de le faire. Oh ! oui, les fleurs... Mary possède un petit jardin, et elle a vraiment la main verte avec les roses, ne trouvez-vous pas ?

Miss Woodchurch leur avait trouvé une fille de cuisine ? Il ne savait même pas qu'il en manquait une.

Elle lui tendait toujours les fleurs, et attendait clairement une réponse de sa part.

— Quelles sont vos fleurs favorites ?

— *Qué ?*

— Tout le monde a une fleur préférée, non ? Sont-ce les roses pour vous ? En ce qui me concerne, je les adore, mais ce n'est sans doute pas très original, étant donné qu'elles poussent en abondance en Angleterre. J'aime aussi beaucoup les jonquilles.

Savez-vous qu'elles sont l'emblème national du pays de Galles ? Oh ! bien sûr que non, dit-elle, avant de rire. Comment auriez-vous pu savoir une chose pareille ?

Il la regarda en clignant des yeux.

— Aimez-vous les pivoines ? Selon moi, il n'y a pas de fleurs plus sublimes. Elles ne sont pas encore de saison, mais dès que ce sera le cas, je vous en apporterai.

C'était la première fois de sa vie qu'on lui parlait de fleurs avec autant d'enthousiasme. Pour sa part, il n'avait pas de préférence en matière de fleurs. Il aurait fallu qu'il consulte un livre de botanique et qu'il les étudie toutes avant de pouvoir élire sa favorite.

— Euh... Nous avons du travail, Miss Woodchurch.

— Dans ce cas, nous devrions nous y mettre, non ?

Elle alla à son bureau, où elle posa le vase de fleurs, se redressa pour l'observer, puis le changea de côté. Après un nouvel examen, elle le replaça à son endroit originel. Apparemment satisfaite, elle s'assit et prit sa plume. Elle regarda Mateo.

— Je suis prête, milord.

Quelle étrange créature.

Le courrier était très abondant cette semaine, bien plus que d'habitude, et plusieurs lettres concernaient les terres et propriétés familiales. L'une d'elles avait laissé Mateo perplexe, avant de le contrarier. Elle venait de Mr Callum, qui était retourné à la campagne, dans l'Essex, à Harrington Hall, le siège des vicomtes Abbott. L'intendant avait écrit à Mateo pour lui demander ce qu'il comptait faire des cinquante chèvres livrées par erreur. Une seconde fois. Mr Callum avait joint la facture.

Mateo avait observé la lettre un long moment. Quel était le problème de Mr Feathers, l'homme qui noyait son domaine sous les chèvres ? Était-il possible que le mot « chèvre » ait plusieurs sens en anglais ? Cette langue était parfois si complexe, et si obscure ! Il avait spécifiquement demandé cinquante *moutons*. Et quand il avait renvoyé les chèvres à leur éleveur la première fois, il pensait avoir fait clairement comprendre que ce qu'il voulait, c'étaient des moutons. Pour la laine.

— Miss Woodchurch.

Elle leva les yeux.

Il tendit la lettre.

— Lisez ceci, je vous prie.

Miss Woodchurch prit la lettre et la lut, puis regarda la facture qui y était jointe, et qui faisait référence sans le moindre doute possible à une commande de chèvres. C'était en tout cas ce qu'il semblait à Mateo. Miss Woodchurch, quant à elle, fronçait les sourcils en signe de perplexité.

— S'il vous plaît, dites-moi si j'ai confondu les mots « chèvre » et « mouton ». Si j'ai commis une erreur, n'ayez pas peur de me le dire, mais vraiment je ne vois pas ce que j'ai pu mal faire.

— D'après ce que je vois là, vous n'avez confondu aucun mot.

— Voyez-vous une raison qui puisse expliquer qu'un homme livre par erreur – non pas une mais deux fois – des chèvres à la place de moutons ?

Elle mordilla sa lèvre inférieure, les yeux toujours fixés sur la lettre.

— Pas à ma connaissance.

Elle leva les yeux vers lui et il se rendit compte qu'elle essayait de dissimuler un sourire.

— Cela vous fait rire ? demanda-t-il, consterné et contrarié.

— Oh ! milord ! dit-elle.

Alors qu'il s'attendait à ce qu'elle se confonde en excuses, elle poursuivit :

— Un petit peu, tout de même. Ne trouvez-vous pas cela amusant ?

— Je suis trop exaspéré pour être amusé.

Il désigna son bureau.

— S'il vous plaît, écrivez. À l'attention de Mr Callum.

Il réfléchit. Il était possible que le problème vienne de Callum.

— Non. Adressez-vous directement à Mr Feathers.

Elle se mit à écrire.

Mateo posa les mains sur sa taille.

— Sir, je pensais avoir clairement spécifié dans ma précédente lettre que je voulais des moutons. Et non pas des chèvres. Je ne parviens pas à concevoir que l'on puisse confondre les deux.

Miss Woodchurch émit alors quelque chose qui ressemblait à une toux étouffée, et Mateo la regarda. Elle était penchée sur le papier à lettres, et sa plume y courait avec agilité.

Il se tourna vers la fenêtre et continua :

— Je suis confus, sir, de devoir vous demander une nouvelle fois de venir reprendre les chèvres et de me livrer les moutons commandés.

Miss Woodchurch émit de nouveau un bruit bizarre. Mateo se tourna vers elle.

— Y a-t-il un problème, Miss Woodchurch ? Vous sentez-vous mal ?

Elle secoua la tête.

Il reprit :

— Si vous n'êtes pas capable de distinguer u...

Encore un bruit étouffé émis par Miss Woodchurch, mais cette fois, elle posa sa plume, croisa les bras sur son buste, et se mit à rire. Elle *riait* ! Sans essayer de se retenir ni de se contenir. Qu'il puisse se sentir comme un idiot ne semblait pas la déranger le moins du monde.

— Miss Woodchurch !

Des larmes de rire brillaient dans ses yeux. Elle essaya de se calmer, mais ce fut peine perdue. D'autres rires s'échappèrent de ses lèvres. Puis d'autres encore.

— Je vous prie de m'excuser, vraiment, dit-elle en toussotant légèrement, mais qui peut confondre chèvres et moutons deux fois de suite ?

Elle repartit dans un fou rire incontrôlable.

— Que devons-nous penser ? Qu'il s'est trop attaché à ses moutons et qu'il ne veut pas s'en séparer ? Ou bien est-il distrait au point d'oublier qu'il a vendu des moutons et non des chèvres ? Ou bien encore, a-t-il la vue basse, au point de ne pas pouvoir reconnaître un mouton d'une chèvre ?

Elle s'immobilisa tout à coup.

— Et s'il voulait tout simplement vous provoquer ? Vous énerver ?

Cette hypothèse eut l'air de lui plaire, et elle se mit à rire de plus belle.

Pour Mateo, il était également difficile de garder son sérieux, et malgré son exaspération envers Mr Feathers, il sourit.

— Je ne pense pas vraiment qu'il ait l'intention de vous contrarier, milord, dit-elle en se reprenant. Ce serait s'exposer à beaucoup de problèmes, pour une simple farce, non ?

— Sans doute, Miss Woodchurch, dit-il.

Puis il désigna le papier.

— Et si nous finissions cette lettre ?

— Bien sûr.

Elle se redressa sur son siège et essuya les larmes qui avaient partiellement séché sous ses yeux, mais elle souriait toujours quand elle prit sa plume et se remit à écrire.

Mateo retourna à son propre bureau, illuminé par ce sourire. Il aimait les gens heureux. Il aimait leur compagnie. Il se demandait comment cela devait être d'être capable de rire sans retenue comme elle venait de le faire.

Au bout d'un quart d'heure, elle se leva et alla lui remettre la lettre qu'elle avait écrite.

À l'attention de Mr Feathers,

Sir,

J'ai reçu votre facture, ainsi que votre livraison, et j'avoue être très ennuyé. J'ai commandé des moutons, à deux reprises, et, les deux fois, vous m'avez livré des chèvres. Je suppose que vous connaissez la différence entre ces deux espèces, mais si ce n'était pas le cas et que vous expédiiez au hasard les premières têtes de bétail que vous trouviez en train de brouter dans vos prés, alors je me permets de vous adresser ces croquis pour vous aider à y voir plus clair.

Juste en dessous, elle avait dessiné un mouton et une chèvre assez grossiers. Elle avait inscrit le nom des animaux sous chaque croquis.

Je vous demande de réparer votre erreur sans délai.

V.A.

C'était une plaisanterie. Elle souriait, l'air visiblement très satisfaite d'elle-même.

Ce n'était pas vraiment convenable, et Mateo se demanda ce qu'il aurait pensé si Pacheco ou Borerro avaient fait la même chose. Et qu'aurait-il pensé si l'un d'eux avait tout à coup éclaté de rire ? Il aurait souri, sans doute. Il aurait même plaisanté avec eux.

Mateo prit un crayon et ajouta une barbe à la chèvre avant de rendre la lettre.

Miss Woodchurch rit avec un plaisir non dissimulé.

— Il n'aura plus aucune excuse, désormais.

Elle souriait toujours quand elle lui tendit une autre lettre, plus sérieuse et sévère, où elle demandait à Mr Feathers de réparer son erreur immédiatement, s'il ne voulait pas que Mateo donne l'ordre à son intendant d'annuler la commande.

Une lettre parfaitement adaptée à ces étranges circonstances. Très bien rédigée et présentée.

Mais Mateo préférait la première. Il la garda sur son bureau.

— Merci, Miss Woodchurch.

— Je vous en prie, milord. Que voulez-vous que je fasse à présent ?

— Vous pouvez aller prendre votre thé.

Son sourire s'évanouit. Elle sembla se diriger à contrecœur vers la porte. Elle s'y arrêta et le regarda. Il eut l'impression qu'elle voulait lui dire quelque chose. Mais à part « merci », elle ne dit rien, puis elle quitta la pièce.

Qu'avait-elle eu l'intention de lui dire ? Il se rendit compte que sa curiosité était piquée et il regrettait de ne pas le lui avoir demandé.

Et, surtout, il regrettait de l'avoir congédiée.

8

Miss Woodchurch revint au bureau après son thé avec une assiette de madeleines. D'un air interloqué, Mateo regarda l'assiette, puis Miss Woodchurch.

— C'est un peu déplacé de ma part, je sais, mais il faut vraiment que vous y goûtiez.

Elle tendit l'assiette.

— Elles sont délicieuses. Elles sont presque aussi bonnes que celles de Mrs O'Malley.

C'était Mateo et Rosa qui avaient préparé ces madeleines la veille au soir. Et qui était Mrs O'Malley ?

— Personne ne fait d'aussi bons gâteaux que Mrs O'Malley. Enfin c'est ce que je pensais jusqu'à aujourd'hui.

Elle approcha davantage l'assiette de Mateo qui, à contrecœur, prit une madeleine.

— Merci.

Elle alla poser l'assiette sur son bureau, puis retourna vers lui pour attendre ses instructions.

Il désigna la chaise.

— Accordez-moi quelques instants, déclara-t-il.

Miss Woodchurch obéit. Elle s'assit tout au bord du siège, le dos droit, les mains poliment croisées sur ses genoux. Il regarda les dossiers posés sur son bureau. Il travaillait depuis si longtemps que les contours des objets tout autour de lui devenaient flous. Il posa son crayon et se massa les tempes.

— Il a fait beau aujourd'hui, n'est-ce pas ? dit-elle. Je me suis promenée à Hyde Park ce matin, et c'était très agréable. Y êtes-vous déjà allé ?

Mateo soupira doucement.

— Vous devriez vraiment, vous savez. Je n'ignore pas, néanmoins, que ce n'est pas à moi de vous dire ce que vous devez faire. Mais si vous aimez monter à cheval, Rotten Row est l'endroit où tous les gens importants apprécient d'aller faire du cheval et de se montrer. C'est un peu trop fréquenté l'après-midi, mais le matin c'est un havre de tranquillité. Évidemment, c'est mieux s'il fait un beau soleil.

Il lui adressa un bref hochement de tête et reprit son crayon.

— Sinon, vous pouvez vous promener à pied dans les allées. Ou en calèche si vous préférez. Vraiment, il y a mille façons de profiter de ce parc.

Impossible pour lui de se concentrer ou de réfléchir...

— Mais je pense que le mieux, c'est...

— Miss Woodchurch.

— Oui ?

Il n'y avait pas de façon délicate de le dire.

— Je suis désolé, mais... vous parlez trop.

Elle le fixa d'un air interloqué.

— Pardon ?

— Vous *parlez* trop. C'est impossible de réfléchir avec tous ces mots qui fusent dans tous les sens.

Il ne mentait pas, c'était vraiment impossible, mais... en même temps, il regrettait déjà ses paroles.

— Ah.

Elle avait baissé les yeux et semblait contrite.

— Je m'excuse.

Il avait l'impression d'être un monstre.

— C'est juste...

— C'est une fâcheuse habitude que j'ai prise quand je suis en compagnie de quelqu'un qui ne parle pas du tout, dit-elle en levant les yeux.

Il lui fallut un moment pour se rendre compte qu'elle venait de lui adresser un reproche.

— Je vous demande pardon ?

— J'ai remarqué chez vous les mêmes choses que vous avez remarquées chez moi.

— Que voulez-vous dire par là ?

— Je ne suis guère claire, ce qui est un autre de mes défauts, je l'admets. Mais ce que j'essaie de vous dire, c'est qu'il est très difficile de converser avec quelqu'un qui ne parle pas du tout, milord. Vous êtes quelqu'un de très peu bavard. Et j'ai une fâcheuse tendance à vouloir à tout prix meubler le silence quand les autres ne veulent pas parler. À l'école, je parlais toujours pour les élèves qui ne voulaient pas ou n'osaient pas le faire, jusqu'à ce que ma meilleure amie me prenne à part et me dise que je donnais toujours beaucoup trop d'explications. Je vous remercie de m'avoir rappelée à l'ordre.

Il la fixa en se demandant si elle était fâchée contre lui ou pas. Cela ne semblait pas être le cas. On aurait davantage dit qu'elle... disait ce qu'elle pensait vraiment. Sans la moindre hésitation. C'était extraordinaire. Les gens qui osaient dire ce qu'ils pensaient en sa présence pouvaient se compter sur les doigts d'une main, et la plupart étaient des membres de sa famille. Il reposa son crayon et se cala contre le dossier de son siège, le regard fixé sur elle.

— Mais je ne dirai plus un traître mot, dit-elle, avant de mimer le geste de fermer sa bouche à clé et de jeter ladite clé au loin.

Puis elle sourit.

Il fronça les sourcils.

— Vous ne parviendrez pas à la garder fermée.

Elle écarquilla légèrement les yeux, puis elle haussa les épaules.

— Vous avez raison, Miss Woodchurch, je ne parle pas souvent.

Et vous, vous parlez tout le temps. Vous avez tendance à emplir la pièce avec le plus de mots possible et moi avec le moins de mots possible.

Elle sourit mais ne prononça pas une seule parole.

Il prit son crayon, mais avant de se remettre au travail, il jeta un petit regard à Miss Woodchurch. Elle observait les livres posés sur sa table. Elle penchait la tête sur un côté pour lire les dos. D'un doigt, elle déplaça le livre du dessus, et l'inclina légèrement pour pouvoir mieux lire le titre. Elle fronça les sourcils, comme si elle essayait de comprendre les mots écrits en français.

— *Le vicomte de Bragelonne, ou Dix ans plus tard*, dit-il. Par Alexandre Dumas.

— Vraiment ? demanda-t-elle en levant les yeux d'un air surpris. Un de mes livres préférés !

Elle ouvrit tout à coup la bouche et la couvrit de sa main.

— Seigneur, voilà que je recommence. À parler.

Puis elle plissa les yeux d'un air méfiant.

— C'était un piège ?

— Pas besoin de vous tendre un piège. Je savais que j'avais toutes les chances de mon côté.

— Touché, dit-elle en souriant d'un air ravi.

Et, contre toute attente, il sourit à son tour. Du menton, il désigna le livre.

— Vous l'avez lu ?

— Tout à fait. En anglais, bien sûr. Ma partie préférée est *L'Homme au masque de fer*. Savez-vous qu'il a vraiment existé un prisonnier portant un masque de fer ?

Il était tout ouïe.

— Je suis justement en train d'attaquer cette partie.

— Et vous lisez en français ! J'envie tous ceux qui sont capables de parler des langues étrangères. Lire un livre en français, imaginez un peu ! Je ne parle qu'une seule langue et, si j'ai bien compris, j'ai tendance à trop la parler...

Il sourit davantage.

— Quelle insolence, Miss Woodchurch ! dit-il sur le ton de la plaisanterie. Vous savez, il est courant dans mon pays de parler le français et l'espagnol, étant donné notre proximité géographique avec ces deux pays. Et ma mère, comme vous le savez, est anglaise.

— Je maintiens néanmoins que c'est remarquable, dit-elle. Cela me prendrait des années de lire un livre entier dans une langue étrangère, même si je la connaissais.

Mateo se rendit compte qu'il aimait beaucoup la liberté avec laquelle elle s'adressait à lui. C'était un peu comme s'il conversait avec sa sœur ou l'une de ses cousines. La plupart des femmes qu'il croisait dans la vie de tous les jours ne lui parlaient que pour lui répondre. Cela entraînait de longues pauses dans la conversation, étant donné qu'il ne disait presque rien.

— Comment avez-vous trouvé ce livre ?

— J'ai été captivée. L'intrigue ne manque pas de rebondissements, n'est-ce pas ? Et quelle horrible existence ce pauvre homme a-t-il dû endurer. Son sort m'a particulièrement émue. Imaginez-vous : une vie entière derrière un masque de fer. Et à votre avis, qui était-il vraiment ?

— Vous ne croyez pas qu'il s'agissait du frère du roi ? Alexandre Dumas dépeint l'homme comme étant le frère jumeau de Louis XIV, qui aurait été emprisonné car il représentait une menace pour le trône.

— Non, je n'y crois pas, déclara avec assurance Miss Woodchurch. L'Histoire l'aurait retenu, si Louis XIV avait eu un frère jumeau.

— Je suis d'accord avec vous. Mais le prisonnier en question était de toute évidence un homme influent. Pourquoi sinon aurait-il été emprisonné pendant aussi longtemps ?

— Et pourquoi, sinon, la peine qui lui a été infligée aurait-elle été aussi cruelle ?

Cette conversation était extraordinaire. Personne dans la famille de Mateo ni parmi ses amis ne lisait avec autant de voracité que lui.

— Je pense que l'auteur a eu l'idée de ce masque en fer pour ajouter de la tension dramatique à son récit. Mais le véritable masque était en tissu, ce qui devait le rendre tout de même plus confortable.

— En tissu ? Et lequel ?

— Je ne connais pas le mot dans votre langue, dit-il, contrit. *Terciopelo.*

Il regarda autour de lui et désigna les tentures.

— En velours, dit-elle.

En *velours*. Comme son rire.

— Comme il a dû se sentir seul, dit-elle, songeuse. Comme il est cruel de vivre toute son existence sans être connu de personne.

Elle frissonna légèrement, comme si cette pensée la révoltait.

Mateo imaginait très bien ce type d'existence. Il avait parfois l'impression que telle était sa vie. Il avait un frère et une sœur, une mère, et Rosa, bien sûr... mais la plupart du temps, il était seul, et cette solitude lui pesait parfois. Il était, d'une certaine manière, un homme derrière un masque.

— Êtes-vous une grande lectrice, Miss Woodchurch ?

— Une *très* grande lectrice. Mon occupation favorite, quand il fait froid et sombre dehors, c'est de m'installer devant la cheminée avec un bon livre.

Cela faisait également partie de ses grands plaisirs.

— Et qu'aimez-vous lire ?

— Des romans, surtout. Des histoires d'amour. J'aime aussi les ambiances mystérieuses, les histoires de châteaux hantés. Et dernièrement j'ai lu un atlas.

Il ne comprenait pas.

— Pardonnez mon anglais, mais je pensais qu'on *consultait* un atlas, et non pas qu'on le *lisait*.

— Vous avez tout à fait raison, dit-elle en riant. J'aime regarder des endroits et ensuite lire tous les petits détails qui s'y rapportent. Savez-vous quel est le plus long fleuve du monde ?

— Le Nil. Mon frère et moi avons participé à une expédition en Égypte il y a quelques années.

— Une expédition ! s'exclama-t-elle avec ravissement. Mais je suis *terriblement* jalouse. Je n'ai jamais voyagé, même pas dans des pays proches, comme l'Irlande ou la France. Pourtant je meurs d'envie de voir le monde. Y compris votre pays, bien entendu. À quoi ressemble-t-il ?

Il ne savait pas par où commencer pour décrire son pays natal. Pour commencer, c'était la première fois qu'il avait à le faire. Et depuis son arrivée à Londres pas une seule personne ne l'avait interrogé sur son duché. Santiava devait être trop petit et trop lointain pour que les gens s'y intéressent.

Il pensa à la terre qu'il aimait, à sa beauté. Et aux gens qui la peuplaient : il était persuadé qu'il n'existait pas un seul pays où les gens étaient plus généreux que les Santiaviens.

— Le duché est petit, dit-il, mais puissant. Nous avons dû nous battre pour notre indépendance au cours des siècles. D'abord contre les Espagnols, puis contre les Français et il y a seulement une cinquantaine d'années, contre les Wesloriens.

— Les Wesloriens ? Mais la Wesloria est si loin de Santiava. La duchesse de Marley est weslorienne, le saviez-vous ? Et à quoi ressemble-t-il ? Votre pays, je veux dire...

— Les paysages sont extraordinaires. D'un côté, vous avez les eaux cristallines de la Méditerranée. Le *palacio real*, le palais ducal, est bâti sur une falaise surplombant la côte. Il est très grand, avec de nombreuses loggias qui donnent toutes sur la mer. La vue qu'elles offrent est splendide.

Il pensa à la façon dont le soleil faisait miroiter la surface de l'eau, comme si elle était faite d'une infinité de pierres précieuses. La plupart du temps, les portes de la véranda restaient ouvertes, pour laisser circuler la brise marine. Au passage l'air se chargeait des effluves du chèvrefeuille et des roses qui poussaient en grimpant autour des colonnes de la véranda. Le sol en terre cuite était frais sous les pieds. Mateo allait souvent pieds nus dans le palais, bien qu'il soit à la tête d'un duché.

— Qu'est-ce qu'une loggia ?

Mateo lui fit signe de s'approcher, et sur un morceau de papier, il dessina à traits rapides une terrasse couverte comme celles du palais.

Miss Woodchurch ne resta pas de l'autre côté de son bureau, ce qui l'aurait forcée à voir son esquisse à l'envers. Oh non, cette femme, qui était si à l'aise avec lui, fit le tour du bureau et se pencha au-dessus de lui. Il ressentit de plein fouet sa proximité, et il fut frappé de sa petite taille par rapport à la sienne.

— Oh ! je vois. Ce doit être très beau.

— Nous possédons une autre résidence. Le *Castillo Estrella* se trouve à la montagne. Nous l'appelons « le château dans les étoiles ».

— Comme c'est romantique, dit-elle, avant de reculer et de se diriger vers la fenêtre.

Le château dans les étoiles était assez différent du palais. Depuis ses fenêtres, l'on pouvait voir des montagnes coiffées de lourds nuages blancs. Le lac tout près du château reflétait si parfaitement le bleu du ciel que l'on aurait dit un miroir. Tout autour, le paysage était vert et luxuriant. L'air, clair et frais, sentait le pin. Les sols étaient en parquet vernis et les murs étaient recouverts de tapisseries qui isolaient des vents hivernaux.

— Lorsque l'on quitte les montagnes, il suffit de deux heures pour atteindre la mer. Passer des montagnes à la mer... c'est une splendeur que je peine à décrire.

Ce qu'il aimait dans son pays, c'était que, où que l'on se trouve, la vue était enchanteresse. À ses yeux, il n'y avait pas deux endroits au monde comme celui-là.

Par contraste, Londres lui semblait froide, grise et beaucoup trop peuplée. Il soupira, se massa les tempes. Il était devenu un *cascarrabias*, un vieux grincheux, alors qu'il n'avait pas encore trente ans.

— Cela paraît divin, dit Miss Woodchurch.

Mateo s'était laissé emporter bien trop loin.

— Je ne suis sans doute pas tout à fait impartial… mais je pense que vous n'êtes pas loin de la vérité. Mais remettons-nous au travail, si vous le voulez bien. Tenez, voici pour vous.

Et il lui tendit plusieurs papiers, avant de se replonger dans ses notes.

Pour terminer sa journée, Miss Woodchurch retranscrivit plusieurs pages écrites par son grand-père et rédigea deux réponses à des invitations. Il fut surpris lorsque vint l'heure de rentrer chez elle. Il lui semblait que cet après-midi était passé plus rapidement que les autres.

Lorsque Miss Woodchurch prit congé et lui souhaita une bonne fin de journée, il alla à la fenêtre pour respirer un peu d'air frais. Il dut y rester plus longtemps que prévu – d'elles-mêmes ses pensées s'étaient redirigées vers Santiava, vers ses deux chiens qui l'y attendaient et qui lui manquaient – car il vit Miss Woodchurch et Aurelia, l'une des filles de cuisine, sortir depuis la porte de service. Il les regarda faire le tour de la maison ensemble, puis se diriger vers la rue et disparaître.

D'après ce qu'il savait, Aurelia ne parlait pas un mot d'anglais. Mais elles marchaient côte à côte comme deux amies.

Miss Woodchurch était si… *surprenante*. Elle était la seule Londonienne à avoir piqué sa curiosité et retenu son attention, et ce à plusieurs égards. Elle était instruite et cultivée, elle s'intéressait à une foule de sujets, et, de toute évidence, elle n'était pas du tout réservée.

En sa présence, il se sentait différent. Il n'avait jamais vraiment su si son incapacité à lier contact était due à sa fonction de chef d'État, ou à sa nature austère. Quoi qu'il en soit, il sentait toujours un mur invisible entre lui et les personnes qu'il rencontrait. En particulier quand il s'agissait de femmes.

Si ce mur existait, c'était entièrement sa faute. Il ne trouvait jamais quoi dire qui ne paraisse condescendant, ou pire, indifférent.

Avec Miss Woodchurch, la conversation était beaucoup plus facile, grâce à elle et à son aisance naturelle.

Et avec elle, il n'était pas question d'indifférence. Non, bien au contraire... Miss Woodchurch le laissait de moins en moins indifférent.

9

Le vicomte était l'homme le plus extraordinaire que Hattie ait jamais rencontré. Elle avait du mal à le comprendre, vraiment. Il affichait une réserve proche du détachement, et ses réactions étaient si froides qu'elles étaient parfois désagréables. Un homme contrariant. Pourtant, elle était fascinée par lui. Elle avait l'impression qu'elle l'agaçait de temps en temps, mais cela ne l'empêchait pas de dire ce qu'elle pensait.

Et puis, sans qu'elle sache bien comment, elle était parvenue à fissurer cette façade austère. Après qu'elle eut fait seule la conversation pendant des jours et des jours, sans espoir de recevoir plus d'un mot ou deux en guise de réponse, tout avait changé à partir du moment où elle avait remarqué son livre. C'était la seule fois où il avait semblé intéressé par ce qu'elle disait. Certes, elle avait dit beaucoup de choses inintéressantes, et vraiment, que lui avait-il pris de chanter les louanges de Hyde Park, comme si elle était maire de Londres ?

Néanmoins, elle était très heureuse qu'ils se soient trouvé un point commun. La lecture était une de ses occupations favorites, et elle était ravie qu'il se soit enfin mis à parler. Elle ne désespérait pas de trouver d'autres sujets de conversation susceptibles de l'inspirer de cette façon.

En même temps, toutes les personnes que connaissait Hattie, sans exception, avaient hâte d'apprendre *enfin* des choses sur le nouveau vicomte. Elles lui posaient des questions qui ne les regardaient pas. Pourquoi ne se montrait-il pas davantage en société ? De quoi parlait-il ? Que mangeait-il ? Buvait-il ? Fumait-il ? Qui lui rendait visite ? Où dînait-il ? Quel était son problème ? Avait-il commencé à chercher une épouse ? Avait-il une maîtresse cachée ? Cette dernière question ayant été posée par Mrs O'Malley…

Hattie évitait de répondre, mais les questions ne cessaient de fuser. Le taciturne et mutique vicomte était une énigme pour tout le monde. Même les journaux semblaient perplexes vis-à-vis de lui, et le dépeignaient comme un reclus, vivant barricadé dans la demeure de son grand-père. La rumeur disait qu'il cherchait une épouse, se plaignaient-ils, alors qu'aucune information ne pouvait le confirmer. Certains supposaient que les manœuvres pour trouver une fiancée commenceraient pour de bon avec l'ouverture officielle de la Saison. D'autres prétendaient qu'il n'avait nulle intention d'épouser une Anglaise, et que tout le reste n'était que suppositions infondées. Hattie, pour sa part, n'en savait rien.

Les membres de sa famille se montraient particulièrement curieux à propos du vicomte. Pour des raisons qui échappaient à Hattie, ses parents semblaient le détester à cause de son titre. Dès qu'elle poussait la porte de chez elle, ils avaient l'air de l'attendre et l'assaillaient de questions.

Queenie et Flora ne valaient pas beaucoup mieux. Queenie, en particulier, insistait pour qu'elle lui révèle des détails croustillants susceptibles d'être répétés dans les salons londoniens. Même si Queenie jurait ses grands dieux qu'elle resterait muette, Hattie ne lui faisait absolument pas confiance. Jamais elle n'oubliait qu'elle avait fait serment que tout ce qu'elle verrait ou entendrait resterait strictement confidentiel. Alors elle ne disait rien à personne. De toute façon, à part cette histoire étrange de moutons et de chèvres, et ses goûts en matière de lecture, elle n'aurait pas eu grand-chose à raconter.

La seule chose qu'elle consentait à leur dire, c'était qu'il la laissait souvent seule lorsqu'elle travaillait. Évidemment, tous avaient trouvé cette information très décevante.

« Comme tu dois t'ennuyer », s'était plainte Queenie après que Hattie eut invariablement répondu à une série de questions par : « Je n'en sais rien, je n'en sais rien du tout. »

Cet après-midi-là, pendant que Flora et Hattie étaient venues lui rendre visite, Queenie était étendue sur la méridienne qui se trouvait dans son immense chambre à coucher, en train de piocher nonchalamment dans un bol de bonbons, à la manière d'une déesse grecque.

— Que fais-tu de tes journées, alors ? Tu passes ton temps à *écrire* ? Seigneur, Hattie, qu'est-ce qui a pu t'attirer dans ce travail ? Je t'imagine un peu comme un moine copiste du Moyen Âge, en train de recopier des vieux manuscrits dans un grenier poussiéreux, à la seule lumière d'une bougie.

Cette image fit rire Hattie. Ce qui l'avait attirée dans ce travail lui semblait pourtant évident. L'argent, d'une part, même si c'était quelque chose que Queenie, qui avait absolument tout ce qu'elle pouvait désirer au monde, ne pouvait pas comprendre. D'autre part, l'opportunité de côtoyer de près un très bel homme avait aussi de quoi séduire. Cela, Queenie pouvait très bien le comprendre. Ce n'était pas tous les jours que l'on pouvait se trouver en une si prestigieuse compagnie. Hattie était persuadée que Queenie serait prête elle aussi à rédiger quelques lettres si c'était pour pouvoir approcher Lord Abbott.

— Il n'y a vraiment *rien* que tu ne puisses nous dire ? insista Queenie, qui semblait dubitative. Cela fait plus de deux semaines que personne ne l'a vu nulle part ! Tout le monde se demande ce qui se passe. La seule chose qui est sûre, c'est qu'il est censé dîner chez les Forsythe en fin de semaine. Mais ce n'est pas tout de suite, et nous ne devrions pas être obligées d'attendre le compte rendu de Flora pour avoir des informations sur le vicomte.

— Tu parles de *moi* ? demanda Flora en clignant des yeux. Je suis sûre que je ne lui parlerai même pas pendant une minute. Tout le monde essayera d'accaparer son attention. Il ne me remarquera même pas.

— On compte sur toi pour faire des efforts, Flora, dit Queenie.

Puis elle se tourna vers Hattie.

— J'ai une théorie à propos de ton secret.

— Je n'ai pas de secret, s'insurgea Hattie.

— Il est malade, n'est-ce pas ? C'est pour cela qu'on ne le voit plus. C'est pour cela que tu es muette comme une tombe.

Hattie fut estomaquée.

— Il est l'image même de la santé !

Il incarnait même une santé insolente, virile, forte... et terriblement séduisante.

— Je pense que s'il se fait rare, c'est parce qu'il croule sous le travail. Il essaie d'y voir clair dans les affaires de son grand-père, et c'est pour cela qu'il n'a pas de temps à perdre en visites de courtoisie et autres politesses.

— Quand on est un haut aristocrate, on a toujours le temps pour les visites de courtoisie, persifla Queenie. Tu ne sers vraiment à rien, Hattie. Il aurait mieux valu que ce soit Flora qui ait ta place.

— Je ne suis pas censée travailler, protesta Flora d'un air outré, comme si Queenie venait de lui suggérer d'aller ramasser des pommes de terre ou repriser des haillons.

— C'était juste une plaisanterie, trésor ! dit Queenie. Il ne manquerait plus que tu sois forcée de travailler.

Flora et Queenie se mirent à rire, se moquant bien que Hattie soit parmi elles et qu'elle soit, pour sa part, forcée de travailler. Ce fut Flora qui reprit ses esprits la première et sembla se souvenir que Hattie n'appartenait pas tout à fait au même monde qu'elles.

— Ce n'est pas que cela me dérangerait, s'empressa-t-elle de préciser.

— Oh ! je pense que si, dit Hattie. Travailler, ce n'est pas fait pour tout le monde.

Les joues de Flora s'empourprèrent et elle regarda autour

d'elle, comme si elle cherchait désespérément quelque chose à dire pour détourner la conversation de ce sujet gênant. Queenie le fit pour elle en lui demandant ce qu'elle avait l'intention de porter chez les Forsythe, puis en lui rappelant qu'il faudrait choisir une tenue particulièrement magnifique car Christiana Porter serait présente.

Cette information sembla angoisser Flora. Hattie pensait savoir pourquoi : Christiana Porter était une jeune femme d'une grande beauté, avec des cheveux d'un blond presque blanc et une bouche charnue très sensuelle. Hattie trouvait étrange qu'elle n'ait pas encore trouvé d'époux, alors même que son nom était sur toutes les lèvres. Flora ne l'aurait jamais admis, mais elle était intimidée par elle. Elle en avait suffisamment dit au cours des deux années écoulées pour que Hattie comprenne que Flora s'estimait incapable de rivaliser avec une telle beauté.

— Oh. Quelle chance pour elle, dit Flora d'une voix très aiguë qui ne semblait pas lui appartenir.

— Tout le monde suppose que c'est elle que le vicomte remarquera en premier, bien entendu, poursuivit Queenie en fixant Flora.

Hattie n'aimait pas ce côté asticoteur chez Queenie. C'était un petit jeu auquel elle s'adonnait de temps en temps. Elle essayait de provoquer et de contrarier son amie. Hattie trouvait cela assez méchant et injuste.

— J'en suis sûre, dit Flora.

— Ce ne serait pas étonnant, poursuivit Queenie. Elle est si belle.

Hattie, qui en avait assez entendu, se dirigea vers la coiffeuse de Queenie.

La manœuvre de Queenie fonctionna. Tout à coup, Flora lança :

— Je ne dis pas que ce devrait être moi, non, pas du tout, mais pourquoi tout le monde se croit-il obligé de penser que Christiana Porter sera celle qui plaira le plus au vicomte ?

Queenie se mit à rire, l'air ravi.

— Trésor ! Tu vaux bien mieux qu'elle, à tous les niveaux. Mais pourquoi tout le monde se focalise-t-il sur elle ? Cela, ce sera à toi de nous le dire après ce dîner. Tu nous raconteras tout ce qui s'est passé, et nous essayerons de comprendre.

Hattie, qui leur tournait le dos, leva les yeux au ciel.

Lorsque, enfin, elles prirent congé de Queenie – ce que Hattie avait hâte de faire depuis longtemps –, elle rentra chez elle pour se rendre compte que sa famille semblait aussi obsédée que ses amies par son travail chez le vicomte.

Le sujet fut abordé durant le souper. Pendant que ses frères dévoraient comme des ogres et que son père sirotait un whisky en lisant le journal, sa mère caressait le chat qui se trouvait sur ses genoux tout en observant Hattie, assise en face d'elle, d'un œil inquisiteur.

Hattie détestait quand sa mère faisait cela, quand elle la scrutait comme si elle essayait de la prendre en faute. Elle poursuivit son repas, les yeux rivés sur son assiette.

Au moins sa mère finit par dire ce qu'elle avait sur le cœur.

— Tu souris trop, Harriet.

Hattie regarda autour d'elle, surprise.

— Je souris *trop* ?

— Oui. Cela te donne un air extatique et ridicule.

Hattie ne s'était même pas rendu compte qu'elle souriait. Il n'y avait rien qui la rende extatique. Et surtout pas ce repas.

— C'est parce qu'elle est très contente de son travail, maman, dit Perry. Cela n'échappe à personne.

Il se pencha au-dessus du bras de son siège, afin de coller son visage juste en face de celui de Hattie.

— Mais ce n'est pas parce que tu fréquentes un vicomte que cela te rend supérieure aux autres.

Hattie le repoussa.

— Je n'ai jamais dit cela.

— C'est parce que tu n'es pas supérieure à moi, ajouta Perry.

— Mais moi si, dit Peter, en lançant un petit morceau de pain sur son frère jumeau.

— Les garçons ! dit le père de Hattie sans lever les yeux de son journal.

— Tu ne devrais pas être aussi heureuse de travailler et afficher cet air extatique, poursuivit Perry, comme si, à quatorze ans à peine, il pouvait avoir la moindre notion de la façon dont fonctionnait le monde. On dirait juste que tu cherches désespérément à attirer l'attention. Or personne n'aime les filles qui réclament trop d'attention.

— Pour l'amour de Dieu, Perry, murmura Hattie, tu ne connais rien à rien. Je ne suis pas *extatique*. Et même si je l'étais, pourquoi est-ce que je ne devrais pas être enthousiasmée par mon travail ?

Honnêtement, elle avait de plus en plus hâte de quitter cette maison. Hâte, aussi, de retourner à Grosvenor Square, chez le vicomte.

— Je ne te demande pas de comprendre : tu es trop jeune.

Cela allait le vexer. Peter et Perry détestaient qu'on leur rappelle qu'ils étaient bien plus jeunes que Hattie et Daniel.

— Mais crois-moi, poursuivit-elle, certaines personnes sont heureuses d'avoir du travail.

— Cela me fait penser, dit son père en baissant son journal, quand verrai-je la couleur de ce paiement en échange de *services rendus* ?

Il dit cela comme si elle était une danseuse de cabaret.

En gémissant, Hattie leva les yeux au plafond. Sa famille était absolument insupportable.

— J'ai déjà reçu mon salaire pour la première semaine, papa. J'aurai celui de la deuxième semaine demain.

— Oh ? fit-il d'une voix mielleuse. Tu as reçu ton premier salaire ? Tu n'as pas oublié notre accord, j'espère ?

— Ce n'était pas un accord, c'était un ordre.

— Appelle cela comme tu l'entends, du moment que j'ai ma part.

— Seigneur, dit Daniel.

Jusqu'ici, il avait gardé le silence, mais il posa la fourchette qui lui avait servi depuis le début du repas à enfourner sa nourriture à la vitesse de l'éclair, comme s'il voulait s'échapper le plus rapidement possible.

— Cette famille, c'est vraiment du grand n'importe quoi ! lança-t-il.

— Parle pour toi, lança Peter.

Mais Daniel l'ignora et se tourna vers sa sœur.

— Je me demande bien, Hat, ce que tes amies pensent de ton travail ? Elles réprouvent, j'imagine.

— Si tu fais allusion à Flora et Queenie, je ne vois pas pourquoi tu penses une chose pareille. Elles ont fréquenté la même école que moi, tu sais. Nous y avons toutes été formées pour trouver un travail. C'était même le but de l'école. Que nous puissions toutes prétendre à l'égalité des chances.

— Tes…

Daniel commença sa phrase, mais tout à coup, plusieurs horloges se mirent à sonner, et pendant quelques minutes tout le monde se tut, car aucune voix n'aurait pu être audible au milieu de ce vacarme.

Quand le calme revint, Daniel reprit :

— Tes amies ont fréquenté cette école parce que leurs parents voulaient se débarrasser d'elles. Non pas parce qu'ils voulaient qu'un jour, elles trouvent un travail. Elles sont trop snobs pour se salir les mains.

— Ce ne sont pas ses amies, dit sa mère.

Le chat couché sur ses genoux se redressa et s'étira. Puis, avec effronterie, il sauta sur la table et se mit à serpenter entre les couverts, les assiettes et les verres.

— Bien sûr que si, ce sont mes amies, dit Hattie, en attrapant le chat pour le faire descendre. Cela fait dix ans que je les connais.

Sa mère fit une moue dédaigneuse.

— Flora la huppée te paie, ma chérie. Tu n'es pas son amie.

— Maman !

Hattie protestait, mais à vrai dire, cette idée lui avait effleuré l'esprit à deux ou trois reprises. Flora et Queenie l'inviteraient-elles à se joindre à elles si elle n'était pas payée pour le faire ? Elle ne voulait surtout pas connaître la réponse, car à part elles, elle n'avait personne.

— Surtout la grande, dit Daniel.

Hattie fronça les sourcils.

— Tu veux parler de Flora ?

Daniel haussa les épaules.

— Comment pourrais-je savoir son nom ? C'est une inconnue pour moi. Même si je crois l'avoir aperçue à un concert au Canterbury Music Hall. Elle est un peu hautaine, non ?

— De toute évidence, tu l'as confondue avec quelqu'un d'autre. Elle n'est pas du tout hautaine. Elle est très gentille, et c'est ma meilleure amie, Daniel. Tu ne devrais pas dire des choses pareilles. Tu ne la connais même pas.

Daniel haussa les épaules et repoussa son assiette.

— Elle est fille de vicomte, dit la mère de Hattie.

Au début, Hattie crut que sa mère voulait défendre Flora, mais en réalité c'était le contraire.

— Elles sont toutes un peu comme cela, poursuivit-elle. Hautaines. Condescendantes. Snobs...

Daniel et sa mère rirent bruyamment.

Hattie posa sa serviette à côté de son assiette.

— Très bien. Ce repas a été...

Elle marqua une pause pour réfléchir au mot le plus approprié.

— Ce repas a été comme tous les autres, assez désagréable, et même terrifiant par moments. Maintenant, si vous voulez bien m'excuser...

Elle se leva pour partir.

— N'oublie pas ma part ! lança son père alors qu'elle quittait la pièce.

Une fois sortie, Hattie traversa le hall encombré de paquets, de chats, d'horloges, de mannequins et de services à thé. Oh oui, elle avait envie de travailler, envie de faire tout ce qui pourrait l'aider à quitter cette maudite maison. Et le travail semblait sa seule échappatoire.

C'était cela ou la mort.

Le lendemain après-midi, Hattie s'arrêta dans le vestibule pour enfiler un manteau léger, car il s'était mis à pleuvoir. À son bras, elle tenait un panier empli de présents pour tous ceux qui étaient au service du vicomte. Ils avaient tous beaucoup aimé les roses Tudor qu'elle avait achetées à Mrs O'Malley une demi-couronne pièce. Aujourd'hui, Hattie avait deux mouchoirs en lin, en bordure desquels elle avait brodé du lierre anglais, pour Aurelia et Yolanda, les deux filles qui travaillaient en cuisine. C'était curieux, songea-t-elle, qu'une vraie amitié soit en train de se nouer entre elles. Les filles de cuisine ne parlaient pas anglais, pourtant elles parvenaient à se comprendre toutes les trois. Parfois, elles s'apprenaient des mots. Hattie, par exemple, montrait une assiette et la nommait, tandis que Yolanda ou Aurelia répondaient en donnant la version espagnole du mot : « *Plato !* » Le poulet se disait *pollo*. Une pomme de terre était une *patata*. Aurelia lui avait dit que « cœur » se disait *corazón*, après que Hattie eut surpris la fille de cuisine en train de sourire timidement à un laquais.

Dans son panier, elle avait aussi des biscuits pour accompagner le thé provenant de la boutique de Mrs O'Malley, à destination de Mary. Une salière pour Mr Pacheco, qui s'était émerveillé devant celles qu'il avait découvertes dans la maison du vicomte et avait expliqué à Hattie qu'à Santiava, le sel fin n'existait pas. Elle avait aussi un cigare pour Mr. Borerro, volé à son père. Et un nouveau tapis de cartes pour les laquais, car elle avait remarqué que celui qu'ils utilisaient était très usé.

Et tout au fond du panier, sous tout le reste, elle avait aussi quelque chose pour le vicomte. Si elle trouvait le courage de le lui donner. Elle craignait qu'il la trouve trop impertinente ou trop hardie… mais en même temps, serait-ce si grave ? Elle n'avait rien à perdre.

Il s'agissait de son propre exemplaire de ce roman qu'elle adorait, *Jane Eyre*. Parmi tous ceux qu'elle avait lus, c'était son favori, et de loin.

Elle était en train de boutonner son manteau quand sa mère apparut sur le seuil de la porte du salon, un chat dans les bras et l'air contrarié.

— Bon après-midi, maman, dit Hattie.

— Ai-je bien vu ? demanda sombrement sa mère, en la regardant de haut en bas d'un œil critique. Est-ce que tu as mis du rose aux joues ?

— Un peu, reconnut Hattie.

Pendant sa toilette, ses joues lui avaient semblé si pâles qu'elle s'était trouvé une allure spectrale.

— On dirait un pot de peinture. Est-ce que tu as toi aussi l'intention de concourir au titre de prétendante auprès du vicomte ?

C'était si absurde que Hattie se mit à rire.

— Non, maman, pas du tout. Je ne suis personne. J'aime beaucoup mon travail, c'est tout. Est-ce si étrange ? J'ai toujours aimé travailler, vous le savez bien.

Sa mère fit un pas vers elle.

— Fais attention, Harriet, lança-t-elle d'un air lugubre. Tu n'es pas l'une d'elles. Ne crois pas les fausses idées qu'elles peuvent te mettre en tête.

La bonne humeur de Hattie se dissipa aussitôt. Elle était tentée de demander à sa mère qui était ce « elles », mais au fond d'elle-même, elle connaissait la réponse. Elle préférait ne pas entendre la réponse de sa mère qui, forcément, la blesserait. Hattie savait qu'elle n'était pas comme Flora ou Queenie. Elle n'avait pas besoin de sa mère pour le lui faire remarquer. Elle savait qu'elle n'avait rien pour elle, rien qui puisse plaire, et que ses chances de se marier un jour étaient presque nulles, grâce à cette maison et à ses habitants. Sans parler de ses fiançailles rompues.

— Je n'ai aucune idée de ce que vous voulez dire, dit-elle avec aplomb. Je ne voudrais pas être en retard. Bon après-midi, maman.

Elle ouvrit la porte et sortit sous la pluie, sans se donner la peine de rattraper le chat qui s'était faufilé dehors à sa suite.

En marchant, elle ressassa ce que sa mère venait de lui dire. On aurait dit qu'elle voulait que Hattie ait honte de son travail et honte de qui elle était. C'était assez vexant. Comme il était vexant, d'ailleurs, que sa mère lui rappelle qu'un homme comme Lord Abbott ne voudrait jamais de quelqu'un comme elle. Peu importait qu'elle se sente attirée par le vicomte : elle savait très bien qu'il n'y avait aucune chance que ce sentiment soit jamais partagé ni même que Lord Abbott remarque qu'il ne la laissait pas indifférente.

Mais alors qu'elle approchait de sa destination, elle commença à se dire que sa mère avait peut-être raison. Elle avait laissé son imagination prendre le pas sur sa raison. Elle s'était imaginée à Santiava. Avec lui. En train de parler couramment espagnol, en train de le charmer par sa conversation, en train de discuter livres ou d'évoquer l'un de leurs nombreux centres d'intérêt communs. C'était une rêverie idiote. Mais inoffensive…

Elle avait l'impression d'être parvenue à le percer à jour, alors même qu'il était distant et réservé. Au début, elle avait cru qu'il ne prêtait aucune attention à elle, voire que sa présence lui était désagréable et qu'il l'envoyait prendre le thé pour se débarrasser d'elle. Mais quand Pacheco ou Borerro entraient dans le bureau, il affichait les mêmes manières rigides et distantes vis-à-vis d'eux. La seule fois où elle l'avait entendu rire, c'était quand elle l'avait surpris dans le jardin, en regardant par la fenêtre.

C'était seulement depuis que depuis que le vicomte l'avait surprise en train de regarder ses livres qu'il semblait se détendre en sa compagnie, même si ce n'était pas encore très spectaculaire. Ce qui l'avait surtout stupéfiée, lors de leur discussion, c'était qu'il avait semblé sincèrement curieux de savoir ce qu'elle avait pensé du *Vicomte de Bragelonne*.

Mais les mises en garde de sa mère avaient sérieusement entamé son enthousiasme au sujet des cadeaux qu'elle comptait offrir. Elle espérait que ce n'était pas stupide de sa part de lui apporter un présent. De toute façon, il était trop tard désormais. Peu importait ce qui se passerait, un jour Hattie se remémorerait le printemps où elle avait rédigé la correspondance du duc de Santiava et où ils avaient lu des livres ensemble.

10

Pacheco arborait une petite broche au revers de sa veste, représentant la rose rouge et blanche que Mateo avait déjà vue portée par Borerro et par au moins deux laquais. Il n'en comprenait pas bien la signification, mais il était clair que Miss Woodchurch avait utilisé ses appointements pour acheter des broches à toute la maisonnée.

Était-ce pour cette raison qu'elle avait besoin de cette place ? Pour acheter des bijoux ?

— Vous aussi ? dit-il, sur un ton légèrement accusateur, à son valet qui lui tendait sa veste.

Pacheco était déjà le valet de son père, et il était aussi expérimenté que sage. Non seulement il comprit ce que Mateo voulait dire, mais il évita aussi soigneusement le regard de son maître pendant qu'il époussetait les épaules de sa veste. En toute honnêteté, le silence de Pacheco était l'une des raisons pour lesquelles Mateo l'appréciait tant : le domestique ne se sentait pas obligé de répondre aux questions superflues.

Et dans ce contexte précis, il ne répondit pas.

Une fois prêt, Mateo se dirigea vers l'escalier. Aujourd'hui, il avait l'intention d'écourter le plus possible sa session de travail avec Miss Woodchurch. Rosa et lui avaient prévu de préparer une tarte à la mélasse avant le souper.

Miss Woodchurch se trouvait déjà dans le bureau, et attendait, debout devant la fenêtre. Elle portait une robe jaune pâle et, avec ses yeux bleus, elle lui fit penser à l'un des oiseaux qui venaient souvent lui rendre visite dans la véranda du palais de Valdonia.

— Bonjour, milord ! dit-elle, enjouée. Un peu de pluie, mais il semblerait que les nuages soient sur le point de se dissiper.

Cette femme était toujours gaie, quelle que soit son humeur à lui. C'était quelque chose qu'il appréciait chez elle, et il aurait aimé posséder ne serait-ce qu'une infime part de sa nature enthousiaste. Il aurait aimé pouvoir entrer dans une pièce et souhaiter avec entrain une bonne journée à tout le monde. Il imaginait la réaction des gens s'il faisait une chose pareille : ils s'évanouiraient de surprise !

— Bonjour, répondit-il.

Il se dirigea vers son bureau d'où il tira une liasse de feuilles contenant des factures à trier par bénéficiaire, ce qu'il lui demanda de faire.

Ils travaillèrent en silence durant la première heure. Quand elle eut accompli tout ce qu'il lui avait demandé, ils passèrent ensemble en revue le courrier du jour. Il s'agissait d'invitations, pour la plupart des lettres. À tel point que Mateo avait l'impression que les Londoniens passaient tout leur temps à recevoir ou à être reçus.

La dernière lettre provenait de sa mère. Celle-ci donnait des nouvelles de son voyage, énumérait les gens à qui elle était allée rendre visite, les invitations à dîner qu'elle avait reçues – apparemment, les Parisiens avaient les mêmes occupations que les Londoniens – et dressait la très longue liste de tout ce qu'elle avait acheté. Ce dernier paragraphe fit tressaillir Mateo. Il avait déjà expliqué plus d'une fois à sa mère qu'elle ne devait pas confondre les caisses du duché et sa réserve d'argent de poche.

Sa mère terminait sa lettre en lui demandant s'il avait revu Lady Aleksander et, si ce n'était pas le cas, quand elle pourrait s'attendre à recevoir des nouvelles.

Il tendit la lettre à Miss Woodchurch.

— Vous pouvez répondre que tout va bien, etc., etc.

— *Etc., etc. ?*

Elle prit la lettre et la lut, avant de le regarder.

— Des questions ?

— Non, milord.

Il se remit au travail.

— En même temps...

Elle attendit qu'il lève les yeux.

— Est-ce vraiment tout ce que vous souhaitez dire ?

C'était absolument tout ce qu'il souhaitait dire. S'il ajoutait quoi que ce soit d'autre, sa mère ne manquerait pas de lui poser des questions auxquelles il devrait forcément répondre. Il pianota avec deux doigts sur le bureau.

— De toute évidence, vous pensez que cela ne suffit pas.

Elle rougit très légèrement, et passa la main sur une de ses joues, comme pour masquer sa gêne.

— Je ne me permettrais pas. Et je ne voudrais pas avoir l'air de me mêler de ce qui ne me regarde pas.

— Intéressants, vos scrupules, après deux semaines où cela n'a pas eu l'air de vous déranger. Mais, je vous en prie, Miss Woodchurch, j'aimerais beaucoup connaître votre opinion.

Elle fronça légèrement les sourcils.

— C'est votre mère.

— Vous ne m'apprenez rien.

— Et de toute évidence, vous appréciez sa compagnie.

— Ce n'est pas du tout évident. Est-ce un reproche, Miss Woodchurch ?

— Non ! s'exclama-t-elle. Je vous prie de m'excuser : je vous ai offensé. Même si c'est vous qui m'avez invitée à dire ce que je pensais.

— Je...

— Oh ! mon Dieu, dit-elle en levant les deux mains au ciel. Ne dites rien, je le sais parfaitement : je recommence à parler à tort et à travers. Je...

— Miss Woodchurch, l'interrompit-il avec calme, avant qu'elle ne se lance dans une grande explication. C'est vrai, je vous ai incitée à me dire ce que vous pensiez.

— Je ne veux pas faire une chose pareille.

— Oh que si.

— Non, dit-elle en secouant vigoureusement la tête. J'en ai déjà trop dit.

Étrangement, il était vraiment curieux de connaître son opinion.

— Alors peut-être me direz-vous ce que vous écririez si cette lettre avait été envoyée par votre mère ?

— Par *ma* mère ?

— Oui, votre mère. Si elle vous avait écrit de Paris, en vous donnant des nouvelles de ses amis et en vous énumérant ses achats, tout en ne vous posant qu'une seule question vous concernant ? S'il vous plaît, j'aimerais savoir ce que vous lui répondriez.

— Oh ! je...

Elle tritura le lobe de son oreille, l'air mal à l'aise.

— Je lui demanderais ce qu'elle fait à Paris, étant donné qu'elle n'y est jamais allée. Ma mère est très différente de la vôtre.

— Intéressant. Comment le savez-vous ?

Ses joues rosirent. Mateo était à la fois amusé par sa gêne et intrigué qu'elle ait l'air de vouloir éviter de s'étendre sur le sujet de sa mère.

— Ma mère est... euh... elle est...

Miss Woodchurch leva les yeux au plafond en soupirant.

— C'est un peu compliqué, n'est-ce pas ? Ce sont nos mères qui nous mettent au monde, mais avec le temps, l'on se rend compte qu'elles...

— Qu'elles sont intrusives ?

— Exactement, dit-elle en poussant un autre soupir. Parfois cela peut être amusant, parfois pas du tout.

— Les seules mères intrusives qui m'amusent, ce sont celles des autres. Mais vous voyez, il semblerait que nos mères se ressemblent, finalement. Vous devez donc comprendre ma réticence à rédiger une longue réponse, qui ne ferait qu'encourager d'autres comportements encore plus intrusifs.

— Je comprends. Si je devais écrire à ma mère, je la noierais sous des détails qui l'ennuieraient au point de lui couper l'envie de me poser toute autre question, dit-elle en haussant les épaules. L'on est obligé de recourir à de tels stratagèmes.

— De ruser ?

— Oui, c'est cela. Mais je ne vous recommande pas ce procédé précis, milord. J'imagine que votre mère est habituée à ne pas recevoir beaucoup de nouvelles de votre part, et si vous la noyiez sous les détails, cela éveillerait ses soupçons.

Elle baissa tout à coup les yeux.

— Veuillez pardonner mon audace, milord, se reprit-elle. Je ne voudrais pas avoir l'air de manquer de respect à quiconque.

— Pas d'inquiétude, Miss Woodchurch. Vous êtes certes audacieuse, parfois, mais jamais irrespectueuse.

Elle leva les yeux vers lui et sourit franchement.

— C'est que l'audace est un trait de caractère auquel j'aspire.

Cette déclaration ne fit qu'accroître la curiosité de Mateo. Que voulait-elle dire par là ? Aspirait-elle à se montrer audacieuse en privé ? En public ? Et jusqu'où serait-elle prête à aller par audace ? Jusqu'à se laisser approcher, ou approcher elle-même ? Jusqu'à flirter ?

Ce fut à son tour de baisser les yeux. Il était consterné d'avoir eu ce genre de pensée. Mais maintenant qu'il l'avait en tête, impossible de s'en débarrasser. Il imaginait Miss Woodchurch au lit, ne craignant ni de parler, ni d'agir. Il prit une grande inspiration.

— Si vous vouliez bien avoir l'obligeance de répondre à ma mère intrusive et de lui dire que tout va bien. Si cela vous fait plaisir, vous pouvez ajouter que je lui souhaite sincèrement une agréable fin de séjour.

Son sourire fut charmant.

— Cela me fait plaisir. Merci.

— Et ensuite, vous vous abstiendrez de partager de nouveau

vos opinions ou même de parler, voulez-vous ? Il nous reste encore beaucoup de travail aujourd'hui.

— Bien entendu, milord.

Miss Woodchurch retourna à son bureau. Elle se débarrassa rapidement de la correspondance, comme toujours. Une fois qu'elle eut terminé, elle déposa les lettres sur le coin de son bureau.

— Merci. Vous pouvez aller prendre le thé, à présent.

Miss Woodchurch ne bougea pas.

Il leva les yeux.

— Laissez-moi deviner. Vous avez d'autres opinions dont vous voulez absolument me faire part.

— Oh non, je n'ai plus aucune opinion à partager, je vous rassure. Mais je dois implorer votre indulgence car je vais parler sans y avoir été invitée.

Il sourit presque.

— Dois-je vous réprimander tout de suite, ou attendre d'avoir entendu ce que vous avez à dire ?

— Une sévère mise en garde suffirait peut-être.

Il sourit.

— Considérez-vous comme sévèrement mise en garde, alors.

Il lui fit signe de poursuivre. Il appréciait au plus haut point ce petit badinage entre eux. Il trouvait charmantes l'étincelle qui brillait dans ses yeux bleus, ainsi que sa façon de rougir à la moindre petite provocation de sa part.

— Je vous ai apporté un cadeau. Enfin, si on peut appeler cela un cadeau.

Un cadeau ? Il était assez flatté. Mais il comprit aussitôt ce dont il devait s'agir et il sourit.

— Une broche à épingler au revers de ma veste ?

Elle sourit d'aise.

— Vous avez remarqué ! Jamais je n'aurais pensé que la rose Tudor aurait autant de succès dans votre maison, mais c'est un fait... Je serai très heureuse de vous en offrir une, milord, et vous aurez la vôtre dans les plus brefs délais. Mais ce n'est pas le cadeau que j'ai pour vous. Pour vous, j'ai… un livre.

Elle se pencha et quand elle se releva, elle avait en effet un livre à la main. Elle le lui tendit, avec un sourire lumineux.

Il regarda le livre, en se demandant s'il devait l'accepter.

— Il s'agit du roman *Jane Eyre*, par l'incomparable Emily Brontë, une autrice anglaise. J'ai pensé… Enfin, vous avez dit que vous n'aviez jamais lu un roman de ce genre, et j'ai pensé que, peut-être, vous voudriez essayer. C'est très romantique et mystérieux, et l'ambiance est merveilleusement lugubre.

— Lugubre ?

— Sombre et inquiétante, précisa-t-elle.

Il regarda le livre.

— J'ai bien conscience que cela pourrait rebuter, mais je vous assure que cela apporte vraiment quelque chose au roman. Je suis prête à parier que vous ne parviendrez plus à vous arrêter de lire une fois que vous aurez commencé.

Mateo ouvrit l'ouvrage et lut la première ligne un peu lentement.

— « Il était impossible de sortir ce jour-là… »

Il referma le livre et le reposa. Il ne savait que penser de ce cadeau. Il était intrigué. Il était perplexe. Et il était étonnamment soulagé de ne pas avoir reçu de rose à épingler à sa veste.

— Que seriez-vous prête à parier ?

— Pardon ?

— Vous avez dit que vous étiez prête à parier que je ne m'arrêterais pas après avoir commencé cette lecture. Mais que parieriez-vous, Miss Woodchurch ?

— Eh bien…, fit-elle en regardant tout autour d'elle.

En ce qui le concernait, il y avait beaucoup de choses qu'il aurait envie de parier. Il avait envie de toucher le doux creux de sa gorge. D'effleurer cette mèche rebelle qui s'échappait toujours de sa coiffe. Il aimerait passer le pouce sur sa lèvre inférieure.

— Nous finirons bien par trouver, dit-il. *Gracias*. Merci.

— J'espère que vous ne me trouvez pas trop hardie…

— Pas du tout. Je vous en prie, n'en faites pas toute une montagne, Miss Woodchurch. C'est un livre, pas une invitation à dîner.

Ses joues se colorèrent presque aussitôt, et il tressaillit intérieurement en se rendant compte de la façon dont son commentaire avait pu être perçu. C'était exactement ce que lui avait reproché Roberto.

— Miss Woodchurch, dit-il, j'ai parlé sans réfléchir et j'aurais mieux fait de m'abstenir. Veuillez m'excuser.

— Vous êtes tout excusé, bien sûr.

Il se sentait terriblement idiot. Il passa la main sur sa nuque plusieurs fois.

— Voudriez-vous aller prendre le thé à présent ?

Elle ne donnait pas l'air d'en avoir envie, mais elle hocha la tête et prit son sac.

— Si vous voulez bien m'excuser.

Une fois qu'elle fut partie, il rouvrit le livre. Il s'attela à la laborieuse tâche de lire en anglais. Mais l'impression était de très bonne qualité et il était intrigué par Jane Eyre et sa journée sinistre et pluvieuse.

Pendant qu'il lisait, cependant, ses pensées dérivèrent d'elles-mêmes vers Miss Woodchurch. Vers sa nature joyeuse. Son aplomb. Son refus de se laisser intimider par lui. Sa détermination farouche à dire ce qu'elle pensait.

Vers ses yeux très bleus.

Que lui arrivait-il ? C'était presque comme s'il était en train de se faire une... *amie*. Une amie qu'il avait envie de toucher. Était-ce seulement possible ? Il avait si peu d'amis ou d'amies qu'il ne pouvait même pas le savoir.

Mais il était si fasciné par cette idée et par ce livre que – chose inconcevable pour lui – il fit attendre Rosa.

11

En trente ans de carrière, Lila Aleksander avait croisé quelques sujets difficiles. Ainsi, elle ne considéra pas les réticences du vicomte à la rencontrer en privé comme un défi. En tout cas, pas au début.

Le jour où elle lui avait été présentée, dans le jardin de sa propriété de Grosvenor Square, elle avait été surprise de constater à quel point il était renfermé. La plupart des gens, quand venait le moment de choisir la personne avec laquelle ils passeraient le reste de leur vie, avaient beaucoup à dire. Cet homme-là ne semblait rien avoir à dire sur le sujet.

Lila fréquentait des gens qui parlaient peu, bien sûr. Sa propre mère avait toute sa vie eu la réputation d'être très réservée, et Lila ne se souvenait même pas d'une vraie conversation qu'elles auraient eue toutes les deux. C'était peut-être davantage lié au contrôle plus qu'autoritaire que son père exerçait sur son épouse qu'à la nature profonde de cette dernière. À son grand regret, Lila n'était jamais parvenue à élucider ce point.

De temps en temps, Lila rencontrait des personnes qui parlaient si peu qu'il était impossible de les connaître réellement. Elle espérait que le vicomte n'en faisait pas partie, car cela rendrait sa tâche encore plus ardue.

Elizabeth, la mère du vicomte, avait prévenu Lila que son fils lui donnerait du fil à retordre. « Il épouserait un livre si c'était possible », s'était-elle plainte quand elles s'étaient vues quelques semaines plus tôt.

Elizabeth Abbott Vincente et Lila se connaissaient depuis de nombreuses années. Elles s'étaient rencontrées quand elles étaient toutes deux débutantes, que leur taille était plus fine et leur vision du futur d'un rose sans nuance. Puis Elizabeth avait épousé le beau duc de Santiava et s'en était allée vivre bien loin de l'Angleterre. Et peu après cela, les espoirs matrimoniaux de Lila avaient été détruits par le terrible scandale de corruption qui avait éclaboussé son père. Elle avait dû se résoudre elle aussi à quitter l'Angleterre, mais dans une direction opposée à celle d'Elizabeth et, au fil des années, elles avaient totalement perdu le contact.

Lord Iddesleigh fut l'artisan de leurs retrouvailles, par l'intermédiaire de sa bonne amie la duchesse de Marley, née princesse Amelia de la Wesloria. Il s'avérait qu'Amelia avait été l'une des clientes de Lila. Dix ans plus tôt, Lila avait réussi l'exploit de marier la très franche, très spontanée et très bavarde Amelia avec le duc de Marley, qui venait d'avoir la douleur de perdre sa première épouse. Le couple qu'elle avait contribué à former faisait désormais sa joie et sa fierté : ils nageaient dans le bonheur conjugal le plus total, avaient quatre enfants et comptaient parmi ses amis les plus chers.

Amelia avait invité Elizabeth et Lila à prendre le thé à la demande de Beck. Elle avait dit avoir rencontré l'actuel duc de Santiava lors de plusieurs événements prestigieux en Europe et s'était déclarée très heureuse d'avoir peut-être un rôle à jouer dans son bonheur futur.

Les trois femmes s'étaient vues dans la grande demeure des Marley, à Mayfair. Lila et Elizabeth s'étaient chaleureusement saluées, avaient pris des nouvelles de leurs familles respectives et s'étaient aussitôt attelées à la tâche de trouver une épouse qui convienne parfaitement au duc, tout réservé qu'il fût.

— Il est très timide, dit Elizabeth. Ou bien, peut-être est-ce juste du mutisme. J'avoue n'avoir jamais su distinguer l'un de l'autre. Son père a toujours été extrêmement dur avec lui, et je pense que Mateo a appris à garder ses pensées pour lui, de peur d'être moqué ou critiqué. Mon fils Roberto, lui, possède un charme auquel aucune femme ne peut résister. Mais Mateo ? soupira-t-elle. Il ne parle quasiment jamais...

— C'est peut-être parce que votre autre fils parle beaucoup, dit Amelia tout en remuant sa petite cuillère dans son thé. Si je dis cela, c'est parce que ma sœur, Justine – qui est la reine de la Wesloria, comme vous le savez –, s'est toujours montrée réticente à parler en public, et j'ai toujours pensé que c'était parce que je parlais trop. Je n'ai jamais eu la moindre hésitation à parler en public, et en fait ma mère s'est souvent lamentée parce que je parlais, selon elle, de tout et n'importe quoi. Il suffisait de lancer un sujet de conversation, disait-elle, pour que je fonce tête baissée. Aujourd'hui, bien entendu, je ne parle plus autant, parce que ce sont mes enfants qui monopolisent la parole. Et ce depuis qu'ils ont commencé à maîtriser le langage. Avez-vous remarqué à quel point les enfants parlent comme s'ils étaient seuls dans une pièce ? Ils n'entendent que leur propre voix.

Amelia finit par lever les yeux et remarqua que les deux autres femmes attendaient poliment qu'elle ait fini de parler.

— Vous voyez ? demanda-t-elle. Je crois que vous avez compris ce que je voulais dire...

Puis elle fit signe à Elizabeth de poursuivre.

— Mateo et Roberto n'apparaissent jamais côte à côte publiquement, donc je ne pense pas que mon aîné garde le silence parce que son frère lui fait de l'ombre, dit Elizabeth. Mais sa nature plus que réservée contrariait mon époux au plus haut point. Lui, au contraire, était très sociable. Vous devez vous en souvenir, Lila. Je crois que vous avez dansé avec lui lors du dernier bal de notre saison de débutantes. Il n'a jamais cessé de se plaindre de Mateo auprès de moi. Il ne comprenait pas comment son fils aîné, son héritier, pouvait lui ressembler si peu.

Lila se souvenait très bien du duc. Pour sa part, elle l'avait trouvé plus phraseur et prétentieux que sociable.

— D'après mon expérience, ceux qui se taisent sont ceux qui réfléchissent le plus, dit-elle. Ce sont des penseurs, si vous préférez. Des cérébraux.

— Oui, eh bien, mon époux était convaincu que les pensées ne se bousculaient pas dans la tête de Mateo. En toute honnêteté, je ne sais que faire de lui, dit Elizabeth. Croyez-moi si vous le voulez, mais il n'aurait jamais quitté ses montagnes si je n'avais pas insisté pour qu'il se mette enfin à chercher une épouse.

— Donc il apprécie la solitude, commenta Lila, qui s'empressa de le noter dans son carnet.

— Vous pensez ? demanda Elizabeth. J'avoue que je n'en sais rien. À moi non plus, il ne dit rien.

Lila leva les yeux, légèrement surprise.

— C'est ce que je voulais vous faire comprendre, Lila. Il ne dit rien à *personne.*

C'était peut-être vrai, mais Lila n'aurait pas été étonnée si le fils d'Elizabeth ne faisait tout simplement pas confiance à sa mère. Allez savoir pourquoi, mais dans les moments cruciaux comme celui de se marier, la plupart des gens préféraient faire des choix conformes à leurs désirs plutôt qu'à ceux de leurs parents.

— Il ne faut pas vous inquiéter, Elizabeth. Je parviendrai à découvrir ce qu'il aime et n'aime pas, je vous le promets. Y a-t-il quelque chose ou quelqu'un qui vous semble inacceptable pour votre famille ou pour le duché ?

— Inacceptable ?

Elizabeth réfléchit, puis secoua la tête.

— Je veux juste que mon fils soit heureux.

C'était tout à son honneur, mais Lila ne la croyait pas. Généralement, elle était confrontée aux demandes parentales qui exigeaient que le futur parti de leur enfant ait des relations haut placées, ou une dot considérable, ou un titre si élevé qu'il était introuvable.

— Merveilleux ! Je pense que j'ai tout ce dont j'ai besoin.

— Lila.

Elizabeth se pencha en avant et posa la main sur le genou de Lila pour attirer son attention.

— Mon fils aura besoin d'une épouse capable de parler à sa place. Il n'y a pas d'autre moyen pour que ce mariage fonctionne. Il faut trouver quelqu'un à qui cela importe peu qu'il soit bavard ou pas.

— Je comprends.

Mais était-ce vraiment ce dont le pauvre homme avait besoin ? Lila pensait plutôt que, comme tout le monde, il lui fallait une femme qui comprenne qu'il était introverti et cérébral et qui n'attende pas forcément de lui une réponse ou un commentaire à tout ce qu'elle dirait. Elle pensait aussi, très sincèrement, que quand il aurait trouvé quelqu'un qu'il aimerait et à qui il ferait confiance, les mots viendraient d'eux-mêmes. La confiance était une question cruciale chez les puissants de ce monde.

Chez tous les couples, en fait.

Ce que Lila avait clairement perçu lors de ce thé, c'était qu'Elizabeth ne connaissait pas bien son fils. Lila devrait donc s'en remettre au vicomte lui-même, ce qu'elle aurait fait de toute façon. Mais il était toujours utile et bienvenu de pouvoir compter sur le regard ou l'avis d'une autre personne.

Au cours des jours qui avaient suivi, elle avait essayé à plusieurs reprises d'être reçue par le vicomte dans sa nouvelle demeure de Grosvenor Square. Malheureusement, il n'avait pas accédé à ses demandes répétées. Soit il était trop occupé, soit il était pris ailleurs, soit il n'était pas disponible. Cela n'étonna pas Lila outre mesure. Elle s'était doutée, après cette première rencontre avec Beck et sa mère, qu'elle se heurterait sans doute à un mur. Son déplaisir d'avoir été pris par surprise, ce jour-là, avait été plus qu'évident.

Néanmoins, il avait accepté qu'elle lui trouve une épouse. Lila avait même abordé Mr Callum alors qu'il sortait de la maison, un soir, afin qu'il lui obtienne une entrevue.

— Pour mettre en péril ma place d'intendant ? s'était exclamé Mr Callum. Non merci, c'est beaucoup trop risqué. Je ne sais même pas s'il est content de moi.

Lila avait été forcée de se présenter chez Beck pour lui demander d'intervenir.

— Ah, le vicomte Abbott..., avait dit Beck d'un ton songeur quand Lila lui avait exposé la raison de sa visite.

— Qui cela, papa ?

La question provenait de l'une de ses filles, Lady Margaret, qui était allongée sur l'un des canapés du salon et jouait nonchalamment à entortiller plusieurs mèches de ses longs cheveux.

— Lord Abbott. Tu te souviens de lui, ma chérie. Je t'ai demandé s'il te plairait de l'épouser.

Lady Margaret plissa le nez d'un air dédaigneux.

— Il est trop vieux.

Lila cligna des yeux, surprise.

— Il a vingt-huit ans.

— C'est bien ce que je disais, rétorqua Lady Margaret.

— Vous voyez ? avait demandé Beck, en désignant sa fille, qui, maintenant, tentait de s'éclipser discrètement. Je ne parviendrai à en marier aucune. Leur mère les a horriblement gâtées.

Lila savait par qui elles avaient été gâtées. Et ce n'était pas par Blythe.

Finalement, ce n'était pas Beck qui avait décroché pour elle cette entrevue tant convoitée. C'était Donovan, le mystérieux domestique ou ami ou oncle de la famille Iddesleigh. Il était présent durant cette visite, et, pendant toute la conversation, était resté debout devant la cheminée. Lila n'avait jamais vraiment su quels étaient les rapports exacts entre Mr Donovan et le reste de la famille, mais l'homme était omniprésent. Il était d'une incroyable beauté. Il ne s'était jamais marié et Lila savait que ce n'étaient pas les femmes qui l'attiraient.

— Je m'en charge, avait-il dit en haussant les épaules.

— Vous vous chargez de quoi ? avait demandé Beck.

— De faire entrer Lady Aleksander chez le vicomte Abbott, dit-il en souriant. Laissez-moi faire.

— Vous l'avez entendu, Lila. Laissons faire Donovan, dit Beck, ravi de se débarrasser de cette charge.

Lila ignorait comment Donovan s'y était pris, et elle n'avait pas osé poser la question. Tout ce qu'elle savait, c'était que ce jour, elle avait enfin rendez-vous avec le vicomte à 15 heures.

— Vous n'aurez pas beaucoup de temps, avait dit Donovan. Le vicomte goûte peu les bavardages inutiles. Mon conseil, milady, c'est d'en venir directement au fait.

Lila lui avait assuré qu'elle l'écouterait. Elle était certaine que cette seconde entrevue avec l'entêté vicomte s'avérerait encore plus difficile que la première. Ce qui voulait dire que rien n'était gagné. Mais elle était prête.

— Ce n'est pas la première fois que j'ai affaire à des clients tels que vous, dit-elle à son reflet pendant qu'elle ajustait son chapeau devant son miroir. Ne me sous-estimez pas, sir. Je parviendrai à mes fins avec vous.

Sur ce, elle sourit à son reflet avec confiance et sortit de chez elle.

12

Mrs O'Malley avait amélioré la recette de ses boules au brandy et elle était si satisfaite du résultat qu'elle avait insisté pour que Hattie en apporte à Grosvenor Square.

En cuisine, elles firent beaucoup parler d'elles. En espagnol. Après en avoir dégusté deux, Mr Borerro dit quelque chose à Yolanda qui l'incita à aller chercher un plat pour y disposer celles qui restaient. Bientôt il y en eut une en moins, car un laquais passant par là en engloutit une, insensible aux cris de détresse du reste de l'assemblée.

Mr Borerro fut prompt à réagir. Il prit l'assiette et quitta la pièce.

Hattie suspendit son manteau et s'arrêta pour vérifier sa coiffure dans le petit miroir, puis elle emprunta l'étroit couloir, grimpa l'escalier, passa devant le portrait de la femme aux cheveux blancs, et se dirigea vers le bureau. En chemin, elle croisa un laquais et le complimenta sur sa rose Tudor avec le seul mot d'espagnol qu'elle connaissait et qui lui semblait approprié.

— *Hermoso !* dit-elle, en désignant le bijou.

Le laquais sourit, et Hattie se demanda s'il n'avait pas par hasard pris le compliment pour lui.

Quand elle entra dans la pièce, Lord Abbott était debout derrière son bureau et tenait le plat apporté par Borerro. Il mâchait encore quand il leva les yeux vers elle.

— Ne sont-elles pas divines ? demanda-t-elle tout en effectuant une belle révérence. Ce sont les meilleures que j'aie jamais goûtées.

Le vicomte avala ce qu'il avait en bouche.

— D'où viennent-elles ?

— De la boutique de Mrs O'Malley. Je vous en ai déjà parlé : je m'occupe de ses comptes.

— En effet, dit-il, avant de prendre une autre boule.

— Je me rends chez elle une fois par semaine. Et chaque semaine, elle m'offre quelques douceurs parmi celles qu'elle vend le mieux. Avant, je les emportais chez moi, mais je me suis rendu compte qu'elles étaient davantage appréciées ici.

Il lui tendit l'assiette.

— Puis-je vous en offrir une ? demanda-t-il.

— Merci.

Hattie en avait mangé plusieurs à la boutique de Mrs O'Malley, mais elles étaient si délicieuses qu'elle ne put résister. Elle traversa la pièce et prit la dernière boule dans laquelle elle mordit avec gourmandise.

— Seigneur, dit-elle, elles sont encore meilleures que dans mon souvenir.

— Si vous voulez…

Quoi qu'il s'apprête à dire ou à demander, il fut interrompu par Mr Borerro qui entrait dans la pièce. Lord Abbott reposa l'assiette et avança vers son domestique.

— *Sí ?*

Alors qu'ils discutaient en espagnol, Hattie alla poser ses affaires sur son propre bureau. Quand Borerro quitta la pièce, Hattie se tourna vers le vicomte.

— Vous vouliez me dire q…

Mais le vicomte se dirigea vers le milieu de la pièce alors qu'une femme y pénétrait.

— Milady, dit Lord Abbott. *Bienvenida*. Bienvenue.

— Merci !

La femme fit la révérence.

— C'est un immense plaisir de vous revoir, milord. J'attendais ce moment avec impatience. J'ai beaucoup de choses à vous dire.

— Je vous en prie, dit-il en désignant le canapé.

Elle était plus âgée que Lord Abbott. Elle était d'une rondeur plaisante, avec des rides d'expression au coin des yeux qui témoignaient d'un naturel rieur. À son bras pendait un sac d'où dépassait un carnet à la reliure en cuir. Elle alla s'installer, comme si elle avait ses habitudes dans cette maison, et parla tout en s'asseyant.

— Comme je l'ai déjà dit, je trouve votre accent délicieux et je suis sûre que les Anglaises ne vont pas y résister. Je vous remercie d'avoir accepté de me recevoir. À un moment, j'ai cru que je serais obligée de vous tendre un guet-apens pour pouvoir vous parler !

Elle rit de sa plaisanterie, et Hattie rit de bon cœur elle aussi, en imaginant la scène.

Son rire surprit la femme, qui s'empressa de tourner la tête vers elle.

— Excusez-moi, dit Hattie, avant de faire la révérence.

— Oh. Bonjour, dit la femme, qui n'avait pas l'air spécialement enchantée.

— Puis-je vous présenter Miss Woodchurch ? demanda Lord Abbott. Elle joue le rôle de scribe pour moi.

— De scribe ?

Elle semblait si perplexe que Hattie se demanda si elle connaissait le sens du mot « scribe ». Mais elle finit par hocher la tête.

— Oui, bien sûr. Enchantée, Miss Woodchurch.

— Et, Miss Woodchurch, je vous présente Lady Aleksander, dit le vicomte à Hattie. Lady Aleksander est... une amie de ma mère.

— Comment allez-vous ? demanda Hattie.

— Très bien, je vous remercie. Une vieille amie de votre mère, assurément. Mais je suis aussi ici pour vous faire bénéficier de mes services.

Hattie se demanda de quel type de services il pouvait s'agir. Ni elle ni Lord Abbott ne jugèrent opportun de le préciser.

Alors que Lady Aleksander finissait de s'installer, Hattie rassembla ses affaires pour les laisser seuls tous les deux.

— Miss Woodchurch, vous pouvez rester, dit le vicomte.

Hattie et Lady Aleksander le regardèrent toutes deux avec surprise.

— Cela ne vous fait rien si Miss Woodchurch assiste à notre entretien ? demanda-t-il à Lady Aleksander. Il se peut que je sois amené à écrire une lettre d'excuse à une pauvre lady qui se sera méprise sur mon compte.

Il adressa à Lady Aleksander un sourire charmeur que Hattie ne lui avait jamais vu.

Et ce sourire eut l'effet escompté, car Lady Aleksander rougit presque.

— Vous avez le sens de l'humour, milord.

— C'est la première fois qu'on me le dit.

— Sincèrement, je doute que vous ayez à rédiger la moindre lettre de ce genre. Vous allez plutôt devoir déployer un immense parapluie pour vous protéger des invitations qui vont pleuvoir sur vous par centaines.

De quoi parlaient-ils ? Hattie ne suivait pas bien leur conversation, mais il était clair que Lady Aleksander aurait préféré qu'elle ne soit pas présente. D'ailleurs, elle ajouta :

— Êtes-vous bien sûr de votre décision, milord ? Durant cette entrevue, nous allons aborder des questions délicates et il vaudrait peut-être mieux que nos propos restent strictement confidentiels.

Questions délicates ? Propos strictement confidentiels ? Cette femme était-elle médecin ? Cela semblait peu probable, mais ce n'était pas impossible.

Mais le vicomte émit un petit ricanement.

— Milady… pensez-vous qu'il reste une seule personne à Londres qui n'ait pas entendu dire que je cherche une épouse ?

Hattie faillit pousser un petit cri de surprise. *Une épouse ?* Cette femme avait quelque chose à voir avec le vicomte et sa future *épouse* ? Hattie ne voulait rien entendre à ce sujet. Elle ne voulait rien imaginer. Elle adorait son travail et elle voulait que rien, surtout, ne vienne gâcher son plaisir. Une épouse potentielle le gâcherait. Elle gâcherait tout. Et elle enverrait sans doute Hattie travailler dans un vieux grenier sombre et poussiéreux.

Hattie ne savait où poser le regard. Elle craignait de se trahir si elle croisait les yeux du vicomte. Elle sentit son visage s'embraser, sans en comprendre véritablement la raison. Pourquoi, au juste, était-elle à ce point affectée par cette nouvelle ? Elle n'était en rien concernée par la conversation qui allait avoir lieu. Et pourtant, elle ne voulait pas en entendre un traître mot, tout en mourant d'envie de ne pas en perdre une miette.

Lady Aleksander esquissa un sourire.

— Probablement pas, en effet. Néanmoins…

Elle se rapprocha légèrement du vicomte et parla plus bas, mais pas suffisamment bas pour que Hattie ne l'entende pas :

— Certains de mes clients préfèrent que nos entretiens restent privés, étant donné que nous abordons des détails très personnels.

Lord Abbott leva un sourcil amusé.

— Je pense que cela ira. Et si nous commencions, plutôt ?

Certains de ses *clients* ? Quel type de clients ?

— Qu'il en soit fait selon vos désirs, dit Lady Aleksander sans chercher à contenir un petit soupir exaspéré.

Hattie s'assit avec précaution à sa place, et posa les mains à plat sur son bureau, sans bien savoir qu'en faire. Devait-elle prendre une plume ? Attendre qu'on le lui demande ? Essayer de se cacher derrière les rideaux et de disparaître ? Malheureusement, elle portait son horrible robe violette, donc il ne fallait pas qu'elle espère pouvoir disparaître.

Lord Abbott prit place sur un siège, en face de Lady Aleksander, et croisa les jambes avec décontraction. Depuis son poste d'observation, Hattie les voyait très bien tous les deux. On aurait dit qu'ils s'apprêtaient à disputer une partie d'échecs et qu'ils s'observaient attentivement avant l'affrontement.

— Vous semblez en grande forme, milord, dit Lady Aleksander. L'air de Londres vous réussit.

— Vous m'en voyez surpris. L'air de Londres n'est pourtant pas très bon.

— Non, en effet. Pourtant Londres a ses attraits et je suis certaine que vous en conviendrez.

— Le thé fait partie de ceux-ci. J'ai d'ailleurs pris la liberté de nous en faire monter.

— Merveilleux ! Je trouve qu'une tasse de thé aide à délier les langues et rend ainsi nos entretiens plus aisés.

De quels entretiens s'agissait-il ? avait envie de hurler Hattie. De quoi était-il donc question ? Quel était le rapport entre cette femme et le vicomte ?

— Je trouve pour ma part le whisky plus efficace, dit le vicomte, en se levant pour se diriger vers le buffet. Lady Aleksander ? demanda-t-il en versant l'alcool dans un verre.

— Oh non, je vous remercie, milord, pas pour moi. J'ai besoin d'avoir l'esprit clair.

Lord Abbott regarda Hattie.

— Miss Woodchurch ? Un whisky ?

La surprise la fit sursauter.

— Non merci, milord.

Elle aussi, elle avait besoin de garder l'esprit clair. Elle prit une plume, et se prépara à écrire tout ce qu'on lui demanderait.

Lady Aleksander se pencha et sortit un carnet de son sac, avant de le poser sur ses genoux. Il paraissait vieux, et sa reliure en cuir était par endroits décolorée. Des morceaux de papier semblaient avoir été déchirés çà et là.

Lord Abbott retourna s'asseoir, son verre de whisky à la main.

— Qu'est-ce donc ? demanda-t-il en désignant le carnet.

La lady passa amoureusement un doigt sur la couverture qui semblait patinée par l'âge.

— Ce carnet m'accompagne partout depuis de nombreuses années. J'y ai dressé une liste de merveilleux hommes et femmes, tous à la recherche de l'amour et de l'âme sœur. Il contient aussi des billets, des invitations, des lettres… soit autant de souvenirs de mes succès.

Elle soupira d'aise, avant d'ajouter :

— Ah, comme je suis fière des unions auxquelles j'ai contribué.

Unions.

Hattie retint son souffle. Elle avait enfin compris : cette femme était une marieuse. *Une marieuse !*

Carlos, un laquais, entra en poussant un chariot chargé de vaisselle. Il déposa le service à thé sur la table située entre le vicomte et la lady. Des tasses et des soucoupes en porcelaine bleue, un petit pot de crème et un autre de sucre, ainsi qu'une délicate assiette remplie de petits gâteaux. Alors que Carlos disposait le tout et servait le thé, Lady Aleksander reprit :

— Vous ne m'avez pas dit, milord, comment vous trouviez Londres.

— Londres est conforme à l'idée que je m'en faisais. Conforme aux souvenirs que j'en avais. Je n'ai pas changé d'avis depuis ma jeunesse.

Lady Aleksander ne sembla pas satisfaite. Hattie comprenait : ses réponses n'étaient souvent pas très éclairantes.

— L'on ne peut s'empêcher de se demander ce que vous en avez pensé dans votre jeunesse, alors.

Il ignora cette remarque pour s'adresser à Carlos.

— Miss Woodchurch prendra du thé, elle aussi.

Carlos lui apporta une tasse qu'il lui tendit avec un clin d'œil. Elle avait envie de lui faire signe de s'écarter, voire de le pousser : elle ne voulait rien manquer de cet échange entre Lady Aleksander et Lord Abbott, à présent qu'elle en connaissait la teneur.

— Mais j'imagine qu'il est difficile de se forger un avis quand on est accaparé par le travail, poursuivit la lady. Votre mère m'a dit que la pile de dossiers que vous aviez à traiter était colossale.

— Plutôt.

— Je vais donc prier pour que vous acheviez rapidement

votre travail et que vous ayez un peu de temps pour découvrir les merveilles londoniennes.

— Miss Woodchurch m'a dit que Hyde Park valait le détour, à condition d'y arriver suffisamment tôt dans la journée.

Hattie faillit recracher le thé dont elle venait de boire une gorgée, et parvint tant bien que mal à reposer sa tasse. Elle sentait le regard de Lady Aleksander sur elle.

— Sans aucun doute, dit la lady. Mais passons aux choses sérieuses. La Saison commence en cette fin de semaine, avec le très attendu dîner donné par Lord et Lady Forsythe. Vous savez peut-être que les Forsythe sont de fervents défenseurs des arts et qu'ils ont à cœur de rassembler des gens parfois venus d'horizons différents. Il y a quelques années, j'ai eu le plaisir de dîner à leur table en compagnie d'un chanteur d'opéra russe et du grand radja des Indes.

Le vicomte hocha la tête, mais ne sembla pas plus impressionné que cela. Hattie, elle, l'était. Comme ce devait être excitant de dîner avec des artistes lyriques et un radja, quoi que cela veuille dire.

Lady Aleksander s'attendait de toute évidence à une conversation un peu plus nourrie. Alors que le vicomte s'abstenait de tout commentaire, la lady jeta un coup d'œil à Hattie, puis à son carnet.

— Très bien. Assez de bavardages inutiles. Et si nous entrions plutôt dans le vif du sujet ?

— Volontiers.

— J'aimerais commencer par quelques questions personnelles, milord. Vos réponses m'aideront à trouver la personne qui vous correspondra à la perfection.

— Est-ce possible ?

Oui, était-ce possible ? Hattie avait désespérément envie de le savoir.

— Eh bien, en tout cas, nous essayerons de nous approcher de la perfection.

— Humm, fit le vicomte, l'air sceptique, avant d'avaler une gorgée de whisky.

Lady Aleksander ouvrit son carnet.

— J'aimerais commencer par vos attentes concernant votre future épouse. Par exemple, voudriez-vous une épouse qui soit présente à vos côtés en toutes occasions, ou bien une personne qui mène sa propre vie de façon plus indépendante ?

Comme c'était intéressant ! Hattie n'avait jamais envisagé le mariage selon cet angle. Quand elle avait cru épouser Rupert, elle avait pensé aux repas qu'ils partageraient, aux enfants qu'ils élèveraient main dans la main, au travail qu'ils accompliraient ensemble au magasin. Elle n'avait pensé qu'à l'amour qu'elle lui portait et avait eu hâte de pouvoir se lancer dans cette grande aventure avec lui.

Son estomac se contracta à cette pensée. Comme Rupert l'avait déçue.

Puis son estomac se contracta de plus belle. Elle ne voulait pas entendre la réponse du vicomte, ni rien savoir de ses goûts ou de ses attentes. Et si, dans la description de l'épouse dont il ne voudrait surtout pas, Hattie se reconnaissait ?

Lady Aleksander se pencha légèrement en avant.

— Je sais que me parler de vos attentes et de vos désirs n'est pas la chose la plus aisée à faire.

Bien sûr que non ! eut envie de lui crier Hattie.

— Cela doit sembler ardu d'énumérer ce que l'on souhaite ou ce que l'on recherche sans penser à quelqu'un en particulier.

Hattie regarda le vicomte en se demandant s'il songeait à quelqu'un en particulier.

— Mais je suis plutôt douée dans ma partie. Je suis très fière d'avoir su former des couples solides, basés sur l'amour et le respect mutuels, et non pas seulement de belles alliances. Et il ne me suffit que de quelques détails précis pour parvenir à ce résultat.

— Quand vous parlez de belles alliances, j'ai l'impression qu'il se prépare une guerre et non un mariage.

— Un bon mariage est aussi une belle alliance, à mon humble avis.

— *Dios mío*, murmura-t-il en regardant son verre.

— Vous avez sûrement déjà réfléchi à ce que vous attendez de votre future épouse. C'est une chose bien naturelle, ne pensez-vous pas ?

— Miss Woodchurch, dit-il sans lever les yeux de son verre. Quel est votre avis à ce sujet ? Êtes-vous d'accord avec Lady Aleksander ?

Hattie fut si abasourdie par cette question qu'elle ne parvint pas à bouger les lèvres pour répondre.

— Humm..., marmonna-t-elle à grand-peine.

Il leva les yeux. Il pensait sans doute qu'elle allait répondre par la négative. Il cherchait une alliée. Mais il était impossible pour elle d'acquiescer.

— Cela, euh... cela semble naturel d'y penser, en effet.

— Vraiment ? demanda-t-il en la regardant avec un plus grand intérêt. Et que chercheriez-vous chez un futur époux ?

— Oh ! eh bien, je... c'est... c'est très personnel, dit-elle en repensant à Rupert.

Évidemment, dans l'idéal, elle aimerait un homme qui, lui, ait du courage.

— Mais de façon plus générale, je dirais qu'il faut chercher une personne qui se révélera être, sur le long terme, celle qu'elle se dit être.

— Comme c'est intelligemment pensé, Miss Woodchurch, dit Lady Aleksander. En même temps, peut-être par nécessité, les femmes réfléchissent plus à ce genre de choses que les hommes. Nous sommes, après tout, entièrement dépendantes de nos époux. Et si je n'étais pas aussi consciencieuse, milord, il serait facile de vous marier avec à peu près n'importe quelle femme, pour cette seule raison.

Hattie ignorait si Lady Aleksander la regardait à dessein ou par inadvertance, mais elle ne put s'empêcher de se demander si pour Lady Aleksander, elle était « à peu près n'importe quelle femme ». Elle baissa le regard et, sur sa feuille de papier, dessina un bonhomme bâton en train de donner un coup de pied à un autre bonhomme bâton.

— Je suis là pour faire en sorte que l'on ne profite pas de vous.

— Je comprends votre rôle, dit-il. C'est moi qui vous mets des bâtons dans les roues sans raison. Continuez, je vous en prie.

Lady Aleksander prit un petit gâteau et y mordit.

— Seigneur, quel délice !

Elle reposa le bout qu'elle n'avait pas mangé.

— Commençons par quelque chose de simple. Quels sont vos passions ou vos passe-temps favoris ?

— L'histoire militaire. L'astronomie.

Hattie nota cette information dans sa tête.

— Y a-t-il des activités que vous aimez pratiquer ? Je ne sais pas, par exemple l'équitation, ou le jardinage... Peut-être aimez-vous aussi recevoir vos amis ?

Lord Abbott pencha la tête sur un côté, comme si cette série de questions le laissait perplexe. Ou l'agaçait. Avec lui, il était toujours difficile de savoir.

Lady Aleksander attendit un long moment qu'il réponde.

— Et que n'aimez-vous pas du tout, alors ?

— Le bavardage inutile, répondit-il.

— J'avais remarqué, répondit Lady Aleksander d'un ton légèrement pincé. Mais je pensais à des choses plus concrètes. Par exemple, vous pourriez détester la pêche.

— J'aime beaucoup la pêche.

— Ce n'était qu'un exemple. Est-ce que vous détestez prendre le thé, ou...

— Je suis en ce moment même en train de prendre le thé avec vous. Cela tend donc à prouver que je ne déteste pas cela.

Hattie cligna des yeux. Était-ce bien une pointe d'amusement qu'elle voyait dans son regard ? Était-il en train de *jouer* avec Lady Aleksander ?

— Là encore, ce n'était qu'un exemple, dit Lady Aleksander sur un ton qui trahissait son impatience. Il y a bien quelque chose que vous détestez ou que vous adorez, quelque chose que vous aimeriez trouver ou au contraire ne pas trouver chez votre future épouse.

Le vicomte observa la lady un long moment. Puis il se pencha en avant.

— Puis-je vous parler franchement, Lady Aleksander ?

— Je vous en prie, faites !

— Je comprends la nécessité de faire les bonnes rencontres. Mais je ne pense pas que l'on puisse former un couple parfait en se basant sur la liste de ce que l'on aime et de ce que l'on n'aime pas. Ce que j'aime et que je n'aime pas varie en fonction de l'endroit où je me trouve et des personnes avec qui je me trouve. Parfois même cela varie en fonction de choses aussi simples que le temps qu'il fait. Ce serait peut-être mieux pour vous et pour moi si vous vous contentiez de me présenter des personnes et que pour le reste, je me débrouille seul.

Hattie dut reconnaître cela à Lady Aleksander : elle resta parfaitement calme et maîtresse d'elle-même. Si elle était vexée ou scandalisée, elle ne le montra absolument pas.

— L'on pourrait bien entendu procéder ainsi. Mais d'après mon expérience, il ne me suffit que de quelques informations clés. Parfois l'on ne se connaît pas aussi bien qu'on ne pourrait le penser. Parfois l'on ne sait pas bien quels critères peuvent garantir une union réussie et heureuse. Parfois il est très utile de pouvoir bénéficier d'une aide au moment de prendre une décision aussi importante.

— Je ne suis pas d'accord avec vous, rétorqua le vicomte. Comment un homme de vingt-huit ans pourrait ne pas se connaître lui-même ?

— Vous seriez surpris, dit Lady Aleksander sur un ton plein d'assurance. Mais si tel est votre désir, qu'il en soit ainsi.

Elle ouvrit son carnet.

— Pouvons-nous continuer, dans ce cas ? J'ai pensé à trois jeunes personnes qui pourraient vous être présentées au cours du dîner de samedi prochain chez Lord et Lady Forsythe. Je vais vous en dire davantage à leur sujet sans plus attendre. Surtout n'hésitez pas à me dire tout de suite s'il y a quelque chose qui vous déplaît. Car je ne doute pas un seul instant que vous saurez reconnaître ce qui vous plaît ou ne vous plaît pas, puisque vous vous connaissez si bien.

Lord Abbott rit.

Lady Aleksander consulta ses notes.

— Miss Dahlia Cupperson est âgée de vingt-deux ans.

Hattie dut réprimer un petit cri de surprise. Dahlia était intelligente et très cultivée, mais elle était connue pour son visage chevalin. Queenie disait qu'elle avait l'air d'avoir besoin d'être étrillée tous les soirs. Mais pour faire un bon mot, Queenie pouvait se montrer très méchante.

— C'est la fille de Sir William Cupperson, qui a fait fortune dans les mines.

Lady Aleksander leva les yeux.

— Une fortune substantielle, milord, tout comme la dot qu'il réserve à sa fille. Et Miss Cupperson a déjà eu le plaisir de visiter l'Espagne.

— L'Espagne ? Et pas Santiava ?

— Non, mais peu peuvent se targuer d'avoir approché votre duché de si près.

Le vicomte haussa un sourcil.

— Un bon point pour elle, alors.

Lady Aleksander lui adressa un sourire crispé.

— Avez-vous des objections à propos de ce que je vous ai dit au sujet de Miss Cupperson et de sa famille ?

— Vous en avez dit si peu qu'il me serait difficile de formuler quelque objection que ce soit.

La lady soupira. Elle consulta de nouveau son carnet.

— Miss Christiana Porter est considérée comme l'une des

plus belles jeunes femmes de la haute société londonienne. La fortune de sa famille est considérable, et son père gère un domaine presque aussi vaste que le vôtre. Elle possède une très belle voix, à tel point qu'on lui demande souvent de chanter lors des dîners et autres réceptions où elle est invitée. Elle a dix-neuf ans.

Selon Queenie, c'était la mère de Christiana qui avait réussi à convaincre toute la ville du talent lyrique de sa fille, mais il suffisait qu'elle chante trois notes pour que tout le monde se rende compte de la supercherie.

— J'ai hâte de l'entendre, dit le vicomte.

Lady Aleksander se plongea dans ses notes. Puis elle leva la tête et sourit au vicomte.

— La prochaine jeune femme est peut-être, à mon humble avis, le meilleur parti qui puisse se présenter à vous. Elle a reçu une très bonne éducation, elle est estimée de tous, et son père est un vicomte respecté. C'est un proche du Premier Ministre, qui le consulte régulièrement. Apparemment, ils se sont connus à Eton. Sa fille est tout à fait charmante et elle parle aussi bien le français que l'anglais. Elle a vingt-deux ans.

Le cœur de Hattie se mit à cogner dans sa poitrine : elle connaissait quelqu'un qui correspondait parfaitement à cette description. Et c'était...

— Miss Flora Raney.

Sous le choc, Hattie se mit à tousser, ce qui attira l'attention du vicomte et de Lady Aleksander.

— Je vous prie de m'excuser, dit-elle d'une voix rauque. J'ai dû avaler un moucheron.

— La fenêtre n'est pas ouverte, fit remarquer le vicomte.

Hattie toussa encore et, le visage cramoisi, se leva pour se diriger à pas raides vers le buffet. Elle versa de l'eau dans un verre et le vida d'un trait. Elle le reposa tout en se maudissant intérieurement. Pourquoi réagissait-elle de la sorte ? Il était évident depuis le début que Flora ferait partie des heureuses élues. Queenie l'avait dit le jour où elles avaient fait les boutiques ensemble. Flora était parfaite à tous points de vue. Cela ne faisait pas l'ombre d'un doute.

Mais Hattie voulait garder cet homme pour elle. Elle ne le voulait pas comme époux, bien évidemment, elle n'était pas stupide à ce point. Mais elle voulait conserver son travail, et continuer de passer du temps avec lui…

C'était ridicule de sa part. Elle puisa au fond d'elle-même pour trouver les ressources nécessaires et se reprendre. Elle déglutit et, lentement, se tourna. Le vicomte et la lady la regardaient toujours.

— C'est passé, dit-elle, avant de retourner s'asseoir à sa place.

Flora. La meilleure candidate.

— Comme je le disais, reprit Lady Aleksander, je tendrais à considérer Flora Raney comme l'épouse idéale pour un homme de votre rang.

Le vicomte acquiesça, et se leva.

— Je vous remercie, Lady Aleksander. Ces trois jeunes femmes me paraissent être des choix très sensés.

Elle le regarda, puis regarda les petits gâteaux.

— Vous devez bien avoir quelques questions…

Il secoua la tête.

— Ne voudriez-vous pas connaître leurs…

— Tout le reste, je préférerais le découvrir par moi-même.

Lady Aleksander donnait l'impression d'avoir très envie d'en dire davantage. Mais elle pinça les lèvres et, lentement, referma son carnet. Elle prit un petit gâteau et se leva à son tour.

— J'espère sincèrement que vous découvrirez tout ce qu'il y a à découvrir chez ses jeunes femmes par vous-même, milord, mais si jamais vous avez besoin de mon aide, n'hésitez pas. Je suis payée pour cela, et payée par le duché. Je sais qu'il ne vous plairait pas de voir cet argent gâché. Je vous propose donc, si vous êtes d'accord, de revenir lundi prochain, afin que nous fassions le point sur ces trois rencontres.

— Bonne idée. Et avant de partir, je vous en prie, resservez-vous en gâteaux. Ils ont été confectionnés exprès pour vous.

— Je vous remercie, mais un seul suffira.

Alors que Lady Aleksander se dirigeait vers la porte, ses yeux s'arrêtèrent sur la petite table située à côté du siège du vicomte.

— *Jane Eyre !* s'exclama-t-elle en souriant d'aise. Ainsi, vous aimez lire ?

— On le dirait bien.

— Et quel choix intéressant. Il ne s'agit ni d'astronomie ni d'histoire militaire. Comment ce roman est-il arrivé jusqu'à vous ?

— C'est Miss Woodchurch qui me l'a prêté. Entre lecteurs passionnés, l'on se comprend.

Le regard de Lady Aleksander se tourna si rapidement vers Hattie que celle-ci pensa avoir fait quelque chose de mal.

— C'est un très bon livre, se défendit-elle. L'avez-vous lu ?

— Oui, répondit Lady Aleksander en ajustant son sac sur son épaule. Et même plutôt deux fois qu'une, Miss Woodchurch.

Elle sourit, et ce sourire, songea Hattie, semblait trop… complice. C'était comme si Lady Aleksander avait vu un aspect d'elle que Hattie n'aurait pas souhaité montrer. Elle se sentit rougir.

— Bonne journée, milord ! Miss Woodchurch !

Elle quitta la pièce comme si elle n'avait pas subi la moindre contrariété, comme si cet entretien s'était déroulé exactement comme elle l'avait prévu, ce qui, clairement, n'avait pas été le cas.

Une fois qu'elle fut partie, Hattie prit une grande inspiration. Elle ne s'était pas rendu compte à quel point elle était tendue. Elle jeta un regard timide en direction du vicomte.

Il l'observait.

— Vous devez trouver tout cela absurde. Pour ma part, je ne vous cache pas que je trouve cela *très* absurde.

— Non, pas du tout.

— Humm, dit-il, l'air sceptique. Parfois, mon titre m'oblige à faire des choses… insensées.

— J'imagine.

— N'imaginez pas trop, Miss Woodchurch, n'imaginez pas trop.

Après un soupir, il poursuivit :

— Mais vous, qu'en pensez-vous ? Vais-je trouver l'épouse idéale grâce au petit carnet de Lady Aleksander ?

Elle espérait sincèrement que non. Il valait bien mieux que Dahlia et Christiana, et peut-être même que…

Non. Elle ne ferait pas une chose pareille. Flora méritait d'être heureuse. Mais Hattie sentait la jalousie prendre racine en elle. Flora pourrait très bien être celle qui verrait cet homme chaque jour jusqu'à la fin de sa vie.

— Je pense que oui ! déclara-t-elle d'une voix enjouée.

Il tordit la bouche.

— Par hasard, connaîtriez-vous les trois jeunes femmes mentionnées par Lady Aleksander ?

Elle réfléchit rapidement à ce qu'elle pouvait dire. Que le cercle des privilégiés était assez restreint et que tout le monde se connaissait ? Que si elle connaissait ces jeunes femmes, c'était uniquement grâce à la gentillesse de Lord Iddesleigh qui avait bien voulu l'admettre dans son école et la faire ainsi pénétrer dans un monde qui n'était pas le sien ? Mais en réalité, ces jeunes femmes, elle ne les connaissait pas vraiment. Sa vie ne ressemblerait jamais aux leurs.

— Je les connais. Un peu.

— Suffisamment pour me faire bénéficier de vos conseils avisés ?

Pourquoi pas ? Elle n'avait rien à perdre.

— Si vous voulez. Mais avant tout, je vous prie de m'excuser par avance pour ce que je vais dire…

— Grands dieux, vous me faites peur. Mais allez-y, je vous écoute.

— Je vous conseille, très humblement, de forcer quelque peu votre nature quand vous leur serez présenté. Essayez, si vous le pouvez, de converser avec elles, afin que vous puissiez réellement faire connaissance.

À son regard, Hattie crut qu'elle était allée trop loin. Mais il se mit tout de suite à sourire.

— *Sí, sí*, on me l'a assez souvent répété. « Parle un peu plus, Teo. » *Habla más, Teo.* Malheureusement, comme vous venez de le souligner, ce n'est pas dans ma nature.

Teo. Les gens l'appelaient Teo. Hattie nota cette information dans un coin de sa tête et de son cœur.

— Dans ce cas, j'espère que les jeunes femmes qui vous seront présentées prendront l'initiative de la conversation, dit Hattie. Quel dommage, ne trouvez-vous pas, que toutes ne soient pas bavardes comme moi ?

— En effet, répondit-il en riant.

Elle l'avait fait rire ! En son for intérieur, Hattie rayonnait.

— Je me demande pourquoi, Miss Woodchurch, vous êtes capable de me parler avec franchise et liberté, alors que ce n'est pas du tout le cas des autres femmes.

— Je pense que c'est parce que je n'ai pas peur de vous.

Cela sembla le surprendre.

— Et vous pensez que les autres femmes, si ?

— Vous êtes un homme important. Un seul faux pas de leur part et leur Saison pourrait être gâchée.

Il prit un air perplexe.

— C'est absurde. Et votre Saison à vous, alors ? Vous ne semblez pas craindre les faux pas.

Sa Saison ? Elle n'en aurait pas. Elle devrait se contenter d'un printemps. Trois mois durant lesquels elle espérait gagner suffisamment d'argent pour quitter son horrible famille, qu'il ne rencontrerait jamais, Dieu soit loué.

— Pour moi, ce n'est pas pareil. Je ne peux pas prétendre à épouser un vicomte.

Elle ne pouvait pas prétendre à épouser qui que ce soit. Plus maintenant.

— J'espère de tout cœur que vous trouverez quelqu'un qui vous conviendra, milord. C'est tout ce que je vous souhaite.

Il allait trouver. Et ce serait Flora.

Le regard du vicomte s'attarda sur elle un moment.

— Peut-être, dit-il, avant de retourner à son bureau.

Hattie savait déjà les consignes qu'elle donnerait à Flora. Il fallait juste qu'elle procède avec la plus grande discrétion.

13

Hattie finissait de se préparer pour la soirée – elle était censée accompagner Flora chez son cousin Moses – quand Daniel fit irruption dans sa chambre. Elle se détourna de son miroir pour le regarder avec surprise, alors qu'il détaillait chacun de ses meubles.

— C'est gentil chez toi.

Daniel n'entrait jamais dans sa chambre. En réalité, Hattie voyait rarement son frère au cours de la semaine. De temps en temps, ils s'apercevaient à l'occasion d'un repas, ou bien se croisaient quand l'un entrait et l'autre sortait. Tout comme elle, Daniel semblait préférer passer le plus de temps possible loin de Portman Square.

Elle croisa les bras.

— Que fais-tu ?

— Je devrais te poser la même question.

Il avança dans la pièce, les mains négligemment nouées derrière le dos.

— Que mijotes-tu, même, Harriet Woodchurch ?

Hattie soupira.

— J'ignore à quel jeu tu veux jouer, mais je n'ai pas le temps. Je suis attendue chez une amie.

Elle se tourna vers son miroir pour fermer ses boucles d'oreilles.

— Quelque chose est arrivé pour toi aujourd'hui.

— Et quoi donc ? demanda-t-elle sans le regarder.

Avec ses frères, elle s'attendait toujours au pire. Ils avaient tendance à lui jouer des tours qu'elle ne trouvait jamais amusants.

— Une invitation.

Hattie marqua un temps d'hésitation. Elle ne le croyait pas. Néanmoins, elle se tourna pour le regarder. Daniel tenait une feuille de vélin couleur crème pliée en quatre entre deux doigts. Cela ressemblait en effet fort à une invitation.

— C'est pour moi ?

— Tu n'as qu'à vérifier par toi-même.

Il tendit le papier, mais quand Hattie voulut s'en saisir, il recula sa main.

Hattie gémit.

— Daniel, s'il te plaît. Elle m'est adressée ou pas ?

— Oui, répondit-il en tendant de nouveau le vélin dans sa direction.

— Le cachet est brisé ! s'exclama-t-elle. Comment as-tu osé lire une lettre qui m'était adressée ?

Elle essaya de nouveau de l'attraper, mais en riant, Daniel la tendit au-dessus de sa tête, trop haut pour qu'elle ne l'atteigne.

— Donne-moi ça tout de suite, insista-t-elle. C'est une violation de mon intimité !

— Calme-toi, Hat. J'ai brisé le cachet parce que…

Cette fois, il lui montra bien le vélin.

— Parce que l'invitation nous est adressée à tous les deux.

Hattie se figea et fixa leurs deux noms, écrits en toutes lettres sur l'enveloppe. Il n'existait aucun événement sur terre auquel Daniel et elle pourraient être invités ensemble. Absolument aucun. Et pourtant… Hattie voulait voir cette lettre. D'un geste rapide et précis, elle parvint à s'emparer du précieux vélin et se détourna pour l'ouvrir.

Ses yeux glissaient sur les mots, mais elle ne parvenait pas à croire ce qu'elle lisait. L'invitation, adressée à Mr Daniel Woodchurch et à Miss Harriet Woodchurch, concernait le dîner donné par Lord et Lady Forsythe le samedi suivant. Ils étaient tous les deux conviés à la soirée qui marquerait le début de la Saison. Au dîner où tous les gens de qualité se réuniraient pour s'admirer.

— Seigneur ! Est-ce une farce ?

C'était la seule explication. Son frère essayait de se moquer d'elle. Elle lui lança l'invitation, courroucée.

— Tu espères vraiment que je vais tomber dans ce piège grossier ? Tu te crois amusant ?

Il parut abasourdi par cette accusation.

— Moi ?

Il se pencha pour ramasser l'invitation.

— Je te pose la question, Hattie, et je voudrais une réponse. Qu'est-ce que c'est que cette histoire ? Et pourquoi suis-je mêlé à cela ?

Elle ne comprenait vraiment pas. Elle n'avait jamais rencontré un seul membre de la famille Forsythe.

— C'est un faux, insista-t-elle.

— Non, ce n'est pas un faux, répondit-il en la forçant à reprendre l'invitation. Regarde le cachet.

Hattie examina le sceau en cire rouge où une chevalière avait laissé son empreinte.

— Ce n'est pas toi qui as fait cela ?

— Moi ? Je ne sais même pas à quoi ces Forsythe peuvent ressembler. Dans cette maison, tu es la seule à faire semblant d'appartenir au grand monde.

— Non, je ne les connais pas non plus.

Elle mit l'invitation entre eux deux.

— Tu sais ce dont il s'agit ? Le dîner en question ? Eh bien, c'est LE dîner dont tout le monde parle en ville.

— Tout le monde sauf moi…

— Je ne plaisante pas, Daniel ! L'invité d'honneur des Forsythe sera Lord Abbott. Des jeunes femmes lui seront présentées, car il est à la recherche d'une fiancée.

— Quoi ? demanda Daniel, l'air désorienté.

Puis il se ressaisit et regarda Hattie.

— Personne ne peut imaginer un seul instant que *toi*...

Il se mit à rire bruyamment.

— C'est vrai, dit-elle, perplexe. Ce n'est pas possible.

— Je savais que cela avait un rapport avec lui ! Tu as raison, il doit s'agir d'une farce. Pour l'amour de Dieu, Hat, dans quel imbroglio t'es-tu fourrée ?

— Je ne me suis fourrée dans rien du tout ! insista-t-elle. Je ne comprends vraiment pas pourquoi je peux être invitée. Ni pourquoi *tu* peux être invité.

— Pourquoi moi, en effet ? dit-il avec sarcasme. Mais voyons, Hat, n'est-ce pas évident ?

— Non.

Daniel soupira et leva les yeux au ciel.

— Réfléchis, Hat. Tu ne peux pas te radiner à un dîner chic sans être accompagnée. Voilà pourquoi *moi*. Parce que tu n'es pas mariée et que tu n'as aucune perspective de mariage, donc ton bon vieux frérot a été invité aussi, pour te chaperonner en quelque sorte.

Il avait raison, bien entendu. Mais qui l'aurait invitée dans le seul but de l'humilier ?

— Si c'est une farce, c'est aussi bien, dit Daniel. Je ne cours pas après les soirées guindées, et je suis certain que celle-là le sera particulièrement.

Il prit une bouteille de parfum dans son vanity-case et la huma avant de la reposer.

C'était une farce. Néanmoins, Hattie aurait donné n'importe quoi pour voir à quoi pouvait ressembler l'événement tant attendu de cette nouvelle Saison. Son cœur se mit à cogner dans sa poitrine, sous l'effet de l'excitation, ou d'autre chose qu'il n'identifiait pas. Elle possédait le sésame permettant de pénétrer un monde inconnu et autrement inatteignable, et tout à coup, sa curiosité était immense.

— Daniel ! Nous sommes obligés d'honorer une invitation comme celle-là.

— Oh ! mais nous ne sommes obligés à rien du tout. Qu'en as-tu à faire de tous ces tralalas et de tous ces ronds de jambe ? Ce doit être d'un ennui prodigieux.

— Flora a été invitée. Je peux l'aider. Elle fait partie des jeunes femmes en lice pour devenir l'épouse du vicomte.

Il fit une moue dédaigneuse.

— L'aider à quoi ?

— À charmer le vicomte, pardi. Tu ne comprends donc pas ? C'est très important…

Daniel perdit légèrement de sa contenance.

— Que veux-tu dire ?

— Je t'ai déjà expliqué : ce dîner est organisé afin que le vicomte puisse être présenté à des jeunes femmes susceptibles d'être choisies par lui comme épouse.

— Et ton amie en fait partie ? Celle qui est si snob ? Ses chances ne sont guère plus élevées que les tiennes, s'esclaffa-t-il.

Hattie fit claquer sa langue en signe d'agacement.

— Tu n'y connais rien. Flora est la fille d'un vicomte très influent. Bien sûr qu'elle a toutes ses chances. Elle ferait même une épouse parfaite.

Daniel posa les mains sur sa taille.

— Es-tu en train de dire qu'à ce dîner seront présentes de nombreuses jeunes femmes, en lieu et place des horribles vieilles filles et autres harpies habituelles ?

Hattie lui adressa un regard assassin.

— Enfin, tu vois ce que je veux dire…, poursuivit-il.

— Oui, je t'ai très bien compris, ne t'inquiète pas. Je te connais…

Tout à coup, une pensée surgit dans l'esprit de Hattie. Elle n'avait rien à se mettre qui soit suffisamment habillé et élégant.

— Attention, Hat. Sois gentille avec moi, car tu auras besoin de moi si tu as l'intention d'accepter cette invitation.

Il se dirigea vers la porte.

— Je ne vois pas bien pourquoi tu pourrais avoir envie d'y aller, mais quoi qu'il en soit, tu ne peux pas y aller sans moi.

Sur ce, il sortit.

Hattie regarda de nouveau l'invitation. Puis elle jeta un œil à sa penderie, où était rangé le peu de robes qu'elle possédait. Daniel avait raison. Pourquoi pourrait-elle avoir envie d'y aller ? Elle ne faisait pas partie de ce monde, comme sa mère le lui avait si abruptement fait remarquer. Mais elle *voulait* en être. Quelle personne douée de raison refuserait une telle invitation ?

L'idée d'être la risée de toute la haute société ne lui était pas spécialement agréable, mais avec sa garde-robe et sa situation familiale, elle voyait mal comment elle pourrait ne pas l'être.

Au domicile des Raney, une domestique conduisit Hattie jusqu'aux appartements de Flora. Avant d'entrer, elle entendit son amie qui se parlait à elle-même.

— Flora ?

Flora apparut, dans l'embrasure de la porte qui séparait sa chambre de son vestiaire. Elle avait les cheveux lâchés et ne portait que sa chemise et un jupon.

— Hattie ! s'exclama-t-elle, comme si la présence de celle-ci était une surprise.

Pourtant, elle était attendue.

— Entre, entre, dit-elle en venant prendre la main de Hattie et en l'attirant vers son vestiaire.

— Regarde !

Hattie regarda. Il y avait au moins deux douzaines de robes de couleurs différentes sorties de leur penderie.

— Qu'y a-t-il ?

— Je ne sais pas laquelle choisir ! s'écria Flora d'une voix pleine de détresse.

— Pour aller dîner chez Moses ?

Depuis qu'elle l'accompagnait chez son cousin, c'était la

première fois que Flora semblait faire aussi grand cas de son apparence.

— Mais non, pas chez Moses, voyons. Je parle du dîner chez Lord et Lady Forsythe, bien sûr ! Il aura lieu dans deux jours et je n'ai absolument rien de mettable ! Et mon père ne voudra jamais que j'achète une nouvelle robe. Il dit que j'en ai tellement que tous les jours de ma vie ne suffiraient pas à les porter toutes, ce qui est un mensonge, bien évidemment.

Elle n'en avait peut-être pas une pour chaque jour de sa vie, mais elle en avait beaucoup. Et toutes étaient très belles, confectionnées par les meilleures couturières, parfaitement ajustées, brodées avec virtuosité.

— N'importe laquelle fera l'affaire, Flora. *N'importe laquelle.* Tu rendras jalouse toutes les femmes présentes à ce dîner.

— Comme tu es gentille, dit Flora d'un air attendri.

Ce n'était pas de la gentillesse, c'était une simple constatation. Et Hattie aurait donné n'importe quoi pour pouvoir porter une de ces magnifiques robes.

Tout à coup, Flora se laissa tomber sur un siège.

— Je ne sais pas ce qui m'arrive. Ce dîner m'angoisse à un point...

— Mais pourquoi ? demanda Hattie d'une voix légère. Tu as déjà participé à des dizaines de dîners de ce genre.

— Oui, mais...

Elle regarda la porte ouverte et se leva d'un bond pour aller la fermer, puis revint vers Hattie.

— Tu ne dois répéter à personne ce que je vais te dire, Hattie. À *personne*. Est-ce que tu me le jures ?

— À personne, jamais, promit Hattie.

À qui aurait-elle pu le répéter, de toute façon ?

Flora s'approcha très près de Hattie, la regarda dans les yeux et murmura :

— Mère a entendu dire que j'étais considérée comme l'une des favorites pour prétendre au titre de vicomtesse Abbott.

Elle écarquilla les yeux d'un air paniqué, puis mordilla sa lèvre inférieure. Puis elle serra frénétiquement ses bras autour de son corps. On aurait dit qu'il s'agissait de la pire nouvelle qu'on ait pu lui apprendre.

— Mais c'est *merveilleux*, Flora.

Mais, déjà, son amie secouait la tête.

— Non, non, non, pas du tout. Je ne saurai pas quoi dire ni quoi faire ! Je vais me ridiculiser !

— Mais que racontes-tu ? Tu es si élégante...

— Pas du tout ! Tu sais comme je suis, souvent je perds mes mots, et je raisonne de travers.

— Depuis toutes ces années que je te connais, je ne t'ai jamais vue perdre tes mots. Il ne faut pas t'inquiéter : le moment venu, tu sauras quoi dire. J'en suis certaine.

Flora ne semblait pas convaincue. Elle se laissa de nouveau choir sur son siège, la tête renversée et appuyée contre le dossier, les yeux fermés.

— Flora ! C'est la première fois que je te vois si tendue à l'idée d'attirer l'attention d'un bel homme. D'habitude, tu aimes cela.

— Oui, c'est vrai, reconnut Flora.

Elle ouvrit les yeux et se mit à tirer machinalement sur un fil qui dépassait de l'accoudoir du siège.

— Mais là, ce n'est pas pareil. Le vicomte attire toutes les convoitises et tout le monde est aux aguets pour découvrir celle qui saura lui plaire. Toutes les femmes se montreront sous leur meilleur jour et leurs plus beaux atours. Comment vais-je pouvoir rivaliser avec toutes ces femmes ? Comment vais-je pouvoir rivaliser avec Christiana Porter ?

C'était donc cela sa vraie peur. Flora était dans ses petits souliers parce qu'elle craignait de ne pas pouvoir rivaliser avec Miss Porter.

— Puis-je te dire quelque chose que personne d'autre ne sait au sujet du vicomte ?

Flora leva les yeux.

— Je t'écoute.

— Il aime lire. Et il lit en français.

Flora fronça les sourcils.

— Et quel est le rapport ?

— C'est un de ses centres d'intérêt, et tu pourras en parler avec lui. Personne d'autre ne sait qu'il aime lire. Et tu parles français. Et il faut que tu aimes lire. De cette façon, vous aurez un point commun avant même qu'il ne connaisse le nom de Miss Porter.

— Je n'aime pas lire, dit Flora, qui semblait avoir du mal à suivre Hattie.

Comment était-il possible de ne pas aimer lire ? Parmi toutes les élèves de l'école, Hattie avait été la plus férue de lecture. Elle lisait tous les livres qui lui tombaient entre les mains.

— Peu importe… tu pourras dire que tu aimes cela, insista-t-elle. Tu pourrais même dire quelque chose de poétique à propos de la lecture, à propos de la façon dont cela nourrit l'esprit et ouvre à d'autres horizons.

Sur le moment, Flora donna l'impression d'être d'accord. Puis son visage se ferma.

— Mais s'il me demande de parler d'un livre en particulier ?

La probabilité que cela se produise était assez faible, étant donné son caractère mutique.

— Parle d'un livre que tu as lu. Il n'a sûrement pas eu les mêmes lectures que toi.

Flora réfléchit.

— Sans doute que non. Oh ! Hattie… si seulement tu pouvais être présente. J'ai tellement besoin de ton soutien.

— Eh bien, à ce propos, il est arrivé une chose incroyable.

— Quoi donc ?

— Quelque chose de stupéfiant.

Elle sortit l'invitation de son réticule et la tendit à Flora.

Flora faillit s'étrangler.

— *Hattie !* C'est merveilleux ! Mais comment ce prodige a-t-il eu lieu ?

— Je n'en ai pas la moindre idée ! J'en suis la première surprise. Mais je ne vais pas pouvoir y aller.

— Pardon ? Et pourquoi ?

Flora avait retrouvé toute sa vitalité à présent, et elle se leva d'un bond.

— Il faut que tu viennes ! C'est un ordre.

— Je ne peux pas.

— Mais pourquoi ?

Elle avait honte d'admettre la vérité, mais Flora était son amie.

— Parce que je n'ai rien de présentable à me mettre.

Flora la fixa. Elle ne contredit pas Hattie. Avec une moue pensive, elle posa les mains sur sa taille.

— Tu n'auras qu'à porter une de mes robes.

Hattie se mit à rire.

— Impossible.

— Et pourquoi ?

— Pour une raison évidente : tu es plus petite et plus menue que moi. Et parce que ce serait beaucoup trop te demander.

— Mais non, voyons, c'est bien volontiers que je te le propose. Quant au problème de taille, avec un bon corset, il sera vite réglé.

Elle se dirigea vers l'endroit où toutes ses robes étaient suspendues, les unes à côté des autres. Elle les passa toutes en revue, lentement, pour finir par arrêter son choix sur une robe en soie bleu pâle, avec des bordures argentées. Elle se tourna et la tendit à Hattie.

— Tiens, essaie-la.

Hattie ouvrit la bouche pour parler, mais Flora lui mit la robe de force dans les bras.

— Cesse de discuter sur tout, Hattie, et essaie-la, dit-elle en désignant le paravent derrière lequel Hattie pourrait se changer.

Hattie obéit, et quand elle se montra, avec l'arrière de la robe encore ouvert, car elle n'était pas parvenue à la fermer, Flora – qui portait désormais une robe dorée – hocha la tête d'un air approbateur.

— C'est parfait.

— Elle n'est pas fermée.

— Nous y remédierons.

Elle se tourna vers le miroir.

— Et que penses-tu de cela ? demanda-t-elle tout en s'admirant.

— Elle est très belle, répondit Hattie.

Mais en réalité, elle regardait surtout son propre reflet, qu'elle apercevait derrière la silhouette de Flora. Elle n'avait jamais rien porté d'aussi beau, et c'était une sensation grisante. Elle adorait la façon dont la robe lui allait presque parfaitement, la caresse du tissu précieux sur sa peau. Elle prit aussitôt la décision de travailler pour le vicomte aussi longtemps que possible, afin de pouvoir s'offrir de pareilles robes.

— Oui, je crois que je porterai celle-ci, dit Flora.

Elle s'écarta du miroir et prit la main de Hattie.

— Oh ! Hattie, je me sens tellement mieux quand tu es avec moi. Tu sais toujours comment me rassurer et m'encourager. Tu te souviens quand nous étions à l'école, et qu'Ellen Comstock voulait à tout prix me faire pleurer ?

Hattie fronça les sourcils.

— Le jour où tu l'avais tapée ?

Flora leva la main.

— Aucun rapport. Mais tu es la seule à m'avoir dit que j'étais belle et gentille, et que malgré tout ce qu'Ellen pourrait dire, c'était parce qu'elle savait qu'elle ne me ressemblerait jamais qu'elle me détestait.

Hattie resta un instant abasourdie. Ses souvenirs à elle étaient *légèrement* différents. Elle se rappelait qu'Ellen avait traité Flora d'horrible personne après que cette dernière l'eut tapée, et qu'ensuite Flora s'était sentie si gênée qu'elle avait éclaté en sanglots et était allée se réfugier dans sa chambre. Hattie s'était montrée très honnête envers Flora en lui disant que c'était mal de frapper quelqu'un, même pour une histoire de garçon, et que ce qu'elle avait fait était particulièrement méchant, étant donné qu'Ellen admirait beaucoup Flora.

Ce n'était pas la première fois que Flora réinterprétait à sa manière ce que Hattie avait dit.

Mais pour l'instant, elle ne s'en souciait guère. Pour l'instant, elle pensait à la très belle robe qu'elle portait et qu'elle espérait pouvoir réussir à fermer, d'une façon ou d'une autre.

14

Tout le monde à Londres savait que trente heureux élus avaient été invités au souper donné par Lord et Lady Forsythe. Pendant des jours et des jours, les spéculations allèrent bon train pour essayer de deviner qui pouvaient être ces personnes. Mais le soir même du souper, alors qu'une table pour trente-quatre convives avait été dressée, les esprits commencèrent à s'échauffer et les langues à se délier davantage. À qui étaient allées ces deux invitations supplémentaires, et pourquoi ?

Naturellement, tout le monde pensa qu'il devait s'agir de deux jeunes femmes appelées à être présentées au nouveau vicomte Abbott. Mais en réalité, il s'agissait de deux inconnus que personne n'invitait jamais et qui passeraient totalement inaperçus.

L'un de ces mystérieux convives était Hattie. Par miracle, elle était parvenue à entrer dans la robe empruntée à Flora, avec l'aide de la femme de chambre de sa mère, mais son corset était si serré qu'elle pouvait à peine respirer. Elle décida que respirer était un luxe totalement superflu, car elle était magnifique dans cette robe. *Magnifique !* Qui aurait cru qu'il suffisait d'une belle toilette pour transformer à ce point une personne ?

Elle attachait un bracelet à son poignet quand Daniel entra dans sa chambre. Hattie écarquilla les yeux de surprise quand elle vit son frère. Il avait très fière allure dans son habit de soirée.

Il avait peigné ses cheveux et fixé son nœud de cravate à l'aide d'une épingle en diamant - elle se demandait d'où sortait ce bijou - et il en résultait un homme très beau et élégant.

Quand il l'observa, il sembla quelque peu impressionné lui aussi. Mais l'air surpris se transforma vite en petit sourire.

— Où as-tu donc trouvé cette jolie robe ?

— Je l'ai empruntée. Et où as-tu donc trouvé ce bel habit ?

— Je l'ai acheté.

Il ajusta les poignets de sa chemise sous sa veste.

— Je n'arrive pas à croire que tu m'aies convaincu de t'accompagner à cette mascarade.

Elle ne l'avait convaincu de rien du tout. Il s'était contenté de déclarer qu'il devait aller au dîner pour l'accompagner. Jamais il ne l'aurait admis, mais il *voulait* y aller. Daniel adoptait parfois l'attitude de ses parents et faisait mine de mépriser la haute société, mais, vraiment, qui n'avait pas envie de l'approcher de près ? D'avoir la chance de voir, rien qu'une fois, ce qui se passait de l'autre côté du miroir ?

— Allons-y, alors. Débarrassons-nous de cette corvée.

Puis il lui tendit le bras, ce qui n'était pas du tout dans ses manières habituelles.

— Daniel Woodchurch. Aurais-tu été un gentleman sans le savoir depuis le début ?

— Non, mais je ne veux pas t'embarrasser devant tes amis importants. Je sais que tu n'as pas besoin de moi pour cela.

Hattie prit son bras.

— Ce ne sont pas mes amis. Et je ne les connais pas davantage que toi.

Ils empruntèrent l'escalier, faisant détaler de nombreux chats à leur passage.

Dans le vestibule d'entrée, leur père faisait les cent pas comme il le pouvait, mais les énormes horloges occupaient vraiment beaucoup de place. Il regarda ses deux enfants d'un air suspicieux alors que Hattie enfilait un manteau et que Daniel prenait son chapeau.

— Encore une fois, d'où tiens-tu cette invitation, Harriet ? demanda-t-il. Et cette robe ? Avec quel argent l'as-tu payée ?

Il aurait été trop beau qu'elle ait une nouvelle robe pour assister à un grand dîner.

— L'invitation, adressée à Daniel et à moi-même, nous a été envoyée par Lord et Lady Forsythe, papa, comme vous le savez. Et la robe m'a été prêtée.

Il les regarda tous les deux d'un air mauvais.

— Je n'aime pas ça. Il y a une chose qui n'est pas claire là-dessous. Pourquoi vous inviter, vous ?

— Peut-être parce que nous sommes plus charmants et agréables que vous, suggéra Daniel.

Son frère la surprenait encore. D'habitude, il n'était pas du genre à la défendre. Ni à se quereller avec leur père, qui réservait plutôt ses critiques et ses sarcasmes à Hattie et aux jumeaux.

— Allez, viens, Hat, nous allons être en retard.

Sans lâcher son bras, Daniel la guida en douceur vers la sortie, ignorant leur père qui grommelait toujours qu'il n'aimait pas cela, qu'il n'aimait pas cela du tout.

Ni Hattie ni Daniel ne prêtèrent attention à ses ruminations. D'aussi loin qu'elle s'en souvienne, il s'était toujours montré méfiant envers la haute société, mais en même temps fasciné par elle. Il se méfiait de tout le monde, de toute façon, et était persuadé que le monde entier essayait de le déposséder de son argent âprement gagné.

Une fois dehors, Hattie rabattit la capuche de son manteau sur sa tête. Elle prit garde de ne pas déplacer le joli diadème orné de fleurs en soie bleue et argent dont elle était coiffée. Elle avait hésité à l'acheter mais quand la vendeuse, dans la boutique, lui avait montré l'effet qu'il produisait dans des cheveux joliment arrangés, Hattie n'avait pas su résister. Il était si élégant qu'il transformait presque la couleur de ses cheveux, les faisant passer d'un brun un peu terne à un brun tabac bien plus riche et profond.

Elle se prépara à une longue marche jusqu'à George Street, étant donné qu'aucune voiture ne les attendait. Aucune voiture ne les attendait jamais : elles étaient faites pour les clients qui payaient, et non pas pour la famille.

— Quand son propre père possède la quasi-totalité des transports en commun londoniens, l'on est en droit de se demander pourquoi on n'a jamais le moindre véhicule à sa disposition, dit Daniel, pensif.

— Cela fait longtemps que j'ai cessé de me poser la question, dit Hattie. Je considère cela comme un fait acquis, aussi immuable que le fait que je sois femme et que les canards cancanent.

— Rassure-toi, ma très chère sœur, dit Daniel alors qu'ils arrivaient au bout de la place. Certaines choses sont moins immuables qu'elles n'y paraissent.

Au coin de la rue, il s'arrêta pour consulter sa montre.

Hattie, elle, descendit du trottoir pour traverser, car elle ne voulait surtout pas être en retard pour ce dîner. Mais Daniel la retint par le coude et la tira en arrière.

— Que fais-tu ?

— Un peu de patience, répondit-il.

Et alors, comme par magie, une voiture déboucha de la rue et s'arrêta juste à côté d'eux. Le cocher descendit pour leur ouvrir la portière.

— Après vous, milady, dit Daniel.

Hattie poussa un petit cri ravi.

— Comment as-tu fait ?

— J'ai quelques tours dans mon chapeau. Nous n'allons pas arriver à une adresse aussi sélecte comme deux vulgaires clochards. Grimpe.

Elle grimpa. Et sourit pendant tout le trajet.

La demeure des Forsythe impressionnait par sa taille : trois maisons avaient été réunies pour en créer une seule, immense.

Les voitures passaient doucement devant la maison, s'arrêtaient pour en faire descendre leurs passagers, et repartaient.

Hattie cramponnait son invitation. Elle était persuadée que le seul moyen d'entrer dans cette magnifique demeure emplie de tous ces gens magnifiques, c'était de montrer le morceau de papier qu'elle tenait en main, et que si elle ne le présentait pas, Daniel et elle seraient jetés dehors comme des malpropres. Elle n'aurait pas été surprise de devoir se soumettre à un petit interrogatoire à la porte. « Qui êtes-vous donc ? » « Comment est-ce possible que vous ayez reçu une invitation ? »

Mais Hattie n'aurait pu se tromper davantage. On aurait dit que n'importe qui aurait pu entrer. Daniel donna leurs noms au majordome qui ne leur posa aucune question. Il se tourna et les annonça d'une voix suffisamment forte pour que les gens qui se seraient trouvés à proximité puissent l'entendre. Quelques personnes, en effet, se trouvaient à proximité, mais quand ils comprirent que les Woodchurch n'étaient pas des gens importants, ils s'en désintéressèrent complètement.

Un laquais prit le manteau de Hattie et les dirigea vers la file des invités qui attendaient d'être accueillis par leurs hôtes.

— Calme-toi, murmura Daniel alors qu'ils avançaient.

— De quoi est-ce que tu parles ? Je suis très calme.

— Tu trembles. On dirait que tu viens de commettre un vol et que tu as peur de te faire prendre.

C'était vrai, la nervosité l'avait gagnée. Elle avait pleinement conscience de ne pas faire partie de ce monde, même si la robe qu'elle portait pouvait entretenir l'illusion. Et plus elle avançait dans la maison, plus elle se rendait compte qu'elle y était une intruse.

Sa mère l'avait bien prévenue, pourtant. Elle n'était pas comme ses amies, et elle ne faisait pas partie de leur monde.

Quand ils arrivèrent devant leurs hôtes, Hattie fut momentanément aveuglée par la tiare en or de Mrs Forsythe. Daniel tendit la main trop vigoureusement et remercia le couple pour leur généreuse invitation. Mr et Mrs Forsythe parurent un peu désorientés, ce qui n'était pas étonnant étant donné qu'ils se voyaient tous pour la première fois. Mais Mrs Forsythe dissipa la gêne qui commençait à s'installer en leur souhaitant une excellente soirée et en les invitant à passer au salon.

Hattie et Daniel s'empressèrent d'obéir.

Les murs du grand salon étaient tendus de panneaux de soie rose et le plafond s'ornait de riches moulures. Partout, des œuvres d'art, de la porcelaine fine, des chandeliers en cuivre... La pièce faisait la taille de la maison de Lord Abbott à Grosvenor Square, voire plus. Hattie avait entendu dire que Mr Forsythe avait fait fortune dans les chemins de fer, et elle se demanda combien d'horloges auraient pu tenir dans ce salon.

Plusieurs dizaines de personnes s'y promenaient, en plus de deux laquais qui allaient et venaient avec un plateau d'argent et proposaient vins et alcools divers aux invités. Hattie ne connaissait personne, mais à en juger par les tenues et les bijoux, ces gens devaient faire partie de ce qui existait de mieux dans le pays. Elle peinait à respirer, à cause de son excitation et de son corset.

— Je vais boire un verre, déclara Daniel.

Et avant qu'elle ne puisse l'arrêter, il se faufila au milieu de la foule.

— Daniel ! murmura-t-elle, courroucée.

Mais cela ne servit à rien : il la laissa seule au milieu de cette immense pièce.

Elle ne savait que faire. Elle afficha un léger sourire et regarda autour d'elle, en se demandant si elle était censée se présenter elle-même aux autres invités. Ou bien si elle était censée attendre de leur être présentée. Les cours d'étiquette qu'elle avait reçus à l'école de Lord Iddesleigh n'avaient jamais concerné les invitations à des dîners aussi exceptionnels que celui-ci, étant donné que les chances pour que les anciennes élèves y soient un jour conviées étaient minimes.

Au moment où elle s'apprêtait à se jeter sur la première

personne venue, dans le seul but de ne pas rester sans rien faire comme une idiote, elle entendit son nom. Elle se retourna brusquement, emplie de soulagement et de gratitude, et, dans son empressement, faillit faire renverser le verre que Lady Aleksander tenait à la main.

— Oh mon Dieu ! Je vous prie de m'excuser, milady, dit-elle en posant la main sur le bras de la lady.

Celle-ci rit et secoua ses doigts pour faire tomber les quelques gouttes de champagne qui les avaient atteints.

— C'est ma faute : je vous ai fait peur. Je suis ravie de vous voir ici, Miss Woodchurch. Seigneur, comme vous êtes ravissante, dit-elle en souriant chaleureusement.

Hattie se sentit rougir. Elle n'avait pas l'habitude des compliments et la dernière fois qu'elle avait vu Lady Aleksander, celle-ci avait plutôt semblé contrariée par sa présence.

— Je vous remercie. Je… je ne savais pas si vous me reconnaîtriez.

— Mais bien sûr que si, voyons !

Elle fronça légèrement les sourcils et se pencha en avant.

— C'est moi qui ai fait en sorte que vous soyez invitée !

Hattie resta un moment bouche bée.

— Comment ?

Elle ne voyait vraiment pas pourquoi Lady Aleksander avait agi de la sorte. Elle ne considérait tout de même pas sérieusement Hattie comme candidate au titre de vicomtesse Abbott ?

Lady Aleksander se pencha davantage.

— Est-ce que vous vous sentez bien ? Vous êtes un peu pâle.

— Vraiment ? demanda Hattie en portant aussitôt sa main gantée à ses joues.

— Je sais ce qu'il vous faut.

Elle se tourna et leva son éventail. Cela suffit à faire apparaître un laquais et son plateau d'argent, comme surgi de nulle part. Lady Aleksander prit un verre de vin et le tendit à Hattie.

— Cela va vous calmer.

— Oh ! euh… Merci.

Son cœur cognait à tout rompre, et elle éprouvait toutes les peines du monde à respirer correctement.

— Je, euh... Pourquoi m'avoir fait envoyer une invitation ?

— Pourquoi ? fit la lady en haussant les épaules. J'ai pensé que cela vous ferait plaisir. Et peut-être... que vous pourriez m'aider un peu.

— Vous aider ?

— Vous avez sans doute remarqué que Lord Abbott n'était pas du genre à partager ses sentiments. Étant donné que vous le connaissez, j'ai pensé que vous saisiriez peut-être ce qui lui plaisait.

Hattie sentit son cœur se fendre. Pendant un instant, elle avait cru que peut-être... Mais c'était totalement absurde.

— Oh ! je ne sais pas.

Elle sentait quelques gouttes de sueur perler à son front. Elle rit un peu.

— D'habitude je ne suis jamais aussi nerveuse, mais c'est la première fois que je suis invitée à un dîner comme celui-ci.

— Je pense que vous allez vite vous rendre compte qu'il ne s'agit que d'un dîner comme tous les autres. Êtes-vous venue seule ?

— Oh ! non. Je suis avec mon frère. Il est...

Elle s'interrompit pour chercher Daniel du regard. Elle finit par l'apercevoir... *qui parlait avec Flora. Oh non.* Elle pria intérieurement pour qu'il ne lui dise rien d'offensant. Flora était l'amie de Hattie, mais elle était aussi sa bienfaitrice.

— Je, euh... je devrais vraiment...

— Grands dieux, est-ce bien Miss Woodchurch ?

Hattie reconnut la voix de Lord Iddesleigh et se tourna en même temps que Lady Aleksander pour saluer Lord et Lady Iddesleigh.

Lady Iddesleigh s'était légèrement arrondie depuis la dernière fois que Hattie l'avait vue, et ces nouvelles formes adoucissaient ses traits. Elle sourit. Quand Hattie était élève, Lady Iddesleigh ne souriait pas beaucoup. En même temps, elle était à l'époque accaparée par ses cinq filles, qui semblaient requérir sa constante attention.

— Voyez-vous cela, comme notre petite Harriet Woodchurch a bien grandi ! dit Lady Iddesleigh d'un air enchanté. J'ai entendu dire que vous occupiez une place très importante.

— Pas si importante que cela.

— Ne dites pas de bêtises ! intervint Lady Aleksander. Il m'a semblé évident que le vicomte vous faisait entièrement confiance et sollicitait souvent votre avis.

— Mais non ! s'exclama Hattie, alarmée.

Elle imaginait déjà ce que les gens diraient d'elle. La fille de rien qui pensait pouvoir conseiller un vicomte.

— Je pense que les circonstances étaient un peu inhabituelles le jour de votre visite, mais en général, les choses ne se passent pas du tout comme cela.

— Miss Woodchurch, vous ne devriez avoir aucun doute concernant votre valeur, déclara Lord Iddesleigh.

— Ce n'est pas le cas, je...

— Et où se trouve notre nouveau vicomte ? demanda Lord Iddesleigh en regardant autour de lui. Je ne l'ai pas manqué, j'espère. Je me targue d'être son seul ami. Enfin, mis à part vous, Miss Woodchurch, évidemment.

— Je ne suis pas son amie, corrigea Hattie d'une voix implorante.

— Il n'est pas encore arrivé, Beck, dit Lady Aleksander en ignorant les protestations de Hattie. Il est impossible que vous manquiez son arrivée. Toutes les femmes de l'assemblée seront irrésistiblement attirées par lui, telles des guêpes par un beau gâteau dégoulinant de sucre.

— Il a sans doute du mal à entrer, étant donné la foule qui se presse dehors, dit Lady Iddesleigh. Il y a un monde incroyable, vraiment.

— Miss Woodchurch, demanda Lord Iddesleigh, racontez-nous un peu comment vous trouvez votre travail auprès du vicomte. L'homme n'est pas très avenant, n'est-ce pas ?

Ce n'était pas du tout ainsi que Hattie avait imaginé cette soirée. Elle regarda autour d'elle, à la recherche de Daniel. De Flora. De quiconque voudrait bien la sauver de ce traquenard.

— Elle lui a apporté un livre, dit Lady Aleksander.

Lord et Lady Iddesleigh la regardèrent avec stupéfaction. Hattie haussa les épaules.

— Il aime beaucoup lire.

— Intéressant, commenta Lord Iddesleigh. Et inattendu. Mais, Miss Woodchurch, personne ne se soucie de ses goûts en matière de lecture. Ce que nous voulons savoir, c'est ce que pense notre jeune homme à marier des beaux partis qu'il va rencontrer ce soir.

En entendant cette question, Hattie se sentit mortifiée, et ses joues s'embrasèrent.

— Je vous prie de m'excuser, milord, mais *jamais* je ne lui demanderais une chose pareille.

— Jamais ?

— Beck, chéri ! s'exclama sa femme. Ne la taquine pas. Regarde, tu la fais rougir. Elle a sûrement juré de ne rien révéler de confidentiel ! Et tu as Lila à côté de toi, qui s'est chargée de sélectionner les jeunes femmes qui vont être présentées au vicomte ce soir. Pourquoi ne lui poses-tu pas plutôt la question à elle ?

— Tout le monde est là pour lui être présenté, dit Lady Aleksander d'une voix joviale. Mais, plus particulièrement, Miss Christiana Porter…

— Évidemment, dit Lady Iddesleigh. Elle fait partie des favorites.

— Miss Dahlia Cupperson…

— Riche, commenta Lord Iddesleigh, songeur.

— Et Miss Flora Raney, termina Lady Aleksander.

Lord et Lady Iddesleigh échangèrent un regard. Lady Iddesleigh esquissa un haussement d'épaules, et Lord Iddesleigh dit :

— Mon épouse pense que notre Tilly devrait figurer parmi les prétendantes du vicomte. Mais je pense qu'elle est…

— Le voici ! s'écria tout à coup Lady Aleksander, ce qui mit aussitôt fin à la conversation.

Ils se tournèrent tous les quatre vers la porte.

Il y eut une agitation à l'entrée du salon, alors que les gens se dirigeaient en rangs serrés vers les Forsythe et leur invité d'honneur. Il fallut quelques minutes avant que Lord Abbott ne soit visible, et quand ce fut le cas, Hattie eut l'impression que l'air avait changé de nature. Son cœur se mit à cogner. Elle l'avait toujours trouvé beau, mais ce soir, il était divin. Ses cheveux étaient très bien peignés et sa barbe impeccablement rasée. Son costume taillé sur mesure, noir avec un veston en brocart doré, lui allait à la perfection. Sur la poitrine, il portait un insigne rouge avec une étoile dorée, symbole du duché de Santiava.

Elle se rendit compte que quelqu'un dans l'assemblée était en train de parler espagnol. Le vicomte Abbott répondit aimablement, de sa voix grave et douce, dans un espagnol qui sonnait comme une chanson. L'instant d'après, pour répondre à une autre question, il passa sans effort à l'anglais. Il ne dit que quelques mots, mais de toute évidence, cela suffisait. Les gens souriaient et hochaient la tête sur son passage, comme s'il diffusait la bonne parole.

Mr et Mrs Forsythe l'escortèrent durant son tour de salle, presque comme s'ils montraient un nouveau cheval à leurs amis. *Trotte un peu par ici et fais-toi admirer. Trotte un peu par là et recommence.*

Lord Abbott marchait, les mains dans le dos, hochant la tête en guise de réponse aux saluts que tous lui adressaient. Hattie jeta un coup d'œil par-dessus son épaule pour voir où se trouvaient Flora et Daniel. Daniel avait disparu – sans doute en quête d'un autre verre – mais Flora n'avait pas bougé. Elle était avec ses parents et même de loin elle paraissait très pâle.

— Excusez-moi, dit Hattie en s'éclipsant le plus discrètement possible.

Personne ne se rendit compte de son départ. Lord Iddesleigh

protestait car, à ses yeux, les Forsythe faisaient preuve de favoritisme pour ces présentations.

Hattie se faufila dans la foule jusqu'à Flora. Elle posa la main sur son bras, ce qui la fit sursauter.

— Hattie ! s'exclama-t-elle. Dieu merci, tu es là. Ton frère m'a dit que tu n'étais pas venue.

— Comment ? fit Hattie en levant les yeux au ciel. Ne fais pas attention à lui, Flora. Tu ne devrais même pas lui adresser la parole.

Pensive, Hattie marqua une pause.

— Comment cela se fait-il que tu le connaisses, d'ailleurs ? demanda-t-elle.

— Je ne me souviens plus.

Tout à coup, Flora agrippa la main de Hattie.

— Comment suis-je ?

— Belle. La plus belle de toutes, et de loin.

C'était la vérité. Flora avait l'air d'une princesse avec sa robe dorée et sa longue traîne ornée d'une cascade de fleurs rouges.

Flora sourit mais son regard se dirigea avec angoisse vers le vicomte. Elle ne fit aucun commentaire sur l'allure de Hattie. Elle ne la taquina pas sur son corset qu'elle avait dû serrer très fort pour entrer dans la robe, ni n'admira le nouveau diadème qu'elle avait acheté. Hattie ne le prit pas personnellement. Elle comprenait l'angoisse et la nervosité de son amie, alors qu'elle était sur le point d'être présentée au vicomte.

Flora se pencha vers elle et murmura :

— Christiana a dormi devant la porte, pour être la première à lui être présentée.

— En même temps, nous avons tous tendance à nous tenir le plus près possible de la porte.

Tout à coup, Flora retint son souffle.

— Il vient par ici !

Elle serra plus fort la main de Hattie et se détourna sur un côté en inspirant très profondément.

— C'est un désastre. Un désastre ! Que vais-je lui dire ?

— Flora, ma chérie ? demanda sa mère en s'approchant d'elle. Oh ! Miss Woodchurch. Je ne m'attendais pas à vous voir ici.

Personne, y compris elle-même, ne s'attendait à la voir ici.

— Bonsoir, Lady Raney, dit-elle en exécutant une révérence.

Lady Raney regarda sa fille, puis Hattie.

— Que se passe-t-il ? demanda-t-elle. Redresse-toi, très chère.

Elle réarrangea les perles du collier de Flora.

— On dirait que tu vas te trouver mal.

— Ce n'est pas impossible, répondit Flora en déglutissant.

— C'est ridicule ! Baisse les épaules et lève le menton. Le vicomte Abbott arrive.

Flora obéit à sa mère, puis se plaça à côté de ses parents alors que Lord Abbott et ses hôtes approchaient. Hattie ne savait où se mettre, alors elle resta quelques pas derrière son amie. Vraiment, avec l'invitation auraient dû être jointes des instructions précises sur l'attitude à tenir dans toutes les circonstances possibles et imaginables.

Mrs Forsythe fit les présentations. Hattie n'entendit pas ce que dirent les Raney, mais Lord Abbott sourit, acquiesça et dit que oui, il appréciait Londres. Et que non, il n'avait pas encore eu l'occasion de se rendre sur les terres familiales, à Harrington Hall, dans l'Essex, mais qu'il espérait pouvoir le faire bientôt.

Alors, Lady Raney se tourna légèrement vers Flora et dit :

— Puis-je vous présenter notre fille ?

Et comme on le lui avait appris, Flora exécuta une révérence parfaite. Pendant qu'elle s'inclinait, Lord Abbott vit Hattie qui se tenait derrière elle. Il fronça les sourcils d'un air perplexe.

— Miss Woodchurch ? demanda-t-il, en ignorant momentanément Flora.

À son tour, Hattie fit la révérence.

— Bonsoir, milord.

Les Raney, comme un seul homme, se tournèrent pour la regarder.

— Je ne m'attendais pas à vous voir ici, dit-il.

Peut-être aurait-elle dû venir avec une pancarte « invitée de dernière minute ».

— Surprise ! dit-elle, comme si sa présence était une farce et qu'elle se sentait parfaitement détendue.

Il souleva un sourcil interrogateur, comme s'il s'apprêtait à lui demander de plus amples explications.

Les parents de Flora la regardaient d'un œil noir. Et Flora semblait totalement abasourdie de le voir lui adresser la parole. Mais tout à coup, elle se reprit et s'adressa au vicomte :

— C'est... c'est un immense plaisir de faire votre connaissance, milord.

Lord Abbott se tourna vers Flora et lui sourit chaleureusement.

— Je vous remercie. Tout le plaisir est pour moi.

Puis le père de Flora, désireux de dire quelques mots au vicomte, s'avança. Les deux hommes s'écartèrent du reste du groupe. Hattie se risqua à adresser un regard à Flora. Celle-ci la fixait d'un œil incrédule, voire contrarié. On aurait dit qu'elle était blessée que Lord Abbott l'ait reconnue et saluée.

— Hattie ? Y a-t-il...

En annonçant que le souper était servi, Mrs Forsythe épargna à Hattie la question de Flora. Tout le monde se mit en mouvement, et chacun prit sa place dans la file se dirigeant vers la salle à manger. Alors que Lord Abbott allait rejoindre leurs hôtes, en tête de cortège, il adressa un nouveau regard interrogatif à Hattie.

Elle sentit une douce chaleur se propager en elle. Elle éprouvait vis-à-vis de lui une familiarité et une connivence certainement très déplacées. Elle sourit et haussa les épaules, puis recula pour laisser les personnes importantes la précéder. Elle chercha Daniel du regard, afin qu'il l'accompagne, mais ne le trouva nulle part... jusqu'au tout dernier moment, où elle l'aperçut en train de tendre le bras à Flora pour l'escorter. *Qu'était-il en train de manigancer ?*

Qui plus est, il n'y avait plus personne pour l'escorter elle jusqu'à la salle à manger. Hattie fut obligée de fermer la marche seule, loin derrière les autres, comme un caneton égaré.

À table, elle était placée à côté de Lord Iddesleigh, qui se pencha pour murmurer :

— Votre amie plaît au vicomte, j'en suis certain.

Il sourit et lui adressa un petit clin d'œil, comme s'ils avaient conspiré ensemble pour atteindre ce but.

Elle aurait sans doute dû se réjouir de cette nouvelle et être très heureuse pour Flora… mais la remarque de Lord Iddesleigh et la façon dont, jusqu'ici, se déroulait la soirée l'emplissaient d'amertume et de tristesse.

15

La salle à manger des Forsythe avait beau être l'une des plus grandes que Mateo ait jamais vues, elle ne l'était pas suffisamment pour que trente-quatre convives y tiennent confortablement. Ils étaient serrés les uns contre les autres, au coude à coude.

Mateo bénéficiait d'un traitement de faveur, étant donné qu'il était placé à côté de Mr Forsythe, qui était pour sa part assis en tête de table. Mateo se souvenait du jour où, alors qu'il venait de recevoir officiellement le titre de duc, un grand repas avait été donné en son honneur, au palais. Il était assis en tête de table et derrière lui, les portes donnant sur la mer avaient été laissées grandes ouvertes. Il se souvenait de la caresse de la brise marine dans son dos, de l'air frais qui balayait la pièce. Il manquait une fenêtre ouverte dans cette pièce, mais l'air londonien était de toute façon assez peu respirable.

Quel invité morose il faisait.

Malheureusement, depuis sa place, il ne voyait pas beaucoup les autres convives. Il aurait été curieux de savoir où était assise Miss Woodchurch. Il aurait été encore plus curieux de savoir pourquoi elle était là. Était-ce Beck qui l'avait amenée ? Cela n'avait pas vraiment de sens. Pourquoi aurait-il voulu qu'elle soit présente à ce dîner ? Appartenait-elle à la classe ouvrière ou à la haute société ? Était-il possible d'appartenir aux deux en même temps ? Dans son pays, ces deux mondes ne se rencontraient jamais.

Quelle que soit la raison de sa présence, il avait été étonnamment heureux de voir son visage dans la foule.

En sa qualité d'invité d'honneur, il était étonné de ne pas avoir été placé en milieu de table. Mais avant même que le premier plat ne soit servi, Mr Forsythe lui avait fait clairement comprendre pourquoi cela n'avait pas été le cas. Mr Forsythe avait des intérêts dans un grand projet de chemin de fer européen, et il espérait faire arriver le train jusqu'à Valdonia.

— Imaginez-vous la quantité de laine que nous pourrions transporter ! s'exclama-t-il, presque extatique.

Mateo écoutait, mais il était distrait par toutes les conversations autour de lui. Il n'était pas certain d'avoir envie de parler chemins de fer en plein dîner mondain, et il était davantage intéressé par les bribes de conversation qu'il entendait à sa droite. Il semblait être question de quelqu'un qui avait accumulé d'énormes dettes de jeu et qui était incapable de les rembourser.

Aucune des jeunes femmes censées retenir son attention n'était assise près de lui. Contrairement à ce que pensait sa mère ou Lady Aleksander, il avait hâte de faire leur connaissance. Il aurait juste aimé que ce soit dans des circonstances moins tapageuses. Il aurait préféré pouvoir faire quelques pas avec chacune d'elles, ou, à la rigueur, un dîner en petit comité où tout le monde aurait pu participer à la conversation.

Il se concentra sur le repas, très bien exécuté autour d'une délicieuse pièce d'agneau. Mais la meilleure partie fut le dessert. La femme assise à côté de lui dit qu'il s'agissait d'un *sponge cake*.

— *Sponge cake ?* répéta-t-il, dubitatif.

— Oui, c'est l'un des gâteaux préférés de la reine Victoria.

Il faudrait qu'il demande à Rosa de trouver la recette.

Après que les assiettes à dessert eurent été débarrassées, Mateo s'efforça de participer à la conversation au sujet du temps qu'il faisait, et reconnut que le printemps londonien était trop froid à son goût. Il hocha la tête pendant qu'un gentleman évoquait doctement la loi sur l'éducation en passe d'être votée au Parlement. Quand on l'interrogea sur l'héritage des Abbott, il fut forcé de reconnaître qu'il ne connaissait pas bien son grand-père, mais qu'il avait beaucoup appris à son sujet en se plongeant dans ses papiers au cours des dernières semaines.

Et ainsi de suite.

Après le dîner, les femmes se retirèrent au salon, et il resta avec les hommes pour boire du brandy et fumer des cigares, car c'était ce que requéraient les usages en vigueur. Mais cette coutume, qui avait été adoptée dans son pays, lui semblait un peu archaïque. Pourquoi les femmes n'auraient-elles pas droit elles aussi au brandy et aux cigares ? Pourquoi était-il toujours nécessaire de séparer les sexes ? Pourquoi la société imposait-elle des règles si rigides ?

Hélas, aucune révolution sociale n'aurait lieu ce soir. Dommage, cela aurait créé un peu d'animation. De plus en plus morose, Mateo sirota son brandy. Puis Mr Forsythe finit par déclarer que cet aparté masculin était terminé et qu'il était temps de rejoindre ces dames.

Ils retournèrent au salon où fut servi à Mateo un porto dont il n'avait pas envie. Lady Aleksander fondit sur lui telle une buse sur une souris, les ailes déployées et les serres projetées en avant.

— Milord, enfin je vous ai trouvé ! Puis-je vous présenter une de mes amies ?

Il s'avérait que l'amie en question était Miss Christiana Porter. Mateo l'avait déjà aperçue à son arrivée. Elle était, comme on le lui avait dit, d'une grande beauté. Sa peau était laiteuse et translucide comme de la porcelaine, ses cheveux d'un blond presque blanc faisaient ressortir le bleu de ses yeux. Ils étaient un peu plus clairs que ceux de Miss Woodchurch, qui évoquaient pour leur part l'azur d'un ciel printanier.

Il admirait la beauté de Miss Porter alors qu'elle dévidait la litanie habituelle et convenue. Comme elle était enchantée de faire sa connaissance. Comme il était merveilleux qu'il ait pu participer à ce dîner. N'avait-il pas trouvé l'agneau délicieux ?

La conversation convenait très bien à Mateo, car elle lui demandait une participation minime.

Ce fut alors qu'une chose terrible se produisit : Miss Porter lui demanda où se trouvait Santiava et rendit de ce fait patente sa profonde méconnaissance de la géographie européenne. Mateo ne savait pas ce qui était le plus stupéfiant. Qu'une jeune femme issue d'un milieu très privilégié et ayant reçu une éducation soignée ignore où se trouvaient des pays tels que la France et l'Espagne. Ou bien que cela le gêne à ce point. Comment pouvait-il envisager une seule seconde d'épouser quelqu'un qui n'avait pas la moindre idée du pays situé de l'autre côté de l'étroite mer qui bordait le sien ?

Il fut soulagé quand la buse fondit de nouveau sur lui, pour l'inciter cette fois, à converser avec Miss Cupperson.

Miss Cupperson était l'opposé de Miss Porter, à la fois dans son physique et dans sa connaissance du monde. En fait, elle connaissait tant de choses qu'elle semblait bien décidée à partager avec lui tout ce qu'elle avait appris au sujet de Santiava. Elle entra même dans des détails obscurs à propos de l'Espagne, sans doute pour lui prouver qu'elle savait très bien où se trouvait Santiava. Elle débitait les informations les unes derrière les autres, au détriment de la conversation, qui n'en était plus vraiment une. Il avait l'impression d'écouter son précepteur et d'assister à une leçon qu'il avait déjà apprise. Savait-il, par exemple, que Santiava exportait des peaux, des épices et de l'huile d'olive ?

Il ne fut jamais obligé de reconnaître que, oui, il le savait, car elle s'empressa d'enchaîner sur l'histoire maritime de Santiava, pays de navigateurs.

Quand Miss Cupperson eut épuisé tout le savoir qu'elle avait accumulé pour l'occasion, Lady Aleksander le conduisit vers la troisième jeune femme de la soirée.

Miss Flora Raney se tenait au milieu d'un groupe incluant ses parents et deux autres personnes dont Mateo avait déjà oublié le nom. Il remarqua aussi que tout près de Miss Raney, se tenait Miss Woodchurch. Elle lui tournait le dos et donnait l'impression d'attendre quelqu'un.

Mateo salua ses parents, puis Miss Raney. Elle s'inclina et sourit. Il lui demanda comment elle avait trouvé la soirée jusqu'ici, soit la plus insignifiante des questions. Qu'aurait-elle pu répondre, en effet ? Qu'elle trouvait la soirée d'un ennui profond ? Que l'agneau était coriace et le vin aigre ? Bien sûr que non...

Elle dit qu'il s'agissait d'une belle soirée, et ce fut tout.

Contrairement à ce qui s'était passé avec les deux autres jeunes femmes, cela obligea Mateo à mener lui-même la conversation. Ce n'était pas son fort. Il se souvint que Sofia lui avait dit un jour que l'on enseignait aux jeunes filles de ne pas trop parler pour ne pas dire de bêtises. Il comprenait très bien. Enfant, il avait vécu dans la peur constante de dire quelque chose qu'il ne fallait pas et d'être publiquement humilié pour cela. Mais comment une jeune femme telle que Miss Raney aurait-elle pu dire quelque chose qu'il ne fallait pas ? Il était le seul à l'écouter et il était trop poli pour la contredire.

Il trouvait Miss Raney tout à fait charmante. Elle était moins belle que Miss Porter, mais demeurait néanmoins très séduisante. Elle était menue, et ses mains étaient si fines qu'elles paraissaient presque fragiles. Mateo essaya de se les représenter en train de pétrir de la pâte et il n'y parvint pas. Elle semblait un peu nerveuse, et il supposa que c'était à cause de lui. Il ne comprenait pas pourquoi il mettait tout le monde mal à l'aise. Il décida néanmoins de faire des efforts pour détendre l'atmosphère.

Il lui demanda dans quel quartier elle habitait. Elle se reprit, et dit où elle vivait, avant de lui demander comment il trouvait Grosvenor Square. Avant qu'il ne puisse répondre, elle ajouta qu'elle avait une très bonne amie qui habitait à l'autre extrémité de la place, et qu'elles aimaient s'y promener de temps en temps. Il répondit qu'il trouvait la place agréable, ce qui n'était pas entièrement vrai. Lui s'y promenait rarement, préférant le calme de son jardin.

Miss Raney se mordilla la lèvre inférieure, en ayant l'air de réfléchir à ce qu'elle allait lui dire à présent. Ils étaient arrivés au moment critique : celui où deux inconnus cherchant à faire la conversation se heurtaient à un inévitable blanc.

Heureusement, Lady Raney leur vint en aide en lui demandant s'il avait visité l'exposition visible en ce moment même au Royal Hall.

— Non, pas du tout, répondit-il.

— C'est une magnifique exposition, n'est-ce pas, ma chérie ? demanda-t-elle à Miss Raney. Il faut vraiment que vous voyiez cela, milord. Flora, dis quelles œuvres tu as préférées.

Miss Raney, en bon petit soldat, déclara qu'en effet, les œuvres d'art exposées étaient très belles et qu'elle avait particulièrement apprécié les peintures de paysages. Elle dit qu'elles lui rappelaient la campagne où sa famille passait l'été. Mateo lui demanda si elle s'intéressait de près aux arts. Elle répondit qu'elle aimait cela, mais que ce n'était pas sa passion. Il lui demanda alors quels étaient ses centres d'intérêt. Miss Raney sembla déconcertée par cette question, comme si elle n'y avait jamais réfléchi.

— Eh bien, les beaux-arts m'intéressent, dit-elle comme s'il ne l'avait pas comprise. Et la musique.

Les beaux-arts et la musique. Classique. C'était à peu près ce que tout le monde disait. Il aurait préféré qu'elle lui réponde quelque chose d'un peu plus intéressant, quelque chose qui lui aurait donné envie de prolonger la discussion. Ou quelque chose de bien plus original. Qu'elle lui avoue une passion pour le Sahara, par exemple. Peut-être devrait-il lui demander si elle avait déjà rencontré un Espagnol ou un habitant de Santiava, ou si elle connaissait la géographie mondiale.

Pendant qu'il réfléchissait aux différentes façons de poursuivre la conversation, il regarda ses mains par inadvertance. Apparemment, Miss Raney interpréta cela comme un signe de désintérêt, voire d'ennui, et elle s'empressa donc d'alimenter elle-même la discussion.

— Et vous ? demanda-t-elle.

Il leva les yeux.

— Et moi… ?

— Aimez-vous les beaux-arts et la musique ?

— Ah. *Sí.* Beaucoup.

Il tressaillit intérieurement. C'était lui qui était banal et inintéressant.

— Et aussi le désert du Sahara.

Il ignorait pourquoi il avait dit cela, si ce n'est pour voir quelle réaction cela pouvait faire naître chez son interlocutrice.

Elle parut très perplexe, au grand désarroi de Mateo. Mais comment aurait-il pu lui en vouloir ? À part Miss Woodchurch, quelle personne aurait pu répondre qu'elle partageait sa passion, et raconter qu'elle avait entendu dire que c'était un endroit magnifique le matin, mais brûlant dans la journée, et qu'elle en avait bien étudié la géographie dans son atlas ?

La panique qu'éprouvait Miss Raney se lisait dans ses yeux, et il pouvait presque la voir en train de fouiller dans sa mémoire à la recherche de la moindre information sur ce désert. Il était en train de chercher un moyen de passer le plus naturellement possible à un autre sujet afin de mettre fin au calvaire de cette pauvre Miss Raney, quand Lady Raney se tourna de nouveau vers lui pour lui demander quand sa mère serait de retour à Londres.

Il ne se souvenait pas avoir dit à quiconque que sa mère n'était plus à Londres.

— Ah… dans une quinzaine de jours. Peut-être un peu plus. Elle aime vraiment beaucoup Paris.

— Paris est merveilleux au printemps, acquiesça Lady Raney.

Sa fille, remarqua Mateo, avait tourné la tête pour parler avec Miss Woodchurch.

— Londres peut être si humide au printemps, n'est-ce pas ? Mais Paris ? On dirait que le soleil y brille toujours.

— En effet.

Miss Raney s'était de nouveau tournée vers lui, et semblait avoir repris un peu d'assurance. Elle souriait même. Tout à coup, Mateo eut envie d'un whisky.

— J'aime beaucoup lire, dit Miss Raney, comme si elle venait juste d'y penser.

Lady Raney esquissa un petit sourire et les laissa.

— Ah.

Mais pourquoi lui avait-elle dit cela ?

— Beaucoup.

Très bien. Si elle voulait parler lecture, il fallait qu'il en sache davantage.

— Que lisez-vous de préférence ? De l'histoire ? De la philosophie ?

— Des romans.

— Vous êtes la deuxième personne cette semaine à me dire cela. Parmi vos romans préférés, y en aurait-il un que vous me recommanderiez ?

Elle crispa les épaules.

— Eh bien, je, euh... Récemment, j'ai lu *Honorine* de M. de Balzac.

Mateo eut un petit sourire surpris.

— Un roman français, je présume. L'avez-vous lu dans sa langue originale ?

Elle cligna des paupières.

— Oui, je l'ai lu en français.

Ah, Miss Raney commençait à l'intéresser. Elle comprenait le français, ce qui, bien sûr, était un atout si l'on aspirait à vivre dans un pays tel que Santiava où les deux langues officielles étaient le français et l'espagnol.

— Et qu'est-ce qui vous a poussée à jeter votre dévolu sur un roman français ?

De nouveau, Miss Raney cligna des paupières.

— Euh… je pense que, euh… j'aime les histoires qui se passent ailleurs.

Elle *pensait* ? Ne le savait-elle donc pas ? Pourquoi donnait-elle l'impression de ne rien savoir de ce livre ni des raisons qui lui avaient donné envie de le lire ? Était-ce lui qui avait formulé sa question de façon peu compréhensible ? Cela n'aurait pas été la première fois. Il essaya à nouveau.

— Qu'en avez-vous pensé ?

— Du livre ?

— Oui, du livre.

— Je l'ai trouvé… intéressant.

Elle ne l'avait pas lu, il en était certain.

— De quoi parle-t-il ?

Avant qu'elle ne puisse réponde, un laquais apparut et tendit un plateau où étaient posés plusieurs verres de porto. Mateo secoua la tête. Le laquais proposa à boire à Miss Raney, mais elle avait recommencé à parler à Miss Woodchurch. Quand le laquais se dirigea vers cette dernière, elle prit un verre et le tendit à Miss Raney, puis elle en prit un pour elle et se détourna avant que Mateo n'intercepte son regard. Il eut la distincte impression qu'elle essayait de l'éviter.

Miss Raney se pencha légèrement vers lui, tout sourire, son verre à la main.

— Je vous demande pardon, milord. Que disiez-vous ?

— Je vous demandais de quoi parlait ce roman.

— Ah oui, bien sûr. D'amour non partagé.

C'était… étrange.

— Un sujet curieux et peut-être un peu triste.

— Enfin, dit-elle en haussant les épaules, le sujet principal est le mariage.

Il n'était pas certain de bien la comprendre. Le livre parlait à la fois d'amour non partagé et de mariage ?

— L'on aurait tendance à supposer que dans le mariage, l'amour est réciproque.

Elle dut réfléchir avant de répondre.

— J'imagine, dit-elle après un court silence.

Il n'était plus certain que ce livre existe vraiment, mais il ne pouvait qu'admirer l'attitude de Miss Raney. C'était la première fois que quelqu'un se servait d'un livre, réel ou imaginaire, pour essayer de faire bonne impression sur lui.

— Vous me donnez envie de le lire, je dois avouer.

Elle sourit d'un air ravi.

— J'espère vraiment qu'il vous plaira.

— Milord ?

Mateo se tourna. Mrs Forsythe se trouvait à côté de lui.

— En votre honneur et pour votre bon plaisir, Miss Porter a proposé de nous offrir un petit récital. Je propose donc que nous passions au salon de musique, qu'en pensez-vous ?

Il acquiesça, et tous les convives convergèrent vers le salon de musique.

La pièce était peinte en jaune et blanc. Un piano était placé de biais devant plusieurs rangées de chaises. Le salon était plein à craquer, et il n'y avait pas assez de sièges pour tous ceux qui souhaitaient assister à la prestation de Miss Porter. Une place était réservée pour Mateo au premier rang, à côté des Forsythe et de Lord et Lady Iddesleigh, ce qui ne l'enchanta guère. Il n'aimait pas l'idée que tout le monde le regarde regarder Miss Porter.

— Vraiment, je peux rester debout…

— Je m'y oppose formellement, insista Mrs Forsythe. Vous êtes notre invité d'honneur.

Il s'assit à contrecœur. Il y eut un peu de remue-ménage pendant que de nouvelles personnes entraient, puis Miss Porter s'avança en compagnie du pianiste. Elle était vraiment très belle, songea Mateo. Il avait peut-être montré un peu trop d'empressement à l'écarter de la liste de ses prétendantes, au seul prétexte qu'elle ne maîtrisait pas la géographie. Un joli sourire suffirait sans doute à lui faire oublier qu'elle ignorait que la France se trouvait de l'autre côté de la Manche.

Le pianiste s'assit et joua un ou deux accords, mais avant que Miss Porter ne puisse commencer, une vieille dame se mit à errer dans la pièce, à la recherche d'une place. Quand elle fut au premier rang, Mateo saisit cette opportunité et se leva aussitôt pour lui laisser son siège, malgré les protestations de Mrs Forsythe. Il se réfugia ensuite dans le fond du salon de musique, où se tenaient ceux qui n'avaient pas eu la chance de trouver une place assise.

Miss Porter commença à chanter. L'homme qui était debout à côté de lui s'éclipsa et Mateo se retrouva alors à côté de Miss Woodchurch.

Elle lui adressa un petit regard en coin accompagné d'un sourire malicieux.

Il murmura :

— C'est une belle surprise de vous rencontrer ici. Vous ne m'aviez pas dit que vous seriez présente ce soir.

La première note aiguë de Miss Porter, un peu trop grinçante, les fit se raidir tous les deux.

— J'ai reçu mon invitation assez tard, murmura-t-elle à son tour.

— Appréciez-vous cette soirée ? demanda-t-il alors que Miss Porter fixait du regard un point situé bien au-dessus de toutes les têtes.

— Pas particulièrement.

À ce moment-là la musique commença à prendre de l'ampleur et Miss Porter chanta plus fort. Mais cela ne ressemblait pas à de l'opéra, malgré sa bouche grande ouverte et ses regards pénétrés. Non, on aurait plutôt dit les hurlements d'une hyène.

La chanson, d'après ce que Mateo put comprendre, parlait d'un pauvre soldat revenant de la guerre, que sa fiancée avait abandonné. Un autre exemple d'amour non partagé ? Quel qu'ait été le sens des paroles, Mateo était trop distrait pour y prêter attention, car la jeune femme continuait à chanter faux et à massacrer les aigus. Il avait envie de se boucher les deux oreilles pour leur épargner cela, mais bien sûr, il devait endurer cette torture comme tous les autres malheureux ici présents.

Était-il le seul à remarquer à quel point Miss Porter chantait mal ? En tout cas, personne ne laissait rien paraître. Personne ne lançait de regards désespérés à ses voisins. Personne n'essayait par tous les moyens de la faire taire. Mateo jeta un coup d'œil à Miss Woodchurch. En retour, elle lui adressa un regard atterré. Ce fut plus fort que Mateo : il mordilla sa lèvre inférieure et mima un air paniqué.

Elle tenta de réprimer un sourire, mais elle n'y parvint pas. Elle baissa alors la tête, afin que personne ne puisse voir l'expression de son visage. Néanmoins, si quelqu'un la regardait, il ne pourrait faire autrement que remarquer ses épaules qui tremblaient sous l'effet du fou rire qu'elle peinait à contenir.

La chanson se finit sur une note très haute et tenue qui, au fil des secondes, devint de plus en plus perçante. Quand Miss Porter eut terminé, elle sourit d'un air radieux, puis la salle applaudit, et Mateo et Miss Woodchurch se regardèrent avec consternation.

— Je suis très heureuse d'avoir eu la chance d'entendre votre future épouse chanter.

Mateo eut un petit rire de gorge qu'il étouffa du mieux possible.

— Vous m'avez confondu avec un autre futur époux.

La musique reprit et Miss Porter recommença ses hurlements. Dès la première note, Mateo et Miss Woodchurch eurent le même réflexe de reculer le buste, afin d'essayer d'échapper à l'onde de choc.

La deuxième chanson fut pire encore que la première.

Quand Miss Porter eut fini de saluer son public, Mr Forsythe se dirigea vers Mateo, qui perdit Miss Woodchurch dans la foule. Après quelque temps, alors qu'il ne trouvait plus aucun sujet de conversation et que Lady Aleksander buvait du brandy en parlant très fort avec deux autres femmes, il remercia ses hôtes et souhaita une bonne nuit à tous. Puis il se dirigea directement vers la porte pour s'enfuir avant que Lady Aleksander ne le rattrape.

En chemin, il aperçut Miss Woodchurch, toute seule dans un coin. Il se dit qu'elle était très jolie dans cette robe en soie bleue.

16

Une fois Lord Abbott parti, d'autres commencèrent à l'imiter, sans doute pressés de rentrer chez eux pour poser des compresses sur leurs oreilles. Hattie avait hâte de rentrer elle aussi. Elle avait désespérément besoin d'air frais. Elle était heureuse d'avoir pu vivre cette expérience, vraiment… mais au fur et à mesure que la soirée avançait, elle s'était rendu compte avec de plus en plus de certitude qu'elle n'était pas du tout à sa place dans cette maison. Presque personne mis à part Lord et Lady Iddesleigh ne lui avait adressé la parole. Les regards glissaient sur elle comme si elle était invisible. Personne ne la connaissait et personne ne semblait avoir envie de la connaître.

Daniel, quant à lui, s'était attiré de nombreux regards en faisant le tour des convives et en se présentant aux femmes comme s'il était un prince et non l'indigent qu'il était réellement. Les hommes le considéraient avec animosité, les femmes avec intérêt. Ce qui le sauvait, c'était qu'il était un homme, et un bel homme qui plus est.

Hattie, elle, n'avait rien pour la sauver.

Au moins, elle avait été utile à Flora. Cela l'avait beaucoup perturbée de voir son amie perdre ses moyens en présence de Lord Abbott. Et cela ressemblait si peu à Flora, qui, d'habitude, brillait par son assurance et sa confiance en elle. Mais le regard noisette de Lord Abbott avait réduit tout cela en poussière.

Quand Mrs Forsythe avait invité tout le monde à se diriger vers le salon de musique, Flora avait retenu Hattie par le coude, en la serrant si fort qu'elle aurait sans doute une marque.

— Comment as-tu pu ? murmura-t-elle avec véhémence alors que Daniel les rejoignait, un verre de porto à la main.

— De quoi parles-tu ? demanda Hattie, qui ne comprenait pas, avant de frotter avec sa main gantée l'endroit par lequel Flora l'avait retenue.

— C'est toi qui m'as dit de citer *Honorine*. L'amour non partagé, Hattie ? Je suis passée pour une idiote.

Daniel eut un petit rire surpris.

— Qu'est-ce qui vous fait rire, vous ? siffla Flora.

— Mais *vous*, mon trésor, répondit Daniel en s'inclinant.

— Daniel ! s'indigna Hattie en attirant Flora à part. Je suis désolée, Flora. C'est un livre très intéressant, et j'ai pensé que...

— Intéressant ! Mais qu'est-ce qui t'a pris ? Je ne cherche pas à être *intéressante*, je cherche à être *charmante* ! Tu as tout gâché !

Et elle s'enfuit pour rejoindre ses parents.

Hattie frotta son coude.

— À cause de toi, je vais perdre ma place, dit-elle, alors que Daniel la rejoignait.

— Une place où tu as à subir tant de condescendance ? Tu vaux mieux que cela.

Mais ses mots étaient contredits par le curieux regard amusé avec lequel il suivait Flora.

— Elle a le sang chaud, ton amie, non ?

Hattie se plaça devant lui afin qu'il la regarde elle plutôt que Flora.

— Libre à toi de penser que ce travail n'est pas digne de moi, mais c'est le seul moyen dont je dispose pour quitter la maison de notre père. S'il te plaît, respecte au moins cela.

Daniel leva les yeux au ciel.

— Je n'ai rien fait.

Puis il la quitta, pour aller retrouver Miss Cupperson à l'autre bout de la pièce.

Hattie ne revit plus son frère après cela, sans que cela la dérange. Mais à présent les invités commençaient à se disperser et elle le cherchait partout. Il n'y aurait rien de pire à ses yeux qu'ils soient les derniers à partir, d'autant plus que Mrs Forsythe ne cessait de la regarder comme si elle était une connaissance pauvre qu'elle ne parvenait pas à remettre.

Où était-il, bon sang ?

Alors que les dernières voitures étaient en train de s'éloigner, Hattie se résigna à l'idée de partir sans lui. Elle bouillait de rage, mais afficha un sourire de façade et remercia leurs hôtes. Elle évita Lord et Lady Iddesleigh en récupérant son manteau. Elle avait l'intention de rentrer à pied, mais elle espérait arriver jusque chez elle sans encombre. Comment son frère osait-il faire si peu de cas de sa sécurité ?

Elle commença à marcher dans la rue, très gênée à l'idée d'être vue en train d'errer dans les rues comme une mendiante par les derniers invités qui partaient. Mais avant d'atteindre la première intersection, elle entendit un sifflement, bientôt suivi par la voix de son frère en train d'appeler son nom. Elle s'arrêta et se retourna. Il y avait un fiacre un peu plus loin dans la rue. Daniel était debout sur le marchepied, et se tenait d'une main à la voiture.

— Hat ! Par ici ! cria-t-il en agitant son bras au-dessus de sa tête, comme s'ils étaient à une fête de campagne et que le concours du plus beau cochon allait commencer.

Elle hésita un moment. Allait-elle daigner répondre à ces vociférations ? Mais elle avait trop peur à l'idée de traverser Londres à cette heure de la nuit. Ses joues étaient brûlantes d'indignation, mais elle garda la tête haute et marcha jusqu'au fiacre.

En approchant, elle se rendit compte que son frère n'était pas seul. Deux amis à lui - *mais d'où sortaient-ils ?* - étaient entassés dans un espace fait pour deux. Elle se dit qu'ils allaient forcément descendre, mais non, ils la regardaient comme deux loups affamés, en riant comme si tout cela était une farce.

— Que fais-tu ici ? demanda-t-elle.

— Comment cela ? Je suis venu te chercher pour te ramener à la maison, bien évidemment, répondit Daniel en tapotant ses cuisses. Tu ne pensais tout de même pas que j'allais te laisser dans ce nœud de vipères ?

— Ce n'était pas un nœud de vipères. Tu ne peux pas nier que c'était une belle soirée.

Un des amis de Daniel, qu'il ne lui avait pas encore présenté, ricana.

— C'était tolérable, répondit Daniel. Allez, viens, ajouta-t-il en tapant de nouveau sur ses cuisses.

Elle le regarda bouche bée.

— Tu n'es tout de même pas sérieux ?

— Je m'excuse d'avoir laissé la calèche dorée à la maison, mais à moins que tu aies un autre véhicule à disposition, tu n'as pas d'autre choix. Grimpe, maintenant, Hat.

— La calèche dorée, répéta un des hommes en ricanant, tout en observant Hattie avec attention.

Ils étaient ivres. Au cours de l'heure qui venait de s'écouler, Daniel avait à un certain moment quitté une maison et une soirée respectables pour revenir avec deux amis, complètement soûls. Pourquoi le destin s'était-il acharné contre elle et l'avait-il fait naître dans cette famille ?

— Nous n'avons pas toute la nuit devant nous, lança Daniel.

Puis il se pencha en lui tendant la main.

Hattie se sentait terriblement humiliée. Était-elle censée grimper avec eux comme une fille de joie ramassée dans la rue ? Mais avait-elle vraiment le choix ? Ce serait pire de rentrer seule et de croiser des inconnus qui la prendraient pour une fille légère cherchant un moyen de payer son loyer. Quand Daniel remua les doigts avec impatience, elle plaça sa main dans la sienne et le laissa la hisser à bord et l'installer sur ses genoux.

Elle essaya de cacher son visage sous sa capuche de peur qu'un invité des Forsythe ne l'aperçoive.

Ils se mirent en route, passèrent devant la maison de leurs hôtes et disparurent dans les rues mal éclairées de Londres, tandis que Hattie, très inconfortablement installée, rebondissait sur les genoux de son frère.

— Et comment est-elle, cette maison ? demanda un des amis de Daniel.

Hattie l'ignora. Le fiacre prit un virage serré, et elle perdit l'équilibre. Dans la secousse, son capuchon retomba sur ses épaules et dégagea son visage.

— Hé, dit l'un des hommes. Je vous connais, non ? Vous étiez fiancée à Rupert Masterson.

L'autre homme se pencha en avant pour la dévisager.

— Tu as raison, Blimey, dit-il avant d'éclater de rire. Qu'avez-vous donc fait pour que le pauvre bougre s'enfuie en courant ? Il...

— La ferme, grogna Daniel.

— Oh ! Dan, nous n'avons rien dit de...

— J'ai dit « la ferme », répéta Daniel avec davantage de virulence.

Il se pencha en avant vers ses amis d'un air menaçant, ce qui faillit faire tomber Hattie pour de bon.

Hattie gardait le silence. Elle était en train de mourir mille morts tant elle était consternée et honteuse d'avoir été identifiée comme l'ancienne fiancée de Rupert. Était-ce ainsi qu'elle était connue en ville désormais ? La fiancée que Rupert Masterson avait éconduite ? La vérité, que Rupert avait si galamment prétendu vouloir taire, semblait de notoriété publique.

Quand le fiacre s'arrêta à une des extrémités de Portman Square, Hattie s'empressa de bondir dehors. Dans sa précipitation, elle atterrit à quatre pattes sur le sol dur. Elle entendit distinctement le tissu de sa robe se déchirer et ressentit une vive douleur à un genou. Les trois hommes se mirent à rire, puis

Daniel donna de nouvelles instructions au cocher, tandis qu'elle s'enfuyait en courant.

En rentrant chez elle, elle fut soulagée de ne trouver personne debout. À tâtons, elle trouva un reste de chandelle sur la console de l'entrée, et se faufila entre les ombres des horloges et des mannequins jusqu'à sa chambre. Elle découvrit deux chats roulés en boule sur son lit, mais elle était si épuisée qu'elle n'eut pas la force de les chasser.

Elle inspecta la robe que lui avait prêtée Flora. Merveilleux, elle était trouée au genou. De désespoir, elle se laissa tomber à plat ventre sur son lit. Comme elle avait honte.

Elle avait cru que se mêler à la haute société serait drôle. Elle avait cru qu'elle réaliserait le rêve de toute sa vie. Mais à présent qu'elle l'avait fait, elle se sentait juste vide. Elle n'était pas de ce monde-là.

Mais elle n'était pas non plus du monde dans lequel elle vivait depuis sa naissance.

Où se retrouvait-elle alors ? À quel monde appartenait-elle ? Son destin était-il de devenir une sorte de femme-île, perdue entre différentes parties de la société vers lesquelles aucun pont ne la relierait jamais ?

Un des chats se mit à ronronner et à enfoncer ses griffes dans son bras.

Hattie roula sur le dos et fixa le plafond, taché à un endroit à cause d'une fuite dans le toit que son père n'avait jamais fait réparer. Dans le contour de la tache, son imagination crut voir le profil de Lord Abbott.

Elle l'avait trouvé si beau et si impressionnant dans son habit de soirée. Viril, distingué et mystérieux. Elle avait essayé de ne pas le dévorer des yeux, mais cela s'était révélé plus difficile que prévu. Il lui avait très peu parlé, sauf pour exprimer sa surprise de la trouver là. Et ils avaient également échangé quelques regards pendant que Miss Porter chantait. Rien de plus.

Elle l'avait observé pendant qu'il parlait aux trois femmes

que Lady Aleksander lui avait présentées. Comme il l'avait promis, il semblait avoir fait des efforts pour apprendre à les connaître. Elle aurait tout donné pour savoir ce qu'il leur avait dit et demandé, mais à part quand il avait parlé avec Flora, cela s'était avéré impossible. Avait-il envie de se marier ? Peut-être était-il l'un de ces hommes qui préféreraient rester célibataires toute leur vie. Mais le destin en avait décidé autrement.

En même temps, peut-être aspirait-il au contraire au mariage, afin d'échapper à la solitude dans laquelle il vivait.

Et s'il épousait Flora ? Hattie essaya de se représenter son amie duchesse de Santiava. Flora était naturellement sociable et aimait être entourée de ses amis. Elle voudrait organiser des soirées, des dîners, des galas de charité. Mais comment ferait-elle si son mari n'échangeait pas plus de deux ou trois mots avec elle chaque jour ? Hattie ne pouvait le concevoir, tant Flora avait désespérément besoin de compagnie.

Christiana, alors ? Non. Après cette prestation désastreuse, durant laquelle le vicomte avait dû se mordre les lèvres pour ne pas rire ou bien pour ne pas pleurer – il avait semblé hésiter entre les deux –, elle supposait qu'il ne choisirait pas Christiana.

Dahlia Cupperson ? Hattie avait toujours apprécié Dahlia, qui était curieuse de tout. Il pourrait s'entendre avec elle. Elle se les représentait tous les deux, penchés sur leurs livres, en train de parler... mathématiques. Elle avait toujours trouvé Dahlia très intelligente.

À cette vision, Hattie se sentit prise d'une légère nausée.

Elle posa la main sur son front. Elle avait un début de migraine, sans doute parce qu'elle manquait de sommeil. Ou bien parce que ses pensées négatives la tendaient. Elle ne possédait pas les qualités nécessaires pour être considérée comme une épouse potentielle pour le vicomte. Et elle ne convenait pas non plus à quelqu'un d'aussi quelconque que Rupert Masterson.

Elle se sentait désespérée et bonne à rien, et elle détestait être dans cet état d'esprit. Il fallait absolument qu'elle réagisse et se reprenne.

Si seulement elle savait comment.

17

Mrs O'Malley voulait tout savoir du souper distingué auquel avait assisté Hattie, et pendant qu'elle préparait une boîte de bonbons au whisky pour Grosvenor Square, elle assaillait Hattie de questions. Qui était présent ? Quel était le menu ? Que portaient ces dames ? Comment était habillé le vicomte ? Quelle jeune femme avait-il préférée ?

Hattie rit et rangea à leur place les livres de comptes de Mrs O'Malley.

— Je pense que toutes lui ont plu. Ou bien aucune. Je suis sûre que je serai la dernière à le savoir.

— Si vous voulez mon avis, il n'a pas besoin de chercher bien loin. Vous êtes là, sous ses yeux, tous les jours ou presque, et vous êtes la mieux de toutes.

Hattie sourit avec chaleur.

— Vous êtes très gentille, Mrs O'Malley. Mais vous n'avez pas vu les jeunes femmes auxquelles il a été présenté. Si cela avait été le cas, vous ne penseriez pas la même chose.

— Foutaises, répondit-elle avec un claquement de langue.

— J'en suis tout à fait sûre, dit Hattie en riant. Elles et moi ne sommes pas faites de la même étoffe. Il épousera une femme qui a des relations haut placées et l'ascendance prestigieuse dont il a besoin pour ses héritiers.

— Oh ! ces gens, répondit Mrs O'Malley avec une grimace

dédaigneuse. Ils accordent de la valeur à des choses qui ne devraient pas compter ! Ce qu'ils devraient chercher, c'est la complicité et la tendresse réciproque. Mr O'Malley se moquait bien que mon père ait été un fermier pauvre. Il m'aimait pour ce que je suis, et nous avons vécu heureux ensemble pendant vingt-huit ans, jusqu'au jour de sa mort.

Mrs O'Malley s'interrompit un moment et, même de loin, Hattie vit ses yeux s'embuer.

Hattie sourit.

— Ce devait être un homme formidable.

— Oui, répondit Mrs O'Malley en tamponnant ses yeux avec un coin de son tablier. Oubliez ces aristocrates snobs, Miss Woodchurch. Il vous faut quelqu'un qui vous aime pour ce que vous êtes et non pour la taille de votre porte-monnaie.

— C'est ce que j'espère trouver, acquiesça Hattie.

Elle passa son sac sur son épaule et prit la boîte de bonbons.

— Bonne journée, Mrs O'Malley !

Elle marcha d'un pas léger jusqu'à Grosvenor Square. Les doutes qui l'avaient accablée après la soirée de samedi s'étaient évanouis dès le lendemain matin, comme si le soleil les avait dissipés. Elle savait qui elle était. Elle savait ce qu'elle attendait de la vie. Elle allait devoir se faire sa propre place dans ce monde, et cela ne lui tomberait pas du ciel.

Elle savait aussi qu'elle ne disposait que d'un temps très limité auprès du plus beau vicomte de toute l'Angleterre. Et elle avait bien l'intention de profiter de chaque seconde qu'elle passerait en sa compagnie, car il s'agirait sans doute d'une des plus belles périodes de son existence.

À Grosvenor Square, elle entra par la porte de service, comme elle le faisait toujours, et passa par la cuisine avec son panier de douceurs en provenance de la boutique de Mrs O'Malley. Tout le monde se rassembla autour d'elle pour voir ce qu'elle avait apporté.

— Des bonbons, annonça-t-elle alors qu'elle montrait à tous le contenu de son panier.

— Oh ! des bonbons, s'exclamèrent-ils à l'unisson, émerveillés.

Les deux filles de cuisine, les laquais et Mr Pacheco voulurent les goûter tout de suite. Hattie fit alors le tour de la pièce et demanda à tout le monde, avec le peu d'espagnol qu'elle connaissait :

— *Cómo está ?*

En l'entendant, ils sourirent d'un air ravi.

— *Muy bien !* répondit Yolanda d'une voix forte.

Mais alors Mr Pacheco alla lui dire quelque chose en espagnol et elle répéta, plus doucement cette fois :

— *Muy bien !*

Aurelia et un laquais essayèrent de répondre en anglais, mais Hattie ne comprit pas ce qu'ils voulaient dire. Même si Mr Pacheco parlait à la fois anglais et espagnol, il n'était pas disposé à traduire. Pour commencer, il enfournait les bonbons dans sa bouche les uns après les autres. Ensuite, il prétendait que traduire lui donnait la migraine.

Mais Hattie commençait à les comprendre à peu près bien. En très peu de temps, ces gens étaient devenus ses amis. C'était en tout cas comme cela qu'elle les considérait. Quand elle demanda à Aurelia si tout se passait comme elle le souhaitait, celle-ci rougit violemment. Yolanda étala de la farine sur la table, et à l'aide du manche d'une cuillère en bois, dessina les silhouettes rudimentaires d'un homme et d'une femme. Aurelia égrena un chapelet de vives paroles en espagnol et Carlos quitta discrètement la pièce. Yolanda rit jusqu'à ce que Mr Pacheco dise quelque chose qui fit cesser toute discussion.

Mr Pacheco secoua la tête.

— Ces filles, elles se remplissent la tête de sottises.

Puis il tendit une main ouverte.

— Des baies, dit-il à Hattie. Je les ai trouvées dans le parc.

Il en prit une et la mit dans sa bouche.

Hattie rit.

— Ce sont des cynorrhodons, familièrement appelés « gratte-culs », Mr Pacheco. Pas des baies.

— Ah ?

Il haussa les épaules et tendit davantage la main.

— Goûtez.

— Non, je vous remercie. Un jour, quand j'étais enfant, j'en ai mangé et j'ai été malade.

Elle suspendit son chapeau et son châle à une patère et lissa l'avant de sa robe.

— Faites attention à ne pas en manger trop d'une seule traite.

— Oh ! fit-il avec un grand geste de la main. Ne vous inquiétez pas pour moi, j'ai l'estomac solide.

Hattie souhaita à tous une bonne journée et, son sac sur l'épaule, prit le chemin du bureau.

Le vicomte n'était pas là quand elle y entra. Elle se dirigea vers son bureau, en supposant qu'il lui avait laissé du travail, mais elle n'y trouva rien. Elle posa ses affaires et alla à la fenêtre, s'attendant à le voir dans le jardin. Mais une pluie fine s'était mise à tomber et il n'y avait personne dehors. Incapable de tenir en place, elle se promena dans la pièce et regarda les tableaux, les bibelots. Sur la cheminée, elle vit un petit cadre qu'elle n'avait pas encore remarqué. En se penchant pour voir de plus près, elle constata qu'il s'agissait d'un portrait du vicomte, entouré par un homme et une femme qui lui ressemblaient.

— Mon frère et ma sœur.

Hattie sursauta. Elle ne l'avait pas entendu entrer. Elle pivota sur ses talons alors qu'il avançait vers elle, un léger sourire aux lèvres. Il portait une tenue d'équitation, avait quitté sa veste et retroussé les manches de sa chemise. Son pantalon était par endroits maculé de boue.

— Je m'excuse de vous avoir fait peur.

Quand il fut près d'elle, une odeur de pluie et de terre parvint à ses narines. Mais il s'y mêlait autre chose, une senteur distinctivement masculine. Elle l'imagina alors en train de la prendre dans ses bras et de la serrer fort contre son torse, jusqu'à ce qu'elle puisse s'enivrer de son parfum.

— Roberto et Sofia.

Elle se reprit.

— Vous manquent-ils ?

— *Sí*, beaucoup. Avez-vous des frères et sœurs, Miss Woodchurch ?

— J'ai trois frères. Qui aiment tous tourmenter leur sœur.

— Ah. À un moment, Sofia nous reprochait la même chose, à Roberto et moi.

Il s'éloigna d'elle, laissant dans son sillage son odeur piquante et boisée. Hattie ferma les yeux une seconde et s'imagina accompagnée par cette senteur tous les jours de sa vie. Comme elle se sentirait en sécurité. Et toute retournée.

— Vos frères sont-ils à Londres ?

Elle ouvrit les yeux et se tourna vers lui.

— Oui. Mes frères cadets – des jumeaux – vont à l'école ici, à Londres. Mon frère aîné vit aussi ici. Vous l'avez peut-être vu : c'est lui qui m'accompagnait au dîner chez Lord et Lady Forsythe.

Cela semblait l'intéresser, car il leva les yeux des documents qu'il avait commencé à parcourir. Son regard se posa sur elle, avec un peu plus d'intensité que d'ordinaire. Ou peut-être était-ce elle qui ressentait ce regard avec plus d'intensité que d'ordinaire, mais elle avait l'impression que ses yeux la touchaient pour de bon, et caressaient la peau nue de son cou et de ses bras.

— Vous n'aviez donc pas de galant pour vous escorter ?

Son pouls s'emballa légèrement.

— Non.

Il sourit.

— Je ne pense pas avoir fait la connaissance de votre frère. Je suis sûr que je me serais souvenu d'un Mr Woodchurch.

— J'en suis sûre également, dit-elle avec une légère grimace. Mais je doute que quiconque ait pu vous présenter.

— Pourquoi donc ?

C'était pourtant évident.

— Nous sommes des inconnus dans le cercle d'amis des Forsythe.

Le nom de Woodchurch n'était pas sur toutes les lèvres à Londres.

Le regard de Lord Abbott se promena de nouveau sur elle, et elle résista à l'envie de poser la main sur sa gorge.

— Comment avez-vous trouvé la soirée ? demanda-t-il.

La soirée ? Quelle soirée ? Elle avait du mal à se concentrer, car elle avait l'impression qu'un courant électrique était en train de la parcourir.

— Euh...

Elle regarda par la fenêtre pour tenter de se ressaisir. Il fallait qu'elle dise que la soirée avait été délicieuse, ou quelque chose comme cela. Mais sa langue prit son esprit de court.

— Je ne m'attendais pas à cela.

Lord Abbott rit.

— Moi je m'attendais exactement à cela. Que voulez-vous dire ? Précisez votre pensée, je vous prie...

Elle s'attendait à être emportée par la grandeur d'une soirée sans pareille. Elle s'attendait à faire la connaissance d'un homme, grand, magnifique et riche, qui serait tombé amoureux d'elle. Elle s'attendait à respirer le même air que le grand monde, à charmer toute l'assistance par son esprit et ses paroles. Ou, au moins, à s'amuser au lieu de passer son temps à ne savoir où se mettre ni à qui parler.

— Je pensais que ce serait plus... intéressant.

Ce n'était pas le mot exact, mais le mot exact, elle ne l'avait pas.

— J'ai longtemps espéré que les dîners tels que celui-ci puissent être intéressants, mais ils le sont rarement. Cependant, il y a eu le petit intermède musical pour pimenter la soirée, non ?

Ses yeux étaient rieurs et Hattie, elle, ne put s'empêcher de rire franchement.

— Je ne m'attendais pas du tout à cela.

— Moi non plus, dit-il en souriant.

— J'espère que vous n'allez pas penser que je ne suis pas une amie très charitable, mais j'espérais vraiment que quelqu'un mette fin à ce calvaire ! En même temps, la pauvre Miss Porter a dû travailler dur pour se préparer, et cela aurait été injuste.

— Nous aussi, nous aurions dû travailler dur pour nous préparer à l'entendre.

Hattie rit, ce qui fit sourire le vicomte. Puis, tout à coup, leurs regards se croisèrent et ne se quittèrent pas. Elle sentit, entre eux, quelque chose basculer. Elle était peut-être folle de penser une chose pareille, mais en ce moment précis, elle eut le sentiment que le vicomte et elle se comprenaient parfaitement. Tout semblait évident entre eux et ils paraissaient partager le même point de vue sur le monde qui les entourait.

— Je dois avouer, Miss Woodchurch, que vous m'intriguez. Vous êtes quelqu'un de très inattendu.

Elle se sentit tout à coup très légère. Très légère et très gaie.

— Vraiment ?

— Je me demande pourquoi vous ne suivez pas la voie toute tracée des femmes bien nées.

— Bien née ? répéta-t-elle, amusée. Je ne suis pas bien née, milord. Mais je suppose que la voie toute tracée à laquelle vous vous référez est le mariage ? Vous vous demandez pourquoi je n'ai pas encore convolé.

Il lui adressa un sourire appuyé qu'elle trouva très sensuel.

— Vous m'avez très bien compris, dirait-on. *Sí*, je me suis demandé pourquoi vous n'étiez pas encore mariée. C'est assez inhabituel à votre âge, non ?

— Sans doute.

Le monde entier voulait ranger les femmes dans deux catégories : celles qui étaient mariées et celles qui ne l'étaient pas. Comme si c'était la seule chose qu'elles pouvaient faire de leur vie !

— J'ai été fiancée, figurez-vous.

Ce n'était pas son intention, mais elle avait parlé sur un ton presque provocateur.

Il se contenta de soutenir son regard, attendant qu'elle poursuive.

— Mais j'ai rompu.

Il hocha la tête. Très poliment, il ne demanda pas pourquoi. Mais Hattie ne voulait pas qu'il suppose qu'il y avait quelque chose qui n'allait pas chez elle, donc elle précisa :

— Il n'y avait aucun problème, ni chez lui ni chez moi, mais mon père est... particulier.

Elle sentit ses joues rosir. Il existait de nombreux mots pour décrire son père, mais « particulier » n'était pas le meilleur. Il était déraisonnable, avare, revêche, suspicieux... De nombreux qualificatifs lui venaient à l'esprit, mais elle préféra rester dans le vague.

— Il est une énigme, vraiment.

Le vicomte continuait de soutenir son regard et Hattie sentit son cœur cogner dans sa poitrine.

— Je comprends. Mon père aussi était une énigme.

— J'espère que vous ne dites pas cela par gentillesse. Était-ce vraiment le cas ?

— Oui. Votre père a-t-il une occupation ?

Son occupation consistait à rester allongé en attendant qu'elle rentre tous les jours.

— Il possède la quasi-totalité des transports en commun londoniens.

— Une affaire lucrative dans une ville de la taille de Londres.

— Sans doute, mais je vous certifie que mon père vous dirait le contraire.

— Les hommes et leur argent, murmura-t-il.

Il regarda son bureau, comme la conversation était terminée, mais Hattie voulait qu'il réponde à la question qui lui brûlait les lèvres.

— Et vous ? Pourquoi ?

Il leva les yeux.

— Pourquoi quoi ? Pourquoi je ne suis pas encore marié ? Voilà une question bien personnelle, Miss Woodchurch.

— La vôtre l'était également.

Il eut un rire léger comme une caresse.

— Vous avez raison, elle l'était. *Dios mío*, Miss Woodchurch, vous parlez vraiment sans frein.

— Je ne vois pas pourquoi je me censurerais avec vous : je vous fais confiance.

Son sourire disparut. Il eut l'air de ranger cette information quelque part, tout en parcourant des yeux Hattie qui se sentit brûler sous son regard.

— J'ai toujours mené une existence solitaire, comme vous le savez. Je suppose que c'est pour cela que je ne suis pas encore marié. Je préfère le *Castillo Estrella* au grand palais de Valdonia. Mais je suppose que cela, vous l'aviez deviné.

Elle n'avait rien deviné du tout.

— Est-ce par choix que vous menez cette vie ?

— Par choix. Et par nécessité.

Que voulait-il dire par là ?

— Avez-vous d'autres questions à me poser, Miss Woodchurch ?

Il avait envie que ce petit interrogatoire prenne fin, mais Hattie avait une dernière question.

— Voulez-vous vous marier ?

Il fronça les sourcils d'un air perplexe.

— *Sí.* Je suis comme tout le monde : j'aimerais beaucoup fonder une famille.

C'était déjà cela. Flora pourrait être heureuse au *Castillo Estrella*. Néanmoins, Hattie craignait que le côté solitaire de l'existence du vicomte lui pose problème, elle qui aimait tant être entourée de ses amis et de sa famille. Pour Hattie, au contraire, cette existence recluse n'était pas loin de sembler idéale.

— Je suis obligé de vous poser la question à mon tour, Miss Woodchurch : avez-vous envie de vous marier ?

Depuis la fin de ses fiançailles avec Rupert, Hattie n'avait pas eu le courage de se poser la question.

— Avant, oui, j'en avais envie.

Il prit un air préoccupé.

— Cela m'attriste de penser qu'un homme vous ait à ce point fait souffrir.

Elle sentit une vague de chaleur se propager dans tout son corps et venir se nicher dans son cœur. Pas une seule personne ne l'avait plainte après sa rupture avec Rupert. Comme si tout le monde dans son entourage considérait que ce n'était pas de la peine mais du soulagement qu'elle devait éprouver.

Mais c'était à mille lieues de la vérité. Perdre Rupert avait en premier lieu été une grande souffrance. Ce n'était qu'ensuite qu'elle lui en avait voulu et qu'elle s'était mise à le détester.

Mr Borerro fit tout à coup irruption dans la pièce, et mit un terme brutal à cette proximité qui s'était installée entre eux.

— Lady Aleksander est ici.

Le vicomte se leva.

— Faites-la entrer et s'installer. Je reviens dans quelques minutes.

Il sourit tristement à Hattie et quitta la pièce.

Et puis il disparut.

18

Mr Borerro accueillit Lila à la porte et prit son parapluie et son manteau. Il lui demanda d'attendre et disparut. Lila en profita pour arranger sa coiffure et sa toilette. Au retour de Mr Borerro, elle se rendit compte qu'il portait une rose Tudor épinglée au revers de sa veste.

— Est-ce bien une rose Tudor que vous arborez là ? demanda-t-elle, surprise.

— *Sí.*

— Vous êtes un passionné d'histoire de l'Angleterre, alors ! Où donc l'avez-vous trouvée ?

— C'est un cadeau. Suivez-moi, je vous prie.

Il tourna les talons et se mit à marcher.

Ah, les Santiaviens ! Ils avaient toujours peur de trop en dire, semblait-il. Elle les imaginait, l'hiver, rassemblés autour de l'âtre dans le plus absolu des silences. Comment survivaient-ils ? Pas étonnant qu'Elizabeth se réfugiât à Madrid ou à Paris dès qu'elle en avait la possibilité.

Il la conduisit jusqu'au bureau, où elle s'attendait à trouver un autre Santiavien mutique et méfiant. À la place, elle trouva Miss Woodchurch. Seule. La jeune femme se leva à l'arrivée de Lila et exécuta une charmante révérence.

Lila était absolument ravie. Pour la première fois depuis des années, elle redoutait une rencontre avec un de ses clients. Elle était en effet certaine qu'elle ne tirerait aucune information de Lord Abbott. La seule chose dont elle était sûre à propos du dîner chez les Forsythe, c'est que bien qu'elle ait fait en sorte que lui soient présentées trois jeunes femmes susceptibles de lui convenir, aucune n'avait semblé particulièrement lui plaire.

Durant toute la soirée, il était demeuré sur la réserve. Le seul moment où il avait semblé s'amuser, c'était pendant le récital, quand il était resté debout au fond de la pièce à côté de sa secrétaire.

— Miss Woodchurch ! s'exclama-t-elle, enjouée.

La jeune femme portait une austère robe grise, usée dans le bas et aux poignets. Elle était joliment coiffée, mais une mèche s'était échappée du reste de sa chevelure et était retombée d'un côté de son visage. Elle avait de très beaux yeux bleus, que Lila avait déjà admirés, et son teint était éclatant de santé. Miss Woodchurch avait du charme, beaucoup de charme même, si l'on se donnait la peine de la regarder vraiment. Qu'avait dit Beck à son sujet, déjà ? Lila fouilla dans sa mémoire pour essayer de retrouver les mots exacts qu'il avait employés. Pour l'instant, ils lui échappaient.

— Vous avez l'air tout à fait reposée, malgré la soirée de samedi. Pour ma part, j'étais si épuisée que j'ai passé tout mon dimanche au lit, ou presque, dit Lila.

Miss Woodchurch la regarda avec méfiance.

Lila prit place sur le canapé et posa son sac.

— De vous à moi, avez-vous vu le vicomte aujourd'hui ?

— Brièvement.

Lila regarda autour d'elle. Ni thé, ni petits gâteaux. Quel dommage. Elle ignorait par quel enchantement les pâtisseries qui sortaient de cette cuisine étaient les meilleures de toute la ville. Elle se cala contre le dossier et fixa Miss Woodchurch, qui était toujours debout.

— Comment avez-vous trouvé la soirée de samedi ? Avez-vous apprécié ?

— Oui, répondit-elle. C'était une belle soirée. Je vous remercie d'avoir fait en sorte que je sois invitée.

— Oui, c'était une *très* belle soirée. Même si je n'adore pas l'agneau, pour ma part. Et vous, vous aimez ? Et puis j'ai trouvé le *sponge cake* un peu sec. Dites-moi, très chère, qu'avez-vous pensé des jeunes femmes auxquelles le vicomte a été présenté ?

— Pardon ?

— Vous devez bien avoir un avis. Et ne me dites surtout pas que ce n'est pas le cas, car tout le monde a toujours un avis sur tout, ou presque.

Miss Woodchurch sourit nerveusement.

— J'ai trouvé le *sponge cake* très bon.

— Et les jeunes femmes, comment les avez-vous trouvées ?

Miss Woodchurch regarda en direction de la porte, comme si elle espérait que le vicomte allait entrer et la sauver.

— Vraiment… Personne ne se soucie de ce que je pense.

— Au contraire, ma chère. Moi, je m'en soucie, sinon je ne vous aurais pas posé la question. Vous étiez présente. Vous les avez vues. Comme vous l'avez dit vous-même, vous les connaissez.

— Oui, mais je ne…

— Tout ce que vous direz restera entre nous, ne vous inquiétez pas.

Tout à coup Lila se leva et alla se placer devant Miss Woodchurch. Elle regarda par-dessus son épaule, en direction de la porte.

— Vous avez sans doute remarqué que M. le vicomte n'était pas tout à fait porté sur la confidence. C'est typiquement masculin : on dirait que les hommes pensent que cela les met en danger d'évoquer leurs sentiments. Vous voyez ce que je veux dire, n'est-ce pas ?

— Je ne suis pas sûre, dit Miss Woodchurch en reculant d'un pas.

Lila avança alors d'autant.

— Un seul but m'anime : trouver la meilleure épouse possible pour le vicomte. Je suis certaine que vous souhaitez la même chose pour lui. Vous l'appréciez beaucoup, n'est-ce pas ?

— Oui, mais…

— Je vous demande juste votre avis sur celle qui, d'après vous, lui correspond le mieux, puisque vous le connaissez mieux que quiconque.

— *Non*, rétorqua Miss Woodchurch avec force.

Elle recula de nouveau.

— Il faut absolument que vous cessiez de répéter cela. Vous vous trompez sur mon compte, Lady Aleksander. Je ne le connais pas du tout, je vous prie de me croire.

De nouveau, Lila avança.

— Je vous en prie, appelez-moi Lila. Et comment vos amis vous appellent-ils ?

Miss Woodchurch la fixa, interdite.

— Vous vous appelez Harriet, n'est-ce pas ?

— Mes amis m'appellent Hattie.

— Hattie ! Comme c'est joli. Très bien, Hattie, commençons par Miss Porter, réputée dans toute la ville pour sa grande beauté.

Miss Woodchurch carra les épaules.

— Je ne sais pas, *Lila*, dit-elle d'une voix assurée.

Décidément, cette fille lui plaisait.

— Avez-vous apprécié sa petite prestation musicale ?

Hattie cligna des yeux.

— À ce point ?

— Je n'ai rien dit, fit Hattie.

— Mais vous l'avez pensé.

Hattie soupira. Elle regarda vers la porte, puis murmura :

— Quelqu'un a-t-il apprécié, vraiment ? Je parierais que sa propre mère était atterrée.

— C'était *horrible*, acquiesça Lila. Qui a osé laisser croire à cette pauvre enfant qu'elle avait une belle voix ? J'ai cru que mes oreilles allaient saigner. Je suppose que M. le vicomte a lui aussi trouvé cela insoutenable.

— Je n'ai pas dit cela.

— Pas besoin. Je vous ai vus, tous les deux, au fond de la pièce.

Hattie pinça les lèvres et adressa un regard courroucé à Lila.

— Et Miss Cupperson, alors ?

Hattie croisa les bras sur sa poitrine.

— Je sais très bien ce que vous êtes en train de faire.

— Bien entendu, car vous êtes une jeune femme très intelligente. Et Miss Cupperson ?

— Dahlia Cupperson est très intelligente. Elle est fiable et sérieuse et possède d'innombrables qualités, toutes admirables, et je…

— Mais elle n'est pas très séduisante, n'est-ce pas ? dit Lila en tressaillant légèrement.

Hattie écarquilla les yeux.

— Je sais, vous n'avez pas dit cela. C'est moi qui l'ai dit. J'en ai pris conscience quand je l'ai vue samedi soir avec le vicomte. Ils ne formaient pas un très beau couple.

Hattie resta un moment bouche bée, l'air outré.

— Ma chérie, je *dois* penser à ce genre de choses, je n'ai pas le choix. Pour le reste du monde, c'est la compatibilité des esprits qui compte. Mais dans ce cas particulier…

Elle haussa les épaules.

— Et cette robe rouge ne lui allait pas. Ce qui nous amène à Miss Raney.

Hattie rougit presque aussitôt.

— Elle aime lire, tout comme M. le vicomte.

— Intéressant, dit Lila en adressant un regard mi-amusé mi-sagace à Hattie. Son amour de la lecture n'est pas un point que nous avions abordé quand je l'avais rencontrée. Mais cela joue en sa faveur, ne pensez-vous pas ?

— Miss Raney est quelqu'un de bien.

— Bien sûr, sinon elle ne figurerait pas sur ma liste.

Lila sourit.

— Voilà, c'est fait. Vous voyez, ce n'était pas si terrible.

Elle retourna s'asseoir. C'était parfait : la proximité entre Miss Woodchurch et le vicomte était un atout de taille.

— Vous savez, Hattie, nous pourrions faire équipe toutes les deux.

Hattie lui adressa une moue mi-dédaigneuse mi-dubitative.

Ce fut alors qu'une idée vint à l'esprit de Lila.

— Si mon intervention aboutit et se conclut par un mariage, je toucherai une commission très généreuse, dit-elle. Je serais heureuse d'en partager une partie avec vous, en échange de votre aide.

Hattie semblait atterrée.

— Je vous demande pardon ?

— Seigneur Dieu, je ne vous propose rien de criminel. Taisez-vous et écoutez : je sollicite votre concours, et je vous paierai pour cela. Avec les quelques informations que vous me communiquerez, je serai en mesure d'aider le vicomte à trouver l'épouse qui lui conviendra parfaitement.

Mais Hattie continuait de la fixer bouche bée.

— *Non.*

— C'est quelque chose que j'apprécie beaucoup chez vous, dit Lila sur un ton léger. Vous avez des principes. Mais réfléchissez.

Elle aussi, elle allait réfléchir. Il y avait quelque chose qui l'ennuyait. Hattie était l'employée du vicomte et cela suffisait à l'écarter de la liste de ses potentielles épouses. Et il y avait aussi cette chose que Beck avait dite à propos de Hattie et que Lila essayait de se remémorer. Néanmoins, après avoir revu sa liste dans le but de ne négliger personne, Lila ne pouvait s'empêcher de penser que le meilleur parti pour le vicomte pourrait se trouver dans cette pièce même.

— Lady Aleksander.

Elles se tournèrent toutes deux vers la porte alors qu'entrait Lord Abbott, plus beau que jamais. Il tenait une liasse de feuilles de papier, qu'il tendit à Hattie.

Lila ne connaissait qu'un autre homme aussi beau que le

vicomte. Il s'agissait de Mr Donovan. Même Valentin, son époux bien-aimé, ne pouvait rivaliser avec lui. Il lui faisait penser à un lion, magnifique et perpétuellement aux aguets. Ses yeux noisette suivaient tous ses mouvements, même les plus infimes. Il paraissait presque criminel que ses cils soient si noirs et longs alors que les femmes de son âge usaient et abusaient de tous les artifices pour rendre les leurs plus foncés et plus épais.

Il s'inclina.

— Soyez la bienvenue.

— Merci de me recevoir, milord. Avec Hattie, nous étions justement en train de parler du dîner de samedi soir.

— Hattie ? répéta-t-il, avant de jeter un regard à Miss Woodchurch qui semblait paniquée.

— Elle a apprécié la soirée, dit Lila. Et vous-même ?

— C'était une soirée tout à fait réussie, dit-il d'une voix neutre.

Il n'avait pas aimé. Comme si elle avait besoin qu'on le lui dise...

— Je ne vous volerai pas beaucoup de votre temps, milord. Je pense que nous sommes d'accord : malgré sa beauté, Miss Porter n'est peut-être pas la plus indiquée pour vivre à Santiava.

À sa grande surprise, le vicomte parut presque soulagé.

— Nous sommes d'accord.

— Vous avez parlé longuement avec Miss Cupperson. Dois-je en déduire qu'elle a su vous intéresser ?

— Ce n'est pas tout à fait cela... Miss Cupperson a longuement parlé et j'ai écouté. Elle connaissait sa leçon sur Santiava par cœur, et elle me l'a très bien récitée.

Lila rit.

— Vous ne pouvez lui en vouloir de s'être préparée.

Il ne répondit rien. Seigneur, que cet homme était compliqué.

— Et Miss Raney ? demanda-t-elle.

Il croisa les mains derrière son dos et hocha rapidement la tête.

— Elle a parlé d'un livre qu'elle avait lu. Où il était question d'amour non partagé, si j'ai bien compris.

— D'amour non partagé ! s'exclama Lila. Cela me paraît un sujet bien sinistre, non ?

Le vicomte sourit.

— C'est peut-être moins sinistre que d'enfermer sa femme folle dans un grenier.

— Oh ! dit Hattie en souriant. Vous avez lu *Jane Eyre* !

— J'ai commencé. Dites-moi, Miss Woodchurch, pourquoi les Anglaises sont-elles attirées par les histoires d'amour les plus sombres ?

Elle rit.

— Nous sommes attirées par les histoires d'amour en général, qu'elles soient sombres ou pas. Mais si je puis me permettre, le sujet dont traite *Honorine*, c'est davantage le mariage et la vie conjugale que l'amour non partagé.

Lila et le vicomte la regardèrent tous les deux avec surprise.

— Vous avez lu ce livre ? demanda le vicomte.

— Oui. Nous l'avons toutes lu. Nous l'avions étudié en classe.

— Dans ce cas, vous pourrez peut-être me dire comment un même livre peut traiter à la fois du mariage et de l'amour non partagé. Il y a comme une contradiction à mes yeux.

— Ce livre raconte l'histoire d'une femme qui se trouve malheureuse en ménage. Et de son mari déterminé à faire tout son possible pour lui prouver qu'en réalité elle ne l'est pas.

— Vraiment ? Pourquoi ? Parce qu'il connaît les sentiments de sa femme mieux qu'elle ? demanda Lila.

— Je pense, plutôt, que c'est parce qu'il veut désespérément qu'il en soit ainsi, dit Hattie. Le désespoir peut pousser les êtres à commettre des actes désespérés.

Le vicomte et Lila regardèrent de nouveau Hattie avec une certaine surprise.

Hattie haussa les épaules.

— C'est mon interprétation, en tout cas. Et je vous prie de m'excuser, je parle encore à tort et à travers.

— Pas du tout, répondit le vicomte. Votre point de vue m'intéresse beaucoup.

Hattie rougit.

Ce fut à ce moment que Lila comprit que ces deux-là parlaient un langage qui leur était propre et qui excluait le reste du monde, y compris elle.

— On dirait un club de lecture ! s'exclama-t-elle. J'ai juste une invitation à vous transmettre, si vous le permettez, milord, et ensuite je prendrai congé.

Il lui fit signe de continuer.

— Lord et Lady Iddesleigh organisent une *tea party* dans leur jardin, en fin de semaine. Lord et Lady Raney, ainsi que leur délicieuse fille, seront présents.

Lord Abbott ne répondit rien. Il s'était retranché derrière son paravent interne. En toute honnêteté, Lila ne l'avait jamais vu émerger de derrière son paravent, sauf pour parler à Hattie. *De plus en plus intéressant.*

— En outre, Lady Mabel Stanhope, la fille du comte de Stanhope, sera présente. Elle a hérité d'une rente annuelle de trente mille livres.

— La rançon d'un roi, dit le vicomte d'un ton pince-sans-rire, avant de regarder Hattie. Connaissez-vous Lady Mabel Stanhope ?

— Seulement de nom, milord.

Il regarda alors Lila.

— Il y aura d'autres personnes présentes, dont moi, dit-elle.

— J'aurais été surpris que vous n'y soyez pas, Lady Aleksander.

Lila esquissa un sourire.

— Je vais prendre cela comme l'expression de votre désir de m'avoir auprès de vous, dit-elle sur un ton badin. Et, Miss Woodchurch, je pense que vous devriez venir vous aussi.

— Comment ? Pourquoi ?

— Pourquoi pas ? Lord Iddesleigh vous adore et il sera enchanté de vous voir.

— Je ne sais pas… Je pense au contraire qu'il m'a assez vue ces derniers temps.

— Cela ne vous dérangerait pas, n'est-ce pas, milord, si votre secrétaire était présente ?

Il plissa légèrement les yeux.

— Pas du tout, milady.

Quel client difficile, décidément. Mais à ce jeu-là, elle ne le laisserait pas gagner.

Il jeta un coup d'œil à sa montre.

— Je vous demande pardon, mais on m'attend à l'autre bout de la ville.

Lila se leva.

— Je ne vous dérangerai pas davantage. Merci de m'avoir accordé un peu de votre temps, milord. J'attends cette *garden tea party* avec impatience.

Elle quitta la pièce, la tête fourmillant déjà d'idées.

Tout à coup, elle avait une nouvelle mission, qui consistait à apprendre tout ce qu'elle pouvait à propos de Miss Harriet Woodchurch.

19

Entre son travail pour Mrs O'Malley, le calendrier de sorties de plus en plus chargé de Flora et son emploi auprès de Lord Abbott, les journées de Hattie passaient comme dans un tourbillon.

Cette semaine-là, elle resta un peu plus longtemps que d'habitude chez Lord Abbott. Ils parlaient davantage. L'homme réservé et mutique des premiers temps était peu à peu en train de changer de visage.

Un après-midi, après qu'il lui eut donné le travail qu'il attendait d'elle, elle s'était dirigée vers son bureau.

— Miss Woodchurch.

Elle s'arrêta et se tourna.

— Oui, milord ?

— Votre livre. Je l'ai trouvé très...

Il s'interrompit, l'air légèrement interdit.

— Romantique ?

Il la regarda avec incompréhension.

— *Horrible !*

— Horrible ?

— Cet homme a séquestré sa femme dans un grenier.

Hattie sourit avec malice.

— Certes, mais pour sa défense, elle était folle.

— Vous ne pensez tout de même pas que...

— Non ! s'exclama-t-elle en riant. Mais ne pensez-vous pas que dans une œuvre de fiction, certaines libertés sont autorisées ?

— Pour une liberté, c'en est une.

Ils passèrent l'après-midi à discuter de *Jane Eyre*, en se demandant si l'intrigue était immorale ou au contraire s'il s'agissait d'une histoire d'amour passionnée.

Et quand une lettre arriva en provenance de Harrington Hall, ils découvrirent avec un fou rire décontenancé que les moutons avaient enfin été livrés... en même temps que quatorze bovins.

L'après-midi suivant, alors que le temps était épouvantable, il lui dit que la contemplation des étoiles lui manquait, car le ciel londonien était trop chargé pour que l'on puisse les apercevoir. Il lui apprit qu'il pratiquait l'astronomie en amateur.

— Quand j'étais enfant, mon oncle m'a offert un télescope. Avez-vous déjà regardé les étoiles à travers un télescope ?

Elle secoua la tête.

— À Londres, les lumières et la fumée obscurcissent le ciel nocturne.

— À Santiava, on les voit très distinctement. Mais grâce au télescope... j'ai pu pénétrer dans un monde inconnu. Je me suis pris de passion pour les étoiles. Malheureusement, mes précepteurs n'y connaissaient pas grand-chose et mon père considérait que c'était une perte de temps. Quand je suis devenu duc, j'ai réussi à faire venir un astronome de renom pour enseigner dans notre université.

Elle l'imaginait, enfant, en train de regarder dans un télescope et de découvrir un monde lointain.

S'il y avait bien une chose dont Lord Abbott ne parlait jamais, en revanche, c'était des jeunes femmes auxquelles il était censé penser comme à de potentielles épouses. Hattie avait rédigé des réponses à de nombreuses invitations et savait qu'il était allé dîner dans de très belles et grandes maisons.

Lady Aleksander ne se montra qu'une seule fois cette semaine-là, et quand Lord Abbott refusa de se confier à elle, elle s'en alla en poussant des soupirs exaspérés. Une fois qu'elle fut partie, il regarda Hattie en souriant.

— Je ne crois pas que Lady Aleksander m'apprécie beaucoup.

— Oh ! je pense même qu'elle vous déteste, dit Hattie, ce qui le fit rire.

Chaque jour, elle ressentait de façon très physique sa présence, qui lui faisait l'impression d'être une couverture bien enveloppante. Elle pensait n'avoir jamais été aussi heureuse que durant ces après-midi passés dans son bureau. Mais à la fin, il l'envoyait toujours prendre le thé, et quand elle revenait avec la pâtisserie du jour, il était déjà parti.

Cet après-midi-là, cependant, il l'attendait quand elle revint de la cuisine avec deux petits-fours. Il lui demanda si elle voulait bien aller chercher quelques papiers au bureau de Mr Callum.

— Si vous me pardonnez de vous imposer cette corvée, dit-il. D'habitude, je demande au *señor* Pacheco, mais il se trouve qu'il est indisposé.

Mr Pacheco avait mangé des cynorrhodons toute la semaine.

— Je l'avais pourtant prévenu, murmura-t-elle pour elle-même.

— Pardon ?

— Je serai heureuse d'aller chercher ces papiers, milord.

Elle plaça les petits-fours sur un bord de son bureau.

Le vicomte ne sembla pas les remarquer. Il passa les doigts dans ses cheveux et la regardait comme s'il voulait ajouter quelque chose. Elle avait hâte qu'il parle : elle n'avait aucune idée de ce qu'il voulait dire, mais elle pressentait qu'il devait s'agir de quelque chose de personnel. Son regard erra sur elle, avant de se poser sur ses lèvres. Aussitôt elle ressentit comme une brûlure dans ses entrailles. Il lui avait déjà adressé ce regard quelques jours plus tôt. C'était un regard où un feu couvait. Un regard comme un point d'interrogation, également. Quoi qu'il en soit, ce regard fit battre son cœur plus vite et lui fit légèrement tourner la tête.

Mais il serra les lèvres et baissa les yeux.

— Ce sera tout pour aujourd'hui.

La déception de Hattie fut immense. Elle en voulait plus. C'était un peu comme si, d'une certaine façon, ils étaient devenus amis. Néanmoins, ce n'était pas suffisant. Hattie voulait trouver une raison de rester pour continuer de lui parler. Elle voulait lui demander ce qu'il craignait le plus au monde et ce qu'il aimait le plus au monde. Elle voulait tout savoir de lui, et tant pis si cela ne se faisait pas.

Elle se dirigea vers la porte.

Rappelez-moi, milord. Rappelez-moi !

Il ne la rappela pas.

Dans le couloir, Hattie prit de grandes inspirations afin de dissiper son vertige. Elle ne comprenait pas ce qui était en train de se passer entre eux. Étaient-ils en train de devenir amis ? Parce qu'elle n'avait jamais le souffle court en compagnie de ses amis... Avait-il le souffle court lui aussi ? Considérait-il qu'ils étaient amis ? Il était tout à fait possible qu'il ne ressente rien pour elle, rien du tout. C'était très probable, même. Elle n'était pas plus faite pour lui que Yolanda ou Aurelia.

Il se montrait simplement gentil avec elle, et elle, elle soupirait après lui.

Elle ne pouvait pas faire autrement.

Il pleuvait quand Hattie arriva au bureau de Mr Callum. Elle secoua son parapluie, lissa son manteau et emprunta le couloir qui menait à une porte sur laquelle une plaque de bronze annonçait que c'était ici que l'on pouvait trouver Mr Callum. Elle frappa.

Quelques secondes plus tard, la porte s'ouvrit, et l'intendant de Lord Abbott la dévisagea d'un air suspicieux.

— Vous venez de la part du vicomte, dit-il sur un ton désapprobateur.

Hattie leva le menton.

— Ce n'est pas une visite de courtoisie que je vous rends, en effet.

Il fit la moue, tourna les talons et rentra dans son bureau étroit. Il n'invita pas Hattie à le suivre, mais elle le fit tout de même. Il la regardait souvent avec l'air de vouloir lui envoyer une porte en plein visage. Elle ignorait pourquoi il nourrissait une telle animosité à son égard. Sans doute était-ce dû au fait qu'elle était une femme et qu'elle travaillait pour gagner sa vie. Elle avait bien conscience du mépris que cela suscitait souvent chez les gens.

Mr Callum alla fouiller dans ses papiers et en retira une liasse, enfermée dans une enveloppe. Il la serra contre son torse.

— En aucun cas vous ne devez prendre connaissance du contenu de cette enveloppe. Vous devez l'apporter immédiatement au vicomte. Si vous n'obéissez pas, je le saurai forcément, donc n'essayez pas de me berner.

Pourquoi le contenu de l'enveloppe l'aurait-il intéressée ?

— Qu'y a-t-il là-dedans ? La rançon d'un roi ?

— Vous feriez mieux de faire attention à ce que vous dites, lança-t-il en lui tendant l'enveloppe avec réticence.

Hattie saisit l'enveloppe entre le pouce et l'index et la manipula comme si elle avait été trempée dans du poison.

— Ne vous inquiétez pas, Mr Callum. Je connais mes devoirs et je sais ce que je risque en ne les respectant pas.

— Vraiment ? demanda-t-il. Je me méfie. Je n'ai jamais aimé les dévergondées.

Dévergondée !

— Je pense qu'elles ne vous aiment pas non plus, sir. Bonne journée.

Elle tourna les talons, et s'en alla, furieuse. Il l'avait détestée dès la seconde où il avait posé les yeux sur elle. En quoi ce qu'elle faisait de son existence le regardait-il ? Pourquoi tant de gens pensaient avoir leur mot à dire concernant la vie des femmes ?

Mais Hattie était fière d'elle et, fièrement, elle ouvrit son parapluie. Il fut un temps où elle se serait effondrée si un homme lui avait parlé sur ce ton. Elle se serait adressé des reproches, elle aurait pensé qu'elle était trop spontanée, mal éduquée, pas assez raffinée. Mais après avoir dû rompre ses fiançailles sans raison valable, l'on commençait à se méfier de certains hommes.

Sans doute devrait-elle remercier Rupert pour cela : il lui avait appris à réagir à l'imbécillité des hommes tels que Mr Callum.

Il lui avait appris à cesser de se préoccuper de ce que les autres pensaient d'elle.

Il pleuvait toujours lorsqu'elle arriva à Grosvenor Square avec l'enveloppe. L'heure du thé était passée depuis longtemps, et les allumeurs de réverbères étaient déjà dans les rues. Hattie entra par la porte de service, laissa son parapluie et quitta son manteau. Il était trempé. Elle décida d'aller le mettre à la cuisine, devant le fourneau, afin qu'il soit sec quand elle voudrait rentrer chez elle. Elle pourrait sans doute en profiter pour demander à Yolanda de lui donner quelque chose à manger. Il restait peut-être des petits-fours.

Elle se dirigea vers la cuisine, son manteau sur le bras et l'enveloppe à la main… mais ce n'était pas Yolanda qui se trouvait derrière la table. C'était Lord Abbott. Et il portait un tablier. Et il avait de la farine sur la joue.

Hattie se figea sur place, et essaya de comprendre la scène qui se déroulait devant elle. Il était avec la vieille dame qui l'avait accidentellement éclaboussée d'eau sale le premier jour. Elle ne put s'empêcher de les regarder bouche bée.

Lord Abbott semblait mortifié.

— Euh…, bredouilla-t-il.

Il regarda autour de lui, saisit une serviette et essuya ses mains. La femme, quant à elle, sourit comme si elle attendait Hattie. Elle dit quelque chose en espagnol au vicomte.

Le vicomte adressa un regard exaspéré à la vieille dame.

— Miss Woodchurch, que faites-vous ici à cette heure ?

— Je rapporte les papiers que je suis allée chercher chez Mr Callum, dit-elle en tendant l'enveloppe afin qu'il puisse la voir.

— Ah oui, bien sûr.

Puis il fronça les sourcils.

— Vous avez marché sous la pluie ?

— Oui, milord.

Elle posa l'enveloppe au bout de la table. Ce faisant, elle remarqua plusieurs boules de pâte espacées sur le plan de travail. Était-il... Non, elle se trompait sans doute. Lord Abbott était-il en train de faire la cuisine ? Il ne pouvait s'agir d'autre chose. Le tablier, la farine sur sa joue : les preuves étaient là !

La femme remarqua son regard et dit autre chose au vicomte, qui répondit doucement, presque en murmurant. La femme posa la main sur son bras et continua de parler. Il y avait entre eux une familiarité qui fit penser à Hattie qu'il devait s'agir de sa grand-mère. Dès lors, tout ce que Hattie croyait savoir sur l'aristocratie s'envola en fumée. Le duc de Santiava et sa grand-mère duchesse, dans une cuisine, en train de préparer à manger ? Seigneur, ses parents qui auraient tout donné pour porter un titre n'avaient jamais mis les pieds de leur vie dans une cuisine.

Lord Abbott soupira.

— La *señora* de Leon vous prie de bien vouloir l'excuser de ne pas parler anglais. Néanmoins, je vous assure qu'elle le comprend parfaitement. C'est juste qu'elle ne le parle pas aussi bien qu'elle le voudrait.

Il adressa un coup d'œil à la femme.

— Quoi qu'il en soit, elle souhaite que vous soyez présentées, en bonne et due forme.

— Oh ! fit Hattie en essuyant la pluie qui mouillait ses joues. Bien sûr.

— Puis-je vous présenter *señora* de Leon ? dit-il. Elle vit avec nous depuis ma naissance.

Apparemment, il ne s'agissait pas de sa grand-mère, alors.

À l'autre femme, il dit :

— Miss Woodchurch, qui m'aide dans mon travail de bureau.

Hattie exécuta une révérence.

— Ravie de faire votre connaissance, milady.

La *señora* sourit et dit à Hattie :

— Miss Woodchurch, s'il vous plaît.

Puis elle fit signe à Hattie de s'approcher de la table.

— Oh ! non, je vous en prie. Jamais je ne voudrais interrompre votre… votre…

À court de mots, Hattie désigna les boules de pâte.

— Elle aimerait vous montrer, dit Lord Abbott. S'il vous plaît, ajouta-t-il.

Hattie posa son manteau sur une chaise près du fourneau, essaya de lisser ses cheveux que l'humidité faisait friser, puis, à pas très hésitants, avança, comme si on lui demandait d'aller observer une créature mystérieuse que des enfants avaient vue en train de nager dans la Tamise. Il ne s'agissait que de boules de pâte, mais l'atmosphère était étrangement intime, et elle ne comprenait pas bien le rôle que le vicomte jouait dans cette histoire.

La femme posa de nouveau la main sur le bras de Lord Abbott et se remit à parler. Il soupira, puis dit :

— Comme vous pouvez le voir… nous sommes en train de confectionner des *empanadas*.

— Des *empanadas*, répéta Hattie.

« *Nous* », songea-t-elle.

À l'aide d'un rouleau à pâtisserie, la *señora* de Leon se mit à étaler une boule de pâte. Quand ce fut fait, elle déposa un mélange de viande, oignons et champignons sur la moitié du cercle obtenu. Elle replia l'autre moitié sur le mélange, puis souda les bords en appuyant bien, créant ainsi une espèce de chausson. Puis elle badigeonna d'œuf les deux faces.

Tout en cuisinant, elle parlait. En espagnol, évidemment. Hattie n'avait aucune idée de ce qu'elle pouvait dire. Et le vicomte ne traduisit pas. Il observait Hattie, d'un air paisible mais curieux.

La *señora* recommença l'opération trois fois, puis se dirigea vers le four d'où elle sortit une fournée de chaussons déjà cuits. Lord Abbott les disposa sur un plat, et la *señora* de Leon en coupa un en petits triangles. À l'aide d'une fourchette, elle et Lord Abbott en goûtèrent chacun un. Ils se regardèrent, hochèrent la tête, échangèrent quelques brefs commentaires, mais apparemment ils étaient du même avis.

La *señora* tendit l'assiette à Hattie, l'invitant à goûter à son tour. Le vicomte lui passa une fourchette.

Hattie n'avait rien mangé de la journée, et l'odeur suffisait à lui faire oublier toute retenue.

— *Gracias*, dit-elle, pour le plus grand plaisir de la *señora* de Leon.

C'était délicieux. Les saveurs qui se révélèrent dans sa bouche étaient épicées, salées, avec, en plus, une pointe de quelque chose qu'elle n'avait jamais goûté de sa vie.

— Oh mon Dieu, dit-elle. Oh mon Dieu, comme c'est bon !

La *señora* de Leon rit. Elle parla de nouveau au vicomte, désigna diverses choses qui se trouvaient sur la table et ailleurs dans la cuisine, puis retira son tablier. Elle souhaita ensuite le bonsoir à Hattie.

Hattie, qui mâchait toujours, la regarda partir, puis se tourna vers le vicomte, sans comprendre.

— Où va-t-elle ?

— Elle se retire pour la soirée. Elle me laisse terminer.

— Vous ?

— Est-ce si surprenant que j'aime faire la cuisine ?

— Oui ! s'exclama Hattie.

Il lui adressa un regard en coin.

— C'est un de mes passe-temps favoris, et rien ne m'en détournera.

Un de ses passe-temps ? Tout à coup, un déclic se produisit dans l'esprit de Hattie.

— Je vous prie de m'excuser, mais... est-ce vous le cuisinier qui se cache derrière toutes ces merveilleuses pâtisseries servies avec le thé ?

Il sourit plus franchement.

— Pas toujours. Mais oui, parfois.

Hattie rit, enchantée.

— Et vous ne m'en avez jamais rien dit ! Comment m'avez-vous laissée vous en apporter pour vous les faire goûter ?

— Je ne suis pas totalement insensible à un peu de flatterie, Miss Woodchurch. Vous êtes une admiratrice enthousiaste de mes tentatives, et je ne voulais pas me priver de vos louanges en vous révélant mon secret. Mais c'est vrai : j'adore faire la cuisine, et de la pâtisserie en particulier. C'est une occupation très gratifiante. Voulez-vous m'aider à finir ?

Il désigna les nombreuses boules de pâte qui restaient sur la table.

— Il faut en faire suffisamment pour toute la semaine.

Hattie n'hésita pas.

— Avec plaisir !

Elle alla à la pompe se laver les mains, puis revint auprès de lui. Il lui tendit un tablier.

— Vous permettez ?

Il se plaça derrière elle et passa le tablier autour de sa taille, avant de le nouer dans le bas de son dos. Quand il eut fini, il posa les mains sur ses épaules et la fit pivoter afin qu'elle se retrouve face à la table.

Cela suffit à lui couper complètement le souffle. C'était le plus léger des contacts, mais ses épaules la picotaient à l'endroit où s'étaient posées ses mains. Et elle était à présent si près de lui qu'elle était certaine que la chaleur qu'elle sentait était celle que le vicomte irradiait. Son cœur cognait dans sa poitrine, son pouls s'emballait, et quand elle leva les yeux, elle découvrit qu'il la couvait d'un regard radieux.

L'étincelle se produisit de nouveau. Ce désir qui, doucement mais sûrement, consumait son corps. Cet homme pourrait certainement la transformer en un tas de braises fumantes s'il la regardait trop longtemps.

— Cela vous arrive-t-il de cuisiner ou de faire de la pâtisserie, Miss Woodchurch ?

— Jamais, avoua-t-elle. Et vous, depuis combien de temps est-ce votre passe-temps ?

— Cela fait quelques années déjà. Depuis tout petit, j'ai eu envie d'apprendre à réaliser les spécialités de Santiava. Mais mon père n'aurait pas apprécié. Après sa mort, Rosa – la *señora* de Leon – a commencé à me transmettre son savoir.

Il versa de la farine dans un bol, avec du beurre, des œufs, du lait et du sel. Il lui tendit le récipient ainsi qu'une cuillère en bois.

— Voulez-vous bien mélanger le tout, s'il vous plaît ?

Elle obéit. Pendant ce temps, il étala quelques boules de pâte, et les garnit comme l'avait fait la *señora*.

— Chez vous, on vous appelle Hattie, c'est bien cela ? demanda-t-il.

Elle sourit.

— Je suis Hattie partout sauf chez moi, en réalité. Mes parents m'appellent Harriet, qui est le prénom qu'ils m'ont donné à ma naissance. Partout ailleurs, je suis Hattie.

— J'aime beaucoup ce prénom. Hattie, dit-il en détachant chaque lettre, comme s'il le découvrait ou le prononçait pour la première fois. Il vous va bien.

C'était assez ridicule, mais elle était heureuse que son prénom lui plaise.

— Comment la *señora* de Leon vous appelle-t-elle ?

Il marqua une légère hésitation.

— Teo. Ma famille m'appelle Teo. Seul mon père m'appelait par mon nom de baptême complet, Mateo.

Teo. Hattie s'imagina en train de susurrer son nom à son oreille.

— J'aime beaucoup ce prénom. Teo, dit-elle en l'imitant. Il vous va bien.

Elle lui adressa un petit regard en coin, et il sourit.

— Dans ce cas, vous n'avez qu'à m'appeler ainsi. Et moi je vous appellerai Hattie.

— Vraiment ?

— Pourquoi pas ? Cela fait suffisamment de temps que nous

passons presque tous nos après-midi ensemble. Nous pouvons oublier les formalités.

— Mais… le reste du personnel vous appelle-t-il Teo ?

— Non, bien sûr, dit-il en souriant d'un air malicieux. Mais avec vous, c'est un peu différent, non ? Vous n'êtes pas une domestique.

Elle était soulagée et flattée qu'il ne la considère pas comme une domestique. Mais cela soulevait une question, importante à ses yeux : comment la considérait-il ?

— Que suis-je alors ? demanda-t-elle.

— Ma secrétaire.

Évidemment. Elle baissa les yeux, déçue par sa réponse. Elle ne savait pas bien ce qu'il aurait pu dire, mais elle espérait mieux, c'était certain. Qu'il lui réponde au moins qu'elle était son amie.

Il continua à étaler les boules de pâte.

— Elle vous aime bien. Je l'ai bien vu. Rosa vous aime bien.

— Elle s'est surtout montrée très gentille. Comment aurait-elle pu se forger une opinion sur moi en si peu de temps ?

— La plupart des gens se forgent leur opinion sur autrui rapidement, non ? J'ai bien vu que vous lui faisiez très bonne impression, dit-il. C'est bon, c'est mélangé ?

Il se pencha pour inspecter le contenu du bol. Il fit aussitôt une moue désapprobatrice, avant de s'approprier le récipient et la cuillère et de mélanger les ingrédients à son tour, mais avec beaucoup plus de vigueur qu'elle. Puis il lui rendit le bol.

— Et maintenant, dit-il en saupoudrant un peu de farine sur la table, renversez le contenu ici.

— Directement sur la table ?

— *Sí.*

Hattie obéit, puis l'observa attentivement pendant qu'il lui montrait comment pétrir la préparation. Hattie enfonça les doigts dans le mélange, mais la pâte refusa de se décoller de ses mains.

— Non, non, dit-il. Il faut que vous y mettiez un peu plus de vigueur. Vous permettez ? demanda-t-il, alors qu'il était déjà derrière elle.

Il tendit les mains de part et d'autre d'elle.

— Oh ! murmura Hattie, alors que son cœur se remettait à cogner dans sa poitrine.

Elle avait trop chaud, mais en même temps pas assez.

— Est-ce que je vous gêne ? demanda-t-il à son oreille.

Si l'on considérait que gêner quelqu'un, c'était transformer son sang en lave en fusion, alors, oui, il la gênait. Néanmoins, elle secoua la tête : elle ne voulait surtout pas qu'il bouge.

— Comme ceci, dit-il d'une voix douce, en plaçant ses mains sur les siennes et en entremêlant ses doigts aux siens pour pétrir la pâte.

Hattie sentait son torse dans son dos. Elle percevait l'odeur de son eau de Cologne. Elle mourait d'envie de se coller contre lui et de fermer les yeux. De sentir ses bras l'enserrer.

— Est-ce que vous sentez ? demanda-t-il d'une voix encore plus douce. Est-ce que vous sentez la pâte s'assouplir sous la pression de vos doigts ?

Quand il lui parlait ainsi, avec son accent si charmant, elle aurait été capable de faire n'importe quoi, pour peu qu'il le lui demande. Pourtant, elle avait à peine conscience de ce qu'elle était en train de faire : la proximité brûlante de son corps et le désir qui circulait le long de sa colonne vertébrale et électrisait toutes ses terminaisons nerveuses l'empêchaient de réfléchir. Les mains du vicomte bougeaient au-dessus des siennes, se tournaient, se pliaient et se dépliaient, pétrissaient la pâte, la pinçaient, l'aplatissaient.

— Je sens... tout.

Elle était à court de mots. Elle mourait de chaud, comme si un jet de vapeur s'échappait de l'encolure de sa robe. Son cœur battait de façon erratique, comme s'il essayait de trouver un rythme lui permettant de tenir sans imploser.

Mais alors il demanda :

— J'aimerais savoir ce que vous entendez par « désir désespéré ».

Les mots lui avaient-ils échappé finalement ? Ou bien avait-il senti son cœur battre à tout rompre, entendu sa respiration torturée ?

— Pardon ?

— Vous avez employé cette expression en parlant du livre.

Ah, bien sûr… Elle avait dit cela à propos d'*Honorine*.

— Je voulais parler d'un désir capable de vous faire remuer ciel et terre, et par là même condamné à rester inassouvi, car remuer ciel et terre n'est à la portée d'aucun être humain.

Il cessa de pétrir la pâte, mais laissa ses mains sur les siennes.

— Avez-vous déjà ressenti un tel désir ?

Elle songea aussitôt à Rupert. Le désir qu'il lui avait inspiré était d'une tout autre nature. Ce qu'elle avait désiré, par l'entremise de Rupert, c'était une vie respectable, une vie loin de sa propre famille. Mais il ne s'était jamais agi d'un désir *désespéré*. Jamais elle ne s'était consumée pour lui.

— Je ne pense pas, dit-elle dans un soupir. Et vous ?

— Jusqu'à ce moment, dit-il en caressant sa nuque de son souffle chaud, je n'ai jamais rien voulu.

Elle en eut le souffle coupé. Elle tourna légèrement la tête, afin de l'apercevoir, mais il était derrière elle et son visage lui était invisible. Elle le sentait, néanmoins. Un bloc de fermeté. Elle sentait son torse large, son corps élancé, ses bras forts. Elle rougit violemment, sous l'effet du désir brûlant qui avait pris possession d'elle et la rendait folle. Le magnétisme de cet homme était tel qu'il lui faisait oublier jusqu'à son propre nom.

Elle se tourna pour se retrouver face à lui, emprisonnée entre ses bras et la table. Elle ne pouvait détacher le regard de ses yeux noisette. Elle était totalement ensorcelée, subjuguée. Elle ne pouvait empêcher son esprit de vagabonder, ni son cœur de la pousser à vivre pleinement l'instant présent.

Le regard du vicomte se posa sur son visage, sur sa bouche, sur son buste. Elle sentit quelque chose remuer en elle, et cela ressemblait à... de *l'amour*. Elle était en train de tomber amoureuse du vicomte.

— Jusqu'à ce moment, moi non plus.

Son regard noisette devint plus sombre, plus intense. Il porta la main à cette mèche rebelle qui s'échappait toujours de sa coiffe et la plaça derrière son oreille. Hattie n'avait toujours pas repris son souffle. Du revers du doigt, il suivit le contour de son visage, puis du bout du doigt cette fois, effleura sa lèvre inférieure. En l'espace d'une seconde, tout avait basculé. Elle n'était plus sa secrétaire. Elle était celle qui regardait sa bouche, sa bouche pleine et sensuelle, et qui n'avait jamais eu si ardemment envie d'être embrassée de toute sa vie.

— Milord...

— Teo, dit-il en approchant son visage du sien.

Et il l'embrassa. Pas chastement, pas d'une façon qui aurait pu semer le doute sur ses intentions. C'était un vrai baiser, dicté par le désir ardent d'un homme, et conscient de la réciprocité de ce désir. Ses lèvres étaient délicieuses, le bout de sa langue joueur. Ses dents mordillèrent sa lèvre inférieure, ses lèvres se soudèrent aux siennes. Il saisit son visage entre ses mains, et l'inclina légèrement. Le désir qui la dévorait devenait intolérable. Quand il plaqua son corps contre le sien, son corps ferme, élancé et palpitant, elle ressentit une telle chaleur qu'elle eut instantanément envie d'arracher sa robe pour pouvoir respirer.

Il l'embrassa et elle l'embrassa en retour, en passant les bras autour de son cou, en se collant à lui. Elle se sentait devenir fluide, capable de se fondre à lui à chaque point de contact.

Puis il leva la tête. Une mèche de cheveux était retombée devant ses yeux, sans parvenir à masquer le désir qui s'y lisait. Malgré cela, il recula de plusieurs pas.

— C'était une très mauvaise idée de ma part, dit-il. Jamais je n'aurais dû prendre une telle liberté.

À part fixer le superbe visage qui venait de l'embrasser, elle ne pouvait rien faire.

— Je vous prie de bien vouloir m'excuser, ajouta-t-il.

— Ne vous excusez pas, surtout.

Il essuya ses mains sur son tablier et remit ses cheveux en place.

— Je me suis égaré l'espace d'un instant, et ce n'était pas loyal envers vous.

— Comment ? Pourquoi ?

Pourquoi n'était-ce pas loyal ? Avant Rupert, Hattie aurait baissé les yeux et l'aurait laissé avoir le dernier mot. Mais elle n'était plus cette personne.

— Je ne suis pas d'accord.

Teo la regardait d'un air torturé. Et dans ce regard, elle vit tout : elle vit qu'elle était sa subalterne et que jamais elle ne pourrait être à lui. Elle était une employée avec laquelle il s'était laissé aller dans un moment d'égarement, et à présent il le regrettait. Elle était indignée. Et blessée. Et elle ne serait pas le regret d'un second homme.

Hattie essuya ses mains sur une serviette. Elle alla récupérer son manteau, consciente qu'il suivait tous ses gestes des yeux. Elle enfila son manteau et releva le capuchon sur sa tête.

— Hattie… vous partez ?

— Oui, répondit-elle.

Elle se sentait calme. Étrangement et inhabituellement calme.

— Je vais vous faire reconduire chez…

— Je préfère marcher.

Elle espérait ne pas avoir l'air en colère. Elle n'était pas en colère. Elle était agacée. Pas par lui – enfin un peu par lui – mais surtout par les règles qui régissaient la société. Le vicomte faisait ce qu'il avait à faire : s'extraire d'une situation qui conduisait à une impasse. S'excuser d'avoir agi en suivant ses désirs.

Elle aurait voulu qu'il comprenne son agacement, voire qu'il le partage, mais malheureusement cela ne semblait pas être le cas. Elle soupira.

— Un baiser ne peut être déloyal que si l'une des deux

personnes concernées était la seule à le vouloir. Mais quand le désir est partagé, je ne vois pas ce qui pose problème.

— À cause de ma place dans cette maison, et dans la vie, j'ai profité de vous de façon déloyale, Hattie. Il faut que vous le compreniez. Et je vous prie encore une fois d'accepter mes excuses.

— Non, je ne les accepte pas, rétorqua-t-elle. Vous ne pouvez profiter de moi tant que je garde la maîtrise de mes propres actes. Je ne suis peut-être qu'une petite secrétaire, mais j'ai pleinement conscience de ce que je suis et de ce que je fais. Je mesure aussi les conséquences de mes actes, je vous le garantis. Sur ce, je vous souhaite une bonne soirée.

Elle tourna les talons et quitta la cuisine, prête à disparaître dans la nuit.

— Hattie ! Vous verrai-je mercredi ?

— Bien sûr ! répondit-elle, un peu plus sèchement qu'elle ne l'aurait voulu.

Comme si un simple baiser pouvait la faire renoncer à un travail dont elle avait désespérément besoin. Ce que les hommes pouvaient être idiots, parfois.

Elle trouva son parapluie et disparut sans la nuit humide.

Au fur et à mesure qu'elle marchait dans les rues, elle devint de plus en plus agitée. Elle était en colère contre elle-même d'être tombée amoureuse de cet homme. Cela la rendait d'autant plus furieuse qu'elle n'était pas stupide. Elle savait parfaitement qu'il ne la considérait pas comme une future épouse potentielle, et à juste titre. Même si, par chance, le plus bel homme d'Europe tombait amoureux d'elle, entre eux se dresserait toujours, tel un obstacle insurmontable, le problème épineux de sa place dans la société, de son absence de relations et de sa famille.

De sa famille cupide et totalement inacceptable.

Non, entre eux, un mariage était inenvisageable. Cela ne signifiait pas pour autant qu'elle allait jeter ses sentiments aux oubliettes. Le temps que l'on passait sur terre était précieux, et à certains égards, pour elle, c'était encore plus vrai. Elle était encore jeune, mais elle ne le serait pas toujours. Elle n'était pas loin de devenir une vieille fille oubliée de tous.

Elle profiterait de cette chance qui était la sienne tant qu'elle le pourrait.

Elle n'éprouverait ni honte, ni réserve, ni timidité. Car, dans la vérité de son âme et de son cœur, Hattie savait que l'opportunité de vivre des sentiments d'une telle intensité ne se présenterait sans doute jamais plus.

20

Flora fouillait dans sa garde-robe à la recherche d'une tenue pour la *garden-party*. Elle avait déjà essayé plusieurs très belles robes sous les yeux attentifs de Hattie et Queenie, mais aucune ne semblait lui convenir.

— Ce sont des robes neuves ? demanda Queenie en désignant les tenues écartées par Flora, qui les avait laissées sur son lit.

— Oui, répondit cette dernière sur un ton absent, tout en plaquant devant elle une robe jaune pâle et en se regardant dans le miroir. J'ai pourtant dit à ma mère que le jaune me donnait un teint cireux.

Elle se tourna vers ses amies.

— Qu'en pensez-vous ? Elle me fait un teint cireux, non ?

— Pas du tout, rétorqua Hattie. Elle te va très bien.

— C'est possible, dit en revanche Queenie.

En poussant un soupir, Flora posa la robe jaune sur son lit, avec les autres, et retourna fouiller frénétiquement dans sa garde-robe. Hattie adressa à Queenie un regard désapprobateur, que cette dernière ignora.

— Je ne comprends pas pourquoi tu te mets dans un tel état, poursuivit Queenie. Christiana Porter a dit qu'elle se retirait de la course aux prétendantes. Elle a trouvé le vicomte très ennuyeux, paraît-il. D'après elle, il ne dit jamais rien, ou presque.

— Si elle n'est plus en lice, c'est plutôt parce qu'il n'a pas supporté son petit numéro de chant, selon moi, rétorqua Flora. Il me semblait t'avoir entendue dire qu'elle chantait plutôt bien, Queenie. Mais c'était un désastre.

— Comment aurais-je pu le savoir ? demanda Queenie. Je ne fais que répéter ce que les gens disent.

Hattie dut retenir un petit cri indigné. Queenie n'avait pas sa pareille pour transformer la vérité, selon sa fantaisie ou ses désirs.

— Dahlia Cupperson est toujours considérée comme une prétendante sérieuse. Sa famille a même l'intention d'organiser un bal en l'honneur du vicomte.

— Un bal ? répéta Flora avec des yeux éplorés.

— Qu'y a-t-il ? demanda Queenie. Pourquoi me regardes-tu ainsi ?

— Mon père refuse d'inviter le vicomte. D'après lui, ce n'est pas à nous de provoquer les occasions de le rencontrer, tant qu'il n'aura pas clairement fait connaître ses intentions. Vraiment, quel est l'intérêt de tout cela ? Le vicomte ne me trouvera jamais à son goût, et je m'en moque bien. Je n'ai pas envie de vivre à Santiava de toute façon.

— Tu n'as peut-être pas envie de vivre à Santiava, mais cela m'étonnerait que tu n'aies pas envie d'être riche, ma chérie, dit Queenie. Une fois que tu seras mariée et que tu lui auras donné les héritiers qu'il attend, tu pourras revenir à Londres et nous regarder tous de haut. Oh ! Est-ce que je t'ai dit ? Mabel Stanhope a été invitée à la *garden-party* des Iddesleigh.

— Mabel Stanhope ?

En gémissant, Flora se laissa tomber à terre et croisa les bras sur ses genoux repliés.

— Je ne veux pas y aller.

— C'est ridicule. Il faut que tu y ailles pour tout me raconter, dit Queenie sur un ton enjoué.

Une femme de chambre apparut sur le seuil.

— Miss Rodham, une voiture vous attend.

— Déjà ! se lamenta Queenie.

Elle se leva lentement et s'étira.

— Ne t'inquiète pas, Flora, très chère. Tu es tout aussi désirable que n'importe qui d'autre. Peut-être pas aussi riche, certes, mais néanmoins désirable. On se voit demain ?

Flora acquiesça et Queenie quitta la pièce. Étrangement, Hattie parvint à se retenir de lui donner un coup de pied quand elle passa devant elle.

— Oh Hattie, gémit Flora. Toi, tu me comprends. Que dois-je faire ? Mes parents se sont entichés de cet homme. Mais je ne trouve absolument rien à lui dire ! Et s'il te plaît, évite de me suggérer de lui parler de livres. Je sais que tu voulais m'aider, mais vraiment, Hattie. Pas de livre !

— Pas de livre, j'ai bien compris, dit Hattie, le plus patiemment possible.

— Es-tu sûre d'avoir bien compris ? Vois-tu, quelquefois, j'ai des doutes, dit Flora, qui pouvait parfois se montrer un peu méchante quand elle était nerveuse. Je ne suis pas assez bien pour lui. C'est tellement évident !

— Tu te trompes complètement.

— Non, je te jure que c'est la vérité. C'est un homme bon et intelligent, et il est beau, et il est duc et vicomte, et il n'a rien à faire avec quelqu'un comme *moi*. Qu'est-ce que je possède qui puisse le séduire ? Je ne suis pas belle comme Christiana, ni intelligente comme Dahlia, ni bonne et charitable comme Mabel.

Hattie alla s'asseoir par terre à côté de son amie.

— Tu vaux mieux qu'elles trois réunies. Tu es gentille toi aussi, et intelligente, et intéressante. Par ailleurs, moi je pense qu'il t'apprécie.

— Pourquoi ? demanda-t-elle en plantant son regard dans celui de Hattie. Est-ce qu'il l'a dit ? T'a-t-il dit quelque chose ?

— Non, non, mais j'ai bien vu. J'ai vu la façon dont il te regardait. C'était assez clair.

Flora frotta son nez.

— Tu penses vraiment ? demanda-t-elle d'une petite voix.

— Oui, vraiment.

Flora réussit à esquisser un sourire et se leva.

— Mais que puis-je lui dire ? Je perds mes moyens quand je suis près de lui, et je passe pour une idiote.

— Eh bien, dit Hattie en croisant et décroisant les jambes, il aime l'astronomie. Et l'histoire. Même si je crois que la branche qui l'intéresse le plus est l'histoire militaire.

Son regard se perdit dans le vide, pendant qu'elle réfléchissait à tout ce qu'elle savait d'autre au sujet du vicomte. Mais elle se rendit vite compte que Flora la regardait bizarrement.

— Qu'y a-t-il ?

— Tu as l'air d'en savoir beaucoup sur lui pour quelqu'un qui passe ses journées enfermé dans un cabinet à écrire des lettres.

Hattie ressentit une légère brûlure aux joues. Elle avait l'impression de s'être trahie, presque comme si ses lèvres étaient toujours gonflées après leur baiser. Elle songea tout à coup que Flora pourrait découvrir, après s'être mariée, être devenue duchesse et mère de famille, que Hattie, un jour, avait embrassé son mari. Cette idée lui causa une légère nausée.

Flora la regardait toujours, Hattie s'obligea donc à sourire.

— Je travaille dans la même pièce que lui. Mais... ce que je sais, je l'ai appris en entendant les autres domestiques.

Les autres domestiques ? S'était-elle rangée d'elle-même dans cette catégorie ? Afin de se résoudre tout à fait à l'idée que jamais elle ne pourrait être duchesse ?

Flora se mit tout à coup à rire et posa une main affectueuse sur le bras de Hattie.

— Pendant un instant, mon imagination s'est emballée. C'est ainsi, parfois je ne peux m'empêcher de penser que n'importe quelle femme dans cette ville est plus intéressante et séduisante que moi.

Elle rit encore, en secouant la tête, comme si elle n'en revenait toujours pas d'avoir pu penser que même Hattie Woodchurch valait mieux qu'elle.

Hattie ignora la blessure infligée par celle qui était son amie.

— Très bien, redis-moi ce qu'il aime, dit Flora, qui avait retrouvé tout son allant.

Alors Hattie obéit. Elle lui dit les sujets qu'elle pouvait aborder, et lui expliqua comment le faire. Elle lui dit d'évoquer les étoiles d'une façon suggérant qu'elle trouvait cela romantique. De lui faire comprendre qu'elle s'intéressait à lui autrement que comme à un ami. Et, surtout, de lui poser des questions au sujet de Santiava.

Pendant qu'elle parlait, son estomac se noua sous l'effet conjugué du désespoir et de la colère. Était-il à ce point impossible de croire qu'elle pourrait plaire à Lord Abbott et former un couple assorti avec lui ? Durant toute sa vie, elle avait été considérée comme un second choix. Comme quelqu'un de bien gentil, mais qui ne comptait pas vraiment.

Et elle n'en pouvait vraiment plus.

21

À son arrivée au domicile des Iddesleigh, à Mayfair, Lila fut conduite au grand salon. Pendant qu'elle suivait le majordome dans le couloir, elle entendit des bruits provenant de cette pièce, et quand elle y pénétra, elle eut l'impression que ses occupants essayaient de la saccager. Des pelotes de laine, des aiguilles, des grilles de broderie traînaient partout. Papiers et livres, manteaux et chapeaux, tout avait l'air d'avoir été joyeusement lancé en l'air par des canons et abandonné au sol, à l'endroit où il avait atterri.

L'autre chose qu'elle remarqua, c'était qu'il y avait beaucoup de représentantes de la gent féminine. Il y en avait même partout ! En cet après-midi gris et maussade, toute la famille, y compris trois petits chiens, était rassemblée dans ce salon. On aurait dit une maison de fous.

Maisie, une des filles de la famille, regarda à peine Lila, car elle était en train d'essayer de convaincre sa mère d'aller rendre visite à une amie. Lady Iddesleigh – ou Blythe, comme l'appelait désormais Lila – ne voulait pas en entendre parler. Elle dit qu'il pleuvait trop et qu'elle ne voulait pas que sa fille tombe malade.

— Nous sommes *prisonnières* ici ! s'exclama Maisie avec des élans théâtraux.

Beck était à son bureau, et lançait de temps en temps à qui voulait l'entendre – c'est-à-dire personne, visiblement – qu'il fallait se taire, car on ne s'entendait plus penser ! De toute évidence, il essayait d'écrire quelque chose, sans y parvenir.

Donovan était assis dans un fauteuil et lisait le plus tranquillement du monde un journal, comme s'il était au parc par un radieux après-midi.

Maren, la seconde des filles, que Lila considérait comme la plus calme – si quelqu'un dans cette maison pouvait être considéré comme calme, ce qui n'était pas certain – était en train de lire dans un coin de la pièce. Margaret, ou Meg, une des plus jeunes, jouait du piano. Birdie, la benjamine, qui était âgée de treize ans, était assise par terre et jouait avec deux chiots turbulents qui tournaient autour d'elle et se couraient après. Lila regarda Donovan lever les jambes pour laisser passer les chiots sans lever les yeux de son journal.

Et l'aînée, Mathilda, dite Tilly, regardait par la fenêtre, les bras croisés, avec l'air de s'ennuyer terriblement.

Blythe était assise dans un fauteuil, à côté de Donovan, avec sur les genoux, un petit poméranien dont la tête reposait sur l'un des accoudoirs.

— Lady Aleksander, annonça le majordome.

Beck se leva d'un bond.

— Lila ! cria-t-il presque.

Margaret, qui n'avait pas entendu l'annonce du domestique, continuait de jouer du piano.

— Merci à vous d'être venue. Je vous en prie, entrez. Entrez.

— Merci de me recevoir, malgré...

— Pardon ? hurla Beck en posant les mains sur ses oreilles. Je ne vous entends pas avec ce piano !

— Je disais : merci de me...

— Meg ! cria Tilly. Veux-tu bien arrêter ? J'ai les oreilles qui tintent et personne ne s'entend !

Meg s'interrompit et leva les yeux avec surprise.

— Il fallait le dire.

— C'est ce que je viens de faire. Nous avons une visiteuse, dit Tilly en désignant Lila d'un geste vague.

Meg se leva pour regarder Lila par-dessus son piano.

— Oh.

À présent, tout le monde regardait Lila, même les chiens.

— Bonjour, dit-elle.

— Vous vous souvenez toutes de Lady Aleksander ? demanda Beck.

— C'est la marieuse, n'est-ce pas ? demanda Maren.

— Qu'est-ce qu'une marieuse ? demanda Birdie.

— Elle n'est quand même pas venue pour *moi*, papa ? demanda Tilly. Je vous jure que…

— Elle n'est pas venue pour toi, ma chérie, dit Beck. Enfin, je ne pense pas, ajouta-t-il en regardant Lila pour obtenir confirmation.

— Non, non, dit Lila.

Mais la rapidité de sa réponse sembla vexer Tilly.

— Pourquoi ? Je ne suis pas digne d'intérêt, c'est cela ?

— Tilly, une autre fois ! se plaignit Blythe.

— C'est ce que vous dites toujours, maman, répondit Tilly qui se tourna de nouveau vers la fenêtre. J'ai vingt ans ! Est-ce que tout le monde s'en moque ?

— Je ne m'en moque pas du tout, Tilly, ma chérie, assura Beck. Bien au contraire. Mais dites-moi, Lila, que pouvons-nous faire pour vous ?

Lila regarda autour d'elle. Elle avait espéré pouvoir avoir une petite conversation privée avec Lord Iddesleigh.

— J'aurais besoin de quelques petites informations.

— Ah. Merveilleux.

Il resta immobile, attendant qu'elle l'interroge. Tout le monde la regardait et avait l'air d'attendre qu'elle parle, en fait.

— Oh. Je vois. Je pense qu'il s'agit d'une affaire privée, dit Blythe.

— Je vous remercie. En effet, acquiesça Lila.

— Et par « privée » vous voulez dire qu'il s'agit d'une affaire qui ne doit pas être entendue par ma progéniture ? demanda Beck. Si cela peut vous rassurer, mes filles n'écoutent personne…

— Beck, sois un peu sérieux parfois ! dit Blythe. Lila veut te parler en privé. Elle a l'air d'y tenir.

Donovan, Dieu le bénisse, comprit les obstacles que représentait cette famille pour Lila. Il se leva de son fauteuil, puis se dirigea vers elle en souriant. Il prit sa main et la porta à ses lèvres, avec un regard pétillant. Il était, songea Lila, aussi beau que par le passé. Elle se demanda s'il avait toujours une aventure avec le « valet », ou bien s'il avait un nouvel amant.

— La subtilité n'a pas séjour dans cette maison, milady, dit-il. Tout doit être expliqué en des termes très simples. Laissez-moi faire.

Il lâcha sa main et se tourna.

— Ladies, vous allez toutes venir avec moi.

— Pourquoi ? Où allons-nous ? demanda Birdie.

— Lady Marley réclame notre présence, déclara Donovan.

— Vraiment ? demanda Blythe, incrédule.

— Elle ne le sait pas encore, mais oui, répondit Donovan avec assurance.

— En êtes-vous certain ? demanda Beck. Elle m'a semblé légèrement exaspérée la dernière fois.

— Elle était *très* exaspérée la dernière fois, confirma Donovan. Mais son époux était ravi.

— Marley adore les enfants, dit Blythe, songeuse.

— Je ne suis plus une enfant, leur rappela Tilly.

— Non, ma chérie, tu viens d'avoir vingt ans. Tu nous le rappelles fréquemment, dit Beck. Une idée formidable, Donovan. Allez, mes chéries, vous allez accompagner votre oncle Donovan chez les Marley. Birdie, il ne faut pas te sauver pour aller voir les chevaux, cette fois, tu m'as compris ? Toute la ville t'a cherchée partout.

— D'accord, promit Birdie tout en se dirigeant vers la porte.

Toute la troupe suivit, Tilly en poussant un lourd soupir, Maren avec son livre plaqué contre sa poitrine, Maisie en marmonnant, et Meg en portant un des chiots dans ses bras, tandis que l'autre trottait derrière elle.

Donovan s'inclina devant Lila, puis suivit les jeunes filles tel le grand jars du troupeau.

Il restait encore Blythe et le poméranien. Lila regarda Beck, qui regarda son épouse.

— Ma très chérie ?

— Quoi ?

— Tu avais raison : Lila préférerait une conversation privée.

— Cela m'exclut-il forcément ? demanda Blythe, surprise. Elle sait très bien que je ne dirai rien, et que je ne répéterai rien non plus. N'est-ce pas, Lila ?

Beck secoua la tête. Blythe lui adressa une moue courroucée et se leva d'un bond, ce qui fit tomber le chien de ses genoux.

— Je ne sais pas pourquoi il faut toujours que je sois exclue de tout, dit-elle en quittant la pièce.

— Ne faites pas attention à elle, dit Beck une fois Blythe sortie.

Il se laissa tomber sur le canapé, allongé sur le dos, les pieds sur l'accoudoir et les bras repliés sous la tête pour former un coussin.

— Savez-vous quand je me retrouve seul ? Je vais vous le dire : *jamais !* Il y a toujours au moins une porteuse de jupons dans les parages. C'est épuisant de vivre avec elles toutes.

— J'imagine très bien, répondit Lila, en prenant place dans le fauteuil auparavant occupé par Donovan.

— Très bien, Lila, vous m'avez ferré, et je suis tout ouïe. Quelles informations souhaitez-vous obtenir ?

— J'ai besoin d'en savoir davantage sur Miss Woodchurch.

— Pourquoi ? Qu'a-t-elle fait ?

Lila rit.

— Elle n'a rien fait. Je veux savoir d'où elle vient, comment est sa famille, tout cela...

Beck fronça les sourcils et prit appui sur un de ses coudes.

— Pourquoi ?

— Je me souviens que vous aviez dit quelque chose à son sujet quand vous essayiez de convaincre Lord Abbott de la prendre à son service.

— Ah oui ?

Il réfléchit.

— J'ai dit qu'elle avait besoin de ce travail.

— C'est cela ! Pourquoi une jeune femme issue d'une famille prospère aurait-elle besoin de travailler ?

Il se rallongea sur le canapé.

— Parce que son père est un pauvre type, désagréable et misérable. Comment peut-on avoir une fille aussi intelligente, adorable et travailleuse que Hattie Woodchurch et la considérer comme du bétail ?

— Comment ?

La description avait de quoi horrifier.

— Laissez-moi vous raconter ma rencontre avec Miss Woodchurch. À l'occasion du premier anniversaire de la fille aînée des Marley, il y a huit ou neuf ans, nous étions tous réunis pour fêter cela, lorsque le majordome annonça qu'une certaine Miss Harriet Woodchurch attendait à la porte. Personne ne la connaissait à part moi, et encore, c'était par hasard que je savais qui elle était. J'avais eu maille à partir avec une entreprise de transports - appartenant à son père, si vous voulez tout savoir - et je l'avais rencontrée durant l'échange animé que j'avais eu avec son père, quand ce dernier l'avait forcée à surveiller la porte tel un chien de garde pendant que nous discutions lui et moi. Je tiens à préciser que l'affaire ne s'est pas soldée à mon avantage et que je n'ai jamais obtenu gain de cause.

— Quel est le rapport avec la fête d'anniversaire ?

— Elle ignorait que nous fêtions un anniversaire, mais elle avait frappé à la porte des Marley, alors qu'elle n'avait que quatorze ans, car elle cherchait un travail. Elle espérait se faire engager comme secrétaire, figurez-vous. Naturellement, elle fut éconduite. Mais j'avais une idée de la raison pour laquelle

elle était venue, et un peu plus tard dans la semaine, je suis allé rendre une petite visite à son père. J'ai suggéré qu'il inscrive sa fille à mon école. Il m'a répondu que passé un certain point, il n'y avait aucun intérêt à ce que les filles soient éduquées, et surtout pas s'il fallait payer pour leur scolarité. Je lui ai dit qu'elle pourrait être boursière et qu'il n'aurait donc rien à payer. J'aurais pu jeter l'éponge, mais j'avais des comptes à régler avec ce pauvre type et je ne voulais pas qu'il triomphe une nouvelle fois. Pour finir, nous nous sommes mis d'accord avec Lady Marley, et nous avons payé cet homme afin qu'il envoie sa fille dans notre école.

Lila était sous le choc.

— Vous n'avez pas fait cela ?

— Eh bien, si ! Comment aurais-je pu laisser la pauvre enfant dans une situation pareille ? Et sa mère ! Vous ne pouvez même pas imaginer à quoi ressemble la demeure familiale de Portman Square, Lila. La mère de Hattie a rempli la maison d'horloges et d'un incroyable bric-à-brac.

— Pardon ?

— Oui, des horloges, des chats, des services à thé, et je ne sais quoi d'autre, dit-il avec un petit moulinet du poignet. Il y en a tellement, et partout, qu'on ne peut pas faire un pas sans se cogner dans quelque chose. Pour couronner le tout, Miss Woodchurch a trois frères qui ne sont guère plus civilisés que leurs parents. Une famille terrible, je vous le dis. Mais c'est l'avarice de son père qui pose le plus problème. La pauvre enfant ne peut même pas s'habiller décemment.

— Que voulez-vous dire par là ?

— Je veux dire qu'il refuse de lui acheter la moindre robe. D'après Blythe, toutes ses tenues sont de seconde main.

Il se rassit, et regarda Lila en plissant les yeux.

— Mais pourquoi, exactement, me posez-vous toutes ces questions au sujet de Miss Woodchurch ?

— Par curiosité, répondit-elle en haussant les épaules.

— Curiosité, mon œil, si vous me pardonnez l'expression. Que mijotez-vous ?

Alors même qu'il posait la question, son expression montrait qu'il avait compris.

— D'accord, capitula-t-elle. Je pense qu'elle pourrait former un couple parfait avec le pire client auquel j'aie jamais eu affaire.

— Comment ? Qui ? demanda-t-il en souriant. Vous avez quelqu'un en tête pour elle ? Je serais transporté de joie de la savoir fiancée à quelqu'un susceptible de l'arracher à cette maison de fous.

Lila marqua un temps d'hésitation.

Le sourire de Beck disparut.

— Oh non.

— Lord Abbott.

— Lila !

Beck se leva si vite que ses pieds heurtèrent bruyamment le sol.

— Vous ne pouvez pas y penser sérieusement.

— Si.

— Non, non, c'est impossible. Expliquez-vous, je vous en conjure.

Elle s'exécuta. Elle expliqua que le vicomte ne parlait à personne, sauf à Hattie. Qu'ils avaient les mêmes goûts et centres d'intérêt et que le vicomte sollicitait même les conseils et l'avis de Hattie concernant les jeunes femmes que Lila avait présélectionnées pour lui. Et ce n'était pas tout : il y avait la façon dont ils se regardaient, mais cela, bien entendu, elle ne le dit pas à Beck. Elle ne pensait pas qu'il comprendrait.

— Je sens ces choses-là au fond de moi, Beck. Et dans ce cas précis, je sens qu'ils formeraient un couple plus qu'assorti. Un couple parfait. Ce sont des âmes sœurs, Beck.

— Leurs âmes sont peut-être sœurs, mais leurs familles sont loin de l'être, Lila, rétorqua-t-il en secouant la tête. Vous ignorez ce à quoi vous risquez de vous heurter, et je ne vous laisserai pas bercer Hattie de faux espoirs, vous m'entendez ? Elle a déjà suffisamment souffert quand ses fiançailles ont été rompues à cause de son abominable famille, alors que le fiancé en question ne pouvait guère se vanter d'être un homme d'importance. Ce serait une immense humiliation, dont jamais elle ne se relèverait ! Jamais Abbott ne la choisirait, elle, sa famille préférerait le passer par les armes plutôt que de le laisser faire.

— Ce que vous dites là est terrible, dit Lila, alarmée.

— C'est néanmoins la vérité. Si vous persistez dans cette voie, vous ne rencontrerez que des problèmes, et je vous conseille d'abandonner cette idée au plus vite.

— N'avez-vous pas confiance en mes capacités ?

— Pas dans ce cas précis. Vous avez toujours uni des gens issus de milieux semblables et menant des existences proches. Mais là ? Son père est le pire des opportunistes. Non seulement il trouvera une excuse pour conserver la dot de sa fille, mais en plus il créera autant d'obstacles que possible dans l'espoir de pouvoir les lever contre rétribution. Il est dénué du moindre scrupule. Tel Midas, il rêve de changer en or tout ce qu'il touche, et il n'est jamais rassasié. Écoutez-moi, Lila, pour le bien de Hattie.

— Je comprends, dit-elle.

Bien qu'elle comprenne, elle n'était pas d'accord avec lui. Beck était un homme bon qui voulait sauver cette jeune femme des griffes de son père. Quel meilleur moyen d'y parvenir que de la marier à un vicomte ?

— Puis-je compter sur vous pour que cette conversation reste entre nous ? demanda-t-elle en se levant.

— Bien entendu.

— Merci, Beck.

Elle fit mine de se diriger vers la porte, mais elle se ravisa et se tourna.

— Au fait, j'aurais besoin d'une invitation pour Hattie et son frère, afin qu'ils puissent assister à votre *garden-party*.

— Seigneur Dieu, Lila, gémit Beck. N'avez-vous pas entendu ce que je viens de vous dire ?

— J'ai très bien entendu. Mais si j'avais raison ? Et si je réussissais ? fit-elle en souriant.

Beck soupira en secouant la tête. Il ne lui répondit pas, mais Lila était certaine que l'invitation en question serait envoyée. S'il y avait bien une chose que tout Londres savait à propos de Beckett Hawke, c'était qu'il était incapable de dire non à une femme.

22

Depuis qu'il avait embrassé Hattie dans la cuisine, Mateo vivait dans une espèce de brouillard permanent. Il ne parvenait pas à comprendre ce qu'il lui avait pris, exactement. Il ressassait cela à longueur de journée, incapable de penser à quoi que ce soit d'autre, et ce fut d'humeur bien morose qu'il arriva à la *garden tea party* organisée par Beck et son épouse.

En surface, il n'y avait pas grand mystère. Hattie était une femme, et il était un homme. Et elle n'était pas n'importe quelle femme : elle était cette Hattie solaire qui le comprenait si bien. Mais il aurait tout aussi bien pu embrasser Yolanda. Ce n'était pas très différent : elles étaient toutes les deux ses employées.

Il possédait son propre code de l'honneur, et il avait des principes concernant ce qui était bien et ce qui était mal. Il avait ignoré et bafoué tout cela. Cela ne lui ressemblait pas, lui qui faisait toujours très attention à ne rien dire ou faire qui puisse lui être ensuite reproché. Comme il était étrange et déplaisant qu'il puisse encore, tout en étant adulte, entendre la voix de son père en train de le réprimander pour sa bêtise.

Néanmoins, il ne pouvait ignorer cette vague de désir qui l'avait submergé et qui, depuis, ne l'avait plus quitté, malgré ses tentatives pour la contenir. Hattie Woodchurch était si différente des femmes qu'il avait jusque-là côtoyées.

En tant que secrétaire, il tenait à elle, et il ne voulait pas la perdre, même s'il comprenait qu'elle pourrait légitimement décider de ne plus travailler pour lui. Après tout ce qu'il avait dit à propos du comportement de Mr Rochester dans le roman *Jane Eyre*, après s'être indigné que ce dernier ait profité de sa gouvernante et ait traité de façon bien injuste son épouse privée de raison, qu'il ait fait croire à une autre femme qu'il l'aimait, il avait, lui, Mateo, osé faire ce qu'il avait fait dans la cuisine. C'était honteux de sa part.

Depuis, son imagination battait la campagne. Il supposait que Hattie le détestait. Ou pire, qu'elle avait pris son baiser pour une promesse. Non, non, elle était trop intelligente, trop lucide pour penser une chose pareille. Comme elle l'avait dit, elle connaissait et comprenait les règles du jeu.

Quoi qu'elle puisse penser de lui, il espérait le découvrir cet après-midi. Il trouverait un moment pour lui parler. Pour s'expliquer.

Comme s'il existait une explication acceptable.

Beck était là pour l'accueillir à son arrivée.

— Bienvenue, mon cher ami, milord ! C'est une joie sans pareille de vous recevoir. Venez avec moi, dit-il en se mettant déjà en route, alors que Mateo n'avait pas encore ôté son chapeau.

Il suivit Beck à travers la grande demeure, jusqu'à la terrasse. La chance souriait à Beck et à sa famille, car le ciel était d'un bleu splendide, rehaussé par les quelques nuages moutonneux qui le traversaient de temps en temps. Le jardin, de taille relativement modeste, avait été aménagé de façon spectaculaire pour l'événement. Sur la terrasse étaient dressées six tables où trônait la plus fine des porcelaines. Deux théières géantes taillées dans du buis en pots déversaient par leurs becs des cascades de fleurs fraîches. Les pelouses étaient déjà prêtes à accueillir les parties de croquet et de bowling, et un zoo miniature avait même été aménagé pour que les enfants puissent cajoler des animaux. Cette *garden tea party* promettait d'être la plus grandiose à laquelle Mateo ait jamais assisté.

Avec un grand empressement, Beck le conduisait d'invité en invité, le présentant comme son « très bon ami » bien qu'ils ne se soient vus qu'une poignée de fois. Comme d'habitude, Mateo fut accueilli avec moult « bienvenue en Angleterre », « comment trouvez-vous Londres ? » et « combien de temps resterez-vous parmi nous ? ». Il répondit aux questions de façon automatique, comme un écolier récitant une leçon apprise par cœur. Les femmes – toutes charmantes – ne lui firent pas grande impression, mais en même temps ses pensées étaient ailleurs ce jour.

Lady Aleksander arriva, vêtue d'une robe bleu ciel, en agitant son éventail devant son visage.

— Quel plaisir de vous voir, milord ! s'exclama-t-elle d'une voix enjouée. J'aimerais beaucoup vous présenter quelqu'un.

Elle l'arracha au couple qui était en train de lui expliquer qu'ils venaient rarement à Londres, mais qu'ils avaient fait le voyage pour voir l'éléphant du zoo. Elle le présenta à leur fille, Lady Mabel Stanhope.

Lady Mabel avait les cheveux et les yeux noirs et souriait facilement, mais elle était à peine sortie de l'enfance. Mateo la trouva tout de suite sympathique : elle lui montra les deux chiots qui couraient parmi les enfants, dans l'herbe. C'étaient deux grosses boules de poils qui se coursaient en serpentant entre les jambes des invités, qu'ils heurtaient souvent. Alors que Lady Mabel et lui les regardaient, l'un d'eux s'arrêta de courir pour s'allonger et faire une petite sieste.

— D'après moi, une *garden-party* sans chiot n'en est pas une, déclara-t-elle. N'êtes-vous pas de mon avis ?

— Si. Il devrait même exister une loi rendant leur présence obligatoire. Et deux n'est pas un nombre suffisant. Que diriez-vous d'une douzaine ?

Lady Mabel rit et Mateo l'accompagna jusqu'aux parterres de gazon. Il s'accroupit et essaya d'attirer un des chiots.

— *Ven, cachorro, ven*, dit-il, les mains tendues.

Le plus rond des deux finit par s'approcher et sauter dans

ses bras. Lady Mabel le cajola jusqu'à ce qu'il se tortille pour se libérer des bras de Mateo.

Pendant qu'il se penchait pour le laisser partir, il entendit un rire familier. Il se redressa et regarda autour de lui, à la recherche de Hattie, mais son regard tomba sur Miss Raney. Elle lui sourit et leva la main pour le saluer avant de disparaître sous une ombrelle. Elle était en train de parler avec un homme d'assez grande taille, que Mateo ne reconnut pas.

— J'ai monopolisé votre temps, dit Lady Mabel, en suivant son regard.

— Pas du tout.

— Je devrais aller saluer Mrs Barron, poursuivit-elle, avant de s'excuser.

Il la regarda regagner la terrasse, tout en essayant de trouver quelque chose à lui dire pour la rappeler. Mais il ne trouva rien, car, en réalité, il n'avait pas envie de la rappeler. Lady Mabel était charmante. Mais ce n'était pas l'élue.

Quand il se détourna d'elle, il constata que Lady Raney l'avait rejoint.

— Bonjour, milord ! dit-elle avec allant et enthousiasme, tout en surveillant de loin la progression de Lady Mabel. Ma Flora a hâte de pouvoir vous saluer. Elle a beaucoup apprécié votre compagnie, l'autre soir.

— Tout comme j'ai apprécié la sienne.

La lady tendit la main vers lui.

— Auriez-vous l'obligeance de me prêter votre bras ? Avec toutes ces marches d'escalier, je crains toujours de commettre une maladresse.

Il réprima un soupir. Le tenir par le bras serait pour Lady Raney un moyen de se l'approprier et de s'assurer qu'aucun importun ne détourne Mateo du droit chemin, celui qui menait à sa fille. Il proposa son bras, et, ensemble, ils gravirent les marches conduisant à sa fille, qui, sous son ombrelle, ne pouvait les voir approcher.

— Ma chérie, regarde qui voilà ! s'exclama sa mère à voix haute.

Miss Raney baissa son ombrelle et se retourna, les yeux écarquillés.

— Milord, dit-elle, avant d'exécuter une révérence. Quel plaisir de vous revoir. J'espère que vous vous portez bien.

— Je me porte à merveille, je vous remercie.

L'homme avec qui elle parlait adressa un regard dédaigneux à Mateo.

— Quelle belle journée pour une *garden tea party*, ajouta-t-il.

— N'est-ce pas ? Et surtout après cette horrible pluie. Avez-vous déjà eu le plaisir de rencontrer Mr Daniel Woodchurch ?

Woodchurch ? Mateo regarda le compagnon de Miss Raney avec un intérêt accru. Oui, bien sûr… il voyait une vague ressemblance, autour des yeux.

— Enchanté, sir. Vous devez être le frère de Miss Woodchurch.

— Oui.

Le regard méfiant qu'il adressa à Mateo lui fit penser que Hattie lui avait peut-être raconté ce qui s'était passé entre eux. Il se préparait déjà à être provoqué en duel – il avait entendu dire que les Anglais étaient coutumiers du fait – et crispa les épaules. Mais alors il se souvint de ce que Hattie avait dit à propos de ses frères qui la taquinaient toujours. Dans ces conditions, aurait-elle été prête à confier à l'un d'eux quelque chose d'aussi intime ? Par ailleurs, si son frère l'avait su, il lui aurait sans doute déjà demandé réparation.

— Votre sœur vous accompagne-t-elle aujourd'hui ? demanda-t-il en regardant tout autour de lui.

— Oui, elle est là, quelque part, répondit Mr Woodchurch. Pourquoi ? Que lui voulez-vous ?

Miss Raney resta bouche bée devant l'insolente franchise du frère de Hattie.

— Juste la saluer, répondit Mateo, en soutenant le regard de Mr Woodchurch jusqu'à ce que ce dernier détourne les yeux.

— Il y a tant de monde ici, dit Miss Raney.

Oui, Londres était bien trop peuplée, acquiesça silencieusement Mateo.

— Elle doit être quelque part, parmi tous ces gens, dit Miss Raney en regardant autour d'elle.

— Il fait trop chaud, beaucoup trop chaud, se plaignit Mr Woodchurch. Peut-être souhaiteriez-vous boire quelque chose, Miss Raney ? proposa-t-il en tendant le bras.

— Pour ma part, j'en serais enchantée, répondit Lady Raney à la place de sa fille, je vous remercie, Mr Woodchurch.

Aussitôt, elle posa la main sur le bras de Mr Woodchurch, qui était si stupéfait qu'il ne sut quoi dire. Après un petit sourire à Miss Raney, il emmena sa mère prendre un rafraîchissement, et Mateo ne put qu'admirer l'habileté avec laquelle la lady avait manœuvré pour le laisser seul avec sa fille.

Laquelle fille regardait Mateo en souriant d'un air penaud.

Mateo lui rendit son sourire. Il savait ce que c'était d'avoir une mère prête à tout pour atteindre son but. Lady Raney ne laisserait rien ni personne s'interposer entre sa fille et le vicomte en quête d'une vicomtesse.

— Profitons de ce que nous sommes seuls pour faire plus ample connaissance, alors. Voulez-vous faire quelques pas ?

— Avec plaisir.

Elle rouvrit son ombrelle et, ensemble, ils traversèrent la pelouse en direction d'une fontaine.

Ils marchèrent d'abord en silence, avant que Miss Raney ne prenne la parole.

— C'est vraiment très agréable d'avoir un aussi grand jardin en ville. On ne doit pas manquer de place pour contempler les étoiles.

Instinctivement, Mateo leva les yeux au ciel, qui était toujours aussi bleu.

— *Sí*, acquiesça-t-il, rêveur.

— Je préfère la nuit au jour, poursuivit-elle. J'aime la magie de la nuit, quand le ciel ressemble à du velours noir, brodé d'étoiles cristallines… C'est comme si nous plongions dans un autre monde.

Il lui adressa un petit regard surpris. Son amour des étoiles semblait un peu… hors de propos.

— Mais il est difficile de voir les étoiles depuis Londres.

— Oui, assez. Je vais vous montrer le meilleur endroit pour les contempler.

Elle désigna le mur au fond du jardin, vers lequel elle se dirigea avec empressement, en regardant par-dessus son épaule pour s'assurer qu'il la suivait. Une fois devant le haut mur en pierre, elle demanda :

— Voulez-vous bien m'aider ?

Elle s'approcha d'un banc et, prenant appui sur le bras de Mateo, elle y grimpa, puis l'incita à venir la rejoindre. De l'autre côté du mur s'étendait un parc encore plus vaste.

— J'ai grandi avec les filles de Lord Iddesleigh. Nous avons passé de longues soirées à regarder par-dessus ce mur.

Elle lui adressa un très joli sourire, et, un instant, il l'imagina en train de lui sourire de cette façon chez lui, à Santiava.

Mais alors, de façon assez fâcheuse, l'image de Hattie fit irruption dans son esprit.

— J'ai entendu un secret vous concernant, dit-elle, un léger sourire aux lèvres.

Le baiser, songea-t-il aussitôt. Mais non, impossible… Miss Raney souriait d'un air ravi, et elle ne serait pas ravie si elle savait qu'il avait embrassé sa secrétaire. Bon sang, ce baiser le poursuivait. C'était une malédiction.

— Un secret me concernant ? Je ne vois vraiment pas de quoi il peut s'agir.

Il descendit du banc et l'aida à en faire autant.

— J'ai entendu dire que vous étiez un cavalier émérite.

Un cavalier émérite, lui ? Voyez-vous cela ! Il rit de surprise.

— Je ne suis pas du tout un cavalier émérite. Qui a dit une chose pareille ?

— Lady Aleksander.

Mateo dut se retenir pour ne pas lever les yeux au ciel. Lady Aleksander, bien sûr. Il ne pouvait s'agir que d'elle. Elle lui avait sans doute attribué de multiples talents qu'il ne possédait pas.

— Sa générosité à mon égard la perdra... Pratiquez-vous l'équitation, Miss Raney ?

— Oui. *J'adore* cela. À la campagne, nous avons une douzaine de chevaux. Mon père aime les faire participer à des courses.

Un point en faveur de la jeune lady. Mateo adorait les courses de chevaux.

— Il y a une course célèbre en Espagne, la *Carreras de Caballos de Sanlúcar*, dit-il. Les chevaux courent le long de la mer.

C'était un environnement spectaculaire, et le souvenir des chevaux courant sur le sable damé, avec, en arrière-plan, la Méditerranée étincelante, le rendit quelque peu nostalgique.

— Cela donne envie.

Elle souriait, mais son sourire semblait crispé. Presque forcé. Contrairement aux sourires de Hattie qui paraissaient toujours naturels et spontanés.

Mais que lui prenait-il donc ? Pourquoi ne cessait-il de penser à Hattie Woodchurch ?

— Nous devrions peut-être revenir sur nos pas, dit-il. J'ai l'impression que le thé est sur le point d'être servi.

Ils rebroussèrent chemin et au moment précis où ils atteignaient les marches conduisant à la terrasse, Mr Woodchurch réapparut. Il ignora totalement Mateo et demanda à Miss Raney :

— Vous défendez-vous au croquet, Miss Raney ? J'aimerais vous proposer de faire équipe avec moi quand la partie commencera. Enfin, si vous êtes disponible, ajouta-t-il en regardant Mateo.

— Je, euh..., bredouilla Miss Raney en adressant des petits regards nerveux à Mateo.

— Je vous en prie, sentez-vous totalement libre de faire ce dont vous avez envie, dit Mateo.

Mr Woodchurch fit une petite moue dédaigneuse. Pourquoi donc une telle animosité à son encontre ? s'interrogea Mateo.

— Merveilleux, finit par dire Mr Woodchurch, du bout des lèvres.

Miss Raney regarda de nouveau Mateo, et il s'inclina, la libérant de fait. Mr Woodchurch profita aussitôt de l'occasion pour lui proposer son bras. Après un dernier regard à Mateo, elle prit le bras de Mr Woodchurch.

Mateo les regarda s'éloigner. Il souhaitait déjà que l'après-midi prenne fin. Mais apparemment, après le thé, il serait forcé de jouer au croquet.

Et, vraiment, où se trouvait Hattie ? Il tendit le cou pour la chercher dans cette foule bien trop dense.

23

Hattie se sentait prise au piège de cette *garden-party* triste et surpeuplée. Ce n'était pas du tout ce à quoi elle s'attendait. Elle s'était imaginé un petit nombre d'invités, rassemblés autour d'une ou deux tables, menant une conversation agréable et polie. Mais non. La foule des participants se pressait entre de gigantesques pots de fleurs en forme de théières et des jeux de pelouse. Partout, des hommes en costume qui tombaient la veste à cause de la chaleur, des femmes avec des chapeaux sophistiqués, des laquais en livrée en train de s'affairer, et des enfants. Des dizaines et des dizaines d'enfants.

À l'arrivée de Hattie, Lady Iddesleigh s'était déclarée très heureuse de la voir, puis aussitôt, elle lui avait demandé un service que Hattie n'avait pu refuser.

— Vous allez m'aider, n'est-ce pas, très chère ? avait demandé Lady Iddesleigh sur un ton désespéré. Mrs Hughes est tombée malade et Donovan a mystérieusement disparu. Il n'y a personne pour s'occuper des enfants, et il y en a trop, beaucoup trop ! Les voyez-vous ? Regardez, ils sont là-bas, sous l'érable, dit-elle en désignant une table autour de laquelle se poursuivaient plusieurs enfants. Voulez-vous bien les surveiller quelques instants ? Je vous en serai à jamais reconnaissante. Merci beaucoup, conclut-elle en tournant les talons avant que Hattie ait pu objecter quoi que ce soit.

Daniel – qui, bien entendu, avait protesté à l'idée de participer à une nouvelle réception *chez les snobs*, avant d'être prêt à partir une bonne demi-heure avant Hattie – rit.

— *Vous allez m'aider, n'est-ce pas, très chère ?* répéta-t-il en imitant Lady Iddesleigh.

Puis il partit, laissa Hattie se débrouiller seule. Elle eut alors le sentiment cruel de n'avoir d'autre choix que de se diriger vers la table des enfants.

Lady Margaret Hawke, la fille de Lord Iddesleigh que tout le monde appelait Meg, était assise à cette table. Elle était encore une enfant la dernière fois que Hattie l'avait vue. Elle avait conservé son visage juvénile, mais de toute évidence elle était mécontente de se trouver là. Elle était assise, un coude sur la table et la tête sur la main, et affichait un air morose. Elle regarda à peine Hattie lorsque celle-ci prit place à ses côtés.

— Je ne vois pas pourquoi je dois rester ici, se plaignit-elle. Birdie est presque aussi grande que moi, pourquoi ce n'est pas elle qui les surveille ?

Elle regarda finalement Hattie d'un air curieux.

— Oh ! Seriez-vous la gouvernante, par hasard ?

— La gouver... Non, répondit Hattie, prise au dépourvu. Je fais partie des invités.

Elle ne pouvait pas en vouloir à Lady Margaret de l'avoir prise pour la gouvernante. Elle avait fait de son mieux pour rafraîchir la robe tirée de l'armoire de sa mère, mais ses efforts n'avaient pas dû suffire.

— Je suis Harriet Woodchurch. Vous vous souvenez peut-être de moi ? J'ai fréquenté l'école de votre père.

— Oh. Non, répondit seulement Lady Margaret, avant de sombrer de nouveau dans l'abattement le plus profond, juste au moment où deux jeunes garçons passaient si vite et si près de Hattie qu'ils faillirent faire s'envoler son chapeau.

Elle soupira. Elle avait la désagréable impression d'être entourée par des dizaines de Peter et Perry.

Elle essaya d'ignorer les enfants qui couraient autour de la table et fixa son regard sur les adultes se promenant sur la terrasse. Elle aperçut de loin Teo, et son cœur se mit à cogner dans sa poitrine... jusqu'à ce qu'elle se rende compte qu'il était en train de parler avec Lady Mabel Stanhope. Mabel avait cette capacité à toujours être jolie, quelles que soient les circonstances, et cette fois encore, elle ne dérogeait pas à ses habitudes. Comment Teo la trouvait-il ?

Elle le perdit de vue dans la foule et ne l'aperçut plus avant que l'on s'apprête à servir le thé. Hattie supposa qu'elle n'était plus tenue de surveiller les enfants et se leva pour aller rejoindre les autres invités sur la terrasse. Mais un laquais l'intercepta en chemin pour lui apprendre que sa place se trouvait à la table des enfants. Tout en elle se rebella. Rien dans l'invitation qu'elle avait reçue ne suggérait qu'on attendait une quelconque aide de sa part. Néanmoins elle obéit, et écouta les lourds soupirs de Lady Margaret pendant que les deux plus jeunes enfants du duc de Marley, Annika et Bredon, se disputaient à qui aurait plus de caramels que l'autre.

Hattie étouffait dans sa robe, ses cheveux étaient poisseux sous son chapeau. Il faisait beaucoup trop chaud, et, vraiment, pourquoi était-elle venue ? Pensait-elle réellement que ces invitations étaient motivées par autre chose que par les services qu'elle pouvait rendre ? Les gens la trouvaient utile, et c'était tout. Elle se sentirait toujours comme une parente pauvre ou une domestique.

Depuis sa place, au milieu des enfants dissipés, elle regarda Lord Iddesleigh conduire Teo à la table où se trouvaient déjà Lady Iddesleigh, Lord et Lady Marley. Les autres tables se remplirent vite, mais il y avait tant d'invités qu'il n'y avait pas de place assise pour tout le monde. Elle remarqua que certaines personnes, restées debout, épiaient la table des enfants et parlaient entre eux, comme s'ils complotaient quelque chose.

Hattie se cala dans le fond de sa chaise, les bras croisés. Elle s'ennuyait à mourir, elle était furieuse et elle se sentait rabaissée.

Elle ne sut pas combien de temps elle resta là à ruminer, mais les gens finirent par se lever de table, alors que d'autres prenaient leurs places. Hattie quitta la table des enfants, après avoir décidé qu'obéir ne faisait qu'aggraver son sentiment d'humiliation. Mais alors qu'elle gravissait les marches de la terrasse, elle vit Teo de nouveau en grande conversation avec Lady Mabel.

Elle tourna les talons et, accablée, alla dans la direction opposée, vers la fontaine. Ce fut là que Flora la rejoignit, hors d'haleine.

— Je t'ai cherchée partout !

Elle s'accrocha au bras de Hattie et regarda son chapeau.

— Où as-tu trouvé ce... cette... *chose* ?

Hattie, gênée, porta la main au bord du chapeau.

— Euh... C'était à ma mère.

— Hattie, tu ne vas pas me croire... Je lui ai parlé des étoiles ! murmura-t-elle d'une voix excitée.

— Ah oui ?

— Et *lui* m'a parlé d'une course de chevaux en Espagne. Je ne sais pas trop, mais j'ai l'impression que tout se présente plutôt très bien.

Le cœur de Hattie se serra. Il ne lui avait jamais parlé de la moindre course de chevaux en Espagne. Mais elle se reprit aussitôt. À quoi pensait-elle ? Elle espérait bien qu'il s'intéresse à Flora. S'il devait épouser quelqu'un, il fallait que ce soit elle.

— Que dois-je dire maintenant ? Nous allons jouer au croquet tous ensemble...

— Tous... ?

— J'aimerais jouer aussi bien que toi. Tu me connais, je n'ai pas ma pareille pour envoyer les boules dans le décor.

Elle rit nerveusement.

— Tu vas très bien t'en tirer, j'en suis sûre.

— Et il y aura aussi une partie de bowling sur herbe. Il se

peut qu'il me propose de jouer avec lui. Peux-tu me rappeler les règles, s'il te plaît ?

Comme Flora avait de la chance. Hattie, en ce moment même, aurait eu très envie de lancer une boule de toutes ses forces contre le mur.

— C'est facile. Il suffit de faire rouler la boule vers la plus petite.

— Mais que dois-je lui dire ? demanda Flora. Dis-moi, toi qui le connais si bien.

— Ce n'est pas vrai, protesta Hattie.

Elle commençait même à croire qu'elle ne le connaissait pas du tout. Toutes ces choses qu'elle pensait savoir à son sujet… les savait-elle vraiment ?

— Hattie, gémit Flora. Ne me laisse pas tomber maintenant.

La *laisser tomber* ? Elle avait fait tout ce qu'elle pouvait pour la préparer au mieux ! Elle lui avait redonné confiance en elle, lui avait dit quels sujets de conversation aborder.

— Complimente-le, dit-elle, songeant que les hommes, à l'instar de son père, étaient souvent sensibles à la flatterie. Félicite-le pour sa forme exceptionnelle et pour la qualité de ses coups.

— Le complimenter, répéta Flora de façon solennelle. Quoi d'autre ?

N'avait-elle vraiment aucune idée de ce qu'elle pouvait dire à cet homme magnifique ?

— Admire son intelligence. Son sens de la stratégie.

Flora hocha longuement la tête.

— Je savais que tu trouverais quelque chose. Maintenant, il faut juste que ton frère ne vienne pas s'en mêler, ajouta-t-elle en levant les yeux au ciel.

— Mon frère ? demanda Hattie, incrédule. Cela n'arrivera pas. Il n'apprécie pas vraiment ce genre d'événement.

Flora cligna des yeux.

— Vraiment ?

Non, Flora ne pouvait tout de même pas s'inquiéter à cause de Daniel. Hattie haussa les épaules.

— Je ferai en sorte qu'il garde ses distances.

— Je ne suis pas certaine que tu y parviennes.

— Mais si, ne t'inquiète pas.

Pourtant, le sourire de Flora semblait sceptique.

— Merci, Hattie.

La jeune femme tint sa promesse. Alors que les équipes étaient en train de se constituer et qu'elle voyait Daniel en train de tourner discrètement autour de Flora, elle sollicita l'aide des jumeaux Marley, âgés de dix ans, qui n'avaient pourtant rien demandé. Elle savait bien comment fonctionnaient les jumeaux, elle savait comment les manipuler. Elle savait en particulier qu'ils étaient toujours en compétition l'un contre l'autre.

Elle paria avec l'un d'eux qu'il n'était pas capable d'atteindre avant son frère la haie près de laquelle se tenait Daniel. Les deux garçons se précipitèrent avant même qu'elle eût terminé sa phrase. Daniel fut bousculé par l'arrivée brusque des deux garçons et ne sut par où passer. Un des jumeaux le heurta, l'autre arriva à la haie en hurlant :

— Gagné !

Daniel essaya de ne pas jurer, mais c'était au-delà de ses forces. Lord Iddesleigh, scandalisé par un tel écart de langage, prit Daniel à part pour lui dire deux mots. Et au milieu de ce chaos, Flora se retrouva en équipe avec le vicomte, tandis que Lady Mabel échut à Sir Richard Canton, un riche célibataire.

D'autres équipes furent constituées, jusqu'à ce qu'il n'y ait plus de maillets disponibles. Personne ne regarda en direction de Hattie. Personne ne lui demanda si elle voulait jouer ni ne lui proposa de former une équipe. Elle n'en fut pas surprise. Elle s'appuya contre un poteau, les bras croisés, l'humeur de plus en plus sombre. Alors que la partie se poursuivait et que les joueurs semblaient s'amuser comme des petits fous, elle s'éloigna, vers un endroit un peu plus à l'ombre. Elle regrettait de ne pas porter une robe plus légère, en mousseline par exemple. Et ce chapeau ! Elle avait l'impression d'avoir une fourrure de castor sur la tête tant elle avait chaud. Elle commençait à penser qu'elle n'avait jamais été aussi malheureuse de sa vie quand une boule de croquet traversa la pelouse et s'arrêta juste à ses pieds.

Elle leva les yeux pour voir qui était l'auteur d'un coup aussi spectaculairement raté. Et qui vit-elle avancer vers elle, un maillet sur l'épaule ? Teo ! Il avait retiré sa veste et sa cravate, et semblait tout à fait décontracté. Quand il la vit là, il s'immobilisa et la regarda d'un air surpris.

Au début, aucun des deux ne parla.

— Miss Woodchurch, finit-il par dire.

— Milord.

Il regarda derrière lui, et, ne voyant personne, il s'avança.

— J'espérais trouver une occasion pour vous parler aujourd'hui.

— Vraiment ? Eh bien, si vous voulez me parler, vous feriez mieux de le faire avant que Lady Iddesleigh ne me trouve. Apparemment, j'ai été invitée pour m'occuper des enfants.

— Pardon ?

— Ne faites pas attention à moi, marmonna-t-elle.

Ce n'était pas dans son habitude d'être si bougonne.

Il s'approcha encore.

— Ce n'est pas forcément le meilleur endroit, mais j'aimerais...

— Non, je vous remercie, dit-elle, cassante.

Teo fronça les sourcils.

— Pardon ?

Elle en avait assez d'être rabaissée. Par les hommes, les comtesses, les membres mêmes de sa famille. En même temps, elle ne voulait surtout pas être prise pour une folle par l'homme qui se trouvait face à elle.

— Je m'excuse, mais je devine déjà ce que vous voulez me dire, s'expliqua-t-elle. Et avant que vous ne parliez, j'aimerais dire que ce qui est fait est fait. Je n'ai pas changé d'avis sur la question. Et je refuse de marcher sur des œufs à cause de ce qui s'est passé. Je n'ai aucune vue sur vous, milord. J'ai douloureusement conscience que nous appartenons à deux mondes que tout opposé. Mais je ne veux pas non plus faire semblant de ne pas vous apprécier ni de ne pas avoir envie de compter un peu pour vous. Voilà, c'est dit… Si vous préférez que je quitte ma place, je comprendrai. Mais je ne vais pas m'excuser pour ce que j'ai dit ni accepter vos excuses parce que vous avez osé me toucher.

Il la fixait comme s'il n'arrivait pas à croire ce qu'il entendait. Il la regarda suffisamment longtemps pour qu'elle commence à se sentir un peu coupable. Elle croisa les bras dans un geste défensif.

— Je… je vous demande pardon si j'ai été un peu brutale, ou si je vous ai choqué.

Il secoua la tête. Il abaissa son maillet. Mais il ne dit rien.

Hattie gémit.

— Quoi ? Qu'êtes-vous en train de penser ? Vous ne pouvez pas garder le silence après ce que je viens de dire.

— Non, en effet, je ne peux pas garder le silence. Et je suis en train de penser que je vous connais mieux après ce petit discours.

Elle s'attendait à des réprimandes ou à des excuses. Elle s'attendait à quelque chose qui ait un sens. Ceci n'avait aucun sens du tout.

— Et jamais je ne vous demanderai de changer quoi que ce soit chez vous.

Mais ?

— Merveilleux. Alors… alors où…

Tout à coup, Lady Birdie arriva vers eux en courant.

— Vous l'avez trouvée ? demanda-t-elle, hors d'haleine.

Teo se pencha pour ramasser la boule de croquet et la lui tendit.

— Merci !

Lady Birdie regarda Hattie.

— Miss Woodchurch ! Vous allez faire équipe avec moi, n'est-ce pas ? Personne ne veut faire équipe avec moi.

— Bien sûr, répondit Hattie.

Elle regarda Teo. Sa question – où en étaient-ils à présent ? – mourut au bord de ses lèvres. Elle suivit Lady Birdie jusqu'au terrain de croquet, pour y découvrir avec stupeur et consternation que les enfants et les adultes jouaient chacun de leur côté. Elle allait jouer avec les enfants, et non avec les adultes.

Décidément, son calvaire ne finirait jamais.

Durant le reste de l'après-midi, elle essaya de ne pas regarder Teo à tout bout de champ, mais ce fut impossible. Et toutes les fois où elle le regarda, elle le vit en train de sourire avec Flora, ou de se pencher vers Lady Mabel pour entendre ce qu'elle avait à lui dire. Il semblait détendu. Comme s'il ne s'était rien passé du tout.

Elle se demandait ce qu'il pensait d'elle à présent. Il ne lui avait pas dit de ne plus se représenter à son domicile, mais elle supposait que ce n'était qu'une question de jours. Qu'allait-elle devenir si elle perdait ce travail ?

Absorbée dans ses sombres pensées, elle frappa trop fort la boule, qui termina sa course dans la haie d'arbustes. Quand elle alla la chercher, elle vit Teo et Flora qui s'éloignaient du terrain, en discutant comme deux amoureux. Mais avant que ses yeux ne s'emplissent de larmes amères, elle se rendit compte que quelqu'un d'autre les avait vus. Lady Mabel. La pauvre jeune femme semblait accablée.

Oui, eh bien, essayez donc de passer tous vos après-midi en sa présence, d'échanger un baiser avec lui et de faire ensuite comme si de rien n'était et vous découvrirez ce qu'est le véritable accablement.

Enfin, alors que cette interminable *garden-party* arrivait à son terme, elle retrouva son frère, qui buvait un verre de vin. Tandis qu'ils s'apprêtaient à prendre congé et à rentrer chez eux à pied, ils tombèrent sur Flora. Elle attendait l'arrivée d'une voiture dans le grand hall d'entrée. Sa mère était non loin de là, en train de parler avec Lady Iddesleigh.

— As-tu passé un bon après-midi ? demanda Hattie tout en enfilant ses gants usés.

— Hattie...

Flora agrippa son bras. Elle jeta un coup d'œil à Daniel et se pencha pour murmurer :

— Je crois qu'il me tient en bonne estime.

Elle ne murmura pas suffisamment bas. Daniel l'entendit. Il ricana avec mépris.

— Il tient en bonne estime toutes les femmes à qui il est présenté.

Du menton, il désigna quelque chose, par-dessus l'épaule de Hattie. Elle et Flora se retournèrent et virent le vicomte en compagnie des Stanhope. Le visage de Lady Mabel rayonnait d'espoir.

— C'est parce qu'il est très poli, dit Flora. Vous devriez d'ailleurs prendre exemple sur lui, sir.

Sur ce, elle tourna les talons pour rejoindre ses parents.

Une fois dans la rue, Hattie regarda son frère.

— Pourquoi le détestes-tu ?

— De qui parles-tu ?

— De Lord Abbott, bien sûr.

— Moi, le détester ? demanda Daniel avec un sourire en coin. Il m'est totalement indifférent, Hat. Il n'existe même pas pour moi. Non, la question serait plutôt de savoir pourquoi il semble autant compter pour *toi*.

L'avait-il vue en train de regarder Lord Abbott aujourd'hui ? Gênée, Hattie ne put s'empêcher de rougir.

— Tu te trompes, Daniel.

— Hat, rétorqua-t-il. Ne nie pas ce qui est l'évidence même. C'est écrit, là, sur ton visage, ajouta-t-il en la montrant du doigt.

Elle repoussa sa main.

— Tu n'as aucune idée de ce dont tu es en train de parler.

— Ah bon ? Eh bien, je vais tout de même te donner un conseil d'ami : garde tes désirs pour toi. Bien cachés. Notre père ferait de ta vie un cauchemar s'il suspectait qu'il pouvait y avoir quelque chose à gagner.

— Je n'ai rien à cacher, répliqua sèchement Hattie.

Mais son ventre se tordait, car Daniel avait raison. Son père gâcherait tout s'il devinait ses sentiments.

24

Deux jours plus tard, alors que Mateo revenait d'un rendez-vous à la banque, Borerro l'informa que Lady Aleksander l'attendait au salon.

— *Maldición*, pesta-t-il tout bas tout en retirant ses gants.

Il détestait ces entrevues avec la marieuse.

— Avec *doña* Vincente, ajouta Borerro.

Mateo releva la tête. Sa mère, ici ? C'était une surprise.

— Elle est rentrée ce matin, répondit Borerro à la question qu'il n'avait pourtant pas formulée. Elles sont en train de prendre le thé.

Bon sang. Il avait déjà suffisamment de sujets de préoccupation sans avoir en plus à compter avec sa mère. Il tendit son chapeau et ses gants à Borerro et se dirigea vers le salon.

Les deux femmes ne s'aperçurent pas tout de suite de sa présence. Leurs têtes étaient très proches l'une de l'autre, et elles parlaient bas, comme si elles craignaient que le laquais de service ne puisse les entendre.

— *Mami*, dit-il.

Aussitôt, elles reprirent leurs distances. Elles étaient en train de parler de lui, de toute évidence. Mateo traversa la pièce pour aller embrasser sa mère.

— Je ne vous attendais pas avant deux semaines.

— Je n'avais pas prévu de rentrer si tôt, mais mon petit doigt m'a dit que tu aurais peut-être besoin d'aide pour conclure cette alliance que nous appelons tous de nos vœux.

Mateo adressa un regard glacial à Lady Aleksander qui évitait soigneusement tout contact visuel avec lui en faisant mine d'étudier les sandwichs disposés sur le plateau devant elle.

— Votre petit doigt vous a induite en erreur, dit-il. Je n'ai nullement besoin d'aide.

— En es-tu bien sûr, *mijo* ? demanda sa mère. J'ai cru comprendre que tu avais eu l'occasion de faire la connaissance de quelques charmantes jeunes femmes.

Il allait avoir besoin d'un fortifiant pour survivre à cette conversation.

— *Sí.*

Il alla se servir un whisky, qu'il avala d'un trait. Puis il s'en servit un deuxième.

— J'ai parlé à toutes les femmes que Lady Aleksander a mises sur mon chemin.

Il se tourna vers les deux femmes.

— Et ce fut un immense plaisir, commenta Lady Aleksander.

Entendant cela, Mateo et sa mère la regardèrent avec suspicion. Personne dans cette pièce ne pouvait croire un seul instant que ces rencontres arrangées avaient été une partie de plaisir.

— Qu'y a-t-il ? demanda Lady Aleksander d'un air innocent, en piquant sa fourchette dans un petit sandwich.

Mateo s'assit en face de sa mère.

— Votre voyage à Paris vous a plu, j'imagine.

— Immensément, mon chéri ! C'est la période de l'année idéale pour séjourner à Paris. J'aurais voulu que ta sœur m'y rejoigne, mais elle attend un enfant ! N'est-ce pas une merveilleuse nouvelle ?

— Si, merveilleuse, acquiesça Mateo. Vous devriez aller la retrouver. Ici, les choses progressent.

— Vraiment ? demanda-t-elle, dubitative, tout en se servant en petits-fours.

Tout à coup, la porte s'ouvrit, et la tête de Hattie apparut.

— Veuillez m'excuser, dit-elle en battant en retraite.

Mais Mateo se leva tout de suite.

— Entrez, Miss Woodchurch. J'aimerais vous présenter ma mère.

Le regard qu'échangèrent sa mère et Lady Aleksander ne lui échappa pas, et il leur en voulut beaucoup.

Il posa son verre et se dirigea vers la porte pour l'ouvrir. Hattie le regarda avec appréhension, mais il lui sourit.

— Venez. Elle ne vous mangera pas.

— Mateo ! s'exclama sa mère.

D'un pas hésitant, Hattie s'avança et exécuta une profonde révérence devant les deux femmes.

— Ma mère, la duchesse de Santiava, dit-il. *Mami*, laissez-moi vous présenter Miss Woodchurch, qui s'est révélée infiniment précieuse. Elle est ma secrétaire.

— Ta *secrétaire* ? répéta sa mère, sans saluer Hattie. Je pensais que pour ce poste, tu choisirais un vieux monsieur comme Mr Callum. D'ailleurs, pourquoi Mr Callum ne peut-il pas s'occuper de tes papiers et de ta correspondance ?

— Ne souhaitiez-vous pas accueillir Miss Woodchurch comme il se doit ?

Sa mère regarda Hattie, mais ses yeux glissèrent sur elle.

— Enchantée, Miss Woodchurch, dit-elle du bout des lèvres, avant de se concentrer sur son assiette de petits gâteaux.

— Tout le plaisir est pour moi, madame la duchesse, dit Hattie.

Sa mère ne répondit rien. Mateo était grandement irrité par son attitude. Elle pouvait se montrer si condescendante et hautaine parfois. Il avait envie de lui rappeler qu'ils étaient tous des créatures de Dieu et qu'elle ne valait pas, en vertu d'un simple titre et d'un prétendu sang bleu, mieux que quiconque dans cette pièce. Il sentait la crispation de Hattie, et son désir d'être n'importe où ailleurs. Il effleura son coude.

— Je vous rejoins très bientôt au bureau. Ma mère vient de rentrer de Paris.

Elle hocha la tête et disparut aussitôt.

À contrecœur, Mateo revint prendre place pour le thé. Il sentait les yeux de Lady Aleksander posés sur lui, mais il commençait à avoir l'habitude. Il sentait l'indifférence de sa mère pour tout ce qui ne la concernait pas directement, mais, là encore, il avait l'habitude. Il essaya vaguement de faire la conversation. Il demanda si elle avait des nouvelles de Roberto. Il demanda quand Sofia donnerait naissance à son troisième enfant. Il l'écouta énumérer tout ce qu'elle avait acheté à Paris, et se demanda si cette interminable liste était faite pour impressionner Lady Aleksander. En toute honnêteté, tout cela lui donna légèrement la nausée. Sa mère avait une fâcheuse tendance à considérer les caisses du duché comme son argent de poche.

Lady Aleksander dut elle aussi finir par trouver cette conversation pénible, car elle profita du bref instant où sa mère reprenait son souffle pour dire :

— Je n'ai pas eu l'occasion de parler avec vous depuis le thé chez Lord et Lady Iddesleigh, milord. Qu'avez-vous pensé de Lady Mabel Stanhope ?

Dios mío. Il détestait ces conversations, tout comme il détestait l'idée d'un mariage arrangé. Il détestait tout : être dans cette pièce, ce thé, Londres…

— Un tantinet trop jeune.

— Oh ?

Lady Aleksander semblait surprise, sans doute parce qu'il avait répondu à la question de façon claire et directe.

— Et Miss Raney ? Vous avez longuement parlé avec elle durant la *garden-party*.

— Miss Raney n'a pas changé depuis la dernière fois que vous m'avez posé la question. Je la trouve tout à fait bien.

Lady Aleksander reposa assez bruyamment sa tasse sur la petite table.

— Pensez-vous, alors, que Miss Raney puisse être celle que vous recherchez ? Je vous pose la question parce que vous semblez avoir hâte que tout ceci prenne fin, et vous avez eu l'occasion de vous rendre compte de votre compatibilité avec cette jeune femme.

Sa mère se tourna vers lui et le scruta d'un œil acéré. Il ne répondit pas tout de suite. Miss Raney était un bon choix pour lui, en théorie. Et pourtant... il ne pouvait s'y résoudre tout à fait.

— C'est possible.

Il s'attendait à ce que Lady Aleksander se mette à faire la roue ou frappe dans ses mains d'un air extatique, mais elle se contenta de hocher la tête et demanda :

— Me permettez-vous d'en dire un peu plus à votre mère au sujet de cette jeune personne ?

Il acquiesça, et écouta, impassible, Lady Aleksander énumérer les qualités de Miss Raney. Elle était jolie. Sa famille était riche. Son père avait des relations très haut placées.

Le regard de sa mère passait de lui à Lady Aleksander. Quand cette dernière eut fini, sa mère pencha légèrement la tête d'un côté.

— Eh bien, mon chéri ? Quels sentiments t'inspire Miss Raney ?

— Il est impossible de savoir quels sentiments nous inspire une personne après quelques conversations brèves et superficielles.

— Dans ce cas, après une ou deux conversations, as-tu découvert des choses qui te déplaisaient chez elle ?

Mateo eut un petit rire acerbe. Il commençait à se sentir comme un animal pris au piège.

— Je n'ai rien trouvé de déplaisant chez aucune des jeunes femmes qui m'ont été présentées. Je les ai toutes trouvées agréables et jolies.

Sa mère plissa les yeux et se pencha en avant vers lui comme quand il était enfant et qu'elle voulait le gronder.

— Pourquoi ai-je l'impression que tu ne me livres pas le fond de ta pensée ?

Oh ! eh bien, peut-être parce que toutes les fois qu'il l'avait fait, on l'avait réprimandé pour cela. Mais cela ne servait à rien de nier. Pas plus qu'il n'était un beau parleur, il n'était un habile dissimulateur.

— Je n'ai rien contre Miss Raney. Mais je n'éprouve pour elle ni estime ni affection particulières. Je ne la connais pas assez bien pour savoir si j'ai envie de passer le reste de ma vie avec elle.

— Teo, soupira sa mère.

Mateo se leva.

— Est-ce juste que je sois marié qui vous importe, *mami* ?

— Eh bien… oui, répondit-elle. C'est le but de tous ces efforts.

— Je ne suis pas… *propriedad*, lâcha-t-il, alors que la colère lui faisait perdre son anglais.

— Non, tu n'es pas la propriété du duché, si c'est cela que tu veux dire.

Sa mère se leva et avança vers lui, le forçant à la regarder.

— Mais tu es le chef d'un duché sans héritier. Tu n'as vraiment pas de temps à perdre, ni pour faire la cour à une femme, ni pour les sentiments, *mi amor*. Ton gouvernement est impatient d'entériner ta succession car nous savons tous ce qui peut se produire quand un État se retrouve privé d'héritier. L'heure tourne.

Mateo serra le poing pour contenir sa colère et s'empêcher d'exploser, afin de ne pas dire quelque chose qu'il pourrait regretter amèrement.

— J'ai une idée, poursuivit-elle. Organisons un bal ici et invitons toutes les jeunes femmes qui figurent sur la liste de Lila.

— Non, répondit-il avec fermeté.

— Et Lila pourrait inviter d'autres jeunes femmes qu'elle voudrait te présenter, continua-t-elle, comme s'il n'avait rien dit. Tu aurais toute la soirée pour leur parler, car il faut que tu leur parles, Teo. Nous devons conclure cette affaire au plus vite.

— Êtes-vous devenue folle ? Nous ne pouvons pas organiser un bal en quelques jours.

— Bien sûr que si, répondit-elle d'une voix ferme et tranchante comme de l'acier trempé. Dix jours. Je n'ai pas besoin de plus.

Il l'imaginait très bien. Elle se démènerait et irait frapper à toutes les portes jusqu'à obtenir ce qu'elle voulait d'ici la fin de la semaine. Il avait envie de protester, de s'opposer à elle. De lui expliquer qu'il était allé à suffisamment de bals, qu'il avait rencontré suffisamment de jeunes femmes. Mais il ne dit rien, car il craignait l'explosion qu'il déclencherait en ouvrant la bouche.

Il tourna les talons et quitta la pièce. Il l'entendit appeler Borerro dès qu'il fut dans le couloir. Il n'y avait pas une seconde à perdre, n'est-ce pas ?

Le problème, c'était qu'il ne savait pas comment l'arrêter. Il pouvait, bien entendu, ordonner qu'aucun bal ne soit donné dans cette maison. Mais sa mère était tenace, elle le harcèlerait, elle le suivrait comme son ombre, en se lamentant et en insistant. Elle se substituerait à son père, en lui reprochant d'être entêté et indécis.

Le pire, c'était que sa mère avait raison, et c'était cela qui le mettait hors de lui. L'heure tournait. Mais elle n'était pas la seule : sa tête tournait également. Et ce qui l'avait fait tourner, c'était la seule femme de la ville ne figurant pas sur la satanée liste de Lady Aleksander.

En parlant de cette femme... Hattie se trouvait à la fenêtre quand il pénétra dans le bureau. Elle ne l'entendit pas tout de suite : elle riait.

— Hattie ?

Elle sursauta et se retourna.

— Oh ! Je ne vous avais pas entendu.

— Qu'est-ce qui vous amuse tant ?

Elle désigna la fenêtre.

— Cet homme, là.

Mateo vint la rejoindre et regarda dehors. Hattie se pencha au-dessus du garde-fou et montra un homme et son chien dans la rue.

L'odeur de son parfum lui monta à la tête. Elle avait posé la main sur une vitre, et il avait envie de s'en emparer pour la poser contre son cœur.

— Est-ce que vous voyez ?

Il se ressaisit et regarda dehors.

— Il essaie d'apprendre à son chien de faire une roulade, expliqua-t-elle en faisant un petit moulinet de la main.

Mateo observa le vieil homme qui tentait de mimer une roulade. Mais au lieu d'obéir, le chien marron tournait sur lui-même en agitant la queue d'un air excité. L'homme essaya de nouveau, cette fois en posant la main sur le trottoir et en l'enroulant. Le chien s'étira et alla renifler la main de son maître.

Hattie pouffa. Elle posa la main sur sa bouche afin de ne pas rire trop fort… mais ses yeux la trahissaient.

— Il a absolument tout essayé.

Mateo avait envie de l'embrasser. Il avait envie de la prendre dans ses bras, de l'allonger sur le canapé et de la faire sienne. Mais comme toujours, il renonça. Il était resté ce petit garçon timoré et il se détestait pour cela.

Puis l'homme et le chien s'éloignèrent, le chien en remuant la queue avec enthousiasme, l'homme avec un air résigné.

Aussitôt, Hattie s'écarta de la fenêtre et alla s'asseoir à son bureau.

— Toutes mes excuses. J'ai ouvert la fenêtre pour aérer la pièce et…

— Ce n'est pas la peine de vous excuser.

Il la regarda changer l'emplacement de certains objets sur son bureau. Sa légèreté avait disparu et, étonnamment, il la sentait tendue. Était-ce à cause de lui ? Si oui, il s'en voulait énormément.

— Est-ce que cela va ? demanda-t-il.

— *Estoy bien*, répondit-elle.

Il leva un sourcil. Quelqu'un lui apprenait l'espagnol. Elle avait dit qu'elle allait bien, mais il ne la croyait pas. Néanmoins, il n'allait pas empirer la situation en l'interrogeant.

— En réalité, dit-elle, non, je ne vais pas bien. Je dirais plutôt que… Enfin, peut-être que je vais bien, mais je crois qu'il est un peu trop tôt pour le dire.

Que voulait-elle dire ? Il n'avait rien compris.

— Pardon ?

— J'ai pensé que…

Elle se leva et croisa les mains devant sa taille.

— J'ai pensé que peut-être, ce que je vous avais dit à la *garden-party* et que, j'en suis sûre, vous n'avez pas oublié, était un peu dur, voire injuste. Qui plus est, j'aurais pu et dû parler avec moins d'emportement et d'agitation.

Pour sa part, il avait pensé que son emportement était légitime.

— Vous avez exprimé très clairement ce que vous ressentiez. Vous avez dit que vous ne vouliez plus marcher sur des œufs mais j'ai l'impression qu'en ce moment même, c'est un peu ce que vous êtes en train de faire, non ?

Elle le fixa un instant.

— Vous avez raison, c'est ce que je suis en train de faire.

Elle baissa les épaules.

— Ce n'est pas ce que je veux, mais je ne veux pas non plus vous contrarier.

— Au contraire… je crois que c'est moi qui vous contrarie. Je ne pense pas que vous puissiez être contrariante, Hattie.

Elle sourit d'un air malicieux.

— Oh que si.

Elle écarta une mèche rebelle de son visage et le regarda avec insistance.

— Est-il possible, à votre avis… que nous soyons amis ?

Amis. C'était la dernière chose qu'il voulait. Ou plutôt la première chose qu'il voulait, mais il voulait bien d'autres choses également. Il songea à sa mère, à son gouvernement. Il réfléchit en adoptant tous les angles d'attaque possibles, mais ne parvint pas à trouver une meilleure option.

— Amis, acquiesça-t-il à contrecœur.

Elle sourit. Elle tendit la main. Il la serra. L'accord était passé.

Hattie retourna à son bureau. Mais Mateo resta debout, immobile, pendant un long moment. Cet « amis » lui laissait un goût amer en bouche. C'était mal, très mal. Il était duc, il avait des responsabilités… mais il n'en était pas moins homme.

Le visage sévère et réprobateur de son père surgit alors dans son esprit.

— Milord ?

La voix de Borerro mit fin au silence qui régnait dans la pièce. Mateo tourna la tête vers son majordome qui lui apportait le courrier du jour. Il traversa la pièce pour aller prendre les lettres, et Borerro s'en alla, laissant la porte ouverte derrière lui.

Mateo regarda Hattie. Il ne pouvait en rester là, pris entre des sentiments trop compliqués à analyser. Il décida de mettre leur amitié à l'épreuve.

— Puis-je vous demander quelque chose ? En tant qu'ami ?

— Bien entendu.

Elle posa son crayon et se tourna sur sa chaise.

— Que pensez-vous de Miss Raney ? Comme future épouse potentielle ?

Hattie cligna les yeux, ses beaux yeux bleus.

— Je, euh…

— Pardonnez-moi. Je n'aurais pas dû vous poser cette question.

C'était ridicule de sa part d'avoir fait une chose pareille. Il essayait de faire taire ses émotions avec des questions stupides. Il retourna à son bureau.

— C'est une bonne personne, Teo, dit Hattie.

Il s'immobilisa.

— Elle veut toujours bien faire, et en toutes circonstances elle essaie de donner le meilleur d'elle-même.

Il regarda Hattie par-dessus son épaule.

— Je vois.

— Non, je ne pense pas que vous puissiez voir, non.

Il se tourna pour la regarder.

— Comment cela ?

Elle secoua la tête.

— C'est le problème avec la société dans laquelle nous vivons, n'est-ce pas ? Il est impossible de connaître réellement quelqu'un avant d'être fiancé.

Son regard se perdit dans le vague. Peut-être pensait-elle à ses fiançailles rompues, songea-t-il.

— Flora est mon amie. Nous sommes allées à l'école ensemble. Elle est gentille et elle sait me faire rire. Je la considère comme une très bonne amie. Je ne l'ai jamais dit à personne, ajouta-t-elle calmement, mais c'est Flora qui m'a appris ce que personne ne voulait me dire. Que mon fiancé avait changé d'avis à mon sujet.

Il s'assit sur un des accoudoirs du canapé.

— Cela a dû être difficile à entendre.

— En effet. Mais... mais là n'est pas la question. Ce que je voulais dire, c'est que je pense que Flora ferait une bonne épouse pour vous. Elle possède de très grandes qualités.

Peut-être, mais pourrait-il jamais l'aimer ?

Hattie baissa la tête.

— Êtes-vous sur le point de lui faire votre demande en mariage ?

Mateo soupira. C'était une bonne question...

— Je ne pense pas avoir le choix : je dois avoir trouvé une fiancée avant de rentrer dans mon pays. C'est la condition si je veux la paix avec ma famille, mon duché et mon gouvernement.

Elle hocha la tête.

— Dans ces conditions, je pense qu'elle ferait une excellente épouse. Vous ne pourriez pas trouver mieux.

Oh ! que si. Si cela ne tenait qu'à lui, il trouverait bien mieux. Il avait déjà trouvé, d'ailleurs, ce qui le plaçait face à un terrible dilemme. Il n'avait jamais pensé avoir un jour à choisir entre son cœur et son devoir. Il avait toujours supposé que les deux s'accorderaient.

Son père, une fois, lui avait reproché sa naïveté. Il avait peut-être vu juste.

Mais ce que Mateo savait, c'était que la compagne idéale pour lui, son âme sœur, était cette femme. Hattie était d'une honnêteté et d'une sincérité aussi rares que vivifiantes. Elle était fascinante.

Séduisante. Parfaite. Jamais une femme ne lui avait autant plu ni ne l'avait autant charmé. Il repensait souvent à leur baiser. Il pensait souvent à tout ce qu'il voulait encore d'elle.

Il regarda son courrier pour s'obliger à détourner son attention. Car son esprit était occupé à énumérer toutes les raisons pour lesquelles ce ne pouvait pas être elle, et il ne voulait pas les entendre.

Il arrivait à Lila de ne pas résister à la tentation d'écouter aux portes, surtout quand l'occasion se présentait à elle avec autant de facilité. Aurait-elle pu faire autrement ? La porte était ouverte, elle les avait entendus parler, et elle les avait entendus rire. *Rire.* C'était la première fois qu'elle entendait cet homme austère et malheureux rire. Il lui avait paru être une tout autre personne, et bien entendu, sa curiosité avait été piquée.

Alors elle s'était arrêtée, elle s'était plaquée contre le mur, et elle avait écouté. Valentin, son mari, lui aurait reproché son impolitesse. Oui, c'était sans doute très impoli de sa part. Mais elle était confrontée à un terrible problème, qu'elle tentait de résoudre par tous les moyens. Il apparaissait de plus en plus clairement que Lord Abbott était amoureux de Miss Woodchurch. Il voulait cette femme qui n'avait rien à lui offrir, mis à part son amour et son affection. Lila trouvait cela merveilleux, mais Elizabeth, elle, ne partagerait pas son enthousiasme…

C'était un énorme problème, et il allait falloir beaucoup de finesse pour s'en sortir. En même temps, c'était ce que Lila aimait dans son travail. Elle avait envie de relever le défi qui consistait à ce que les choses tournent à l'avantage du vicomte. Il avait besoin d'amour, et il avait besoin de rire. Miss Woodchurch, quant à elle, avait besoin d'un ancrage sûr et fiable dans ce bas monde. Ils étaient faits l'un pour l'autre, et Lila était grisée à l'idée d'être la bonne fée qui permettrait que ce miracle se produise.

25

L'invitation au bal organisé par la duchesse arriva alors que la famille Woodchurch était en train de déjeuner. Les jumeaux, Daniel, Hattie, leurs parents et un assortiment de chats étaient rassemblés dans la salle à manger.

Le père de Hattie, qui avait déjà terminé son repas avant que tout le monde ne soit servi, était en train de se curer les dents avec la pointe de son couteau, tout en inspectant une à une les lettres du jour. Hattie, quant à elle, se forçait à avaler un ou deux morceaux de ragoût de mouton. La cuisinière venait encore de rendre son tablier cette semaine. C'était la troisième en un an. Apparemment, cuisiner pour six personnes au milieu des horloges, des mannequins et des chats n'était pas la chose la plus évidente ni la plus agréable du monde. Comme cela était étrange…

Son père interrompit son curage de dents pour loucher sur une enveloppe, puis il reposa son couteau et tendit l'enveloppe au-dessus de sa tête.

— Regardez un peu ce que nous avons là, les amis, lança-t-il d'une voix forte qui attira l'attention de toute la famille.

— Qu'est-ce que c'est ? demanda Peter.

— Une invitation pour Miss Harriet Woodchurch.

Aussitôt, Hattie espéra qu'il ne s'agissait pas d'une nouvelle *garden-party*.

— Qu'est-ce que c'est ? demanda son père en agitant la lettre dans sa direction.

— Je ne sais pas, papa. Je n'ai pas vu l'invitation.

— Tu ne *sais pas*, répéta-t-il en l'imitant.

Alors, avec le couteau dont il s'était servi pour se curer les dents, il ouvrit l'enveloppe.

— Papa ! C'est à moi qu'elle est adressée ! protesta-t-elle.

Il l'ignora et lut le carton.

— Décidément, quel snob, dit-il avec dédain, avant de lancer l'invitation à Hattie.

La lettre traversa la table et un de ses coins atterrit dans la saucière. Perry s'en empara avant tout le monde et lécha la sauce qui avait taché l'enveloppe.

— Répugnant ! s'exclama Peter, avant d'éclater de rire.

— Donne-moi cette lettre, Perry, ordonna Hattie.

— C'est un bal, dit son père en se calant contre le dossier de sa chaise. Ton snobinard de vicomte donne un bal.

Hattie avait bien entendu parler d'un bal à Grosvenor Square, mais elle en ignorait la date et n'avait aucune idée des invités. Elle ne s'attendait pas du tout à en faire partie. Elle saisit le poignet de Perry et le serra. Il cria comme si elle lui faisait mal, puis il lâcha l'invitation au-dessus de son assiette, sur le ragoût qu'elle n'avait pas mangé.

— Maman ! s'exclama Hattie. Vous les laissez faire ?

— Ce sont des enfants, Harriet, répondit sa mère en se penchant pour attraper un chat.

Seigneur, cette famille allait la rendre folle. Combien de temps encore allait-elle réussir à supporter cela ?

— Je trouve indécent que les Londoniens soient prêts à tout pour être présentés à cet homme, dit Daniel. Quelqu'un peut-il me dire ce qu'il a de spécial ?

— Allons, Daniel, dit sa mère.

Alors que Hattie pensait qu'elle voulait pour une fois se ranger de son côté, elle ajouta :

— C'est son argent qui les attire et les fascine, bien évidemment.

— Nous avons de l'argent et personne ne se bat pour nous rencontrer, fit remarquer Daniel.

— Que veux-tu dire ? demanda son père. *Toi*, tu n'as pas d'argent.

Daniel ignora cette remarque et regarda Hattie.

— J'ai entendu dire qu'il était d'une incorrection intolérable.

Intéressante, cette critique, venant de quelqu'un dont l'intolérable incorrection était l'une des caractéristiques. Son premier réflexe fut de défendre Teo, mais elle savait où son frère voulait en venir. Il voulait la provoquer, la faire sortir de ses gonds.

— N'est-ce pas la vérité, Hat ? insista Daniel. Hautain et méprisant vis-à-vis de nous, pauvres et simples Anglais.

Hattie haussa les épaules.

— Je ne sais ce qu'il pense des pauvres et simples Anglais.

Elle refusait de partager Teo avec sa famille. Elle n'allait pas leur donner la satisfaction de leur fournir de quoi le rabaisser devant elle. Elle possédait une seule chose, sacrée, qu'ils n'avaient pas encore détruite, et c'étaient les journées qu'elle passait avec lui.

Plus que jamais elle avait hâte de quitter cette maison pour ne plus jamais y remettre les pieds. Cela devenait vital.

— C'est d'un ridicule, toutes ces invitations que tu reçois, se lamenta sa mère. Pourquoi t'invitent-ils, ces gens ? Que leur promets-tu en échange ?

— Pardon ? s'exclama Hattie, outrée. Mais rien, voyons !

— Laisse-la donc tranquille, femme, dit son père à sa mère. Tout cela peut peut-être mener à quelque chose.

Entendant cela, Hattie ressentit une légère panique, et elle se tourna lentement vers son père.

— Que voulez-vous dire ?

— Ce que je veux dire, c'est que tu ferais mieux de guetter les opportunités qui pourraient se présenter à toi. Ouvre bien l'œil, et tends l'oreille, on ne sait jamais.

— Tu n'as rien à te mettre pour un bal aussi chic, dit sa mère.

— C'est vrai. Papa… puis-je acheter une robe de bal ? Il m'en faudrait une.

— Il ne te faut rien du tout, répondit-il sèchement. Une robe hors de prix vouée à n'être portée qu'un soir ? C'est non.

Sur ce, il retourna à son courrier.

Hattie se massa les tempes. Elle lui donnait quinze pour cent de ce qu'elle touchait chez le vicomte. Et il lui refusait une robe ?

— J'en ai peut-être une ou deux dans mes affaires, dit sa mère du bout des lèvres. Mes tenues attiraient toujours l'œil quand j'étais jeune.

Une robe de bal d'il y a vingt ans, songea sombrement Hattie. Elle allait attirer l'œil, c'était certain. Mais pas pour son élégance.

Cet après-midi-là, Hattie rejoignit Flora et Queenie qui devaient essayer les nombreuses robes de bal qu'elles avaient commandées. Il était ironique que ce soit en ce jour précis qu'elle soit forcée d'admirer les magnifiques tenues achetées par ses amies.

Pendant que Flora, derrière un paravent, essayait la première robe, Queenie vint s'asseoir à côté de Hattie et lui sourit d'une façon qu'elle trouva tout de suite suspecte.

— Dis-moi, Hattie, dit Queenie à voix basse. Flora pense que le vicomte est sur le point de lui faire sa demande. Est-ce vrai ?

— Queenie, je n'ai jamais dit cela, protesta Flora depuis le paravent.

— Peut-être pas, ma chérie, mais c'est ce que tu penses, répliqua Queenie.

Flora émergea de derrière le paravent et présenta son dos afin que l'employée de la modiste agrafe son corsage.

— Qu'en penses-tu, Hattie ? Sincèrement, demanda-t-elle.

— Elle est magnifique, répondit Hattie, en admirant la robe en soie jaune et blanche.

— Je ne parle pas de ma robe, idiote. Je parle de *lui*. Je n'arrive vraiment pas à savoir ce qu'il pense de moi. Et j'ai l'impression d'avoir été beaucoup trop bavarde, jusqu'à en être insupportable.

— Les hommes n'aiment pas les femmes qui parlent trop, acquiesça Queenie.

Hattie adressa un regard réprobateur à Queenie.

— Tu étais fabuleuse, Flora.

— Vraiment ?

— Tu étais l'image même de l'élégance et de l'assurance.

Flora semblait aux anges. Queenie leva les yeux au ciel.

— Mais... a-t-il dit quelque chose à mon propos ? demanda Flora.

Le cœur de Hattie se serra. Elle déglutit.

— Pas à moi, en tout cas, mentit-elle.

Queenie sourit comme si cette réponse lui faisait plaisir.

— A-t-il dit quoi que ce soit sur quelqu'un ?

— Non.

Queenie ricana avec dédain.

— Vraiment, Flora, pourquoi continues-tu à lui poser la question ? Elle ne sait jamais rien.

On aurait dit que Queenie jugeait la valeur de leur amitié à l'aune des potins que Hattie pouvait lui rapporter. Cela l'indignait, et elle dit :

— Je l'ai entendu parler avec sa mère, néanmoins.

Flora haleta et se tourna brusquement, ce qui fit chanceler l'employée.

— Et ? demanda-t-elle, les yeux écarquillés.

— Et... il t'apprécie.

— Quoi ? fit Queenie en regardant Flora. Il l'apprécie ? Et personne d'autre ? Es-tu certaine qu'il n'a mentionné personne d'autre ?

— Queenie ! se lamenta Flora.

Hattie regarda Queenie droit dans les yeux et dit :

— Non, Queenie, personne d'autre. Je ne l'ai entendu parler que de Flora.

Queenie s'appuya contre le dossier du canapé, l'air déçu. Une autre employée apparut.

— Miss Rodham, nous sommes prêtes à vous aider à passer votre première robe.

— Très bien, répondit Queenie en se levant, puis en disparaissant à son tour derrière un paravent.

Hattie s'approcha de Flora.

— Flora, murmura-t-elle. Le vicomte t'apprécie vraiment.

Flora la regarda d'un air dubitatif.

— Tu as dit tout à l'heure que tu n'en savais rien.

— Je n'en sais rien, répondit Hattie qui détestait mentir. Mais… mais je sais le type de femme qui lui plaît.

— Comment cela se fait-il ? Il en parle avec toi ?

— Non… ce n'est pas tout à fait cela. C'est plutôt un sentiment que j'ai. En me basant sur ce que je l'ai entendu dire de-ci de-là à certaines de ses connaissances.

Flora semblait de plus en plus dubitative. Elle se détourna de Hattie pour scruter son reflet dans le miroir.

Hattie gémit tout bas.

— Il… Je pense qu'il t'admire vraiment, mais je ne peux rien dire de plus. Enfin, je n'en sais pas plus. Mais… je le connais tout de même un peu mieux que Queenie. Après tout, je le vois plusieurs fois par semaine.

— Après tout, c'est bien vrai, commenta Flora, sur un ton étrange.

Elle adressa un petit regard à Hattie, puis se tourna vers l'employée de boutique.

— Celle-ci me paraît bien. Peut-on passer à la suivante ?

Alors que la jeune femme préparait la deuxième robe derrière le paravent, Flora sourit à Hattie. Mais son sourire ne semblait pas sincère.

— Merci Hattie. Tu es si précieuse.

Puis elle alla essayer sa robe.

Une heure plus tard, quand Flora et Queenie eurent essayé et fait ajuster toutes leurs robes – cinq pour Flora, sept pour

Queenie –, elles quittèrent toutes les trois la boutique. Elles restèrent un moment au carrefour : Queenie avait une voiture qui devait passer la prendre et elle prit son temps pour faire ses adieux.

— Hattie, très chère, dit-elle juste avant de monter en voiture, tu devrais vraiment faire des efforts pour aider davantage Flora. Je pense que tu peux le faire, il faut juste que tu y penses et que tu y mettes du tien.

Hattie esquissa un sourire.

— Je vais essayer.

Vraiment, elle commençait à détester Queenie.

Avec Flora, elles partirent dans la direction opposée. En marchant, Flora ne se montra guère bavarde. Elle semblait perdue dans ses pensées. Et parce que Hattie se demandait avec angoisse si elle l'avait vexée ou contrariée d'une façon ou d'une autre, elle ne vit pas Daniel. Elles faillirent le heurter de plein fouet. D'où venait-il ? Il semblait surgi de nulle part.

— Eh bien, eh bien, dit-il, le regard fixé sur Flora. C'est mon jour de chance.

Il inclina son chapeau.

— Mr Woodchurch, dit Flora avec raideur. Il est étrange de vous rencontrer dans ce quartier.

— Quel est le problème, trésor ? Vous pensez que je n'ai rien à faire ici ?

Hattie fut estomaquée par la façon cavalière dont il s'était adressé à Flora.

— Je n'ai pas dit cela, si ? rétorqua Flora, ce qui déclencha quelques sombres ricanements chez Daniel.

— Qu'est-ce que tu fais ici, Daniel ? demanda Hattie.

— Cela ne te regarde pas, ma chère sœur. Mais en tout cas, je ne suis pas en train de dépenser l'argent de mon père, moi, dit-il en regardant de nouveau Flora.

Celle-ci leva le menton.

— C'est peut-être parce que mon père à moi ne regarde pas à la dépense.

— Oh mon d..., commença Hattie.

Mais elle se tut, car Daniel s'était penché vers Flora.

— Si vous saviez ce que je m'en moque.

— Daniel ! s'écria Hattie. Tais-toi, je t'en prie. Va-t'en ! Et laisse-nous tranquilles, s'il te plaît !

Daniel rit. Il sourit et adressa un clin d'œil à Flora, puis inclina de nouveau son chapeau.

— Bon après-midi, ladies.

Et, les mains croisées dans son dos, il passa son chemin.

Flora le regarda s'éloigner, l'air encore plus sombre.

— Je suis vraiment désolée, Hattie.

— Comment ? Mais pourquoi ? C'est moi qui devrais être désolée et m'excuser.

— Oui, c'est vrai. Mais cela ne me désole pas moins qu'il s'agisse de ton frère. Il a la pire des réputations, sais-tu ?

Hattie fronça les sourcils.

— Il n'a pas la meilleure des réputations, je le sais... mais la pire ?

Flora se tourna vers elle et posa la main sur son bras.

— Je voulais parler du nom de Woodchurch, en général, très chère.

Hattie se sentit prise de stupeur et d'effroi.

— Je suis désolée, mais c'est la vérité. Ta famille... Tout le monde sait que ton frère est un débauché, ton père le pire des grippe-sous et que toi tu travailles pour un homme non marié.

Hattie était si estomaquée qu'elle était incapable de parler. Tout ceci était la vérité, mais ce n'en était pas moins sa famille que Flora dénigrait si ouvertement. Elle ne savait pas si elle devait défendre les siens, ni même si elle en avait le droit.

— Je veux dire, personne ne pense du mal de toi, bien entendu. Tout le monde sait que tu as été obligée de chercher un travail.

— Ce... ce n'est pas la peine d'en dire plus, dit Hattie, tremblante. Je sais bien que...

— Mr Masterson n'a pas changé d'avis à cause de toi, n'oublie pas. C'était à cause de ton frère et du reste de ta famille.

Hattie éprouvait une étrange sensation de flottement, comme si elle était en train de quitter son corps. Et elle ne savait pas quoi faire de ses mains. Parce qu'elles avaient désespérément envie de serrer le cou de Flora.

— Je m'excuse. Je suis un peu dure, dit Flora avec une grimace.

— En effet, acquiesça Hattie.

Et *cruelle.*

— Je m'excuse vraiment, mais voir ton frère m'a fait une nouvelle fois mesurer à quel point tu vaux mieux que le reste de ta famille.

Elle passa son bras sous celui de Hattie et se remit en route.

— Si seulement nous pouvions t'avoir pour nous tout seuls.

Et elle continua de marcher, comme si elle n'avait rien dit de mal.

Hattie ne parvenait pas à dissiper le trouble qui s'était emparé d'elle. Pourquoi donc Flora lui avait-elle parlé ainsi ? Et pourquoi se sentait-elle déloyale vis-à-vis de sa famille qui la traitait pourtant si mal ? Elle avait l'impression d'être prise entre les mâchoires d'un étau, sans savoir ce qu'il fallait faire pour les desserrer.

Mais il y avait autre chose qui la mettait terriblement mal à l'aise. Ce n'était pas la première fois que Flora mentionnait sa famille, et Daniel en particulier.

26

Mrs O'Malley était si excitée qu'elle était presque en état de lévitation. On lui avait passé commande de bonbons et de *deux* gâteaux à la pâte d'amande pour le bal à Grosvenor Square.

— C'est merveilleux ! s'exclama Hattie.

— Il faudra que vous me répétiez ce que les gens en diront, même si ce sont des critiques. Je veux tout savoir.

Hattie posa ses affaires sur le petit bureau.

— Je l'aurais fait volontiers, mais je ne serai pas présente.

— Comment ? Mais pourquoi ? demanda Mrs O'Malley, comme prise de court. Mais il faut absolument que vous assistiez à ce bal. N'avez-vous pas été invitée ?

— Si, mais...

— Dans ce cas, vous devez y aller ! Vous ne pouvez pas décliner une invitation pareille.

Hattie grimaça.

— Je n'ai rien à me mettre, Mrs O'Malley. Vous avez vu mes robes.

La commerçante cligna des yeux.

— Ce n'est que cela ?

— Cela me semble être un obstacle insurmontable, répliqua la jeune femme en riant.

Mais Mrs O'Malley secouait la tête.

— Laissez-moi faire, Miss Woodchurch. Je m'en occupe.

Hattie sourit avec reconnaissance.

— C'est très gentil, mais...

— Faites-moi confiance.

Elle posa les mains sur les épaules de Hattie, avant de se remettre au travail.

— Revenez demain à la même heure, et vous verrez.

Hattie songea qu'en revenant le lendemain à la même heure, elle trouverait une robe ressemblant à celles de sa mère. Elle promit néanmoins de passer.

Une fois son travail pour Mrs O'Malley terminé, Hattie prit le chemin de Grosvenor Square. Teo n'était pas dans son bureau, mais il lui avait laissé des papiers à déchiffrer et à retranscrire, ainsi que du courrier à rédiger. Elle était en train de répondre à une lettre quand elle entendit la porte s'ouvrir. Elle se tourna, tout sourire, pensant voir Teo.

Ce n'était pas lui. C'était sa mère. Elle entra et regarda partout autour d'elle dans la pièce avant de poser les yeux sur Hattie.

— Mon fils a dû se rendre à Harrington Hall aujourd'hui. Vous n'en avez pas été informée ?

Hattie se leva et exécuta une révérence.

— Bonjour, Votre Grâce. Non, je ne le savais pas.

— Humm.

Elle étudia Hattie d'un œil scrutateur comme si elle la soupçonnait de quelque chose. Elle pénétra ensuite un peu plus avant dans la pièce.

— Si cela ne tenait qu'à moi, nous nous passerions de vos services les jours où le vicomte est absent.

— Ah... mais il m'a laissé du travail : j'ai trois lettres auxquelles je dois répondre.

La duchesse avança encore de quelques pas, et elle plissa les yeux.

— Qui sont les vôtres ?

Hattie cligna des yeux sans comprendre.

— Les *miens* ?

— Vos parents, répondit la duchesse avec impatience.

Pourquoi la duchesse posait-elle la question ? se demanda Hattie, inquiète.

— Hugh et Theodora Woodchurch.

La duchesse fronça les sourcils.

— Je n'en ai jamais entendu parler.

— Cela ne m'étonne pas, acquiesça Hattie.

La duchesse la regarda de nouveau de la tête aux pieds. Hattie ne comprenait vraiment pas pourquoi cette femme la dévisageait de la sorte. Comme si elle était une moins que rien.

Tout à coup, la duchesse tourna les talons et se dirigea vers la porte sans rien dire. Avant de sortir, elle s'arrêta et regarda Hattie.

— Vous feriez mieux de trouver quelqu'un d'autre pour vous confier son courrier à rédiger, Miss Woodchurch. Mon fils va quitter Londres incessamment, et n'aura donc plus besoin de vos services.

Le ton sur lequel elle prononça le mot « services » fit bouillir Hattie. Il était probablement destiné à lui faire passer toute envie d'ajouter quoi que ce soit. Néanmoins, elle ne put s'empêcher de demander :

— Il s'en va ?

— Bien entendu. J'imagine qu'il partira peu de temps après le bal. Êtes-vous surprise, Miss Woodchurch ? Pensiez-vous qu'il allait s'installer définitivement ici et qu'il aurait des lettres à vous faire écrire pour toujours ?

— Non, je...

— Parce que je vous rappelle qu'il est le duc de Santiava. Un duc régnant. Et non pas un homme assis à un bureau, en train de dicter des courriers.

Et sur ce, la duchesse quitta la pièce.

Hattie attendit d'être certaine qu'elle soit bien partie avant d'aller s'effondrer sur sa chaise. Elle posa la main sur son cœur, qui cognait à tout rompre. Ce n'était pas parce que la duchesse s'était montrée désagréable et méprisante.

Non, c'était parce que Teo allait bientôt partir.

Comme promis, Hattie repassa le lendemain à la boutique de Mrs O'Malley. La confiseuse sourit en la voyant entrer et essuya ses mains sur son tablier.

— Je savais que vous viendriez.

— Chose promise chose due, répondit Hattie en souriant.

Au départ, elle n'avait vraiment aucune intention d'assister au bal. Elle n'y avait pas sa place, et elle n'avait pas envie de voir Teo faire la cour à Flora. Mais quand sa mère avait dit qu'il était sur le point de partir... eh bien, Hattie avait changé d'avis.

— Venez avec moi. Molly, ma chérie, tu vas surveiller la boutique un moment, d'accord ? demanda-t-elle à une de ses filles.

Puis elle prit Hattie par la main et la conduisit dans l'arrière-boutique, jusqu'au petit bureau où Hattie avait l'habitude de travailler. Et là, suspendue à un cintre lui-même accroché à un tiroir, se trouvait une robe décolletée vert foncé à jupon doré clair, froncé, avec un ruban de velours à la ceinture. Hattie fut émerveillée.

— Oh mon Dieu. Elle est magnifique.

— N'est-ce pas ?

Mrs O'Malley alla décrocher la robe. Derrière, Hattie en découvrit une autre, noire et blanche.

— Mrs O'Malley ! Où avez-vous trouvé ces splendeurs ? s'exclama Hattie en passant la main sur le velours vert.

— Chez ma sœur. Elle a épousé un certain Mr Colin Pearce, qui sert à la Cour du banc du roi. Il fut un temps où ils étaient invités partout. Mais elle a eu deux enfants coup sur coup et elle a pris du poids.

Elle rit.

— Elle et son époux ne fréquentent plus les bals comme avant. Elle m'a fait parvenir trois robes, en fait. Deux robes de soirée et une robe pour la journée.

Elle souleva la robe noire et blanche pour montrer à Hattie une robe bleu outremer sous laquelle dépassait un jupon bleu clair. Hattie les fixa, comme hébétée.

— Elle vous les offre.

— Non ! s'exclama Hattie. Je ne peux pas accepter un cadeau aussi généreux.

— Bien sûr que si, Miss Woodchurch. Ma sœur vous est très reconnaissante de tout ce que vous avez fait pour moi. Et elle est enchantée à l'idée que ses robes soient portées pour un grand événement comme ce bal. Venez, essayons-les. Estella ! appela-t-elle. Vous allez voir, ma fille chérie est très habile avec un fil et une aiguille.

Hattie n'était pas certaine de voir quoi que ce soit, étant donné que ses yeux étaient embués de larmes. Elle n'en revenait toujours pas d'avoir autant de chance.

— Maintenant vous allez pouvoir confirmer votre présence au bal, ma chérie, dit Mrs O'Malley. Et vous allez pouvoir écouter ce que les gens disent de mes bonbons.

Hattie rit.

— Vous êtes si gentille. Que pourrais-je faire pour vous remercier ?

— Mais rien, mon trésor, vous avez déjà tant fait.

27

Le voyage dans l'Essex, jusqu'à Harrington Hall, avait épuisé Mateo. Pour commencer, la propriété était si vaste qu'il ne voyait pas du tout ce qu'il allait pouvoir en faire. Ensuite, il avait très mal supporté de passer une journée sans voir Hattie, ce qui avait été une surprise pour lui qui ne se considérait pourtant pas comme un sentimental.

Il sentait que quelque chose était sur le point de se terminer. Le compte à rebours avait même commencé. Bientôt, il devrait dire adieu à son amie et quitter l'Angleterre.

Son *amie*. Le mot ne semblait pas approprié pour décrire ce qu'il ressentait à propos de Hattie Woodchurch.

Il regarda la petite horloge posée sur la cheminée. Il comptait les minutes qui le séparaient de ses retrouvailles avec Hattie, au moment où elle entrerait avec son sac et ses crayons, prête à écrire.

Quand enfin elle arriva, elle portait une robe bleu foncé qui faisait ressortir la couleur de ses yeux. Ils illuminaient tout son visage.

Il se leva.

— Bonjour. Vous êtes très jolie aujourd'hui.

Elle sourit.

— Je vous remercie.

— Je suis allé à Harrington Hall hier, dans l'Essex.

Il ignorait pourquoi, mais il ressentait le besoin de lui expliquer pourquoi il était absent la veille.

Son beau visage s'illumina.

— Comment avez-vous trouvé la propriété ? Immense ? J'ai entendu dire qu'elle était aussi grande que Buckingham Palace.

— C'est beaucoup trop grand, acquiesça-t-il. Je n'ai pas pu m'empêcher de me demander pourquoi mon grand-père a jugé bon d'acheter un tel domaine, surtout lui qui vivait seul.

— Il a pensé à ses héritiers, dit Hattie. C'est toujours à ses héritiers que l'on pense, non ?

Elle traversa la pièce et tendit la main vers lui. Il se souvint qu'il avait préparé du travail pour elle. À contrecœur, il le lui tendit. Il la regarda aller à son bureau. Il la regarda s'asseoir, arranger le papier, les crayons et le petit vase de fleurs que quelqu'un avait placé là. Il s'assit à son bureau lui aussi, et essaya de se concentrer, mais il se rendit compte qu'il était incapable de faire autre chose que la regarder. Trop d'émotions se bousculaient dans sa tête et dans sa poitrine. Des émotions terriblement partagées. Il était prêt à quitter l'Angleterre – Santiava lui manquait – mais de toute évidence, il n'était pas prêt à abandonner certaines choses derrière lui.

Il prit vraiment conscience de l'état d'agitation dans lequel il se trouvait lorsque sa mère fit son apparition, avec la liste des personnes qui avaient répondu à leur invitation. Sa mère avait pris l'initiative de souligner les noms des femmes qui n'étaient pas mariées et qui pouvaient faire figure d'épouses potentielles. Il les ignora. Il cherchait un autre nom. Qui n'était pas là.

Il regarda Hattie, absorbée par son travail. Elle n'avait pas répondu.

— Merci, dit-il à sa mère, en lui rendant la liste. Si vous voulez bien m'excuser, j'ai quelque chose à faire.

— Où vas-tu ? demanda sa mère, en le suivant hors du bureau, sa liste à la main.

— Je sors.

Dans le hall, il prit son chapeau et poussa la porte, vers une destination inconnue.

Mateo marchait pour réfléchir. Il marcha jusqu'à Hyde Park, et le traversa. Puis il poussa jusqu'à Green Park. Il arpenta Piccadilly, dans les deux sens et plusieurs fois, tout en essayant de donner un sens à sa vie.

Quand il en eut enfin assez de marcher, il rentra à Grosvenor Square. Sa mère avait disparu, et Hattie avait terminé son travail. Elle avait drapé son châle autour de ses épaules et était en train de fouiller dans son sac quand il entra.

— Hattie, dit-il, vous rentrez chez vous ?

— Oui, répondit-elle en passant son sac en bandoulière sur son épaule.

— Je, ah... Je ne voudrais rien vous imposer, mais je...

Il se passa la main dans les cheveux. Il se sentait si nerveux.

— Je dois me pencher sur les comptes du domaine de Harrington Hall. Peut-être... peut-être pourriez-vous rester après le thé, pour m'aider ? Je... je vous payerai en plus, bien entendu.

Elle le regarda un moment, durant lequel il crut qu'elle allait refuser, à son grand désespoir. Car si elle refusait, il se sentait capable d'aller courir à l'autre bout du jardin et de hurler son désarroi.

— Je serais ravie de pouvoir vous aider, bien sûr. Mais vous n'avez pas besoin de me payer quoi que ce soit en plus, dit-elle en souriant.

Il avait honte de l'avoir proposé.

— Merci. Je... Si cela ne vous fait rien, je vais demander à Yolanda de préparer un dîner léger. Mais c'est seulement si vous... êtes d'accord.

Que lui arrivait-il ? Il devenait bavard ?

Elle sourit plus largement. Elle reposa son sac.

— Je suis d'accord. J'espère même que nous aurons droit à des spécialités de votre pays. Aurai-je besoin d'un crayon ?

— D'un crayon ?

— Pour les comptes…

— Ah, oui, bien sûr. Mais, non, je ne pense pas.

Parce qu'il n'avait aucun travail à lui soumettre. C'était une affabulation, un prétexte fabriqué de toutes pièces, car il mourait d'envie d'être en sa compagnie et qu'il ne savait pas comment le lui demander. Il sonna pour appeler Borerro et lui dit, en espagnol, que Miss Woodchurch et lui allaient continuer à travailler pendant la soirée et qu'il souhaitait que Yolanda leur fasse servir la paella qu'elle avait préparée.

Une fois Borerro parti, Mateo fit asseoir Hattie sur le canapé et s'installa sur une chaise, en face d'elle.

— Puis-je vous poser une question ? demanda-t-il.

— Bien sûr.

— Pourquoi n'avez-vous pas répondu à l'invitation au bal ?

Elle le regarda comme prise de court.

— Oh. Je viens juste de me décider. J'apporterai ma réponse demain, si c'est encore possible.

— Bien sûr.

Pourquoi venait-elle seulement de se décider ?

— Quelque chose vous aurait-il fait hésiter ?

Elle haussa légèrement les épaules.

— C'est très simple, vraiment. Ma place n'est pas ici. Votre bal est réservé à l'aristocratie.

Il fut surpris par sa réponse. Elle ne lui avait pas semblé être quelqu'un qui accordait de l'importance à ce genre de choses. Elle ne l'avait pas fait jusque-là, en tout cas.

— C'est faux. Et je vous promets que je ne vous ai pas fait envoyer une invitation afin que vous vous occupiez des enfants.

Elle rit.

— Eh bien, je vous remercie. Pourquoi m'avoir invitée, alors ?

Fallait-il qu'elle pose la question ?

— Hattie… vous avez légitimement votre place parmi mes invités. Vous êtes mon amie et je souhaite votre présence. Je m'attends à être assailli par des mères empressées et par leurs filles. Que se passera-t-il si je suis traîné sur la piste de danse et sommé de faire un choix devant Dieu et les hommes ? Je risque de ne pas y survivre. Et si tel est le cas, qui vengera ma disparition ?

— Oh ! Teo, dit-elle avec douceur. Je pense sincèrement que votre mère vous vengerait. Elle y prendrait même un certain plaisir, d'après moi.

Il ne put s'empêcher de rire.

— Vous avez bien cerné le personnage, dirait-on. Mais vous vous trompez : c'est elle qui me conduira à ma perte. Ma mère n'est pas forcément mon alliée. J'aurais pourtant besoin d'une présence amicale. Vous avez sûrement remarqué que je n'étais pas d'un naturel très affable ni décontracté en société. Ce n'est pourtant pas faute de le vouloir.

— Je n'ai rien remarqué de tel.

Il lui adressa un sourire entendu.

— Hattie.

— C'est la vérité, insista-t-elle. La seule chose que j'ai remarquée, c'est que vous êtes réservé. Mais comme beaucoup de gens. À mon école, nous avions une camarade, Mary Collins, qui était à peine capable de prononcer son nom en public. Nous pensions qu'elle avait un problème, que ce n'était pas possible d'être à ce point timide, mais quand Jenny a donné un coup de pied à Sarah, Mary est intervenue et s'est jetée sur Jenny, qu'elle a précipitée par terre.

— *Dios mío,* commenta Mateo, surpris et amusé par cette étonnante anecdote.

— C'était un peu violent, je vous l'accorde, mais ce que je voulais dire, c'est que Mary était réservée jusqu'à ce qu'elle éprouve le besoin de ne plus l'être. Je pense que c'est pareil pour vous.

— Non, je suis plus que réservé. Je suis... J'ai du mal à trouver le mot juste. Prudent. Craintif. Méfiant... Un peu tout cela à la fois.

— Mais pourquoi ?

— Mon père était très dur avec moi, car j'étais son héritier et le futur duc. Il voulait me discipliner, m'apprendre tout ce que, selon lui, je devais savoir et me façonner à son image. Il a essayé de le faire en me reprenant sur à peu près tout ce que je disais ou faisais. Par conséquent, j'ai appris à parler le moins possible et j'ai longtemps cru que quand quelqu'un me regardait, c'était avec un œil critique et réprobateur.

— Cela a dû être horrible, je vous plains. Et votre mère ?

— Ma mère s'occupait surtout du bien-être de mon père et ne s'encombrait pas avec ses enfants. Si quelqu'un a joué le rôle de mère auprès de moi, c'est Rosa bien plus que la duchesse.

— Seigneur, Teo, dit-elle à voix basse. Comme cela a dû être difficile pour vous.

Il sourit tristement. Son enfance n'avait pas été un conte de fées, et pour le pire et pour le meilleur, elle avait fait de lui l'homme qu'il était aujourd'hui.

— J'étais privilégié à bien d'autres égards.

— Mon enfance n'a pas été facile non plus, jusqu'à ce que Lord Iddesleigh me sauve.

Mateo fronça les sourcils, perplexe.

— Qu'il vous *sauve* ?

— Qu'il me *sauve*, oui, c'est vraiment le terme. Il a réussi à convaincre mes parents de me laisser aller étudier dans son école. Je ne sais pas comment il y est parvenu, car il est difficile de les convaincre de quoi que ce soit si cela ne sert pas directement leurs intérêts. Qui plus est, mon père... mon père a du mal à se séparer de son argent. Mais sans Lord Iddesleigh et son école, je ne pense pas que j'aurais eu suffisamment confiance en moi pour chercher du travail et mener ma propre barque. Je lui en serai éternellement reconnaissante.

— Dans ce cas, je lui suis moi aussi redevable.

Hattie sourit, et il sentit une vague de chaleur se propager dans tout son être. Quel bonheur ce serait de voir un tel sourire chaque jour, ne put-il s'empêcher de songer.

Quelqu'un frappa à la porte. Un laquais entra en poussant un chariot sur lequel se trouvaient deux plats recouverts d'un dôme. Mateo lui demanda de servir le repas sur la petite table basse, puis invita Hattie à venir s'y asseoir.

Le laquais découvrit les plats et répartit la paella dans des bols. Hattie le regarda faire avec intérêt, en l'interrogeant sur les ingrédients. Quand le laquais eut terminé, Mateo l'invita à goûter.

Elle ferma les yeux.

— C'est divin, déclara-t-elle. Je serais capable de manger tout le plat.

Elle ouvrit les yeux.

— Mais je consens à partager avec vous.

Il rit.

Elle l'interrogea, pendant qu'ils dînaient, sur sa vie entre terre et ciel. Mateo la lui raconta du mieux qu'il le put, mais il éprouva quelques difficultés à décrire la splendeur de ses montagnes en anglais. Sans trop savoir comment ni pourquoi, il finit par se mettre à parler de ses chiens de chasse. Elle dit qu'elle avait toujours adoré les chiens, mais que sa mère préférant les chats, elle ne l'avait jamais autorisée à en avoir un.

À partir de là, ils glissèrent de façon décousue vers des sujets beaucoup plus anodins. Ils parlèrent des jeux auxquels ils jouaient enfants. Des gens qu'ils avaient croisés au cours de leur vie d'adulte et qui les avaient surpris et marqués. Mateo, par exemple, se souvenait d'une femme qui avait quitté son riche mari pour un fermier. Hattie, elle, évoqua un homme qui avait donné tout son argent à des mendiants et qui, désormais, vivait en mendiant.

Ils discutèrent comme deux amis de longue date. Ou, plutôt, comme deux amants de longue date. Mateo aurait voulu que la conversation et la soirée ne finissent jamais. C'était la première fois de sa vie qu'il se sentait si à l'aise à un dîner et qu'il s'entendait si bien avec la personne assise à ses côtés.

Elle lui posa des questions au sujet de Harrington Hall, et il lui expliqua que c'était bien plus qu'un simple manoir. Il y avait un nombre incalculable de pièces, toutes richement meublées et décorées de tableaux, de bibelots précieux, de beaux tapis. Cela paraissait presque « trop », comme si la richesse de son grand-père n'avait pas été utilisée à bon escient, par exemple pour accroître la valeur du domaine, pour mieux payer les employés et les domestiques ou pour aider les nécessiteux, mais pour nourrir et flatter son ego.

Il lui dit qu'une des salles de bal offrait une vue magnifique sur la mer. Que les portes-fenêtres de la salle du petit déjeuner ouvraient sur une terrasse et, au-delà, sur un fabuleux jardin topiaire qui semblait s'étendre sur plusieurs hectares.

— Cela semble incroyablement beau, dit-elle, rêveuse. Ce doit être merveilleux de vivre dans un endroit pareil.

Le souhait le plus cher de Mateo était précisément qu'elle vive dans un endroit pareil, mais il ne le lui dit pas.

Une fois le repas terminé et débarrassé par le laquais, Hattie se cala dans son siège, croisa les mains sur ses genoux et sourit avec ironie.

— Nous avons passé toute la soirée à parler. Vous ne m'avez pas encore donné de travail.

Il avait complètement oublié. Il sourit lui aussi.

— Je voudrais que vous regardiez quelque chose pour moi.

— Avec plaisir.

— Mais pas ici.

— Où cela, alors ? demanda-t-elle, l'air surpris.

— Venez avec moi.

Il se leva et tendit la main.

Hattie ne bougea pas. Elle regardait sa main avec circonspection.

— Où voulez-vous que je vienne ?

— Ne soyez pas si méfiante. Venez avec moi, c'est tout.

Elle le regarda dans les yeux. Dans son beau regard bleu, il vit une lueur de chaleur, d'affection. De... d'amitié ou de camaraderie, ou bien de connivence. Ou plutôt, de ce à quoi toutes ces choses ressemblaient dans son idée. Lui les ressentait au plus profond de son être, et quand elle sourit, qu'elle glissa sa main dans la sienne et qu'elle se leva, il eut l'impression qu'il venait de remporter une très longue course. Elle se trouvait juste en face de lui, et ils semblaient incapables de se quitter des yeux.

Tout à coup, elle plissa le regard d'un air taquin.

— Êtes-vous sûr de vous ? Parce que vous me semblez un peu hésitant, Teo.

— La seule chose dont je ne suis pas sûr, c'est si vous êtes capable de voir dans le noir. Venez, dit-il en l'entraînant hors de la pièce.

Dans le couloir, il regarda autour de lui pour s'assurer que personne ne les observait, puis il posa la main dans le bas du dos de Hattie et la dirigea vers l'escalier de service. Ils le gravirent, lui en posant un doigt sur sa bouche, elle en pouffant silencieusement. Tout en haut de l'escalier, il y avait une trappe qui donnait sur le toit. Il l'ouvrit, grimpa et l'aida à le rejoindre.

Ils se trouvaient au sommet de sa maison, à hauteur de cheminées. Londres s'étendait à leurs pieds et le ciel nocturne se déployait au-dessus d'eux.

— Oh ! dit-elle en levant les yeux. La nuit tout entière nous domine.

C'était une nuit claire et froide, et les étoiles scintillaient, quand elles n'étaient pas momentanément cachées par la fumée des cheminées. Mateo se plaça derrière Hattie et tendit le doigt.

— Voyez-vous une forme ovale ? Logiquement, elle devrait être un peu floue.

— Où cela ?

Il s'approcha et passa les bras autour de sa taille afin de plaquer le dos de Hattie contre son torse. Elle ne lui opposa aucune résistance ; il perçut un léger tremblement la parcourir, qui s'accordait à l'unisson avec le frisson de désir qui l'avait envahi. Il se pencha au-dessus de son épaule.

— C'est un peu comme si quelqu'un avait laissé l'empreinte de son pouce sur le ciel.

Alors qu'elle regardait en l'air, elle appuya sa tête sur son épaule. Il saisit son poignet, lui fit lever le bras et pointa ses doigts dans la bonne direction.

— Vous la voyez à présent ?

— Je… je crois, dit-elle.

— C'est Andromède. Connaissez-vous son histoire ?

Hattie secoua la tête.

Il lâcha son poignet et passa les bras autour de son buste.

— Andromède était la fille d'un roi qui l'avait enchaînée à un rocher pour apaiser la colère d'un monstre marin.

— Un monstre marin ! Quelle horreur ! A-t-elle été forcée de passer toute sa vie enchaînée ?

— Jusqu'à ce que Persée ne la délivre.

— Bravo Persée ! J'espère qu'il ne l'a pas trop fait attendre avant de venir la sauver.

Il se pencha et l'embrassa dans la nuque. Elle soupira et frissonna tout contre lui.

— Vous avez besoin d'un Persée, je crois, murmura-t-il avant de l'embrasser de nouveau.

Hattie pencha la tête sur un côté pour lui faciliter la tâche. Il promena sa main sur son cou, ressentit l'inévitable poussée du désir.

Tout à coup, Hattie repoussa sa main et s'éloigna.

Il fut tout d'abord surpris d'avoir été brusquement chassé de cet état de félicité.

— Nous sommes amis, dit-elle, parce que c'est la seule option pour nous.

— Il doit bien y avoir un moyen, dit-il en se passant la main dans les cheveux. C'est obligé.

— Non.

Il faisait noir et la lune se reflétait dans ses yeux comme la lumière sur une mer sombre. Il n'en était pas certain, mais il lui sembla voir ses cils s'emplir de larmes.

— Je dois y aller, dit Hattie. Maintenant. Il est temps que je rentre.

— Non. Pas tout de suite. Nous...

— Tout de suite. S'il vous plaît, Mateo.

À contrecœur, il hocha la tête et l'aida à redescendre l'étroit escalier. Une fois de retour dans le bureau, elle rassembla ses affaires. Elle s'arrêta pour le regarder avant de partir et il vit dans ses yeux le même désir et la même tristesse que ceux qui le rongeaient. Mateo demanda à Carlos de l'accompagner pour s'assurer qu'elle rentrerait sans encombre.

— Elle ne voudra pas de votre présence, dit-il en espagnol, et si vous ne parvenez pas à la faire changer d'avis, suivez-la de loin. Mais assurez-vous qu'elle rentre bien chez elle.

Le laquais acquiesça et se lança à la poursuite de Hattie.

Mateo resta un moment devant la porte ouverte, à regarder la place et le ciel. Hattie était Andromède, qui brillait au-dessus de lui. Ou bien c'était lui, Andromède, car il se sentait entravé par d'invisibles chaînes. Mais il était bien déterminé à être Persée et à les sauver tous les deux.

Si seulement il savait comment faire.

28

Si Hattie doutait encore du bien-fondé d'assister au bal – et elle se posait énormément de questions depuis quelques jours –, Daniel acheva de la convaincre en titillant sa vanité.

— Avec une aussi belle toilette, autant y aller, dit-il alors qu'elle plaquait la robe contre elle et observait son reflet dans le miroir. Tu n'auras pas souvent l'occasion de porter une aussi jolie tenue, n'est-ce pas ?

En temps normal, Daniel était plutôt avare de compliments, en plus de répugner à exprimer son avis. Hattie le regarda donc d'un air suspicieux.

— D'habitude, tu te moques bien des robes que je porte et des endroits où je pourrais les porter.

Il haussa les épaules.

— Ne pas la mettre, ce serait un terrible gâchis.

Il avait raison. Elle voulait que Teo la voie dans cette tenue. Elle était toujours autant attirée par lui, elle était même tombée amoureuse de lui. Mais elle était aussi quelqu'un de très sensé, et malgré tout ce que Teo et Daniel avaient pu ou pourraient dire, elle n'avait pas sa place parmi les invités de ce grand bal.

Néanmoins, Teo allait bientôt partir. Les occasions de le voir allaient se faire de moins en moins nombreuses.

Autant, dans ce cas, ne pas en perdre une seule.

Ainsi, alors qu'étaient arrivés le jour et l'heure de la grande soirée de l'année, Hattie se trouvait dans la salle de bal de la famille Abbott, une pièce qu'elle n'avait pas vue une seule fois depuis qu'elle travaillait pour le maître des lieux. La mère de Teo s'était surpassée. Il y avait des comédiens et des saltimbanques dans le jardin, dont un cracheur de feu et un équilibriste qui marchait sur une corde tendue entre deux murs. Des flambeaux étaient disposés un peu partout, ce qui donnait l'impression que le jardin scintillait.

À l'intérieur, un orchestre de douze musiciens jouait depuis une petite alcôve située en mezzanine de la salle de bal, et des décorations florales étaient suspendues au plafond, pour créer l'illusion d'un bal en plein jardin.

Daniel l'avait abandonnée à l'instant même où ils étaient arrivés, comme d'habitude. Hattie se trouvait donc dans le fond de la salle et admirait le décor ainsi que sa belle robe, tout en sirotant un verre de punch, lorsque Mateo fit son apparition.

Ce fut une entrée grandiose. Il était magnifique, beau et altier, grand et sûr de lui. Il portait un habit de soirée noir, et son torse était barré par un ruban où brillaient de nombreuses médailles. Ses cheveux noirs étaient coiffés en arrière et sa barbe était soigneusement taillée. À peine eut-il fait un pas dans la salle qu'il fut assailli par ses invités.

Le simple fait de le voir la fit frissonner. Il avait posé ses lèvres sur les siennes. Sur son cou. Et, dans ses rêves, partout ailleurs. Et elle ne s'était pas privée de rêver.

Elle aurait aimé croiser et accrocher son regard, pour lui montrer qu'elle était bien venue. Mais Lady Aleksander s'empressa de l'intercepter et le présenta tout de suite à plusieurs femmes. On aurait dit qu'il n'avait pas un seul moment pour respirer, et encore moins pour regarder autour de lui.

Elle se demanda ce qu'il devait ressentir, alors qu'il était au centre de toutes les attentions, après ce qu'il lui avait raconté à propos de son enfance. Elle s'imagina dans une autre vie, à ses côtés, en train de l'apaiser par sa simple présence. Ce serait elle qui parlerait pour lui, ce qui le soulagerait grandement. Cette idée la fit sourire.

— Qu'est-ce qui te fait sourire ?

Hattie sursauta en entendant la voix de Queenie.

— Oh ! rien, ou plutôt… tout.

— Humm, répondit Queenie, dubitative, avant de regarder à l'autre bout de la pièce, où Teo était en train de parler à une femme.

— As-tu vu Flora ?

— Elle est au vestiaire, où elle essaie de se calmer, dit Queenie. Oh ! regarde, le bal va commencer. J'ai entendu deux femmes parier sur la cavalière avec laquelle il allait ouvrir le bal. Et à ton avis, sur qui ont-elles parié ?

— Sur Flora ?

— Sur Flora, oui… et sur Christiana Porter, ajouta-t-elle en levant les yeux au ciel. La beauté est toujours ce qui compte le plus aux yeux des hommes. Je ne serais pas du tout surprise si c'était elle qu'il demandait en mariage. C'est biologique, purement et simplement.

Le petit orchestre entama une valse.

— Voici Flora, dit Queenie, avant de quitter Hattie.

Elle voulait sans doute se trouver à proximité quand Teo inviterait Flora à danser. Sans doute prétendrait-elle qu'elle avait tout arrangé ou qu'elle le savait depuis le début.

Teo avança dans la salle en parcourant la foule du regard. Tout le monde le regardait pour voir de quelle façon il allait ouvrir le bal. Sa mère était en train de lui parler, penchée vers lui de façon envahissante et possessive. Mais Teo l'ignora et se mit à traverser la piste de danse.

La foule murmura, en jetant des regards de droite et de gauche pour essayer de voir qui serait l'heureuse élue. Puis la foule s'écarta. Puis, comme dans un rêve, Teo avança vers Hattie. Puis il s'inclina.

Hattie resta bouche bée. Elle s'empressa de regarder autour

d'elle, presque certaine que quelqu'un allait surgir de derrière les rideaux ou les pots de fleurs pour prendre sa place.

— Miss Woodchurch, je vous souhaite le bonsoir.

— Que... Bonsoir, dit-elle en se ressaisissant, puis en faisant la révérence.

— Si vous me permettez, je dois dire que vous êtes *très belle* ce soir. J'espère que vous me ferez l'honneur de m'accorder la première danse.

Il était devenu fou !

— *Moi ?*

— Ce serait un immense plaisir.

— Je ne... J'ai...

Avec douceur, il lui prit le verre des mains, sans cesser de la regarder. Un laquais apparut d'on ne sait où pour prendre le verre. Teo tendit son bras.

Elle le regarda.

— Il suffit que vous posiez votre main dans le creux de mon coude, murmura-t-il.

Bêtement, elle obéit.

Il la conduisit vers la piste et lui sourit.

— *Dios mío*, j'espère que vous savez danser, dit-il tout bas.

Il prit sa main et posa la sienne dans son dos.

Elle le fixa, toujours sous le choc. Elle avait du mal à se mouvoir normalement, mais elle réussit tout de même à poser la main sur son épaule.

Il se mit à bouger au rythme de la valse.

Elle le suivit sans chanceler, le regard fixé sur un point derrière son épaule.

— Y a-t-il un problème ? demanda-t-il alors qu'il tournait sur la piste en l'attirant plus près de lui.

— Avez-vous perdu la raison ? murmura-t-elle sur un ton de reproche. Je ne devrais pas être votre première cavalière. La première danse est toujours porteuse d'un message fort quant à vos intentions.

— Vraiment ?

Il semblait détaché, presque arrogant. D'autres couples les rejoignirent, et Hattie se risqua à le regarder, partagée entre la crainte de dévoiler ses sentiments pour lui et celle de ne pas réussir à contenir sa colère.

— Vous êtes en train de me désigner du doigt. Les gens ne vont pas trouver cela anodin du tout. Ils vont jaser.

— Qu'ils jasent, dit-il en la serrant davantage. Vous êtes mon amie, n'est-ce pas ? J'ai besoin de vous en ce moment précis. J'ai besoin d'un Persée et vous m'avez évité d'avoir à choisir quelqu'un.

— Mais moi je n'éviterai pas les remarques. Tout le monde va me détester.

Il lui sourit.

— Arrêtez de me sourire comme cela.

— C'est plus fort que moi. C'est la première fois que je vous vois avoir peur.

— Je n'ai pas peur, j'ai...

— C'est une danse, Hattie. Une simple danse, dit-il pour l'apaiser. À la fin de la soirée, tout le monde aura oublié, mais en ce moment même, tout le monde nous regarde. Alors, s'il vous plaît, aidez-moi à faire montre de charisme, de confiance et de calme.

— Vous n'avez pas besoin de moi pour cela. Quoi que vous fassiez, votre charisme s'impose. Je n'oublierai jamais la première fois que je vous ai vu.

— Vraiment ? demanda-t-il, curieux. Quand était-ce ?

Elle finit par sourire à son tour.

— Si vous voulez tout savoir, c'était depuis la vitrine d'un magasin. Vous étiez là, dans la rue, imposant, distant, bien au-dessus du commun des mortels.

Il rit et la fit tourbillonner.

— Je me souviens aussi de la première fois que je vous ai vue. C'était dans mon bureau. Je vous ai trouvée d'une beauté et d'un maintien quelconque, mais d'un aplomb et d'une assurance hors du commun.

Hattie grimaça.

— Quel charmant compliment.

— Mais au fil des jours, je vous ai trouvée de plus en plus importante à mes yeux et de plus en plus belle.

— Vous me faites rougir à présent.

— C'est à cela que servent les amis, dit-il, avant de la faire de nouveau virevolter.

Hattie sourit.

— Vraiment, c'est à cela que servent les amis ? Me serais-je trompée depuis le début ?

Il sourit davantage, et Hattie sentit quelque chose de puissant passer entre eux. Quelque chose d'à la fois très familier et nouveau. Quelque chose qui la dépassait.

La valse était sur le point de prendre fin. Dès qu'il la lâcha, elle se sentit partir à la dérive. Il la conduisit hors de la piste. Elle fit la révérence. Il s'inclina.

— Merci, Hattie. J'espère que nous aurons de nouveau l'occasion de nous parler ce soir.

Puis il s'éloigna.

Elle vit sa mère fondre sur lui, mécontente. Juste après cela, Lady Sarah Grandview était à son bras.

Hattie tourna les talons et se dirigea dans la direction opposée, consciente que tous les regards étaient posés sur elle, consciente de la question qui était sur toutes les lèvres. Qui était-elle ? Et pourquoi avait-elle eu le privilège de la première danse ?

Elle garda les yeux baissés jusqu'à ce qu'elle soit arrivée dans un endroit plus calme de la salle de bal, et quand elle leva les yeux... elle se trouva face à face avec Queenie Rodham.

— Eh bien, eh bien, dit Queenie, qui regardait Hattie comme si elle la voyait pour la première fois. Je me demande bien pourquoi le vicomte t'a invitée la première.

Hattie essaya de rire comme s'il ne s'agissait de rien, mais elle hennit plus qu'autre chose.

— Parce qu'il me connaît, c'est tout.

— Il te connaît, mais pas comme cela.

Hattie comprit très bien ce qu'elle voulait dire : il la connaissait en tant qu'employée, non pas en tant que cavalière potentielle.

— Où as-tu trouvé cette robe ? demanda Queenie.

Hattie était sur le point de lui expliquer ce qu'elle pouvait faire de sa question lorsque Flora apparut. Elle sourit.

— Tu es très belle, Hattie.

— Merci.

Queenie adressa un regard suspicieux à Flora.

— Où étais-tu ? Je t'ai cherchée partout.

— Je prenais un peu l'air, Queenie. Hattie... pourquoi a-t-il dansé avec toi ?

Cela semblait être la question brûlante qui obsédait tout le monde.

— Je pense que c'est... parce qu'il... ne t'a pas vue.

Flora parut aussitôt soulagée.

— Tu penses vraiment que c'est cela ?

— Oui. Il a plus ou moins dit qu'il avait cherché un visage familier.

Ce qui aurait pu être n'importe qui, mais Flora ne le savait pas. Elle adressa un sourire triomphal à Queenie.

Celle-ci, cependant, ne se laissa pas berner.

— Dans ce cas, pourquoi n'est-il pas en train de la chercher ?

— Comment ? Oh ! il, euh...

— Miss Raney ?

Elles se tournèrent aussitôt toutes les trois, pensant qu'il s'agissait de lui. Mais ce n'était pas lui. C'était un autre homme qui demanda si Flora pouvait lui accorder une danse. Elle accepta et s'éloigna, laissant Queenie et Hattie de nouveau seules.

Queenie la scrutait attentivement.

Hattie soupira.

— Qu'est-ce qu'il y a, Queenie ?

— Cela ne va pas, c'est tout. Tu n'es pas... tu n'es vraiment pas...

— Ce n'est pas à toi de me dire quelle est ma place dans ce monde, répliqua Hattie.

— Ce n'est pas ce que je voulais dire.

— Bien sûr, je te crois, répondit Hattie, avant de tourner les talons et de disparaître dans la foule.

On lui rappelait constamment qu'elle n'était pas à sa place. Mais où était sa place ? Dans quelle pièce, dans quelle maison, dans quelle ville ? Elle aurait beaucoup aimé savoir si cela convenait à tout le monde qu'elle se contente d'être elle-même.

La soirée se passa comme elle l'avait imaginée. Personne ne l'invita à danser. Personne ne la présenta à personne. Elle aperçut Daniel quelques fois, en train de danser avec des femmes, toutes différentes. Elle ignorait qu'il savait danser et qu'il aimait cela. C'était tellement injuste : parce qu'il était un homme et qu'il était beau, il avait le droit de pénétrer le royaume clos de l'élite.

Elle essaya de toutes ses forces de ne pas regarder Teo à chacun de ses déplacements, mais son cœur refusait d'obéir à sa raison, et elle ne cessa de le voir en compagnie de femmes séduisantes et riches, blondes, brunes ou rousses, sans distinction. Elles appartenaient toutes au grand monde et étaient toutes en âge d'avoir des enfants et il était certain que n'importe laquelle d'entre elles aurait fait une parfaite duchesse. Et Teo ? Il jouait son rôle à la perfection. Il acquiesçait à tout ce qu'elles disaient, les regardait dans les yeux quand elles parlaient. Et il les faisait danser.

Il était difficile d'imaginer que cet altier aristocrate et le pâtissier qui pétrissait de la pâte en cuisine étaient un seul et même homme.

Un homme finit tout de même par se présenter à Hattie. Il était capitaine dans la marine, dit-il, et portait une veste élimée. Il avait au moins trente ans de plus qu'elle. Elle dansa avec lui et l'écouta poliment se plaindre de l'exiguïté de la salle de bal et conjecturer sur les raisons pour lesquelles Lord Abbott n'avait pas loué un endroit plus approprié. Elle s'échappa dès qu'elle put et se cacha derrière les fougères en pots avec une coupe de champagne.

Ce fut alors qu'elle vit Flora et Teo danser ensemble. Ils se souriaient.

Son cœur se serra comme s'il était pris dans un étau. Elle n'était pas surprise et, d'une certaine façon, elle était contente pour eux. Ils formeraient un beau couple.

Mais en même temps, elle avait la nausée. C'était bien sa chance d'être tombée amoureuse d'un homme absolument inatteignable.

— Miss Woodchurch, vous êtes bien loin pour admirer les danseurs.

Hattie se retourna. Un très bel homme lui souriait. Elle le reconnut tout de suite : c'était Mr Donovan, l'ami de Lord et Lady Iddesleigh. Il venait parfois leur rendre visite à l'école.

— Mr Donovan ! s'exclama-t-elle, heureuse de croiser enfin une connaissance.

— Vous êtes absolument magnifique, ma chère amie. Magnifique, mais un peu misérable si je puis me permettre, dans votre exil lointain. Dites-moi donc pourquoi vous vous cachez dans un coin. Vos prétendants vous auraient-ils épuisée ?

Hattie rit.

— Je n'ai pas de prétendant, Mr Donovan.

— Comment ? fit-il, en posant la main sur sa poitrine comme s'il était choqué. Dans ce cas, c'est mon jour de chance. Voulez-vous bien me faire l'honneur de cette danse ?

— Avec plaisir, répondit-elle en posant son verre.

Mr Donovan la conduisit jusqu'à la piste et, très vite, ils évoluèrent en musique. Il était très souple et c'était vraiment un excellent danseur. Il lui posa des questions sur elle, sur sa vie et son travail. Il lui dit qu'elle était très jolie et que le vert foncé lui allait à ravir. Elle répondit à toutes ses questions et le remercia pour ses compliments, mais en même temps, elle observait subrepticement Teo.

— Vous le tenez en haute estime, dit Mr Donovan. En réalité, ce que vous ressentez pour lui va peut-être même au-delà de la simple estime.

Surprise que ses sentiments soient si évidents, elle le regarda avec une légère panique.

— Pardon ?

Il esquissa un petit sourire en coin.

— Lord Abbott, très chère. Vous l'estimez.

— Bien entendu. C'est une façon de présenter les choses, assurément. Nous sommes amis.

— Ah, *amis*, dit-il avec un sourire entendu. Vous pouvez me confier votre secret sans crainte. Je suis quelqu'un qui ne divulgue jamais les secrets.

Hattie rougit.

— Je n'ai aucun secret, répondit-elle, en essayant de rire. Je suis sa secrétaire. Je ne devrais même pas être ici ce soir ! S'il m'a invitée, c'est qu'il se sentait obligé de le faire.

Mr Donovan fit claquer sa langue.

— Obligé ! Pensez-vous sérieusement que Lord Abbott ait des obligations à respecter envers quiconque ? Croyez-moi sur parole, ce n'est pas le cas.

Hattie fronça les sourcils. C'était sans doute vrai, dans une certaine mesure.

— Savez-vous ce qu'il y a de merveilleux dans la danse ? demanda Donovan.

Elle secoua la tête.

— Sur la piste, nous sommes tous égaux. Nous pouvons être bons ou mauvais, mais personne n'est au-dessus de personne. Il n'y a aucun titre, aucun privilège qui tienne. Personne n'est trop pauvre pour danser.

Hattie sourit.

— Puis-je vous donner un conseil ?

— À propos de la danse ?

— Non, pas à propos de la danse. Miss Woodchurch – ou Hattie, si vous me permettez –, personne n'est au-dessus de personne. En dépit de ce qu'ont pu essayer de vous faire croire les doyennes de la société, nous sommes tous les mêmes. Nous avons tous un cœur, nous avons tous des désirs et des aspirations, nous voulons tous être aimés. La seule chose qui compte, c'est de ne pas se trahir soi-même.

Il jetait le trouble dans son esprit.

— Je ne comprends pas ce que vous essayez de me dire.

— Vraiment ? Mon conseil, c'est de chercher à obtenir ce que vous voulez sans laisser personne vous convaincre que vous n'y avez pas droit.

Hattie cligna des yeux. Au moins, à présent, c'était clair.

— Comment est-ce que nous sommes passés de la danse à... ceci ?

Il rit.

— Il fallait que je vous le dise. C'était un besoin pressant. J'ai été comme vous, jadis. J'ai essayé de rentrer dans le moule que la société avait façonné pour moi. Et un beau jour, j'ai compris que je n'y arriverais pas sans me trahir. Alors, j'ai façonné moi-même mon propre moule.

Le morceau était en train de prendre fin.

— Je ne suis pas tout à fait sûre de comprendre, dit-elle.

— Je sais, répondit-il en souriant. Retenez seulement qu'il est possible de tracer et de suivre votre propre chemin. C'est ce que j'ai fait. Vous pouvez le faire vous aussi.

La musique cessa, et il recula avant de s'incliner.

— Ce fut un plaisir.

Il lui tendit le bras et la conduisit hors de la piste de danse.

Perplexe, elle le regarda ensuite s'éloigner. Elle sentait néanmoins que, petit à petit, ce qu'il venait de lui dire faisait son chemin en elle. Lorsqu'elle se tourna, elle faillit heurter Teo et Flora.

Flora rayonnait.

— *Haaaaattie !* s'exclama-t-elle, en passant les bras autour des épaules de Hattie. M. le vicomte et moi-même nous apprêtions à aller prendre l'air. La nuit est si tiède. Ou bien, peut-être est-ce moi qui ai trop dansé…

Elle s'éventa le visage de la main.

— J'ai si chaud.

Elle se tourna vers Teo, en souriant d'un air extatique.

— C'est une très belle nuit, acquiesça Hattie.

Elle sentait le regard de Teo posé sur elle, mais elle se refusa à quitter Flora des yeux. Elle ne voulait pas lui montrer à quel point elle tenait à lui. Elle ne voulait pas lui montrer comme son cœur saignait. À quoi bon ?

— Si vous voulez bien m'excuser.

Puis elle s'enfuit avant d'éclater en sanglots.

Elle en avait assez de cette soirée et se mit en quête de son frère. Elle avait porté sa belle robe et elle avait dansé bien trois fois et, quoi qu'en dise Mr Donovan, jamais, jamais, le duc de Santiava ne serait à elle.

29

Lila dut se faire violence pour sortir de son lit le lendemain afin d'honorer son rendez-vous avec Lord Abbott. Elle avait passé un très bon moment, surtout après que le vicomte eut quitté la salle de bal. Quand sa présence n'avait plus été requise pour faire les présentations ou écouter les doléances d'Elizabeth, elle avait dansé. Et bu. Et mangé. Et profité de tout ce que cette soirée avait de délicieux à offrir.

Et maintenant elle avait mal au crâne et la nausée.

Quand elle arriva à Grosvenor Square, où elle se rendit compte qu'une bonne moitié des agrafes de sa robe n'étaient en fait pas fermées, Mr Borerro la conduisit directement vers la cuisine.

— La cuisine ? demanda-t-elle, persuadée que sa tête lourde l'avait empêchée de bien comprendre.

— *Sí*, la cuisine. Suivez-moi.

Ils prirent donc la direction de la cuisine, et Lila dut presser le pas pour ne pas risquer de se perdre dans le dédale de portes et de couloirs. Une fois arrivée, elle fut surprise de découvrir Lord Abbott devant la grande table, en train de mélanger des ingrédients dans une jatte.

Il paraissait reposé, et il était aussi beau qu'à son habitude. Il leva les yeux.

— Ah. Lady Aleksander. Je vous attendais.

— Milord.

Elle regarda autour d'elle, certaine que quelqu'un allait apparaître pour lui prendre la jatte des mains. Quand elle constata que ce n'était pas le cas, elle resta un moment hébétée. Elle finit par se rendre compte qu'une jeune femme était assise à un coin de la table, en train d'éplucher des pommes de terre, comme s'il était parfaitement naturel que le vicomte, vêtu d'un tablier, mélange des ingrédients dans une jatte.

— On dirait que vous n'avez jamais vu un homme faire de la pâtisserie, dit-il.

— Non ! Quelques fois… quelques fois mon mari et moi avons essayé, mais… Non, milord, vous êtes le premier, assurément.

Pourquoi ne lui en avait-il jamais parlé ? Cette information aurait pu lui servir et l'aider à trouver la compagne idéale pour lui. En tout cas, c'était fort intéressant.

Elle avança, et dut pencher la tête en passant sous les herbes suspendues au plafond pour les faire sécher, et sous un poulet, suspendu lui aussi la tête en bas.

— Nous avions convenu de nous voir aujourd'hui, lui rappela-t-elle.

Il ne leva pas les yeux.

— C'est ce que nous sommes en train de faire ?

De plus en plus intéressant…

— Et votre secrétaire ?

Il lui jeta un petit regard.

— Il n'est pas prévu qu'elle vienne aujourd'hui.

— Très bien. Votre mère a dit qu'elle aimerait…

— Ma mère est allée rendre visite à une amie malade. Pouvons-nous commencer ?

Ce fut alors qu'elle remarqua à quel point il était différent. Il n'était pas brusque comme les autres fois, il semblait abattu. Elle jeta un regard embarrassé à la fille de cuisine.

— Yolanda ne parle pas anglais. Vous pouvez vous exprimer librement.

En entendant son nom, Yolanda leva les yeux. Lord Abbott

lui dit quelque chose en espagnol et elle reprit son épluchage, en fredonnant tout bas. Du menton, le vicomte désigna un siège.

— Je m'excuse de n'avoir rien de plus confortable à vous proposer.

— Je peux tout à fait m'accommoder d'une chaise de cuisine, dit Lila en s'asseyant en face de lui. Pour commencer, je dois vous féliciter pour ce fabuleux bal. Votre mère a fait des merveilles ! Je n'arrive pas à croire qu'elle ait pu organiser tout cela en si peu de temps.

— *Sí*, répondit-il.

Toujours aussi bavard.

— Vous avez fait de nouvelles rencontres hier soir. Qu'en avez-vous pensé ?

Il la regarda pendant qu'il répandait de la farine sur la table.

— Je les ai toutes trouvées tout à fait charmantes.

Il poussa vers elle une assiette de petits gâteaux au gingembre.

— Vous devriez goûter.

— Ce ne serait pas raisonnable, dit-elle avant de se servir. Y a-t-il une personne, en particulier, qui a retenu votre attention ?

Il secoua la tête.

— Non ? Je pensais à Miss Woodchurch. C'est elle que vous avez choisie pour ouvrir le bal.

Il releva brusquement la tête et plissa les yeux.

— Et ?

Elle haussa les épaules et se mit à grignoter le biscuit.

— C'était un choix intéressant.

— Dans quel sens ?

— Eh bien, en général, l'on réserve la première danse à la personne qui figure en tête de sa liste.

Il commença à étaler la pâte.

— C'est ce qu'on m'a dit. Est-ce une règle qui a valeur de loi en Angleterre ? Une règle gravée dans le marbre ?

Lila rit, surprise d'avoir touché un point visiblement sensible.

— Pas à ma connaissance. Mais cela paraît sensé.

— Pas à moi.

— Merveilleux ! dit-elle en reprenant un deuxième biscuit. Dans ce cas, je présume que Miss Raney figure toujours en tête de votre liste. Me trompé-je ?

Il serra les mâchoires et garda le regard fixé sur la pâte qu'il étalait. Lila était fascinée par cette scène. Cet homme, cet homme beau et viril, portant un tablier et étalant de la pâte.

— Parmi les jeunes femmes que vous m'avez présentées, sans doute. En théorie.

— En *théorie* ? Que voulez-vous dire par là ?

— Je veux dire, madame, que je ne la connais pas assez. Il est impossible de juger de notre compatibilité quand il y a tant de monde tout autour de nous.

Elle voulut lui suggérer de proposer à Miss Raney de devenir sa secrétaire, afin qu'il puisse se rendre compte de leur compatibilité. Mais il n'était pas le seul à avoir besoin de temps. Lila avait besoin de temps elle aussi. Elle avait besoin d'en apprendre davantage au sujet de Hattie Woodchurch, car elle avait l'impression que le dilemme dans lequel était pris le vicomte n'allait pas se résoudre de lui-même.

Elle prit un autre biscuit.

— D'après mon expérience, la « théorie » fonctionne aussi bien que le reste dans ce type de situation, dit-elle sur un ton enjoué. Je pense que la dernière chose qu'il reste à faire, avant que vous ne vous déclariez et que vous ne fassiez votre demande, c'est de rencontrer la famille de Miss Raney.

Le vicomte ne dit rien.

— Cela peut très facilement s'organiser.

Il ne dit toujours rien.

— J'ai une idée de sortie où vous pourriez parler beaucoup plus tranquillement, si vous voulez.

Il leva les yeux.

— Faites comme bon vous semble, Lady Aleksander.

Elle jugea cela assez satisfaisant pour pouvoir se lever et prendre congé.

— Merveilleux ! Je vous ferai parvenir tous les détails.

Elle prit un autre biscuit.

— Vous avez bien dit que Miss Woodchurch ne travaillait pas aujourd'hui ? J'aurais aimé lui demander comment elle avait trouvé le bal.

— C'est ce que j'ai dit, en effet, répondit-il froidement.

Lila sourit.

— Je vous souhaite une bonne journée, milord.

Elle se dirigea vers la sortie, mais juste avant de franchir le seuil, elle se retourna. Le vicomte avait cessé d'étaler la pâte et il regardait dans le vague, la mâchoire crispée.

Il fallait absolument que Lila résolve le « problème » Hattie Woodchurch. Et il fallait qu'elle le fasse au plus vite.

30

Lila eut la chance de trouver Beck seul chez lui avec Donovan. Son épouse et ses filles étaient de sortie.

— Elles sont parties faire les boutiques, gémit Beck. Nous retournons dans notre propriété du Devonshire bientôt, et apparemment, là-bas, il est impossible de trouver des robes, des gants, des chapeaux… Nous étions sur le point de nous servir un verre de porto, Lila. En voulez-vous un aussi ?

— Volontiers ! répondit-elle en s'asseyant sur le canapé.

Donovan s'employa à faire le service. Beck était assis dans un siège, les jambes croisées.

— Alors, chère amie, que puis-je faire pour vous ?

Lila sirota son porto.

— J'ai un problème.

— Encore ? Très chère, avez-vous remarqué ? Vous semblez en avoir beaucoup ces derniers temps.

— Je ne le nie pas. Mais cette fois, mon problème, c'est que je pense que Lord Abbott est amoureux de Miss Woodchurch.

Beck attendit quelques secondes la suite de la plaisanterie, qui ne vint pas. Il rit néanmoins. Donovan resta quant à lui sérieux. Beck regarda Donovan, puis Lila.

— Quoi ?

— Je suis sérieuse, Beck.

Il décroisa les jambes et se redressa.

— Lila. Je vous ai déjà dit que c'était impossible. Impossible !

— Je sais, dit-elle. Mais il l'aime et je ne peux pas, en toute conscience, ignorer cela et arranger un mariage avec Flora Raney.

— Vous êtes trop sensible, et si je puis me permettre, vous me semblez l'être de plus en plus avec le temps. Je vous ai toujours soutenue, mais là, c'est impossible. La famille de Miss Woodchurch représente un problème insurmontable. Imaginez-vous la réaction des parlementaires santiaviens ? Ils s'étrangleraient en rencontrant Mr Hugh Woodchurch pour la première fois.

Il haussa les épaules, et reposa son verre de porto.

— Mais il doit bien y avoir une solution, insista Lila. Je ne l'ai pas encore trouvée, mais il doit y en avoir une.

— Il y a toujours une solution, dit Donovan. Même dans le cas qui nous occupe ici.

Beck et Lila le regardèrent.

— Laquelle ? demanda Lila.

— Il faut que nous trouvions un autre moyen de rendre sa famille légitime.

— Comment ? demandèrent Beck et Lila à l'unisson.

— Par l'intermédiaire de son frère, Mr Daniel Woodchurch.

— Seigneur. Le pire de la famille, dit Beck avec un petit mouvement de poignet.

— Peut-être. Mais à part le vicomte, il est le seul homme à avoir attiré l'attention de ces dames. D'une en particulier.

— Laquelle ? demanda Beck en écartant les bras. Quelle femme en pleine possession de ses facultés voudrait avoir affaire à quelqu'un comme lui ?

Donovan sourit largement.

— Miss Flora Raney.

Lila resta un instant bouche bée.

— Maintenant que vous le dites... Je les ai vus ensemble plusieurs fois !

— Ils sont clairement attirés l'un par l'autre, dit Donovan. Et j'aurais tendance à penser que Mr Hugh Woodchurch serait ravi de voir son fils aîné épouser une aussi riche héritière. Il pourrait être plus souple et conciliant vis-à-vis de la famille Raney qu'il ne l'aurait été pour le mariage de sa fille qu'il ne considère que comme un boulet à son pied.

— C'est horrible de dire une chose pareille, s'exclama Lila.

— Peut-être, mais c'est la vérité.

— Comment parvenir à nos fins, alors ? demanda Lila.

— À *nos* fins ? demanda Beck avec une grimace. En ce qui me concerne, je refuse de prendre part à cela.

— Il faut juste que cette attirance réciproque devienne évidente pour tout le monde, dit Donovan.

Tous trois se regardèrent. Tout à coup, Lila s'écria :

— Ah ah !

— Ah ah ? répéta Beck.

— Jumbo l'éléphant.

— Pardon ?

Lila fut tout à coup debout.

— L'éléphant du zoo. Il fait sa parade publique mercredi, et je m'étais dit que ce serait l'occasion idéale pour que le vicomte et Miss Raney passent un peu de temps ensemble. Dans la tribune d'honneur, bien entendu.

— Excellente idée, dit Donovan avec un large sourire.

— Excellente idée ? répéta Beck. Mais quelle est l'idée, au juste ? Quelqu'un pourrait-il m'expliquer ?

— Je vous expliquerai, c'est promis, dit Lila qui était déjà devant la porte. Mais d'abord, je dois acheter des tickets et aller rendre une petite visite à Miss Woodchurch.

Elle entendit Beck crier dans son dos qu'aller rendre une petite visite à Miss Woodchurch n'était pas une bonne idée, mais Lila n'avait pas de temps à perdre. Il fallait agir, et au plus vite.

31

Dans une boîte cachée dans sa garde-robe, Hattie conservait l'argent qu'elle gagnait. Au cours d'un dimanche après-midi sombre et pluvieux, elle avait sorti la boîte et compté combien elle possédait. Pour l'instant, elle avait mis de côté vingt livres, après avoir payé son père et acheté quelques affaires dont elle avait besoin. Selon elle, il lui faudrait au moins quarante livres pour pouvoir louer un petit cottage pendant plusieurs mois. Mrs O'Malley lui avait dit que les opératrices téléphoniques pouvaient gagner jusqu'à six livres par semaine, et elle envisageait de demander à son père de l'aider à trouver ce genre de poste.

En même temps, il lui coûterait tellement de devoir lui demander quoi que ce soit !

Et où irait-elle ? Elle pensait s'installer à la campagne, mais elle ne voyait pas bien quel type d'emploi elle pourrait occuper à la campagne.

Tout à coup, la porte de sa chambre s'ouvrit et, sans qu'elle comprenne comment, Peter se retrouva par terre, un genou et une main devant elle.

— Peter ! Personne dans cette famille n'aurait l'idée de frapper aux portes ? demanda-t-elle alors que son frère se relevait.

— Tu as de la visite.

Le cœur de Hattie s'emballa.

— Vraiment ?

Elle se leva et regretta aussitôt d'avoir choisi sa robe gris uni ce matin-là. De qui pouvait-il s'agir ? Depuis Rupert, personne ne lui rendait plus visite. Ce n'était tout de même pas Teo ? *Non.* Jamais il ne serait venu chez elle. Elle pria le ciel pour que ce ne soit pas lui et que jamais il ne mette les pieds dans cette maison.

— C'est une dame.

Une *dame*. Aussitôt elle se détendit.

— Jeune ou vieille ?

— C'est-à-dire ? demanda Peter. Toutes les dames sont vieilles.

Il se dirigea vers le petit bureau où elle conservait son journal intime. Hattie le devança et s'en empara avant lui.

— Et maintenant sors d'ici, dit-elle en mettant son journal hors de portée.

— Quoi ? Pourquoi est-ce secret ?

— Dehors, Peter !

En protestant, son frère sortit. Hattie attendit d'être sûre qu'il soit bien parti avant de trouver une meilleure cachette pour son journal. Et son argent. Elle ne faisait confiance à personne dans cette maison. Pas même aux chats.

Elle se dirigea vers le rez-de-chaussée, et pendant qu'elle marchait dans le couloir, elle entendit des voix en provenance du salon. En approchant, elle entendit le rire mesquin de son père. Ses parents faisaient la conversation avec la personne qui était là pour elle, quelle qu'elle soit. Elle serpenta entre un mannequin de couture et un service à thé et entra dans la pièce. Lady Aleksander – Lila – était assise sur le canapé. Elle avait un chat sur les genoux et un autre à côté d'elle. Elle sembla soulagée de voir Hattie.

— Bonjour, Miss Woodchurch ! J'espère que vous ne m'en voudrez pas de cette visite surprise.

Hattie lui en voulait énormément. Elle aurait préféré mourir que de laisser voir à quiconque le chaos dans lequel elle vivait. Sans compter que Peter et Perry étaient également là, en train de jouer à un jeu qui leur faisait lancer des cartes contre le mur.

Elle aurait voulu disparaître tant elle était gênée. Disparaître pour ne plus jamais revenir.

— Bien sûr que non, répondit-elle. Bienvenue.

— Nous étions justement en train de demander à Lady Aleksander la raison de sa visite, dit son père.

— Papa !

Je vous en prie, Seigneur, abrégez mes souffrances.

— Et où est le problème ? Personne ne vient jamais te voir, ma fille. J'aimerais donc savoir ce qu'il se passe.

Lila ôta le chat de ses genoux et le posa par terre.

— Je suis ici parce que Hattie et moi sommes devenues amies. C'est une très belle journée et j'avais envie que nous fassions une petite promenade toutes les deux.

— Il pleut ! s'exclama la mère de Hattie. Où vouliez-vous aller vous promener sous la pluie ? Pourquoi est-ce que tout le monde veut toujours aller se promener ?

Au moment où Hattie ouvrait la bouche pour répondre, une nouvelle heure sonna et les horloges disséminées partout dans la maison entamèrent leur cacophonique concert. Lila écarquilla les yeux. Et quand l'abominable bruit cessa, on entendit une porte s'ouvrir puis claquer, et, juste après, des bruits de pas dans le couloir.

Daniel entra au salon, écarta un chat de son chemin du bout du pied, et posa son chapeau sur la console avant de regarder autour de lui. Il sembla surpris de découvrir Lila.

— Qui est-ce ?

— Daniel, c'est Lady Aleksander. Lady Aleksander, puis-je vous présenter mon frère, Mr Daniel Woodchurch ?

Lila le regardait, les yeux légèrement plissés pour le scruter attentivement.

— Mr Woodchurch.

Daniel s'inclina enfin.

— Lady Aleksander, dit-il. Avons-nous déjà été présentés ? Votre visage m'est familier.

Lila sourit.

— Non, je ne crois pas.

— Je suis certain de vous avoir déjà vue, dit Daniel.

— Quoi qu'il en soit, nous sortons, dit Hattie en faisant signe à Lila de venir.

Lila n'eut pas besoin de se faire prier. Elle enjamba un chat pendant qu'elle prétendait avoir été très heureuse d'avoir fait la connaissance des parents et des frères de Hattie.

Hattie s'empressa de passer une pelisse et elle trouva un parapluie. Lila avait déjà le sien à la main et elles sortirent ensemble.

Une fois dans la rue, Hattie se retourna vers son triste foyer.

— Je m'excuse vraiment.

— De quoi donc ? demanda Lila en souriant.

— C'est très gentil de votre part, mais vous n'êtes pas obligée de faire semblant. J'ai bien conscience de l'impression déplorable que font ma famille et ma maison sur le reste du monde.

— Vous, vous n'êtes pas déplorable. Venez, je connais une galerie d'art à deux pas d'ici.

La galerie en question était plutôt petite et, par un jour tel que celui-ci, bondée. Néanmoins, Lila et Hattie parvinrent à y entrer.

— Comment avez-vous trouvé le bal ? demanda Lila alors qu'elles observaient une scène pastorale.

Hattie leva les yeux au ciel.

— Mon avis compte-t-il vraiment ? Allons, Lila, je sais ce que vous voulez. Posez-moi tout de suite la question. Demandez-moi ce qu'il a pensé des jeunes femmes qui lui ont été présentées.

— Très bien. Qu'en a-t-il pensé ?

— Je ne peux pas vous le dire.

— Parce que vous êtes son amie.

— Oui, parfaitement, dit Hattie avec emphase, avant de regarder Lila assez durement. Je *suis* son amie.

Lila sourit.

— C'est drôle, je ne cesse d'entendre ce mot.

Hattie fronça les sourcils.

— Quel mot ?

— *Ami*, ou *amie*, très chère ! Mais c'est merveilleux : cela signifie qu'il sera aussi ami avec Miss Raney. Avec Valentin, mon mari, nous avons été amis avant d'être amoureux. C'est le secret des mariages réussis, je pense. Cela permet de parler de tout entre époux.

— Je ne sais pas ce que vous voulez que je vous dise, dit Hattie alors qu'elles passaient au tableau suivant. Félicitations ?

— Merci, répondit Lila d'une voix légère. Pensez-vous que le vicomte considère Miss Raney comme une future épouse potentielle ?

Hattie croisa fermement les bras. C'était incroyable à quel point il était douloureux d'entendre ces mots prononcés à voix haute.

— Oui.

— Merveilleux. Je pense que le moment est venu pour lui de faire plus ample connaissance avec la famille de Miss Raney. Pas vous ? Afin que tout le monde se détende un peu. Un dîner intime, en très petit comité. Qu'en pensez-vous ?

Hattie sentit tout son corps se raidir.

— Comment pourrais-je le savoir ? C'est votre travail, pas le mien.

— En effet, répondit Lila avec un sourire énigmatique.

Elles se dirigèrent vers le tableau suivant. Il représentait une petite fille vêtue d'une robe à froufrous, au milieu de moutons.

— Avez-vous entendu parler de Jumbo ?

— De qui ?

— Jumbo l'éléphant. C'est un pensionnaire du zoo de Londres. Il sera en parade mercredi prochain. Les gens qui y assisteront auront la possibilité de le toucher et les enfants pourront même grimper sur son dos. Cela ne vous semble-t-il pas une merveilleuse idée de sortie pour deux potentiels futurs époux ?

— S'il vous plaît, arrêtez de me demander mon avis. Je m'en moque, en réalité.

— J'ai déjà tout organisé.

Elle regarda Hattie.

— J'ai invité votre famille également.

Hattie marqua un temps d'arrêt.

— Comment ? Mais pourquoi ?

Lila haussa les épaules.

— Vos deux frères cadets semblaient très intéressés par Jumbo. En réalité, vos parents étaient enthousiastes eux aussi, surtout quand je leur ai dit qu'ils n'auraient rien à payer.

— Que manigancez-vous ? demanda Hattie. Pourquoi inviter ma famille, là ou ailleurs ?

— Ne soyez pas fâchée, Hattie. J'ai eu la chance de recevoir plusieurs places gratuites. Je suis heureuse d'en faire profiter d'autres personnes ! Ne me regardez pas comme cela, il se pourrait que cela vous plaise à vous aussi. Oh ! et j'ai fait en sorte que vous et votre frère aîné ayez une place dans la loge d'honneur.

— La loge d'honneur ?

— Oui, c'est comme une tribune pour ceux qui peuvent se le permettre et qui n'ont pas envie de se retrouver au milieu de la foule. C'est un peu comme une loge au théâtre, si vous voulez.

Hattie regarda Lila avec effarement.

— Vous vous servez de moi. J'ai refusé votre proposition de paiement, donc vous avez trouvé une autre façon de m'utiliser.

Lila tourna le dos au portrait de l'enfant aux moutons.

— Je comprends votre mécontentement, Hattie. Mais je ne me sers pas de vous. Il faut juste que vous me fassiez confiance quand je vous dis que je veux vous aider.

— Seigneur Dieu, murmura Hattie. Je ne vois pas comment. Et même si je voyais, je vous en supplie, surtout ne m'aidez pas, Lila.

Elle se tourna et se dirigea vers le tableau suivant en bouillant intérieurement.

En bouillant et en se désespérant, pour tout dire. Elle s'était laissé convaincre d'assister au bal, mais elle ne pensait pas qu'elle supporterait de voir une fois de plus Teo et Flora ensemble sans que son cœur ne se brise définitivement.

Pendant que Hattie supportait les « facéties » de Lady Aleksander, Mateo, lui, supportait la mauvaise d'humeur de sa mère. Elle était contrariée, et lui reprochait de prendre trop de temps pour choisir celle qui serait son épouse. Cela le laissait sans voix qu'elle semble penser que ce n'était pas plus compliqué que de choisir un nouveau chien de chasse. Les examiner toutes, s'enquérir de leur pedigree, et voilà ! Ensuite il n'aurait plus qu'à faire son choix et à se réveiller tous les jours de sa vie aux côtés de la même femme.

Sa mère allait et venait devant la cheminée, dans un grand bruissement de jupons.

— D'après Lila, tu refuses de t'exprimer, Teo.

— Qu'y a-t-il à dire ?

— Tout ! Tu pourrais commencer par lui dire avec quelle femme tu aimerais commencer les négociations.

À l'entendre, on aurait dit qu'il s'agissait d'une transaction commerciale. Comme s'il s'apprêtait à acheter une pouliche.

— C'est Miss Raney que tu as choisie ?

Mateo regarda sa mère. Il était incapable de la manœuvrer comme Sofia, ou de lui faire du charme comme Roberto. Mais il pouvait se montrer honnête.

— C'est Miss Woodchurch.

— Qui ? demanda-t-elle.

— Ma secrétaire, précisa-t-il, afin de dissiper tout doute.

Elle le fixa. Puis elle essaya de rire comme s'il s'agissait d'une plaisanterie.

Mateo ne l'accompagna pas.

— Seigneur, dit-elle. Ne sois pas ridicule, Teo.

— Est-ce ridicule de suivre les élans de son cœur ? Ne voulez-vous pas que je sois heureux, *mami* ?

Sa mère avait blêmi.

— Elle n'est rien.

— Pour moi, elle est importante. Et c'est une personne à part entière, au même titre que vous et moi.

— Non, non, je refuse que la honte s'abatte sur moi de cette manière. Évidemment, c'est une personne, et je suis certaine qu'elle est charmante. Mais pour notre pays, elle n'est rien. Nous sommes en train de parler du futur du duché, *mijo*. Ce mariage doit t'apporter un minimum de biens et consolider tes relations avec les plus grandes familles d'Europe. Tu sais très bien pourquoi. Au sein même du duché, certains aimeraient voir Santiava absorbé par l'Espagne. S'ils te perçoivent comme faible, ils vont pousser dans ce sens. Ce mariage doit affermir ton pouvoir.

Il savait tout cela. Mais il était en train de découvrir que cela lui était devenu égal. Il avait l'impression d'entendre son père en train de tourner en dérision cette idée ridicule de faire un mariage d'amour. Il se leva et se dirigea vers la fenêtre. Il faisait si sombre qu'il ne voyait presque rien dehors.

— Mateo, dit sa mère en venant le rejoindre.

Elle passa le bras autour de sa taille et posa la tête sur son épaule.

— J'ai bien compris que tu voulais faire un mariage d'amour, mais nous vivons dans une réalité différente. Ne penses-tu pas pouvoir tomber amoureux de Miss Raney ?

— Je ne sais pas. Je suppose que tout est possible. Mais j'aime Hattie.

Sa mère frotta son dos comme elle le faisait quand il tombait malade, enfant.

— Tu n'as pas un rôle facile, je le sais. Tes responsabilités sont immenses.

— Et jusqu'ici, je les ai toutes assumées.

— C'est vrai, mon chéri. Mais là, tu dois faire attention à tes choix. Le père de Miss Raney est un homme influent, lié au Premier Ministre. Sa fille serait un excellent choix pour notre petit pays.

Il ne dit rien. Il savait ce que pensait sa mère. Mais il ne parvenait pas à se sentir réellement concerné par ses inquiétudes. Il était le duc. Il savait qu'il était crucial d'avoir un héritier. Mais le choix de son épouse était-il si important que cela ?

— Tout va s'arranger, *mijo*. Tu vas te marier. Tu vas montrer Santiava à ton épouse et tu vas la laisser prendre ses marques. Une fois que l'enfant sera là, tu pourras faire comme bon te semble.

Mateo tourna la tête.

— Est-ce ainsi que père a fait ?

Sa mère haussa les épaules d'un air indifférent.

— Cela ne m'a pas dérangée plus que cela. Je l'ai laissé tranquille et il m'a laissée tranquille. Mais nous avons eu trois magnifiques enfants et il m'a offert une vie extraordinaire. Je pense que ni lui ni moi n'avons eu à nous plaindre, et je ne pense pas que tu auras à te plaindre toi non plus.

Il ne voulait pas discuter de cela avec elle, mais sa vie était totalement différente de celle de son père qui ne s'était jamais soucié de personne d'autre que de lui-même. Il ne voulait pas de ce type d'existence. S'il fondait une famille avec son épouse à Santiava, il ne s'imaginait pas rechercher la compagnie de qui que ce soit d'autre.

Il voulait une famille. Il voulait une femme et des enfants pour les chérir. Il ne voulait pas épouser le duché. Il voulait épouser celle qu'il aimait.

Il avait l'impression que rien n'allait. Cela ne lui allait pas d'être à Londres. Les rapports qu'il entretenait avec Hattie ne lui allaient pas du tout, ils étaient beaucoup trop amicaux. Cela n'allait pas.

Rien de ce qu'il faisait n'allait.

32

Flora avait pris énormément confiance en elle au cours de la semaine, principalement parce que Queenie lui avait dit que *tout le monde* la voyait comme celle qui avait conquis le cœur du duc de Santiava.

« Conquis son cœur, c'est peut-être exagéré, avait ajouté perfidement Queenie. Je pense que tu ne lui déplais pas, en tout cas. »

Hattie se dirigeait en compagnie de Flora et Queenie vers le zoo, pour voir l'éléphant. Hattie n'avait pas précisé comment elle avait obtenu son ticket, et personne ne lui avait non plus posé la question. Pour deux jeunes femmes qui pouvaient obtenir tout ce qu'elles voulaient, la façon dont elle avait accédé à ce privilège était une question anodine.

Au départ, Hattie ne voulait pas venir, bien entendu, mais après plusieurs jours de pluie, il faisait si beau qu'elle était heureuse d'avoir un prétexte pour profiter du soleil.

Une espèce d'arène avait été aménagée au zoo, et une large tribune – la loge d'honneur, comme l'avait appelée Lila – avait été installée en hauteur afin que ceux qui souhaitaient payer pour cela puissent avoir une meilleure vue. La tribune semblait pouvoir contenir environ cinquante personnes en tout, et elle était déjà bien remplie. C'était un peu comme les promenades matinales à Hyde Park : tous ceux qui comptaient dans cette ville voulaient y être vus.

Flora leur annonça que ses parents étaient venus eux aussi et qu'ils avaient invité Lord Abbott et sa mère à se joindre à eux.

— C'était courageux de votre part, très chère, d'oser l'inviter, dit Queenie. A-t-il répondu ?

— Bien entendu ! Enfin quelqu'un a répondu pour lui. Mais il sera là.

Elles se dirigèrent vers la loge, où on leur désigna leurs places. Flora alla rejoindre ses parents au premier rang. Dans sa robe de mousseline blanche, elle avait l'air d'une créature éthérée. Elle ferait une très jolie duchesse, Hattie ne pouvait pas dire le contraire.

Queenie aperçut quelqu'un qu'elle connaissait et disparut, laissant Hattie seule. Quand quelqu'un la heurta, elle comprit qu'elle devait s'asseoir parce qu'elle bloquait tout un côté. Elle prit le premier siège qu'elle trouva, et se retrouva ainsi au dernier rang.

Elle observa les gens qui s'installaient un à un. Elle entendit quelqu'un crier son nom et se pencha en avant. C'était Daniel, bien sûr. Son frère aîné et tout le reste de la famille se trouvaient plus bas, avec le reste de la foule. Tout le monde avait fait le déplacement, même sa mère qui répétait pourtant à qui voulait l'entendre que ses problèmes de circulation sanguine rendaient ses chevilles inutilisables et qu'elle quittait donc rarement la maison.

Hattie ignora Daniel. Lady Aleksander lui avait offert la seule place en loge qu'il lui restait. Elle était très heureuse de pouvoir assister à la parade de l'éléphant seule, sans le reste de sa famille. D'après Queenie, l'animal avait appris des tours et elle avait hâte de voir cela.

La plupart des sièges étaient occupés quand Lord Abbott accéda à la tribune avec sa mère. Il ne remarqua pas Hattie et conduisit sa mère jusqu'au premier rang, où Lord Raney leur avait gardé deux places. Hattie le vit faire les présentations, puis s'asseoir à côté de Flora.

C'était comme si c'était fait, songea amèrement Hattie, qui essaya d'ignorer cette douleur lancinante dans sa poitrine.

Jumbo apparut enfin. Il portait six hommes sur son dos, entassés dans une espèce de cahute sanglée sous son ventre. Un manège clos avait été aménagé, et derrière les barrières se massait la foule, pendant que l'éléphant effectuait des tours de piste. Les hommes sur son dos – des acrobates – sautèrent à terre, puis virevoltèrent dans les airs autour de l'animal, avant de quitter la piste dans d'ultimes pirouettes. Un homme plaça une caisse au milieu du manège, puis la désigna avec un bâton. Il semblait impossible que l'éléphant puisse comprendre ce que l'homme voulait dire, et encore plus qu'il se hisse sur la caisse, mais il le fit, en réussissant à répartir sa masse impressionnante de façon équilibrée sur une surface équivalente à celle d'une minuscule table.

Ensuite, une fois l'éléphant descendu de la caisse, un chien apparut dans l'arène avec une corde dans la gueule. En remuant la queue, le chien déposa une extrémité de la corde devant Jumbo. L'éléphant la saisit avec sa trompe. Le chien courut vers l'homme au bâton et lui abandonna l'autre extrémité. L'homme et l'éléphant se mirent à tourner la corde, et le chien à sauter par-dessus. La foule ravie exprima bruyamment son admiration.

Hattie ne put s'empêcher d'observer Teo qui regardait l'éléphant. Elle était placée dans un angle, d'où elle ne voyait pas très bien, mais il lui sembla que son expression était fermée. De temps en temps, Flora se penchait pour lui dire quelque chose, et il hochait la tête ou répondait rapidement. Mais il n'avait pas l'air de s'amuser.

Jumbo poursuivit sa démonstration en barrissant sur commande, en se hissant en prenant appui sur ses pattes postérieures, puis en tournant sur lui-même. Le chien escalada sa trompe et s'installa sur son dos. Chaque numéro suscitait les acclamations de la foule. Une brève pause fut annoncée et quelqu'un apporta du foin à Jumbo. Hattie resta à sa place et observa le flot de personnes venant saluer Flora et Teo. Flora était très fière. Hattie le voyait à sa façon de sourire et de répondre aux saluts, avant de s'assurer que les présentations avec Teo étaient bien faites.

L'homme au bâton était prêt pour la deuxième partie du spectacle quand Teo se leva pour étirer son dos. Ce fut alors qu'il vit Hattie. Il sourit. Elle sourit à son tour. Il dit quelque chose à Flora, puis se dirigea vers le haut de la tribune au moment où Jumbo était de retour avec, cette fois, des enfants sur son dos. La foule était enthousiaste ; plusieurs personnes se précipitèrent vers les barrières pour avoir une chance de grimper elles aussi sur le dos de l'animal.

Teo parvint au dernier rang de la tribune et s'assit à côté de Hattie. Un homme s'arrêta pour le saluer, mais quand il fut parti, Teo se tourna vers Hattie et sourit.

— Vous êtes venue voir Jumbo.

— Il est immense. C'est la première fois que je vois une créature aussi gigantesque.

Teo acquiesça.

— C'est le plus gros éléphant que j'aie jamais vu.

Hattie rit.

— Vous en avez vu d'autres ?

— Oui. En Afrique, avec mon frère. Là-bas, j'ai même vu des éléphants volants.

— Des éléphants volants, répéta Hattie, dubitative.

Il acquiesça mais continua de regarder droit devant lui.

— Ils sont un peu plus petits, mais leurs oreilles ont une beaucoup plus grande envergure. C'est très impressionnant, vraiment.

Hattie sourit.

— Cela peut peut-être abuser toutes vos fiancées potentielles, milord, mais moi je ne m'y laisserai pas prendre.

Il se tourna pour lui sourire, et son regard s'arrêta sur ses lèvres.

— En êtes-vous certaine ?

— Totalement, dit-elle en riant. Qu'avez-vous vu d'autre ?

— Des tigres et des gnous.

Hattie vit que Flora avait tourné la tête et regardait autour d'elle. Elle les aperçut au dernier rang, et son regard glissa sur eux avant de se fixer bien droit devant lui. En bas, la file grandissait pour approcher l'éléphant.

— Comment avez-vous trouvé l'éléphant dansant ? demanda Hattie.

— Il m'a fait penser à mon enfance.

— Comment cela ?

Il haussa les épaules.

— C'est très simple : en public, j'avais toujours l'impression d'être un singe savant. Jumbo a, dans son regard, quelque chose que je comprends.

Hattie regarda l'éléphant. Les gens escaladaient une petite échelle, et ensuite l'animal les emmenait faire un tour.

— Il n'a pas l'air très heureux, n'est-ce pas ?

Teo la regarda tristement.

— L'est-on jamais ?

— Parfois oui. Parfois non.

— En tout cas, je suis heureux de vous voir ici aujourd'hui. Je suis toujours heureux de vous voir.

Un cri d'alarme retentit tout à coup. Deux personnes avaient sauté de l'autre côté de la barrière pour toucher la trompe de Jumbo, et Hattie se rendit compte avec horreur qu'il s'agissait de Peter et Perry. Flora se tourna et regarda Hattie, les yeux écarquillés. Elle semblait catastrophée pour Hattie, mais… mais Flora connaissait les jumeaux ? Comment les connaissait-elle ? Quand les avait-elle rencontrés ?

Elle entendit quelqu'un crier le prénom de Flora et se rendit compte avec encore une horreur croissante qu'il s'agissait de Daniel. Il l'apostrophait comme si elle faisait partie du peuple. Il se tenait debout sur la barrière du manège et faisait semblant de mener à la baguette les gens se trouvant en tribune. Certaines personnes riaient de ses « exploits ». D'autres lui lançaient des regards noirs. Un homme lui cria de descendre et de les laisser en paix.

Au moment précis où Hattie se disait que jamais ses frères ne pourraient l'embarrasser davantage, ils trouvèrent un moyen de le faire. Ils étaient absolument insortables.

Daniel faisait à présent semblant d'avoir une trompe. Et – cela échappait totalement à l'entendement de Hattie – Flora riait. Elle riait des pitreries pathétiques de Daniel.

Tout à coup, Teo se leva.

— Je ferais mieux de rejoindre ma mère avant que la foule ne devienne trop dense et que je ne puisse plus circuler, dit-il. À bientôt, j'espère.

Elle acquiesça. Elle sentait son visage en feu, dévoré par la honte. Comment allait-elle faire pour s'excuser auprès de Flora ?

Comme il semblait qu'il n'y aurait pas d'autres numéros, à part les promenades pour les enfants, les gens commencèrent à quitter la tribune. Hattie regarda Teo parler aux parents de Flora. Et ensuite, naturellement, Lila apparut, comme par enchantement, et la discussion s'anima. Enfin, Teo s'inclina et tendit son bras. Sa mère le prit, et ils se dirigèrent vers la sortie. Flora, remarqua Hattie, avait rejoint Queenie.

Elle eut du mal à fendre la foule pour retrouver ses amies avant qu'elles ne disparaissent. Elle dut se hâter et posa la main sur le bras de Flora pour l'arrêter.

Cette dernière sursauta.

— Flora, dit Hattie, essoufflée. Je te demande pardon pour mes frères.

— Comment ?

— Mes frères. Daniel, en particulier. Je regrette profondément la façon dont il s'est comporté. J'espère que tu ne t'es pas sentie trop offensée.

— Bien sûr que si, répondit Flora en rougissant. Ton frère est impossible, je te l'ai déjà dit. Il ferait mieux de rester à sa place.

— Je suis tout à fait d'accord avec toi ! dit Hattie. Pour une raison que je ne m'explique pas, il est prêt à tout pour t'impressionner.

— Oh ! Hattie, dit Flora en se penchant en avant et en lui adressant un regard noir. Si tu savais comme je m'en moque.

— Regarde, voilà Lady Mabel ! s'exclama Queenie. Elle est venue, finalement. Et si nous allions la voir ?

— Bonne idée, répondit Flora en passant son bras sous celui de Queenie.

Hattie les suivit, mais tout à coup, Flora se retourna, ce qui obligea Queenie à s'arrêter brusquement.

— Hattie, tu peux rentrer chez toi, non ? Ta famille est ici. Je suis sûre que tu as envie de faire le chemin avec eux.

Hattie était sidérée. C'était la première fois que Flora la rejetait de la sorte. Elle dut hocher la tête ou répondre quelque chose, car Flora et Queenie s'éloignèrent, bras dessus bras dessous. Elle regarda autour d'elle, tous les gens qui quittaient le zoo. Elle ne savait pas où se trouvait sa famille. Elle ne voulait pas le savoir.

Elle aurait voulu que la terre s'ouvre sous ses pieds et l'engloutisse.

33

Lady Aleksander avait évoqué un dîner chez Lord et Lady Raney devant lui et sa mère au zoo, puis elle avait fait en sorte qu'il reçoive très vite une invitation formelle. Ainsi Mateo ne put rien faire pour y échapper. Cette femme était redoutable.

Elle avait rapporté à sa mère que Lord Raney était fou de joie à l'idée de futures fiançailles et qu'il était prêt à offrir une dot généreuse à sa fille. Sa mère avait hâte d'annoncer des fiançailles avant qu'il ne quitte Londres. Mateo se demandait si elle n'allait pas elle-même demander la main de Miss Raney. Elle projetait, l'informa-t-elle, de prendre le bateau d'ici deux semaines et de revenir quelques mois plus tard pour le mariage. C'était fort commode : sa mère avait pris la décision la plus importante de sa vie à sa place.

Et elle l'avait fait tout en faisant semblant de ne l'avoir jamais entendu dire qu'il était amoureux de Hattie.

Il attendait Hattie, qui n'allait pas tarder à arriver pour travailler. Avec Rosa, ils avaient fait une nouvelle tentative de *sponge cake*. Quand elle fut là, Hattie fut très heureuse de le goûter pour leur donner son avis. Ils s'assirent tous les deux sur le canapé pour la dégustation.

Il la regarda pendant qu'elle mangeait.

— Teo… c'est bien mieux. Bravo.

— Je trouve aussi.

Elle prit une autre bouchée.

— Délicieux.

Elle repoussa son assiette et sourit.

— Qu'avons-nous à faire aujourd'hui ?

— Quelques petites choses, et c'est tout.

Il lui tendit l'invitation formelle envoyée par les Raney.

— Vous pouvez répondre par l'affirmative, pour la duchesse et moi-même.

Elle souriait encore quand elle regarda l'invitation, mais son visage se ferma rapidement.

— Ah, dit-elle à voix basse. Ce doit être important.

Mateo avait envie de dire à quel point il détestait ce qui était en train de se produire, mais, dans sa tête, les mots semblaient creux et ridicules. N'était-il pas un adulte ? Était-il vraiment manipulé par sa mère ?

Hattie s'efforça de sourire.

— Je suis tout de même heureuse pour vous.

Elle se leva pour aller à son bureau, mais il la retint par la main.

— Hattie, je...

Elle se libéra et poursuivit son chemin.

— Quand aura lieu ce jour béni, d'après vous ?

C'était une torture.

— Je l'ignore. Je rentre chez moi.

Cela l'arrêta net. Elle se retourna.

— Quand ? Si vous me permettez de poser la question...

— Vous pouvez me poser toutes les questions que vous voulez. Je projette de partir dans douze jours. J'ai des affaires à traiter à Santiava.

— Oh.

Elle posa une main sur son ventre et se pencha légèrement.

— *Oh.*

— Hattie ?

Il se leva du canapé et la rejoignit en quelques grandes enjambées. Il posa la main dans son dos.

Elle le repoussa, vivement.

— Ne faites pas cela, s'il vous plaît. Ne faites pas cela. Je comprends, Teo. Pensez-vous que je ne comprends pas ? Vous êtes duc et vicomte, et moi je ne suis rien...

Sa mère avait déjà dit cela, et cela le mettait hors de lui.

— Ce n'est pas vrai.

— Mais si !

Elle lâcha l'invitation, qui tomba par terre.

— J'ai toujours été très claire à propos de mon milieu et de mes origines familiales, Teo. J'ai apprécié notre amitié. J'ai apprécié mon travail auprès de vous. Vous... vous me manquerez terriblement, et je ne vous oublierai jamais, mais je...

Il l'empêcha de prononcer le moindre mot supplémentaire en l'embrassant. Il la saisit par les bras, l'attira à lui et l'embrassa.

Elle ne résista pas. Elle se hissa sur la pointe des pieds et l'embrassa en retour. Ses lèvres étaient veloutées et ses doigts, sur son visage, doux comme de la soie. C'était un tendre baiser – à peine un baiser en réalité – et pourtant il lui fit l'effet d'une déflagration dans tout son corps. Le désir s'empara de lui et, alarmé par une telle violence, il leva la tête. Ils se regardèrent intensément.

— Je vous aime, déclara-t-il. *Mucho.*

Elle marqua un temps d'arrêt.

— Ne répétez jamais cela, dit-elle.

Puis elle saisit l'arrière de sa tête et l'embrassa avec tant de force qu'il perdit l'équilibre et heurta le bureau qui se trouvait derrière lui, au point de faire chuter quelques objets.

Elle plaqua son corps contre le sien et il put sentir chacune de ses courbes douces et souples. Il passa un bras possessif autour d'elle, caressa son visage d'une main. Il ne pouvait se résoudre à la lâcher et encore moins à la laisser partir. Étant donné qu'ils se trouvaient dans son bureau, dont la porte était grande ouverte, sa raison lui hurlait de cesser et de se reprendre au plus vite. Mais son corps refusa, et se colla au contraire davantage à elle. Elle réagit aussitôt en mordillant ses lèvres, en enfonçant sa langue dans sa bouche et en glissant ses doigts dans ses cheveux.

Mateo ressentait une excitation presque dangereuse. Il posa une main sur la poitrine de Hattie, qui gémit.

Ce petit cri dissipa le brouillard de désir qui embrumait l'esprit de Mateo. Il se ressaisit alors et recula, chancelant, tout en la regardant dans les yeux.

Hattie cligna des yeux, surprise par cette séparation brutale. Elle le fixait aussi, d'un regard empli de désir. Elle passa lentement son pouce sur sa lèvre inférieure.

— Il faut vraiment que nous cessions de faire cela, murmura-t-elle. Je vous demande pardon, pour ma part.

Elle n'avait pas l'air de vouloir son pardon, cependant. Elle avait plutôt l'air d'avoir envie de se jeter sur lui et de ne plus le lâcher. Et il était à deux doigts de la laisser faire. Elle était la femme la plus unique qu'il ait jamais rencontrée, et il était totalement subjugué par elle. Quoi qu'il en soit, il était désormais certain d'une chose : il ne pouvait pas demander Miss Raney en mariage alors que ses sentiments pour Hattie Woodchurch étaient si forts.

— Je ne veux pas cesser, dit-il. Et je ne veux pas m'excuser non plus, déclara-t-il.

— Teo ! Vous allez épouser mon amie. Je ne peux pas… *Vous* ne pouvez pas.

Elle se pencha pour ramasser l'invitation tombée à terre.

— C'est de la folie. Je ferais mieux de m'en aller.

— Non, vous n'êtes pas obligée de vous en aller, dit-il, déçu. Au contraire, restez. Et parlons…

— De quoi ?

Elle se redressa et le regarda. Dans ses yeux, le désir avait cédé la place aux larmes.

— Qu'y a-t-il à dire ? Vous ne pouvez pas imaginer à quel point c'est difficile pour moi.

— Je l'imagine très bien, au contraire. C'est difficile pour moi aussi.

— Vraiment, je dois y aller.

Elle le contourna, se dépêchant d'atteindre la porte avant qu'il ne puisse l'arrêter.

Mateo la laissa partir. Pour cette fois. Mais ce serait la dernière.

34

Et voilà.

Elle était désespérément amoureuse, mais l'heure tournait : il allait partir et elle n'aurait plus souvent l'occasion d'être avec lui.

Elle passa le reste de la journée dans un épais brouillard où s'entrechoquaient incertitude, désir et désespoir. D'après Daniel, toujours charmant, elle avait une tête de déterrée.

Le lendemain, Mrs O'Malley remarqua à quel point Hattie semblait triste. Elle n'était pas triste, elle était épuisée. Elle n'avait pas fermé l'œil de la nuit.

— Je suis un peu surmenée, c'est tout, dit-elle, en se forçant à sourire.

— Oh ! ma pauvre enfant. Tenez, mangez un peu de chocolat, dit Mrs O'Malley en lui tendant quelques friandises. Cela vous fera le plus grand bien.

Le chocolat n'eut aucun effet.

Quand Hattie eut terminé son travail auprès de Mrs O'Malley, elle se rendit chez Flora. Le vendredi, Flora aimait rendre visite à son cousin Moses.

Mais la jeune femme n'était pas là.

— Oh ! Hattie, dit sa mère, l'air surpris. Flora est sortie. Elle ne vous a pas prévenue ?

— Non, répondit Hattie. Je pensais... je pensais que nous irions chez Moses, toutes les deux.

— Chez Moses ? demanda sa mère, interdite. Elle est allée manger une glace avec Queenie.

Une glace ? Hattie se massa les tempes.

— Dois-je l'attendre ? demanda-t-elle, interdite elle aussi.

— Vous pouvez peut-être attendre un quart d'heure, à tout hasard... Mais à vrai dire, j'ignore quand Flora sera de retour. Allez vous asseoir au salon, je vous en prie.

Une fois installée au salon, Hattie attendit. Cela ne ressemblait pas à Flora. D'habitude, elle était si impatiente de retrouver Hattie qu'elle dévalait l'escalier pour l'accueillir et la faisait grimper dans sa chambre en courant.

Elle avait un très mauvais pressentiment.

Au bout d'une demi-heure d'attente, elle entendit Flora rentrer. Elle riait et dit au majordome qu'il s'était mis à pleuvoir. Hattie se leva et alla se poster à la porte du salon.

— Oh ! Hattie, dit la jeune femme d'une voix froide et distante.

— Bonjour, Flora. Je pensais que nous devions aller chez Moses cet après-midi.

— Oui, eh bien... j'ai changé d'avis.

Elle était glaciale. Elle pénétra dans le salon, forçant Hattie à reculer d'un pas.

— En fait, Hattie, j'ai pris certaines décisions, ajouta-t-elle, en regardant dans son dos, puis en refermant la porte.

— Est-ce que tout va bien ? Y a-t-il un problème ?

Flora leva les yeux au ciel.

— Ne fais pas comme si tu ne le savais pas.

Hattie secoua la tête, perplexe.

— Je ne sais rien, je le jure. Ai-je oublié quelque chose ?

— Franchement, Hattie ! Tu fais semblant d'être innocente, mais je sais qu'il n'en est rien. Désormais, je préfère me passer de tes services.

Hattie resta bouche bée. Cette nouvelle lui fit l'effet d'un coup de poing dans le ventre. Elle préférait se passer de ses *services* ?

— Je ne comprends pas, Flora. Je pensais que nous étions amies…

— *Amies ?* répéta la jeune femme avec un petit rire amer.

— Flora !

— Tu crois que je n'ai rien remarqué, n'est-ce pas ? Tu crois que je n'ai pas vu que tu étais amoureuse de Lord Abbott ?

Hattie était stupéfaite. Y avait-il fait allusion devant Flora ? Non, cela semblait impossible…

— Mais non, c'est faux !

Flora rit, d'un rire étrange, presque inquiétant.

— Bien sûr que si, Hattie ! Je l'ai bien vu. *Queenie* l'a bien vu ! Et nous pensons toutes les deux que tu es folle ! Franchement, penses-tu qu'il puisse passer outre à ta famille ? Outre à tes abominables frères, ta mère folle, ton misérable père ?

Hattie recula comme si elle venait d'encaisser un autre coup.

— Comment oses-tu ? demanda-t-elle à voix basse.

— Tu me demandes à *moi* comment j'ose ? Pendant tout ce temps, tu as fait semblant d'être mon amie, alors que ce n'était qu'un prétexte pour être proche de lui. Mais c'est triste pour toi, car jamais il ne t'épousera, Harriet Woodchurch. Et s'il t'a donné des raisons d'y croire, c'est juste pour parvenir à ses fins auprès de toi.

Hattie était si choquée qu'elle en tremblait. Elle était horrifiée par la façon dont Flora lui parlait et par les intentions qu'elle lui prêtait. C'était d'autant plus déstabilisant et dévastateur que Hattie pensait qu'elles étaient amies.

Elle parvint néanmoins à puiser au fond d'elle-même pour rester digne. Elle leva le menton.

— Si ton intention est de me blesser, tu n'y arriveras pas. J'ai toujours su qui j'étais et d'où je venais. À l'école, tu as tout fait pour me le rappeler de toutes les façons possibles et imaginables, et tu continues encore aujourd'hui. J'ai pleinement conscience de la façon dont ma famille est perçue. Mais tu me connais,

Flora. Je pensais te connaître moi aussi. Je te pensais capable de compassion. De toute évidence, j'avais tort.

Elle frôla Flora en la contournant pour sortir.

— J'ai toujours essayé de t'aider. Parce que j'ai toujours pensé que nous étions amies. Merci d'avoir dissipé mes illusions. Je te souhaite tout le bonheur du monde. Bonne journée.

Flora fit une grimace dédaigneuse. Et elle n'essaya pas de la retenir.

Une fois dans le vestibule d'entrée, Hattie se rendit compte qu'il tombait des cordes. Le majordome eut pitié d'elle et lui tendit un parapluie. Mais il pleuvait si fort qu'elle arriva chez elle complètement trempée.

Daniel fit son apparition dans l'entrée pendant qu'elle retirait son manteau.

— Où étais-tu ? demanda-t-il en la regardant avec curiosité.

— Dehors, de toute évidence.

— Tu as de la visite.

Elle redressa vivement la tête.

— Vraiment ? S'agit-il de Lady Aleksander ?

— Non. Pourquoi ? Tu as toujours l'espoir qu'elle inscrive ton nom sur la liste ?

Hattie ferma les yeux et implora le ciel de lui donner un peu de force.

— Qui est-ce, Daniel ?

— Un *comte*, répondit-il avec une emphase teintée d'ironie.

— Un *comte* ?

Elle le bouscula pour se précipiter au salon. Lord Iddesleigh s'y trouvait. Il lui adressa un regard de bête traquée, sans doute parce que son père lui tenait compagnie.

— Regarde qui s'est traîné jusqu'à notre humble porte, dit son père, en désignant Lord Iddesleigh du menton.

— Je ne me suis pas traîné jusqu'à votre porte, sir, je suis venu en calèche. Miss Woodchurch, pourrais-je vous dire un mot ?

— Je...

Elle se regarda. À partir des genoux, ses vêtements étaient complètement trempés, et elle sentait ses cheveux qui frisaient.

— Je n'en aurai pas pour longtemps, dit-il.

— Quoi que vous ayez à dire à ma fille, vous pouvez me le dire à moi, déclara son père.

— Papa, dit Hattie avec lassitude. S'il vous plaît, milord, ajouta-t-elle à l'adresse de Lord Iddesleigh, en désignant le couloir.

— Harriet ! cria son père. Je t'interdis de le recevoir seule.

Hattie l'ignora et conduisit le comte dans un salon plus petit. Il était rempli de mannequins de couture et de piles de tissus.

Iddesleigh se raidit en regardant autour de lui.

— Milord ?

— Oui.

Il secoua la tête, comme s'il essayait de chasser de son esprit l'image envahissante de la pièce.

— J'ai une proposition de travail pour vous.

Hattie était dans un tel état d'épuisement émotionnel qu'elle était incapable de réfléchir.

— Abbott s'en va bientôt, si j'ai bien compris, poursuivit-il. Vous allez perdre votre place. Lady Bradenton, qui est veuve, cherche quelqu'un pour l'aider. Ce n'est pas d'une domestique qu'elle a besoin, je vous rassure, mais d'une secrétaire. Elle veut quelqu'un à domicile, et je pense que les compensations qu'elle proposerait seraient tout à fait satisfaisantes.

Toutes ces informations eurent du mal à parvenir jusqu'au cerveau embrumé de Hattie.

— Pardon ?

— Vous habiteriez chez elle, Miss Woodchurch. Je ne veux pas trop m'avancer à propos des conditions de logement qu'elle serait susceptible de vous proposer, mais elle possède une très belle maison à Belgravia. Je pense que l'endroit vous plairait.

— Je vivrais chez elle ?

Elle avait besoin de se le faire préciser, car il semblait tout à fait inespéré que l'opportunité de partir enfin de chez elle se présente ainsi à elle. Elle n'osait y croire. Ne plus être obligée de partager son salaire avec son père ? Ne plus être obligée de *voir* son père, tout simplement ?

— Vous vivriez là-bas, confirma le comte. Libre comme l'air et débarrassée de... tout ceci, ajouta-t-il en désignant un mannequin. Êtes-vous intéressée ?

— Oui, répondit-elle. Ce serait à partir de quand ?

— Elle aimerait trouver quelqu'un le plus vite possible. Il semblerait que son précédent secrétaire se soit enfui avec une des femmes de chambre, et je dois vous prévenir que vous risquerez d'en entendre parler pendant longtemps. Cependant, j'ai demandé si elle pouvait attendre que vous ayez terminé votre travail auprès d'Abbott.

Mais si elle acceptait ce travail dès maintenant, elle aurait une porte de sortie toute trouvée pour quitter dignement ce monde de Grosvenor Square qui lui causait tant de peine. C'était devenu particulièrement insupportable depuis qu'elle savait que Teo allait demander la main de Flora. C'était comme si tout son univers s'était effondré en l'espace d'un après-midi. Heureusement Lord Iddesleigh, son sauveur, s'était une fois de plus porté à son secours.

— Si vous êtes d'accord, poursuivit le comte, nous pourrions peut-être aller faire connaissance avec Lady Bradenton.

— Maintenant ?

Elle regarda avec réticence les vêtements qu'elle portait.

— Je peux repasser vous prendre dans une heure, si vous n'avez rien d'autre de prévu.

Normalement, elle aurait dû se trouver en compagnie de Flora aujourd'hui. Sa journée avait pris un tour totalement inattendu sans qu'elle n'y soit pour rien.

— Oui, je vous remercie, milord, dit-elle. Dans une heure, c'est parfait.

— Merveilleux.

Il sourit et se dirigea vers la porte. Un chat détala devant lui.

Surpris, le comte sursauta et laissa échapper un petit cri, suivi d'un soupir exaspéré.

— Je ne sais pas ce qui est pire, Miss Woodchurch. Trop de chats, ou trop de filles ?

— Milord ? fit Hattie avant qu'il ne quitte la pièce.

Lord Iddesleigh se retourna.

— Oui ?

— Pourquoi... pourquoi m'aidez-vous ?

Il parut sincèrement étonné par cette question.

— Pourquoi ne vous aiderais-je pas ? Je vous aime beaucoup. Vous me faites penser à mes filles. Toutes les jeunes femmes me font penser à mes filles.

Il sourit d'un air affectueux à leur évocation.

— Vous méritez une vie heureuse vous aussi. Voilà pourquoi je vous aide, j'imagine.

Puis il sortit.

Hattie voulut s'asseoir pour mettre un peu d'ordre dans ses pensées. Un chat miaula. Elle se redressa, chassa l'animal du siège, et put s'installer.

Lord Iddesleigh était si bon. Elle aussi, elle voulait une vie heureuse. Elle espérait seulement qu'elle pourrait mener ladite vie sans penser à Teo et Flora tous les jours.

Lady Bradenton était une vieille femme qui, bien que son époux soit décédé depuis fort longtemps, portait toujours ses habits de deuil parce que, comme elle le disait elle-même, c'était ainsi que faisait la reine. Elle vivait seule dans une grande et belle demeure, très richement meublée. Mais tout était si calme et silencieux que l'on pouvait entendre les pas, même discrets, d'une femme de chambre à l'autre bout de la maison.

Lady Bradenton observa Hattie de près, sans retenue, ni discrétion.

— Vous êtes bien jeune. Je m'attendais à quelqu'un de plus âgé. À une veuve. Pourquoi avez-vous besoin de gagner votre vie ?

Elle prononça cette dernière phrase comme si l'idée lui faisait horreur.

— Je ne peux compter que sur moi-même, répondit Hattie.

— Où se trouve votre famille ?

— Ici, à Londres. Mais… elle ne m'aide pas beaucoup.

— Humm, fit Lady Bradenton en plissant les yeux d'un air méfiant. Seriez-vous dans une situation délicate, jeune fille ?

En d'autres termes, elle venait de demander à Hattie si elle était enceinte.

— Non ! s'exclama cette dernière, indignée. Je suis une femme honnête, et je travaille honnêtement pour gagner ma vie. Je ne vois rien de répréhensible là-dedans.

— Oh ! mon Dieu, murmura Lord Iddesleigh.

— Je n'ai rien dit de tel, rétorqua Lady Bradenton. Je trouve juste cela *curieux*.

— Oui, vous avez raison, c'est assez curieux, enchaîna Lord Iddesleigh. Mais Miss Woodchurch travaille très bien, milady, et comme vous me l'expliquiez, vous avez urgemment besoin d'une personne de confiance pour remplacer votre secrétaire. Eh bien, Miss Woodchurch en est une. Êtes-vous donc prête à la prendre à votre service ?

— La question, c'est précisément de savoir si elle est une personne de confiance, répondit la vieille dame d'une voix perfide. Car, voyez-vous, je n'ai pas envie qu'elle me vole.

Cette fois, c'en fut trop. Hattie se leva.

— Je vous remercie de m'avoir reçue, milady.

— Miss Woodchurch, dit Lord Iddesleigh.

Puis, s'adressant à Lady Bradenton, il poursuivit :

— Lady Bradenton, j'insiste pour que vous témoigniez à Miss Woodchurch un minimum de respect. Vous n'avez aucune raison de vous montrer suspicieuse à son égard, et vous pouvez être assurée que jamais je ne vous aurais présenté une voleuse.

Lady Bradenton grogna, puis agita la main devant Hattie.

— Asseyez-vous, asseyez-vous.

Comme Hattie ne bougeait pas, la vieille dame soupira.

— Je m'excuse. Je vis seule, et la solitude ne me vaut rien. Mon esprit s'égare, parfois. Je ne crois pas, bien entendu, que vous soyez une voleuse.

C'était mieux, mais Hattie hésitait toujours. Lady Bradenton n'avait pas l'air d'avoir un caractère facile. Avait-elle le choix, cependant ? Non. Absolument pas. Pourtant, elle ne tolérerait pas d'être traitée avec mépris par cette femme. Lentement, elle se rassit.

— Si nous reprenions tout depuis le début ?

Enfin, la vieille dame esquissa un sourire.

— Soit, faisons cela.

35

Le dîner chez Lord et Lady Raney se passa exactement comme Mateo l'avait imaginé. Ils ne reculèrent devant rien pour l'impressionner : laquais en livrée, grands vins, repas composé d'un potage, de dinde farcie, choux de Bruxelles, sélection de fromages et *Battenberg cake*[1]. Le vin était français, comme l'expliqua Lord Raney.

— J'ai essayé de me procurer une bouteille de vin Santiavien, mais je n'en ai pas trouvé de disponible. Nous pourrons peut-être y remédier à l'avenir.

Il adressa un clin d'œil à Mateo, comme s'ils étaient deux conspirateurs.

Sa mère était dans une forme resplendissante ce soir-là, sans doute parce qu'elle sentait la victoire proche. Elle menait la conversation tambour battant, parlant de ses nombreux voyages, interrogeant Miss Raney sur les endroits du monde qu'elle aimerait visiter un jour.

Miss Raney était tout à fait charmante, comme à son habitude. Elle portait une robe vert pâle et avait des perles piquées dans ses cheveux. Elle dit qu'elle serait honorée de visiter tous les endroits qu'aimerait son futur époux, mais que Paris l'attirait

1. . Gâteau en damier originellement créé en 1884 pour célébrer le mariage entre Victoria de Hesse-Darmstadt et le prince Louis Alexandre de Battenberg.

particulièrement. Elle était courtoise, réservée, raffinée et cultivée. La candidate idéale au titre de duchesse.

Mateo aurait préféré quant à lui une duchesse n'ayant pas peur d'exprimer ses sentiments.

Cela ne l'empêcha pas d'observer Miss Raney tant qu'il le put. Elle était parfaite en tout point… mais il n'était pas conquis. Rien chez elle ne l'attirait vraiment. Et il était certain qu'il ne pourrait jamais se forcer à aimer une femme pour laquelle il ne ressentait rien.

Quand, enfin, sa mère et lui prirent congé – il s'était demandé, à un moment, si elle avait l'intention de passer la nuit là –, Lord Raney demanda quand il pourrait revoir Mateo. En d'autres termes, il voulait savoir quand Mateo viendrait demander la main de sa fille.

— Je viendrai vous rendre visite cette semaine, répondit-il.

— J'espère bien, jeune homme, dit Lord Raney en posant la main sur l'épaule de Mateo. Je ne sais pas pourquoi, mais j'ai le sentiment que nous allons trouver à nous entendre, tous les deux…

Sa femme et lui semblaient aux anges. Flora souriait elle aussi, mais son sourire était différent de celui de ses parents. Elle ne semblait pas aussi enthousiaste. C'était sans doute parce qu'elle ne réussissait pas à le cerner. Il avait l'habitude.

Pendant le trajet du retour, sa mère se comporta comme s'il avait déjà fait sa demande et lui dit qu'elle était très heureuse pour lui.

— Et tellement fière, *mijo*.

— Fière ? demanda-t-il, perplexe. Parce que je vais demander en mariage une femme pour laquelle je n'éprouve rien et que je connais à peine ?

Elle lui adressa un regard courroucé.

— Je ne comprends pas pourquoi tu compliques les choses. Tu compliques *toujours* les choses ! se lamenta-t-elle alors qu'ils arrivaient à destination.

— Il est intéressant de constater à quel point deux personnes peuvent voir une même chose différemment. Pour moi, c'est tout le contraire : je trouve que c'est moi qui appréhende les choses simplement et vous qui compliquez tout.

Sa mère le regarda d'un air outré.

— Pour l'amour du ciel, suis-je censée attendre que tu descendes de tes montagnes pour ouvrir la bouche et parler à une femme ? Ton père a toujours dit qu'il y avait quelque chose de... particulier chez toi, et je commence à croire qu'il avait raison.

— Je vous demande pardon ?

— Oui, mets-toi à sa place, Mateo. Tu n'as jamais montré le moindre signe d'intérêt pour les femmes. Il est normal qu'il se soit posé des questions.

Mateo aurait dû être abasourdi, mais ce n'était pas le cas, étant donné le mépris que son père lui avait toujours témoigné.

— Au contraire, *mami*. Les femmes m'ont toujours intéressé au plus haut point. Ce dont je me suis toujours méfié, en revanche, c'est de la curiosité déplacée de mes parents. Alors j'ai gardé mes réflexions pour moi-même.

Elle le regarda bouche bée, comprenant sans doute qu'elle l'avait vexé.

— Mateo, mon chéri !

— Bonne nuit.

Il s'extirpa de la voiture et se précipita vers la maison, laissant à Borerro le soin d'accompagner sa mère à l'intérieur.

Cette nuit-là, Mateo se tourna et se retourna dans son lit. Ce n'était pas ce qu'il voulait. Il n'éprouvait ni sentiments ni désir pour Miss Raney. Et il s'en voulait terriblement d'avoir autant de mal à exprimer ce qu'il souhaitait. Combien de temps encore se laisserait-il gouverner par la crainte diffuse de la censure et des critiques ? Il était adulte, et son père était mort depuis longtemps. C'était lui le duc désormais, bon sang. Pourtant, il semblait incapable de faire entendre sa propre voix. Devait-il se satisfaire d'une vie recluse, loin des pressions liées à son titre et de la peur des critiques ? Devait-il accepter l'idée d'épouser une femme qu'il n'aimait pas ?

Mais après ce dîner préfigurant ce que pourrait être son avenir, la pression qu'il ressentait le plus, c'était celle d'être lui-même, d'être qui il était vraiment. De faire comme Hattie, en somme. Hattie... Voilà une femme qui n'avait pas peur d'être qui elle était. Voilà une femme qui piquait sa curiosité, éveillait son intérêt, suscitait son enthousiasme et enflammait son désir. « Un désir désespéré », comme elle l'avait dit elle-même. Elle valait bien mieux que toutes les personnes qu'il avait jusque-là rencontrées et pourtant, selon les critères « officiels », elle n'était pas assez bien pour le duché. C'était absurde.

Il broya du noir toute la nuit.

Le lendemain matin, Rosa et lui s'attaquèrent de nouveau au *sponge cake* : il fallait qu'ils percent le mystère de son incomparable moelleux. Il en monta deux parts dans son bureau. Avec Hattie, ils avaient en effet pris cette habitude dernièrement : il ramenait ce qu'il avait préparé, et elle apportait les dernières réalisations de Mrs O'Malley. Ensuite, ils goûtaient et ils comparaient.

Mais quand Hattie arriva ce jour-là, elle semblait un peu éteinte. Et elle n'avait apporté ni gâteau ni douceurs.

Mateo perçut tout de suite que quelque chose n'allait pas. Alarmé, il se leva.

— Que s'est-il passé ?

— Comment ? Rien. Il ne s'est rien passé.

Elle dégagea son visage devant lequel étaient retombées quelques mèches de cheveux.

— En fait, si, il s'est passé quelque chose. Quelque chose de plutôt positif, je crois. Enfin, pour moi.

Elle le regardait d'un air éploré.

— Quel est le problème ? demanda-t-il en s'approchant d'elle. Vous m'avez l'air abattue.

Elle lui répondit en lui tendant une enveloppe. Il ne comprit tout d'abord pas : le courrier n'avait pas encore été distribué. Puis, quand il vit son nom écrit de la main de Hattie, son estomac se contracta douloureusement.

— Qu'est-ce donc ?

— Lisez. S'il vous plaît, Teo.

Il ne voulait pas toucher cette enveloppe. Quel que soit son contenu, il savait qu'il aurait sur lui un effet cataclysmique. Mais il se força à la prendre et à l'ouvrir. Il déplia la feuille de papier à lettres, et lut.

Je vous prie d'accepter ma démission au poste de secrétaire que j'occupe actuellement auprès de vous. J'ai accepté un emploi ailleurs.

Cordialement,

Harriet Woodchurch.

Une lettre extrêmement formelle. Extrêmement sèche.

Il leva les yeux.

— Je ne comprends pas.

— C'est pourtant clair. Comme je le dis dans ma lettre, je quitte mon emploi ici.

— Non, répondit-il d'une voix qui venait des profondeurs de son être. C'est impossible. Je ne vous le permettrai pas.

Il relut les quelques mots.

— Hattie... Vous ne pouvez pas faire cela.

— Bien sûr que si, répondit-elle à voix basse.

Le monde se refermait tel un piège sur Mateo. Il était désespéré. Il ne pouvait pas laisser faire une chose pareille, mais comment, exactement, pouvait-il l'empêcher ? Il tendit la main à Hattie.

— *Ven aquí.* Venez par ici.

— Où cela ?

Il prit sa main et elle le laissa l'attirer à lui. À toute allure, ils empruntèrent le couloir, passèrent devant la femme au sourire, traversèrent un salon, sortirent sur la terrasse, puis descendirent au jardin. Elle ne dit rien, ne posa aucune question alors qu'il l'emmenait vers le petit jardin clos, son jardin secret. Une fois qu'ils y furent arrivés, il la fit asseoir sur le banc et se mit à aller et venir devant elle. Tant de pensées se bousculaient dans sa tête, en espagnol, en anglais. Elles se heurtaient, toutes plus erratiques et incohérentes les unes que les autres.

Hattie le regardait avec méfiance, les mains croisées sur ses genoux.

Mateo parvint à reprendre tant bien que mal le contrôle de ses émotions et réfléchit à ce qu'il voulait dire. À la façon de formuler ce qu'il voulait dire. Il prit une grande inspiration avant de se lancer.

— Pour commencer, pardonnez-moi mon mauvais anglais.

— Votre anglais est parfait.

— Non, Hattie, vous allez voir que non. Jamais je ne me serais attendu à...

Il marqua une pause, posa les mains sur ses hanches et regarda vers le ciel. Il prit de nouveau une grande inspiration pour se calmer.

— Jamais je n'ai voulu...

Non, cela n'allait pas non plus.

— Je suis... amoureux de vous. Je vous aime. Comprenez-vous ?

— Je vous ai demandé de ne plus jamais dire cela.

— Pourquoi ? Je veux simplement vous exprimer mon adoration...

— Teo ! Je ne veux pas entendre cela parce que *je* vous aime. Et c'est intolérable !

— *Qué ?* Cela n'a aucun sens. Que peut-il y avoir d'intolérable lorsque deux personnes s'avouent leur amour ?

Le désespoir de Hattie paraissait si fort qu'il lui fit courber la tête.

Mateo mit un genou à terre devant elle et prit sa main.

— Hattie, écoutez-moi. Vous êtes mon amie, ma... confidente. Vous m'acceptez tel que je suis. Vous êtes le seul être avec lequel je me sens libre d'être exactement qui je suis. Pour cela, je vous aime plus que quiconque.

— Êtes-vous fou ?

Il prit son visage entre ses mains et l'embrassa.

— Fou de désir, en tout cas.

Elle saisit ses poignets et le repoussa.

— Quelqu'un pourrait nous voir depuis la fenêtre.

— Je m'en moque.

Il l'embrassa encore, avec fougue, en passant les mains sur ses bras pour mémoriser ses contours et laisser l'empreinte de son corps sur sa peau.

— Il n'y a que vous, Hattie.

Elle se cambra et passa les bras autour de son cou. Il caressa sa poitrine, mais ce n'était pas assez. Il la fit se lever du banc et l'entraîna dans l'herbe avec lui. Il s'allongea sur le dos et attira Hattie contre lui. Il dévora ses lèvres, chaque parcelle de sa peau, sa bouche, la courbe de sa nuque, la naissance de son épaule.

Elle le caressait elle aussi, et son désir atteignit un point de non-retour lorsque sa main entra en contact avec son sexe en érection. Il roula afin de se retrouver au-dessus d'elle.

— Je ne veux que vous, *mi amor*. Vous et personne d'autre.

— Je vous veux aussi, mais...

Il l'embrassa pour l'empêcher de prononcer les mots susceptibles de gâcher ce moment. *Mais, mais, mais...* Il n'y avait pas de « mais », il n'y avait qu'eux, destinés l'un à l'autre, amoureux l'un de l'autre, faits l'un pour l'autre.

Il pressa son sexe contre sa cuisse et glissa la main sous sa robe, jusqu'à ce qu'il trouve sa peau.

— Teo, murmura-t-elle.

Il suspendit son geste, attendant qu'elle lui dise d'arrêter. Elle ne lui dit pas d'arrêter. Elle embrassa son cou, enfouit ses doigts dans ses cheveux. Elle mordilla le lobe de son oreille, se colla à lui, et soupira longuement.

Il remonta la main le long de sa cuisse, jusqu'à son sexe. Il le caressa, calquant le rythme de ses doigts sur celui de sa langue qui avait repris possession de sa bouche. Elle s'accrocha à lui avec une force qui le surprit, en respirant de plus en plus vite. Leur peau, leurs lèvres, leur désir : tout se mêlait et se fondait pour créer une entité nouvelle d'une beauté fulgurante. C'était si beau et enivrant que Mateo en fut ému. *Ému.*

Il la caressait, avec lenteur et fluidité, en même temps que leurs bouches étaient soudées en un baiser langoureux. Il sentit son corps se tendre contre le sien, son souffle devint brûlant sur sa peau. Puis elle fut agitée de petits soubresauts. Elle le mordit à l'épaule quand le plaisir vint la cueillir, et étouffa ses cris avec le tissu de sa veste. Il entrelaça ses doigts et les serra lorsque tout son corps se convulsa sous l'effet du plaisir.

Puis elle se relâcha. Il retira sa main de sous sa robe. Elle s'allongea dans l'herbe, un bras négligemment posé sur son visage.

— Que m'avez-vous fait ?

— Je vous ai aimée.

Il l'aida à se redresser.

— J'ai empêché mon cœur de s'exprimer pendant trop longtemps. Vous êtes le rêve auquel je n'ai jamais osé croire.

— Teo, dit-elle en secouant la tête. Il n'y a aucun espoir pour nous.

— Vous vous trompez, Hattie. Je peux vous proposer…

— Je ne veux rien, l'interrompit-elle. La seule chose que je veux, c'est vous, et cela, c'est impossible.

— Ce n'est pas impossible. Je veux que vous soyez ma duchesse, Hattie…

— Teo ! Ne dites pas cela. Je vous en supplie, ne rendez pas les choses plus difficiles qu'elles ne le sont, l'implora-t-elle, les yeux humides. Je suis désolée. Absolument désolée. Je ne peux pas rester avec vous. Je vous ai présenté ma démission et à présent je dois partir.

Alors qu'elle se levait, une larme glissa le long de sa joue.

Mateo resta sans voix. Que pouvait-il faire, à part la supplier ? Il devait bien y avoir quelque chose, des mots magiques, une promesse. Une chose à laquelle il ne pensait pas et qui pourrait la convaincre de rester. Mais elle poursuivit son chemin, et il s'assit dans l'herbe comme un idiot, pour la regarder traverser le jardin, passer sous l'arche végétale, et disparaître.

36

Lila n'était pas du tout certaine que Lord Abbott suive les élans de son cœur. Malgré ses manœuvres et ses efforts, elle craignait qu'il ne demande incessamment la main de Miss Raney. Elle ne doutait pas une seule seconde de l'influence et de l'emprise qu'exerçait sur lui sa mère.

Elle était allée rencontrer Miss Raney chez elle ce jour. Avant toute demande en mariage, elle voulait savoir jusqu'où Lord et Lady Raney étaient prêts à aller concernant la dot de leur fille. Elle découvrit sans réelle surprise qu'ils avaient l'intention de se montrer très généreux.

Mais alors que Lila se préparait à partir, elle regarda une dernière fois Miss Raney, qui lui semblait décidément moins transportée de joie que ses parents.

— Êtes-vous contente ? demanda-t-elle.

Miss Raney la regarda sans que son visage n'exprime la moindre émotion.

— Tant que je n'aurai pas reçu de demande en mariage, non.

Lila trouva la réponse curieuse : il ne faisait aucun doute que la demande en question n'allait pas tarder.

Tout cela attrista Lila. Ce qu'elle préférait dans son activité de marieuse, c'était faciliter le rapprochement entre deux personnes qui s'aimaient. Quand il n'était question que d'intérêts – c'est-à-dire de préserver un patrimoine, consolider une influence, assurer une succession –, elle trouvait cela beaucoup moins stimulant et gratifiant. Elle repensa à sa propre jeunesse, à l'époque où tout le monde estimait qu'elle n'était pas assez bien pour Valentin. Et pourtant, comme ils étaient heureux depuis tout ce temps ! Son époux lui manquait terriblement, mais Dieu soit loué il serait à Londres la semaine suivante. En ce qui la concernait, elle avait hâte que cette affaire se conclue afin de pouvoir consacrer tout son temps et toute son attention à son cher Valentin.

Malgré tout, il y avait quelque chose d'agaçant et d'ennuyeux dans ce projet d'union. Elle ne pouvait pas s'empêcher de penser que Lord Abbott ne serait pas heureux s'il devait épouser Flora Raney.

Lorsqu'elle arriva à Grosvenor Square et que Borerro l'invita à entrer dans le vestibule, elle fut surprise d'entendre les bribes d'une discussion animée, un peu plus loin dans le couloir. Elle regarda le majordome, intriguée.

Borerro fit cependant semblant de ne rien entendre.

— Voulez-vous me confier votre chapeau, *señora* ?

Lila lui tendit son couvre-chef.

— Est-ce que tout va bien ? demanda-t-elle.

Borerro prit son chapeau sans rien répondre.

— Si vous voulez bien me suivre, *por favor*, se contenta-t-il de dire.

Il la conduisit jusqu'au bureau et frappa fort à la porte trois fois avant d'entrer pour l'annoncer. Les voix se turent. Lila entra à la suite du majordome. Elizabeth et son fils se trouvaient dans la pièce. Il était appuyé contre son bureau. Elle allait et venait devant lui.

— Si vous entrez, c'est à vos risques et périls, Lila, dit la duchesse. Il y aura peut-être une effusion de sang d'ici la fin de la journée.

— Seigneur, dit Lila. Puis-je vous être d'une quelconque aide ?

— Il ne veut pas entendre raison ! Il a l'intention de détruire le duché.

— C'est une terrible exagération, *mami*, dit calmement le vicomte.

Il regarda Lila.

— Ma mère et moi-même sommes en total désaccord sur un point précis, et pour son plus grand déplaisir, cette fois, je ne me tairai pas, même pour rester poli.

— *Poli !* répéta Elizabeth. Ton silence est au contraire insultant ! Pourquoi attendre aujourd'hui, alors que pendant des semaines nous avons travaillé si dur à ce mariage, pour me dire ce que tu ressens vraiment ?

Le pouls de Lila s'accéléra tout à coup. La joie, l'excitation, l'espoir...

— Que se passe-t-il ?

— Dis-lui ! s'écria Elizabeth en désignant Lila.

— Vous devriez peut-être vous asseoir, *mami*, dit-il en s'écartant de son bureau. Lady Alexander, je vous prie de bien vouloir nous excuser, ma mère est en colère contre moi.

— Je suis furieuse, oui !

— Ma mère est furieuse, acquiesça-t-il. Parce que je viens de lui dire que je ne demanderais pas la main de Miss Raney. Ni celle d'aucune autre jeune femme parmi celles que vous m'avez présentées.

Le cœur de Lila battait la chamade. Quel soulagement de constater que le vicomte savait finalement s'exprimer quand le sujet était crucial !

— Que voulez-vous dire ? demanda-t-elle en prenant soin de cacher sa joie. Je me suis donné tant de mal pour vous.

Il fallait qu'elle feigne l'indignation, bien entendu.

— Tu vois ? protesta Elizabeth. Tu aurais mieux fait de te montrer clair dès le début !

— Je suis d'accord avec vous sur ce point, déclara-t-il. J'ai mis trop de temps à me décider. Je vous demande pardon, Lady Aleksander, mais mon cœur appartient à une autre, et je ne peux pas, en toute conscience, demander, même pour le bien du duché, la main d'une femme que je n'aimerai jamais.

Lila était si heureuse et émue qu'elle craignait de s'évanouir. Que répétait toujours Valentin, déjà ? Quand on croit aux miracles, il finit toujours par s'en produire un. Mais elle avait besoin que Lord Abbott confirme qu'il s'agissait bien d'un miracle.

— De qui parlez-vous ? demanda-t-elle. De Miss Porter ?

— Non, pas Miss Porter. Hattie Woodchurch.

Avec un cri de détresse, Elizabeth s'effondra sur un siège.

— Ton père doit se retourner dans sa tombe ! Comment peux-tu arrêter ton choix sur la femme la moins acceptable de toutes ?

— Je l'aime, répondit-il simplement.

— Je l'aime beaucoup moi aussi, dit Lila.

Elizabeth marqua un temps d'arrêt et regarda méchamment Lila.

— Pouvez-vous me dire ce que vous fabriquez ? demanda-t-elle.

— Peu importe, de toute façon, dit Lord Abbott, Miss Woodchurch m'a éconduit.

— *Quoi ?* s'exclama Lila alors qu'Elizabeth poussait un nouveau cri strident.

— Qui pourrait t'éconduire ? demanda sa mère. Est-elle folle ? As-tu réfléchi à la possibilité qu'elle soit réellement *folle* ?

— Je pense, dit Lila, qu'elle vous a éconduit à cause de sa famille, milord.

Cela lui valut un regard interrogatif.

— Quel est le problème avec sa famille ?

— Pour dire les choses de façon directe, ce ne sont pas des gens avec lesquels les familles comme la vôtre ont envie d'être associées.

— Je m'en moque complètement, dit-il.

— Tu ne devrais pas, pourtant ! insista sa mère. Tu es le duc de Santiava ! Tu es le vicomte Abbott !

— Ce ne sont que des titres, *mami*. Je suis aussi et avant tout une personne.

— Ce que tu dis est absurde, Mateo. Pourquoi me fais-tu une chose pareille ?

Il sourit avec ironie.

— Je ne vous fais rien *à* vous, je fais cela *pour* moi. Parce que c'est maintenant qu'il faut que je me réveille, ou jamais. *Camarón que se duerme se lo lleva la corriente.*

— Qu'est-ce que cela veut dire ? Personne ne le sait, rétorqua Elizabeth.

— Cela signifie : « La crevette qui s'endort est emportée par le courant. » Je n'ai pas l'intention de m'endormir maintenant. J'ai dormi pendant assez longtemps.

Il se tourna vers Lila.

— Parlez-moi de sa famille.

— Ce... ce n'est pas simple à expliquer, dit-elle en levant la main. Mais il se peut que j'aie un plan.

— Quel plan ? demanda-t-il.

— Lila ! Nous n'avons pas besoin de plan, nous avons besoin que vous lui fassiez entendre raison, gémit la duchesse.

La marieuse secoua la tête.

— Elizabeth, très chère, je comprends vos inquiétudes. Mais d'après mon expérience, un cœur ne peut cesser d'aimer sur commande. Vous nagez à contre-courant.

Elle se tourna vers le vicomte.

— Il faut encore que je résolve deux ou trois choses, mais je vais trouver. Je trouve toujours.

Elle n'avait pas vraiment de plan, en réalité. L'idée qu'elle avait n'était pas seulement improbable, elle pourrait aussi se révéler désastreuse pour Miss Raney. Mais c'était un problème qui ne la concernait pas directement. C'était un fait : parfois son travail comportait des aspects peu agréables, mais le jeu en valait souvent la chandelle. Avant de faire quoi que ce soit, cependant, elle avait besoin de s'assurer que si elle prenait de gros risques, Hattie Woodchurch accepterait bien d'épouser cet homme.

À présent que, grâce à Beck, Hattie avait pu partir de chez elle, il y aurait peut-être une solution.

37

Hattie ne pouvait pas se plaindre de sa situation chez Lady Bradenton. Elle possédait sa propre chambre au dernier étage de la belle demeure. Il y faisait chaud l'après-midi, mais il n'y avait pas de chats. Elle n'avait pas suffisamment de place pour y ranger toutes les robes qu'elle avait réussi à se procurer durant ce printemps où elle avait essayé d'être quelqu'un. Elle avait donc dû se résoudre à en laisser certaines pliées dans une malle qu'elle avait mise de côté. De toute façon Lady Bradenton l'avait prévenue que si elle tolérait les robes bleues et grises, elle s'opposait formellement aux tenues trop voyantes ou trop colorées.

« La couleur n'est pas appropriée au type de travail que vous exercez. »

Interdiction, par exemple, de porter du jaune pendant qu'elle lisait la Bible à la vieille femme.

C'était la première chose qu'elle avait découverte : elle devait lire les Saintes Écritures à Lady Bradenton tous les jours pendant le thé.

Ce n'était que son deuxième jour de lecture, mais elle n'était déjà plus du tout à ce qu'elle faisait. Elle était incapable de penser à autre chose qu'à Teo. Incapable de voir autre chose que lui. C'était comme si une séparation très nette s'était opérée dans son esprit : il y avait Teo, et il y avait tout le reste...

Elle était sur le point de terminer sa lecture du jour quand

Darwin, le vieux majordome de Lady Bradenton, fit son apparition au salon.

— Une visiteuse, milady, dit-il en s'inclinant.

Puis il s'avança, un plateau d'argent contenant une carte de visite à la main.

— Une visiteuse ! Mais je n'attends personne. Pourquoi les gens viennent-ils sans prévenir ? se plaignit-elle.

— La personne en question est là pour voir Miss Woodchurch, dit-il en tendant le plateau à Hattie.

— *Comment ?* s'exclamèrent en même temps Lady Bradenton et Hattie.

La vieille dame prit la carte et réprima un gémissement.

— Eh bien, Darwin, qu'attendez-vous ? Faites entrer, pour l'amour du ciel, commanda Lady Bradenton.

Quelques minutes plus tard, Lila pénétrait dans la pièce.

— Qui êtes-vous donc ? Voulez-vous bien me le dire ? demanda Lady Bradenton.

— Vous ne vous souvenez pas de moi ? Vous étiez pourtant une grande amie de ma mère.

Lady Bradenton l'observa d'un œil circonspect.

— Lila ?

— En personne, répondit-elle. Et je suis très heureuse de vous revoir.

— Que faites-vous ici ? demanda Lady Bradenton.

— Oh ! j'ai juste besoin de parler avec Miss Woodchurch. Cela ne vous dérange pas, j'espère ?

— Moi, cela me dérange, répondit Hattie.

Mais Lila s'empressa de poser la main sur son bras, qu'elle agrippa.

— Cela ne nous prendra que très peu de temps, dit-elle avant de pincer Hattie.

— Aïe !

— S'il vous plaît, insista Lila, avant de sourire à Lady Bradenton.

Hattie la suivit à contrecœur dans le couloir.

— Je ne suis plus employée par le vicomte, Lila. Je n'ai rien à vous dire.

— Savez-vous que Lord Abbott et vous-même êtes les deux pires entêtés que j'aie jamais rencontrés ? Hattie... êtes-vous amoureuse de lui ?

La jeune femme resta bouche bée. Elle sentit une vague nausée s'emparer d'elle.

— Pardon ?

— Vous m'avez très bien entendue. L'aimez-vous ?

Hattie était incapable de répondre à cette question. Bien sûr qu'elle l'aimait. Plus que tout au monde. Mais l'amour ne pourrait jamais faire oublier les membres de sa famille. Ils représentaient un obstacle insurmontable. Elle n'aurait jamais de dot, et elle n'était même pas sûre qu'elle obtiendrait l'accord de ses parents pour se marier.

— Dites-moi la vérité, s'il vous plaît. Je cherche désespérément à vous aider tous les deux.

Son premier réflexe fut de vouloir dissimuler la vérité et de continuer de nier. Mais elle se rappela que cela ne lui ressemblait pas. Elle n'était pas quelqu'un qui disait aux gens ce qu'ils voulaient entendre au lieu de ce qu'elle ressentait réellement. Elle se raidit et avoua :

— Oui, Lila, je l'aime. De tout mon cœur. Plus que je ne l'aurais jamais cru possible. C'est précisément pour cela que je suis partie ! Je ne supporte pas de le voir épouser celle que je pensais être mon amie. Voilà, vous savez tout... êtes-vous satisfaite à présent ?

Lila fit claquer sa langue.

— Elle n'a jamais été votre amie, dit-elle. Flora est amoureuse de quelqu'un d'autre que Lord Abbott.

Hattie la regarda, incrédule.

— Ce n'est pas vrai. Elle veut épouser Teo.

— Teo, dit Lila en souriant. Il me plaît d'entendre cela. Et il se peut qu'elle veuille l'épouser pour tout ce que ce mariage lui apportera, mais croyez-moi sur parole, elle en aime un autre.

Hattie était stupéfaite. Elle repensa à tous les moments que Flora et elle avaient passés ensemble. Jamais Flora n'avait mentionné ou semblé remarquer aucun autre homme.

— *Qui ?*

— Nous nous en soucierons plus tard. Pour l'instant, il m'importe de savoir si vous aimez le vicomte. Si vous voulez passer toute votre vie à ses côtés. Si vous êtes prête à aller vivre à Santiava, loin de votre famille.

Hattie eut un rire amer.

— Évidemment ! Mais c'est impossible. Vous avez vu ma maison. Vous avez vu mes parents. Mon père trouverait un moyen de lui extorquer de l'argent. Et si jamais Teo rencontrait ma famille ? Il fuirait, comme le ferait n'importe quelle personne sensée.

— Ne vous en faites pas pour cela, répondit Lila d'une voix légère.

— Facile à dire pour vous.

Lila prit son visage entre ses mains.

— Ma très chère… vous méritez d'aimer et d'être aimée. Vous méritez d'être heureuse. Croyez-le fort, et cela se produira.

Tout à coup, les larmes montèrent aux yeux de Hattie, pour sa plus grande gêne.

— Je ne crois plus en rien, dit-elle. Plus maintenant.

Lila sourit tristement et caressa sa joue.

— Vous êtes vraiment adorable. Très bien, si vous l'aimez, je vais vous demander d'accepter une dernière invitation.

Hattie secoua la tête.

— Si, très chère, il le faut, car j'espère qu'à cette occasion tout se réglera enfin, pour tout le monde.

Elle tira un carton d'invitation de son réticule.

— Il s'agit d'une soirée. Avez-vous déjà entendu parler d'Emma Clark ?

Hattie secoua la tête.

— Lady Dearborn séjourne rarement à Londres. Mais quand c'est le cas, elle organise des soirées grandioses, dit-elle en clignant de l'œil. Nous nous y verrons. Et maintenant, il faut absolument que je file. J'ai très bientôt rendez-vous avec Mr Donovan. Nous avons du travail, tous les deux.

Elle tourna les talons et se dirigea vers la sortie.

Hattie la regarda partir, tout en serrant l'invitation entre ses doigts. Elle ne voulait surtout pas voir ses espoirs déçus et balayés. Méritait-elle vraiment d'être heureuse ?

— Miss Woodchurch ! appela Lady Bradenton. Où êtes-vous donc ?

Hattie glissa l'invitation dans sa poche en soupirant, puis retourna à ses pieuses lectures.

38

Mateo n'avait pas envie d'assister à cette nouvelle soirée rassemblant une foule de gens qu'il ne connaissait pas et n'avait pas envie de connaître. Il avait déjà reçu un mot de Lord Raney lui demandant de passer le voir au plus vite, mais il avait pour l'instant réussi à esquiver.

Il avait pris sa décision. Toutes ses affaires étaient réglées, et il était prêt à confier la gestion du domaine au désagréable mais efficace Mr Callum. Il quittait Londres sans fiancée ni projet de mariage. Il irait trouver Lord Raney – il n'était pas un lâche – mais il repoussait cette visite autant qu'il le pouvait. L'homme ne serait pas ravi d'apprendre que Mateo n'allait pas demander sa fille en mariage.

Lady Aleksander avait néanmoins insisté pour qu'il assiste à une dernière soirée, lui répétant qu'elle espérait bien, à cette occasion, voir le vent tourner en sa faveur. Quand il lui demanda ce qu'elle entendait par là, elle resta évasive. Mais elle dit : « Je pense que Hattie sera présente. »

Il y alla donc.

Il n'était que 21 heures mais la soirée battait déjà son plein. Depuis la rue, par les fenêtres ouvertes, Mateo entendit que la musique était forte, et les voix gaies et enjouées.

Un majordome qui semblait débordé lui ouvrit la porte et prit l'invitation qu'il lui tendait. À cause du volume sonore, le domestique lui fit signe de le suivre, mais Mateo le perdit vite de vue dans la foule. Il parvint néanmoins à trouver son chemin jusqu'au salon où étaient réunies, serrées les unes contre les autres, plusieurs dizaines de personnes.

Une femme aux splendides cheveux auburn se tourna lorsqu'il entra. Elle avait de beaux yeux verts, un sourire chaleureux et les pommettes colorées.

— Bienvenue ! déclara-t-elle gaiement. Bienvenue en Angleterre, bienvenue chez moi !

Mateo s'inclina.

— Lady Dearborn, je présume.

— Oui, mais il faut m'appeler Emma. Tout le monde m'appelle Emma. Et vous devez être Lord Abbott ! J'en suis sûre : cet air sophistiqué ne trompe pas. Aimez-vous le vin, Lord Abbott ? Il y en a beaucoup ici. Et le bal se tient dans la salle à manger. Nous n'avons pas de salle de bal ici, mais nous avons déplacé les tables et les chaises. Feeney, montrez-lui la salle à manger ! Aimez-vous danser ? J'espère que oui, parce que j'aimerais beaucoup danser avec vous. Je vous rejoins très bientôt.

Le majordome était revenu auprès de lui. Lady Dearborn se détourna et reprit la conversation qu'elle menait précédemment avec deux hommes. Apparemment, tout le monde dans cette pièce avait déjà trop bu.

Mateo suivit sagement le majordome jusqu'à la salle à manger, parmi les gens ivres et gais. Alors qu'il cherchait Hattie dans la foule, il fut abordé par Lord Iddesleigh.

— Milord ! Quelle joie de vous voir ! s'exclama avec jovialité Beck, dont l'haleine sentait le whisky. J'ai dit à Lila que vous ne viendriez pas, étant donné que vous vous prépariez à partir bientôt. Quand nous quittez-vous ?

— La semaine prochaine, répondit Mateo.

— Déjà ? Avant même d'avoir fait votre demande en mariage ? Il s'avère que j'ai vu Raney il y a un ou deux jours, et il attend votre visite avec impatience.

— Je comprends, dit Mateo.

— Très bien, très bien, dit Beck en lui tapant dans le dos un peu trop vigoureusement. Du vin ? Chez Emma, il est toujours délicieux. Sans doute parce qu'il arrive directement de France.

Il contourna Mateo et prit un verre sur un plateau, avant de le lui tendre.

— Merci.

Il goûta le vin, puis regarda autour de lui… et vit Hattie.

Elle se tenait debout, seule, au milieu de la foule, et le regardait. Elle sourit. Il sourit à son tour. Il tendit tout à coup son verre à Beck.

— Si vous voulez avoir la gentillesse de me garder ceci, murmura-t-il, contraignant Beck à jongler tant bien que mal avec les deux verres.

Il fendit la foule pour rejoindre Hattie, en saluant rapidement les gens qui tentaient de l'intercepter au passage. Jamais il ne la quitta des yeux. Elle suivit sa progression, un sourire amusé aux lèvres. Les gens le regardaient, se demandant où il allait ainsi d'un pas aussi décidé. Quelques-uns voulurent lui offrir à boire. Il les ignora tous.

Quand enfin, il arriva jusqu'à elle, après avoir échappé aux griffes d'une femme dont la coiffure était en train de se défaire complètement, il était un peu à court de mots.

— Comme vous êtes belle.

Elle rit.

— Et vous, vous êtes trop gentil.

— Comment… comment allez-vous ? Comment trouvez-vous votre nouveau travail ?

— Très ennuyeux, dit-elle en détournant le regard. Je suis obligée de lire la Bible à voix haute tous les jours. Et il n'y a en réalité pas beaucoup de travail d'écriture, donc ma magnifique graphie va se perdre.

— Une tragédie, murmura-t-il tout en la dévorant des yeux.

Le simple fait de la regarder le comblait. Il devenait un homme différent. Un homme meilleur.

— Et il n'y a aucune pâtisserie à déguster.

— Je suis obligé de vous poser la question, alors : comment avez-vous fait pour ne pas vous jeter par la fenêtre ?

Elle sourit plus largement.

— Je suis tentée, mais je résiste, je résiste.

Il y avait, entre eux, une complicité qui lui donnait l'impression de la connaître depuis toujours.

— Vous m'avez beaucoup manqué, dit-il.

— Vous m'avez manqué aussi, murmura-t-elle. Tout le monde nous regarde. Avez-vous fait votre demande ?

— Qu'ils nous regardent, je m'en moque. Et non, je ne l'ai pas faite.

— Quand, alors ?

De façon très cavalière, il replaça derrière son oreille cette petite boucle qui retombait toujours, sans se préoccuper qu'on puisse le voir.

— Voulez-vous danser ?

Elle secoua la tête.

— Aller faire un tour dans le jardin ?

Elle sourit tristement.

— Accepterez-vous au moins de prendre la fuite avec moi ? Au moins jusqu'à l'étage, afin que je puisse vous faire l'amour.

Elle rit, mais elle détourna le regard.

— Dans ce cas, fuyons par les rues. Nous courrons jusqu'à la première écurie où nous pourrons nous reposer et décider de quoi faire ensuite. Voler un cheval, peut-être.

— Je ne monte pas à cheval.

— Avec moi, si.

Elle leva un sourcil.

— Les gens parleront. Ils parlent déjà, d'ailleurs. Si vous vous retourniez maintenant, vous verriez des dizaines d'yeux posés sur nous.

— Ils parleront de toute façon, Hattie. Ils se montreront bienveillants ou cruels, quoi que nous fassions. Donc faisons ce que nous voulons.

— Ne pouvons-nous pas juste rester ici ?

Il prit sa main et entrelaça ses doigts avec les siens.

— Ce n'est pas mon premier choix, mais pour vous, je suis prêt à tout.

— Partez-vous toujours dans quelques jours ?

Il hocha la tête.

— Vos gâteaux me manqueront terriblement. Juste au moment où vous aviez découvert le secret du moelleux incomparable du *sponge cake*. Mrs O'Malley rêvait de faire votre connaissance. Elle va être tellement déçue.

— Vos histoires interminables et votre bavardage incessant vont me manquer.

Elle rit en serrant ses doigts.

— Je ne vous crois pas.

— Il le faut pourtant. Je penserai à vous à chaque fois que les feuilles des arbres bruisseront par la fenêtre. Ils me rappelleront votre doux babil.

— Et moi, votre façon de me regarder comme si vous ne parliez pas un seul mot d'anglais va me manquer.

Mateo rit.

— Chez vous, tout... absolument tout va me manquer, Hattie.

L'émotion le submergea.

— Je veux que vous soyez ma duchesse. Voulez-vous m'épouser ? Partir avec moi ? Vivre avec moi ?

— Teo, dit-elle en souriant. Est-ce pour cela que Lady Aleksander a insisté pour que je vienne ? Pour que j'aie, une fois de plus, le cœur brisé ?

Le charme se dissipa un moment. Mateo marqua un temps d'arrêt.

— Elle vous a demandé de venir ce soir ?

Il ne comprenait pas. Lady Aleksander avait dit que Hattie

viendrait, mais elle n'avait pas précisé qu'elle lui avait demandé de venir.

Hattie acquiesça.

— Pourquoi ?

— Je ne sais pas exactement. Elle a dit que c'était important et que tout deviendrait clair.

Il comprenait de moins en moins.

— Qu'est-ce qui est censé devenir clair ?

Il n'entendit pas la réponse de Hattie : leur conversation pas si privée que cela fut interrompue par un cri.

39

Ce qui se produisit dépassa les espérances de Lila et de Beck. Le plan, conçu par Donovan, consistait à surprendre Miss Raney et Mr Woodchurch ensemble, pour ensuite leur faire une proposition que ni l'un ni l'autre ne pourraient refuser s'ils voulaient préserver leur réputation. Mais ils ne s'attendaient pas à ce que Lord Raney soit présent au moment fatidique.

Pour tout dire, ce développement imprévu – quoique bienvenu – rendit la situation légèrement hors de contrôle.

Tout se passa si vite ! Lila n'avait pourtant pas cessé de surveiller Mr Woodchurch. Pendant qu'il se promenait dans la foule, un verre de whisky à la main, qu'il flirtait avec les femmes qu'il croisait, qu'il s'immisçait dans les conversations, qu'il souriait à tout le monde... Et tout cela sans que jamais personne ne le remette à sa place, s'était-elle étonnée à plusieurs reprises.

À un moment, elle vit un laquais surgir d'une porte en trompe-l'œil dissimulée dans l'un des murs et Mr Woodchurch s'y faufiler subrepticement dès qu'il l'eut remarqué.

— Beck, avait-elle soufflé en lui frappant sur l'épaule.

Beck avait quelque peu abusé du whisky et semblait se chamailler avec Lady Maisie.

— Aïe, fit-il en se massant l'épaule.

— Il vient juste de disparaître par la porte de service, là-bas

— Quelle porte de service ?

Lila dut la lui montrer du doigt, et à ce moment précis, la porte s'ouvrit et Miss Raney apparut. Beck, comme une prude demoiselle, étouffa un petit cri mi-surpris mi-choqué.

— Venez, venez, dit-il.

— Où allons-nous ? demanda Lady Maisie.

— Toi, ma chérie, tu restes ici.

— Non, rétorqua-t-elle.

Têtue, elle les suivit alors qu'ils faisaient le tour de la pièce pour rejoindre la porte de service. Mais au moment où Lila arrivait devant la porte, elle entendit son nom. Lord Raney approchait, tout sourire.

Beck vit tout de suite la catastrophe se profiler.

— Maisie, vite, fais en sorte que Lord Raney ne nous suive pas, dit-il en poussant sa fille dans le dos.

— Comment suis-je censée m'y prendre ? demanda-t-elle.

Lila n'allait surtout pas laisser passer une occasion qui, peut-être, ne se représenterait pas. Alors que Beck et sa fille s'occupaient de régler le problème Lord Raney, elle ouvrit la porte de service et s'y glissa. Elle se retrouva dans un couloir étroit et faiblement éclairé. À son extrémité se trouvait une autre porte. C'était un passage pour les domestiques.

— Lady Aleksander ?

Lila se retourna, et n'en crut pas ses yeux. Lord Raney l'avait suivie. Où était donc Beck, et qu'avait-il fabriqué ?

— Oh ! milord ! dit-elle en souriant. Pardonnez-moi. Je cherchais les... commodités.

— Je pense que vous faites fausse route. Je suis même certain qu'elles se trouvent à l'autre extrémité de la salle à manger. Ici, c'est un passage réservé aux domestiques.

— En êtes-vous sûr ? J'étais persuadée que c'était par ici, dit-elle. Dans ce cas, je vais...

Lord Raney était un gentleman.

— À présent, vous me faites douter, dit-il en avançant pour aller ouvrir la porte du fond.

— Que se passe-t-il ? murmura Beck dans le dos de Lila, qui sursauta.

Elle lui adressa un regard noir.

— Vous n'auriez pas pu l'empêcher de nous suivre ?

— Avec la bonne volonté dont a fait preuve ma fille ? répondit-il. Et, vraiment…

— Morbleu ! Que se passe-t-il, ici ?

La voix furieuse de Lord Raney retentit dans le petit couloir.

Lila et Beck se regardèrent, puis se lancèrent à sa suite.

Ils firent irruption dans une pièce où ils surprirent Flora Raney et Daniel Woodchurch ensemble, l'air coupable. Elle était écarlate. Il avait la barbe et les cheveux en bataille. Ses jupes étaient froissées comme si elles avaient été troussées. Ce qui s'était passé dans cette pièce était terriblement évident.

— Mon Dieu ! s'exclama Lila, faussement outrée. Miss Raney ! Mr Woodchurch !

— Je vais vous tuer, misérable ! hurla Lord Raney.

Puis il se précipita sur le pauvre Mr Woodchurch. Miss Raney poussa un cri et se jeta devant lui. Beck rattrapa Lord Raney, et l'arrêta avant qu'il ne puisse s'en prendre physiquement à quelqu'un.

Mais le mal était fait.

Le but de Lila, Donovan et Beck n'avait jamais été de provoquer un scandale. Leur intention était seulement de surprendre les amants et de les menacer en échange de leur coopération. Il y eut beaucoup de cris et de pleurs jusqu'à ce que Lila parvienne à convaincre Lord Raney et Mr Woodchurch que cette conversation devait se poursuivre sans attendre au domicile familial des Woodchurch, à Portman Square. Elle alla ensuite chercher Lady Raney et, ensemble, elles rejoignirent les autres qui les attendaient dehors, devant une des entrées de service.

Mais leurs tentatives pour rester discrets échouèrent. Des murmures parcouraient déjà l'assemblée. Apparemment, ils n'étaient pas les seuls à avoir remarqué l'attirance réciproque et grandissante entre Miss Raney et Mr Woodchurch.

S'il y avait bien une chose que le grand monde adorait, c'était un bon scandale.

Cette fois, ce fut Queenie qui apprit à Hattie ce que personne d'autre ne voulait lui révéler.

— Tu as entendu la nouvelle au sujet de Miss Raney, j'imagine, dit-elle autour de la table du buffet.

— *Miss Raney ?* Tu veux sûrement parler de Flora..., répondit Hattie en riant. Non, de quoi s'agit-il ?

Queenie afficha un sourire vraiment très spécial.

— Elle a été surprise en pleine situation compromettante avec quelqu'un qui n'est pas du tout digne d'elle.

Hattie en resta bouche bée.

— Situation compromettante ? Que veux-tu dire par là ?

— À ton avis, Hattie ? Et c'est son propre père qui l'a surprise, qui plus est !

Hattie était sous le choc. *Flora ?*

— Avec qui ?

Queenie rit.

— Vraiment, je me demande parfois à quoi tu sers, Harriet Woodchurch. Tu t'imagines vraiment que je vais croire que tu n'en sais rien ?

— Enfin, Queenie, pour l'amour de Dieu, dis-le-moi !

— Ton frère ! répondit-elle avec une grimace.

Hattie ne comprenait pas davantage. Au contraire, même : tout devenait de plus en plus obscur.

— Mon frère... Et, quoi, mon frère ?

Queenie leva les yeux au ciel.

— Tu devrais envisager de devenir actrice : tu es très douée pour jouer la comédie. Ton frère était en train d'embrasser Flora et de lui faire je ne sais quoi d'autre dans une pièce sombre quand Lord Raney les a surpris. C'est terminé. Cette histoire de duchesse de Santiava et tout le tralala, c'est terminé. Je *savais* que cela se terminerait ainsi. Je savais qu'elle réussirait à tout saboter.

Ce que disait Queenie n'avait absolument aucun sens. Flora, surprise avec *Daniel* ?

— Tu dois faire erreur.

— Non, vraiment pas. Cela fait un bout de temps qu'elle joue avec lui. Si tu ne me crois pas, rentre chez toi. C'est là qu'ils sont tous allés, afin de tenter de résoudre cet épineux problème de façon acceptable.

— C'est impossible, insista Hattie. Flora déteste mon frère, et elle ne cesse de dire du mal de lui.

— Oh ! Hattie, il est parfois difficile de distinguer entre l'attirance et la détestation.

Hattie fut prise d'une nausée subite. Ce qu'elle pouvait être stupide, parfois. Et maintenant, tout le monde allait se réunir chez elle, à Portman Square ? Lord Raney avait-il l'intention de demander réparation à son père ?

Elle tourna les talons et quitta la maison comme une furie. Une fois dehors, elle chercha désespérément des yeux un fiacre. Pourquoi ne trouvait-on jamais de fiacre quand on en avait besoin ?

— Hattie !

Elle se retourna. Teo était en train de courir vers elle.

— Hattie, que faites-vous ? Où allez-vous ?

— Teo, répondit-elle d'une voix tremblante. Je dois partir.

— Qu'est-ce qui ne va pas ? demanda-t-il en prenant son bras. Vous tremblez.

— Il s'est passé quelque chose. C'est mon frère, et il faut que j'aille chez moi au plus vite.

— Je vous emmène.

— Non ! dit-elle en le repoussant. Vous ne pouvez pas m'accompagner !

Il reprit son bras.

— Ne soyez pas ridicule. Ma voiture est juste ici.

Il montra du doigt sa calèche et elle s'imagina y grimper avec lui. Concomitamment, elle s'imagina Teo en train de découvrir où et comment vivait sa famille.

Plutôt mourir que d'assister à une scène pareille. Mais – fait incroyable – elle sacrifia sa fierté à son abominable famille. Elle déglutit douloureusement et dit :

— Allons-y.

40

Hattie était dans un état de panique et de confusion terrible. Mateo ne parvint à lui arracher que des bribes d'explications. Il était question d'une situation compromettante entre son frère et une femme, de la crainte d'un duel, voire pire... Une fois qu'ils furent arrivés devant la modeste maison près de Portman Square, elle essaya de l'empêcher d'y entrer. Mais Mateo refusa.

— Vous vous donnez du mal pour rien. Je ne vous laisserai jamais affronter seule ce qui est en train de se passer entre ces murs.

Elle semblait effondrée.

— Après cela, vous ne voudrez plus jamais me parler, dit-elle, au bord des larmes.

Puis elle se précipita en courant à l'intérieur.

Mateo la suivit.

Au début, il ne comprit pas où ils se trouvaient. Il se demanda s'il s'agissait d'un entrepôt, ou d'un débarras. Pourquoi, sinon, y aurait-il eu tant d'horloges, tant de services à thé ? Il y avait aussi des mannequins de couture, des chapeaux et des piles de livres entre lesquels il dut se faufiler pour suivre Hattie. Et des *chats*. Énormément de chats. Au moins une douzaine, selon toute vraisemblance.

Il suivit Hattie et le bruit des voix courroucées que l'on entendait retentir et s'entrechoquer dans le couloir. Ils finirent par pénétrer dans une pièce où brûlait un feu de cheminée. Sur chaque meuble, sans exception, il y avait soit un chat, soit une pile de vieux journaux, soit un nécessaire à broder, soit des livres. Dans un coin, il remarqua même une collection de crachoirs.

Dans cet espace exigu et encombré se trouvaient Lady Aleksander et Beck, Lord et Lady Raney, leur fille, le frère de Hattie, et deux adolescents qui riaient grassement comme s'ils avaient été dans une taverne.

Une femme en robe de chambre était assise sur une chaise, tandis qu'un petit homme à l'air mauvais se tenait tout au bord de son siège et regardait Lord Raney d'un œil noir.

Lord Raney s'en prenait en hurlant au frère de Hattie. Son débit était si rapide que Mateo avait beaucoup de mal à suivre. Mais alors le petit homme se leva en poussant un grondement sourd.

— Laissez mon fils tranquille, je vous prie !

Sans réfléchir, Mateo s'interposa entre les deux hommes avant qu'ils n'en viennent aux mains et écarta les bras afin de les séparer.

— Messieurs ! *Gentlemen !*

— S'il vous plaît, tout le monde ! implora Lady Aleksander. Si nous respirions tous profondément, afin de tenter de régler la situation comme l'exige la dignité.

Tout le monde se tut. Lady Raney pleurait. La femme que Mateo supposait être Mrs Woodchurch fulminait.

— Comment osez-vous faire irruption ici et exiger des choses de nous avec une telle outrecuidance ? s'exclama-t-elle.

— Silence, Theodora, dit Mr Woodchurch, avant de regarder méchamment Lady Aleksander. Que proposez-vous, alors ?

— De toute évidence, il est question de sentiments chez ces jeunes gens, dit Lady Aleksander avec calme, en désignant le frère de Hattie et Miss Raney.

— Vraiment ? demanda Mateo, surpris.

— Qui êtes-vous, vous ? demanda Mr Woodchurch.

— J'ai l'honneur de vous présenter Lord Abbott, dit Beck.

Ou encore, Sa Grâce, le duc de Santiava. Cela dépend du pays… Vous disiez, Lila ?

Elle lissa ses jupes.

— Je disais que, clairement, Miss Raney nourrit des sentiments envers Mr Woodchurch. N'est-ce pas, Miss Raney ?

Miss Raney semblait terrorisée. Elle regarda Hattie.

— Flora… Si c'est la vérité, c'est le moment ou jamais de le dire, dit Hattie avec prudence.

Miss Raney regarda Mateo.

— Je vous demande pardon, milord, mais… c'est vrai.

— Seigneur, s'exclama Lord Raney. *Lui ?*

— Et à présent que tout le grand monde est au courant du scan… enfin… de la situation, poursuivit Lady Aleksander, nous devrions peut-être trouver un moyen d'enjoliver les choses. Et si… Et s'il devenait de notoriété publique que Miss Raney n'avait jamais eu l'intention d'accepter la demande en mariage du vicomte ?

Mateo blêmit.

— Demande en mariage qui n'a jamais été faite, rappela-t-il.

— Oui, bien sûr, nous le savons tous, mais les spéculations sont néanmoins allées bon train. Et si la rumeur disait que Miss Raney n'avait jamais eu l'intention d'accepter votre demande parce qu'elle avait déjà dit oui à Mr Woodchurch ?

— Et c'est tout ? demanda le père de Hattie. Pour ma part, je ne suis pas convaincu. Il me semble qu'une compensation…

— Papa ! l'interrompit Hattie sur un ton sévère. Ce n'est pas le moment.

— Mr Woodchurch, dit Lady Aleksander, suite à un mariage avec Miss Raney, le nom de Woodchurch en sortirait grandi. Pensez un peu à cette élévation dans la société : vous ne seriez plus du tout vu de la même façon.

Le père de Hattie fit une moue dédaigneuse.

— Je me moque bien de la façon dont me voient les gens, rétorqua-t-il.

Puis il marqua une pause.

— Mais quand vous parlez d'élévation, qu'entendez-vous au juste par là ? Matériellement parlant…

— Parbleu, Flora ! Regarde un peu ce que tu as fait, s'exclama Lord Raney en désignant le père de Hattie.

— Et ensuite, afin que la réputation de tous et de toutes soit préservée, poursuivit Lady Aleksander en s'adressant à Mr Woodchurch, vous accepterez la demande en mariage faite à votre fille en lui accordant une très généreuse dot. Car sans elle, rien de tout cela ne serait jamais arrivé.

— C'est donc elle que je devrais remercier ? demanda Lord Raney en regardant Hattie.

— *Comment ?* s'exclama Hattie. Mais personne n'a demandé ma…

— Si, Hattie, dit Mateo, submergé de reconnaissance et de gratitude envers Lady Aleksander. Je vous ai même demandé votre main plusieurs fois. Mr Woodchurch, je souhaiterais demander votre fille en mariage. Enfin, si elle est d'accord, bien sûr.

— Vraiment ? Vous voulez l'épouser ? *Elle ?* demanda Mrs Woodchurch, l'air stupéfait.

— Oui, confirma Mateo.

— Hors de question, dit Mr Woodchurch.

— Bien sûr que si ! s'écria Mrs Woodchurch.

Elle posa à terre le chat qu'elle avait sur les genoux et se leva.

— Il suffit, Hugh ! La chance sourit à notre fille et je ne te laisserai pas tout gâcher ! Une fois dans ta vie, accepte de desserrer les cordons de la bourse !

— Desserrer les cordons de la bourse *une fois dans ma vie* ? s'étrangla-t-il. Femme, as-tu vu les innombrables horloges et services à thé qui nous entourent ?

Elle l'ignora.

— Vous avez notre bénédiction, Lord… ou Votre Grâce.

Mr Woodchurch ne la contredit pas, mais regarda Mateo d'un air mauvais.

Lady Raney se mit à sangloter.

— Comment a-t-on pu en arriver là ? Cela ne fonctionnera jamais ! Personne ne croira jamais que j'ai laissé ma fille entrer dans cette famille !

— Maman, dit Flora en essayant de sourire. *J'aime* Daniel !

— Vraiment ? demanda Mr Woodchurch sur un ton sceptique.

Miss Raney parut stupéfaite qu'il puisse en douter.

— Bien sûr que je vous aime. Pas vous ?

— Eh bien..., fit le frère de Hattie en se massant la nuque. Je ne sais pas si je dirais que...

— Il vous aime, dit Beck en administrant une vigoureuse tape sur l'épaule du jeune homme. Il vous aime, ou bien il cause la ruine de toute sa famille, et là il ne restera rien pour lui, donc il va faire en sorte de vous aimer *beaucoup*.

Miss Raney fixait l'objet de son amour d'un air éperdu. Mr Woodchurch regarda nerveusement autour de lui. Les deux adolescents riaient à gorge déployée.

— Bouclez-la, vous deux, dit-il. Très bien. Flora, je vous aime. Je veux vous épouser.

Raide comme la justice, il se tourna vers Lord Raney.

— Milord, m'accordez-vous la main de Flora ? demanda-t-il sans grand enthousiasme.

— Oui, répondit Lord Raney, alors que Lady et Miss Raney se mettaient à pleurer. Mais ne vous attendez pas à une grosse dot. Vous nous avez mis dans un beau bourbier.

— Combien ? demanda Mr Woodchurch senior qui semblait très, très intéressé.

Ce fut alors que, dans un vacarme assourdissant, toutes les horloges de la maison se mirent à sonner 23 heures.

Mateo regarda Hattie. Elle le regarda à son tour. Ses yeux étincelaient d'amour, de soulagement, de tout ce qu'il ressentait au plus profond de lui. Elle se mit à rire. Mateo aussi. Il chassa deux chats qui lui barraient le passage et vint la serrer dans ses bras.

— Je vais vous épouser, dit-il. Je vais vous emmener à Santiava, loin de tout cela.

— Oh ! Teo... Quand pouvons-nous partir ? demanda-t-elle en riant de plus belle.

Lila était exténuée. Elle regarda autour d'elle, surprise d'avoir réussi à tout régler. Enfin... avec l'aide de Beck et de Donovan. Il restait juste le problème d'Elizabeth, qui gémirait aussi fort que Lady Raney. Mais Lila était satisfaite. Et elle avait hâte de raconter cette très étrange histoire à Valentin.

Elle fut la première à quitter le domicile des Woodchurch. Elle retourna à la fête chez Emma Clark pour lui dire au revoir. C'était une femme si gaie, si agréable à vivre. Elle n'arrivait pas à comprendre pourquoi son époux était parti courir l'Afrique et le Sahara depuis toutes ces années. C'était le genre de femme qui aurait été parfaite pour le neveu de Lila. Quel dommage qu'elle soit déjà mariée.

Enfin, c'était ainsi. Trop de gens. Trop d'histoires d'amour. Elle avait hâte de se consacrer à la prochaine.

Épilogue

Santiava, 1871

Ils étaient sur le toit du *Castillo Estrella*. Ils étaient allongés sur une large couverture avec, autour d'eux, des piles de coussins et un assortiment de petits gâteaux. À côté de Hattie, un berceau. Leur nouveau-né, Luisa, dormait sous les étoiles.

Les parents venaient de faire l'amour et ils contemplaient béatement le ciel étoilé.

Au début, Teo avait protesté, craignant qu'ils ne soient surpris, nus comme au jour de leur naissance, mais Hattie avait ri tout en s'allongeant sur lui.

— Quelle personne saine d'esprit aurait l'idée de monter sur le toit pour voir ce que nous sommes en train de faire ?

— Rosa, avait-il répondu. Elle a tendance à penser que Luisa lui appartient.

— Jamais elle n'oserait grimper toutes ces marches d'escalier, avait dit Hattie, avant de déboutonner la chemise de son époux.

Ensuite, cela lui avait échappé : Hattie avait crié si fort que Mateo avait eu peur qu'elle n'ameute tout le palais.

Alors qu'ils étaient allongés tous les deux sous la chaude nuit estivale, Mateo commença à lui raconter une de ses parties de chasse au renard avec son frère. Le duc parla. Et parla. Et parla.

Il n'omit pas un seul détail. Il avait envie de tout partager avec Hattie, même la couleur des feuilles.

Hattie n'avait jamais pensé qu'ils pourraient être si heureux. Elle ne savait même pas qu'un tel bonheur existait. Mais elle était immanquablement et indéfectiblement heureuse, peut-être même un peu plus chaque jour.

Elle écrivait à sa mère de temps en temps, mais la plupart du temps, elle recevait des nouvelles de sa famille par Fora, qui n'était pas son amie, mais sa belle-sœur, et qui lui écrivait souvent pour se plaindre des mauvaises habitudes de son mari. Si Flora lui avait posé la question lors de ce printemps où le duc de Santiava était venu à Londres, elle lui aurait dit ce que personne d'autre n'aurait pu lui dire : que Daniel ferait un très mauvais époux.

Les jumeaux avaient été envoyés au pensionnat. Apparemment ils étaient devenus trop insupportables, même pour une mère aimante. En parlant de ses parents, ils avaient été invités à une ou deux soirées, auxquelles ils ne s'étaient pas attardés pour ne pas laisser les chats seuls trop longtemps. Queenie, d'après Flora, ne quittait plus Miss Porter et espérait épouser son frère, qui était aussi beau que Christiana était belle.

Mrs O'Malley avait été très triste de la voir partir, mais elle avait pu exaucer son souhait le plus cher avant le départ de Hattie : elle avait fait la connaissance du vicomte pâtissier. Et Teo et Rosa essayaient toujours d'améliorer leur recette de *sponge cake*.

La mère de Mateo n'avait toujours pas tout à fait accepté l'idée que son fils ait épousé une parfaite inconnue. Mais elle se montrait plus conciliante depuis la naissance de Luisa. Tout comme le Conseil des ministres, heureusement. Quand Mateo et Hattie étaient arrivés à Santiava – déjà mariés, car ils avaient pensé qu'il fallait le faire sans tarder étant donné les événements survenus à Londres –, il y avait eu des débuts de fronde de la part des sympathisants de l'Espagne. Le moment était propice, d'après eux, pour un rattachement à l'Espagne. Regardez comment se comportait le duc, arguaient-ils. Regardez qui il avait épousé ! La première venue, sortie d'on ne sait où !

Mais les Santiaviens les plus loyaux ne l'avaient pas conspuée. Ils l'avaient accueillie à bras ouverts. Et quand elle était tombée enceinte, tout le monde s'était mis d'accord pour adopter une loi selon laquelle le premier-né du duc régnant – fille ou garçon – accéderait à son tour au trône, afin de préserver la pérennité du duché. Un jour, Luisa serait la duchesse régnante de Santiava.

Hattie apprenait l'espagnol. Mateo l'aidait, et rédigeait même pour elle des pages et des pages dans sa langue natale afin qu'elle apprenne à bien l'écrire.

Il ne cessait de parler. Seigneur, ce que son mari pouvait parler ! Une fois les vannes ouvertes, les mots jaillissaient hors de lui. Des souvenirs, des observations, des remarques. C'était à elle qu'il réservait tout cela, néanmoins. Il demeurait assez réservé en public. Mais son frère et sa sœur venaient souvent leur rendre visite, et il commençait à leur parler à eux aussi. Il était capable de faire rire Roberto comme personne d'autre.

Hattie se servit une part de tarte, une spécialité de Santiava. Elle prenait du poids mais elle s'en moquait. C'était l'effet du bonheur : il vous comblait.

Mateo prit Luisa dans son berceau et la posa sur son torse nu.

— Je voulais t'appeler Estrella, dit-il au bébé en caressant sa tête, mais ta mère a dit que ce serait source de confusion. Estrella du *Castillo Estrella*.

— Et Luisa est un si beau prénom, dit Hattie.

— Tu vois ce ciel, Luisa ? demanda Mateo. Il est pour toi. Je ferai en sorte qu'il t'appartienne. Comme le reste de l'univers.

Il embrassa le sommet de son crâne, recouvert par une petite touffe de cheveux aussi noirs que ceux de son père. Elle avait en revanche les yeux bleus de sa mère. Hattie s'assura que le bébé était bien couvert, puis se blottit contre son mari.

— Sais-tu quel est mon souhait le plus cher ? demanda Mateo.

Je souhaite que tout reste toujours ainsi. Nous trois. Rien que nous trois.

Elle regarda le ciel étoilé en souriant.

— Je ne suis pas d'accord.

— *Qué ?* Mais pourquoi dis-tu une chose pareille ?

— Parce que je veux que nous soyons plus nombreux. Je veux que nous ayons d'autres enfants. Des chiens. Et, plus tard, des petits-enfants.

— Très bien. Je me range à ton idée, dit-il en l'embrassant sur la tempe.

Luisa s'agita et commença à pleurer.

— Ton bébé a faim, *mi amor*, dit-il en lui tendant sa fille.

Et pendant qu'elle nourrissait son enfant, Mateo la nourrissait de morceaux de tarte tout en lui racontant son voyage dans le désert du Sahara. Elle n'eut pas le cœur de lui dire qu'elle connaissait déjà cette histoire. Cela n'avait aucune importance : elle pourrait l'écouter raconter les mêmes choses des milliers de fois sans s'en lasser.

Non, décidément, Hattie n'aurait jamais imaginé qu'il puisse exister un bonheur si immense et merveilleux.